Rotes Kliff

IM NETZ DER SYLTER VERSCHWÖRUNG - ERWEITERTE AUSGABE

ERIK & AMELIA
BUCH EINS

NILS ERIKSEN

Hinweis:

Die Figuren und Handlungen in diesem Roman sind frei erfunden. Ähnlichkeiten mit lebenden oder verstorbenen Personen sind nicht rein zufällig, sondern beabsichtigt. Jedoch sind sämtliche Handlungen und Dialoge fiktiv und dienen ausschließlich der Unterhaltung.

»Rotes Kliff«

Erik & Amelia Band Eins - Erweiterte Ausgabe

Titelbild: iStock-520075075

Lektorat: Edition Svanen

info@nils-eriksen.de

Edition Svanen
K. Sewekow
Droste-Hülshoff-Str. 35
22609 Hamburg
www.nils-eriksen.de

Inhalt

TEIL EINS

»Fahrt nach Helgoland«

KAPITEL 1

Unter dem Deckmantel der Nacht

Die Dunkelheit lag still über dem Fährhafen von Cuxhaven. Der Mond leuchtete am sternenklaren Himmel. Ein kühler Wind wehte von See über die Hafenstadt an der Elbmündung. Die »MS Rungholt«, das Schiff der Nordlicht-Linie, schaukelte sanft im schwarzen Wasser, ihre weißen Aufbauten schimmerten gespenstisch im Mondlicht. Sie war kein neues Schiff, seit den 1970er-Jahren fuhr sie auf der Ostsee, später auf der Nordsee. Aber die Reederei hatte sie renovieren lassen, sodass man ihr das Alter nicht ansah.

Neben ihr lag die »MS Friesenstern«, ein Ausflugsschiff der alteingesessenen Fährgesellschaft, das seit Jahrzehnten Touristen nach Helgoland brachte. Doch seit letztem Jahr machte die Nordlicht-Linie der etablierten Konkurrenz die Passagiere streitig - mit günstigeren Preisen und dem Versprechen eines interessanteren Reiseerlebnisses - sprich: reichlich billiger Alkohol an Bord und laute Musik während der Überfahrt.

Jan stand an der Reling der »MS Rungholt« und atmete die salzige Nachtluft ein. Das tat er manchmal, wenn er nachts nicht schlafen konnte. Er war ein gebürtiger Helgoländer und es war nicht leicht, Arbeit auf der Insel zu finden. Deshalb war Jan froh, diesen Job als Matrose bekommen zu haben, auch wenn es harte Plackerei war und er viele Nächte in seiner kleinen Koje an Bord verbringen musste, oft genug in Cuxhaven. Aber er brauchte das Geld, und die Arbeit auf See hatte ihren rauen Charme.

Ein Geräusch ließ ihn herumfahren - das Knarren von Holzkisten, das Knirschen von Schritten auf dem Kai. Jan duckte sich instinktiv hinter ein Rettungsboot auf dem Deck und spähte auf den Anleger hinunter. Was er sah, ließ ihn innehalten. Mehrere Männer waren dabei, Kisten über die Gangway von Bord der »MS Rungholt« zu schleppen. Im fahlen Licht der Scheinwerfer konnte Jan erkennen, wie sie an der Kaikante hastig die Aufkleber von den Kisten entfernten und durch neue ersetzten. Das geschah im Sichtschutz zweier Transporter, die direkt am Kai standen. Er wunderte sich. Was geschah hier mitten in der Nacht?

»Das ist das letzte Mal, hörst du?«, sagte einer der Männer, ein kräftiger Kerl mit Wollmütze. Es war Horst, das konnte Jan im schwachen Licht erkennen. Er trug immer diese alte Wollmütze, sie war sein Markenzeichen. »Ich mach' den Scheiß nicht mehr mit. Das ist Schmuggel, verdammt!« Jan erschrak ob des wütenden Tons seines Kollegen.

Ein anderer, hochgewachsener, hagerer Mann in Lederjacke packte Horst am Kragen. »Du hältst jetzt die Klappe verstanden? Oder willst du, dass dein Gesicht Bekanntschaft mit meiner Faust macht?«

Horst schüttelte die Hand ab, seine Augen blitzten wütend. »Halt die Schnauze, Rudi. Ich bin raus. Vielleicht sollte ich einfach zur Polizei gehen und ...«

Weiter kam er nicht. Rudi holte aus und verpasste ihm einen Kinnhaken, der ihn taumeln ließ. Doch damit nicht genug: Die anderen Männer ließen von ihren Kisten ab und fielen über Horst her wie ein Rudel hungriger Wölfe. Als hätten sie nur auf ein Signal gewartet, schlugen und traten sie auf ihn ein. Jan presste seine Hand auf den Mund, um nicht zu schreien. Er wollte eingreifen und Horst helfen, aber seine Beine waren wie gelähmt vor Angst.

Es schien eine Ewigkeit zu dauern, bis die Männer endlich von dem Matrosen abließen. Er lag stöhnend und blutend auf dem Kai, das Gesicht eine einzige Masse aus Blau und Lila. Rudi beugte sich mit einem höhnischen Grinsen über ihn.

»Lass dir das eine Lehre sein, Horst. Halt die Klappe und tu, was man dir sagt. Sonst war das erst der Anfang.«

Lachend setzten die Männer ihre Arbeit fort. Sie schleppten Kisten von Bord, tauschten die Aufkleber aus und luden sie in die Lieferwagen. Horst ließ sie einfach an der Kaikante liegen. Jan wartete noch eine ganze Weile, bis sie fertig waren und die beiden Lieferwagen abfuhren. Dann eilte er zu dem verletzten Mann.

»Meine Güte, wie geht es dir? Wir müssen einen Krankenwagen rufen, die Polizei ...«, sagte Jan entsetzt.

Horst packte ihn am Arm, sein Griff war überraschend stark für einen so schwer verletzten Mann. Seine Augen sahen in Jans. »Pass auf dich auf, Junge«, sagte er stöhnend. »Du weißt nicht, mit wem du es zu tun hast. Die schrecken vor nichts zurück, um ihre schmutzigen Geschäfte zu schützen. Halt dich da raus, wenn dir dein Leben lieb ist.«

Mit diesen Worten rappelte sich Horst auf und humpelte davon, eine Hand auf die gebrochenen Rippen gepresst. Er verschwand im Niedergang, der zum Mannschaftsdeck führte, und stieg vorsichtig die Treppe hinunter. Jan blieb verstört an Deck zurück. In seinem Kopf drehten sich Fragen und Ängste. Um was für Geschäfte ging es genau, fragte sich Jan. Dass es Schmuggelware war, die umdeklariert wurde, das hatte er gleich gemerkt. Aber was geschah damit? Und was zum Teufel ging auf der »MS Rungholt« vor?

Jan wusste nur eins: Er wollte nicht einfach die Augen verschließen und so tun, als wäre nichts passiert. Er musste der Sache auf den Grund gehen. Denn so viel war ihm klar: Auf der MS Rungholt wurden dunkle Geschäfte gemacht. Und ein Großteil der Besatzung schien darin verwickelt zu sein. Wäre er in jener Nacht nicht an Deck gegangen und hätte Horst sich nicht gewehrt - er hätte nichts mitbekommen. Jan war fest entschlossen, das Geheimnis zu lüften.

AUFBRUCH MIT DER »NORDSTERN«

Die Sonne war gerade über dem Yachthafen in Wedel aufgegangen, als Erik Wiedner aus dem Taxi stieg, das ihn und seinen Freund Frank vom S-Bahnhof gebracht hatte. Er streckte sich und atmete die Frühlingsluft ein. Es war ein frischer Maimorgen, und es schien ihm der ideale Tag für einen Segeltörn auf der Elbe. Gut gelaunt schlenderten die beiden an den langen Hallen mit den Winterlagern vorbei zum Hafenbecken. Am Steg 7 wartete die Yacht »Nordstern«. Das 14 Meter lange Schiff war der ganze Stolz der Familie von Peter Lorenz, ihrem besten Freund. Dessen Vater hegte und pflegte die schwedische Hallberg-Rassy und war immer etwas nervös, wenn sein Sohn damit auf Tour gehen wollte. Aber dann ließ er sie doch segeln.

Da kam Peter aus der Kajüte an Deck. »Na, auch schon da?«, begrüßte er die beiden grinsend.

»Klar, unser Wochenende auf der Elbe lasse ich mir nicht entgehen«, antwortete Erik. »Bitte an Bord kommen zu dürfen, Skipper.«

»Die Erlaubnis gewähre ich euch«, sagte Peter. Gemeinsam machten sie sich daran, Proviant und Ausrüstung vom Steg auf das Schiff zu schaffen. Mit Peter, Frank und Erik war die Studentenclique, die sich vor zehn Jahren an der Universität Hamburg kennengelernt hatte, komplett.

»Hast du die Angelausrüstung eingepackt?«, fragte Frank und wuchtete eine Kühlbox an Deck. »Alles da«, bestätigte Peter. »Und für das leibliche Wohl ist auch gesorgt: Steak, Würstchen, Kartoffelsalat - wie immer nur das Beste!«

»Kartoffelsalat - wie immer nur das Beste vom Discounter, was?«, fragte Frank. Erik musste schmunzeln. Er und seine Freunde waren ein eingespieltes Team. Seit ihrem ersten Semester waren sie unzertrennlich. Zehn Jahre waren vergangen, jeder hatte sich sein eigenes Leben aufgebaut, doch die gemeinsamen Erinnerungen verbanden sie immer noch.

Eine Stunde später hatten sie abgelegt, die Segel hinter der Hafeneinfahrt gesetzt und fuhren gemächlich die Elbe hinunter. Erik stand am Bug und genoss den frühen Morgen. Er war gern am Bug, weil er hier mit seiner Nikon interessante Aufnahmen machen konnte. Allerdings musste er dafür das große Teleobjektiv benutzen, denn die Entfernungen auf dem Wasser schienen immer weit zu sein.

Auch wenn Erik so gut wie gar nicht segeln konnte, genoss er diese Törns. Schließlich war Peter ein ausgezeichneter Skipper und Frank hatte sich eine Menge von ihm abgeschaut.

Doch dann kehrte die Erinnerung an eine mysteriöse Nachricht in sein Bewusstsein zurück. Vorgestern hatte er eine Mail bekommen, die angeblich von einem Mitarbeiter der Helgoländer Gemeindeverwaltung stammte. Der Absender behauptete, auf der Insel gäbe es Korruption im großen Stil und bat Erik, diskret Nachforschungen anzustellen. Die Adresse ließ sich nicht zurückverfolgen, offenbar hatte der Informant auf Nummer sichergehen wollen.

Zuerst hatte Erik die Mail für einen schlechten Scherz gehalten. Warum sollte ausgerechnet auf Deutschlands einziger Hochseeinsel etwas nicht stimmen? Aber die detaillierten Informationen und der dringliche Tonfall ließen ihn aufhorchen. Was, wenn an der Geschichte doch etwas dran war?

Erik beschloss, der Sache unauffällig nachzugehen, wenn er mit seinen Freunden auf Helgoland war. Er würde die Augen und Ohren offen halten, ohne sich zu Spekulationen hinreißen zu lassen. Schließlich hatte er gerade als Redakteur bei einem Reisemagazin angefangen. Das war seine Chance, der Redaktion zu zeigen, dass Reiseberichte auch investigativ und kritisch sein konnten.

»Alles in Ordnung?«, hörte er Peters Stimme hinter sich. Erik drehte sich um und grinste. »Alles bestens. Ich dachte nur, wie gut es tut, endlich mal rauszukommen.« Peter erwiderte das Lächeln. »Mir geht es genauso. Manchmal braucht man Abstand vom Alltag.«

Auf der rechten Seite des Flusses, also an Steuerbord, lag die Haseldorfer Marsch mit ihren Deichen, auf denen friedlich Schafe weideten. Links, an Backbord, zog der Elbhafen von Stade vorbei. »Freunde, die Pflicht ruft!«, ertönte Franks Stimme aus der Kombüse, die direkt hinter dem Niedergang unter Deck lag. »Frühstück ist fertig!«

Peter blickte zu Erik. »Dann wollen wir mal. Nicht, dass er noch verhungert, unser Guter.«

Lachend reichten sie die Teller aus der Kajüte auf den Tisch, den sie im Cockpit aufgebaut hatten. Es gab Rührei, Speck und frische Brötchen. »An Bord schmeckt alles«, sagte Frank. »Jedenfalls, wenn so wenig Wind weht wie heute.«

»Dafür machen wir kaum noch Fahrt«, stellte Peter fest.

»Aber wir können in Ruhe frühstücken«, sagte Erik und nahm sich noch ein Brötchen aus dem Korb.

Nach dem Essen übernahm Frank den Abwasch. Peter starrte auf die Seekarten auf dem Display, während Erik sich etwas nutzlos vorkam und Fotos von der Unterelbe machte.

»Wenn wir es wirklich bis Helgoland schaffen wollen, muss endlich mehr Wind kommen«, sagte Peter kopfschüttelnd. »Sonst werfe ich den Motor an.«

»Nein nicht den Motor«, antwortete Erik enttäuscht. »Das Ding ist so verdammt laut und wir wollen doch die Fahrt unter Segeln genießen.«

»Erik, bei dem Tempo kommen wir nicht mal rechtzeitig in Glückstadt an. Mit zwei Knoten können wir nicht nach Helgoland segeln.«

»Das sind gerade einmal 3,7 Kilometer pro Stunde«, kam es von Frank aus der Kajüte.

»Ja, ja, du wirst noch dein Kapitänspatent machen«, gab Erik zurück.

»Also, ich bin für Motor«, bekräftigte Frank.

»Dann ist es beschlossen«, sagte Peter. Frank und Erik machten sich daran, die Segel wieder herunterzunehmen, während Peter den Diesel startete.

~

Erik dachte über die vergangenen Monate nach. Er war Mitte 30 und lebte in einer Altbauwohnung im Portugiesenviertel, einer malerischen Ecke Hamburgs am Hafenrand. Er liebte das Treiben in den kopfsteingepflasterten Straßen, den Geruch des Hafens und das Schreien der Möwen, das morgens durch sein Fenster drang. Hier fühlte er sich zu Hause. Seit ein paar Monaten arbeitete Erik nun für ein bekanntes Reisemagazin, das ihn schon an weit entfernte Orte geschickt hatte.

Doch Erik war nicht nur Reisejournalist, sondern auch ein leidenschaftlicher Investigativjournalist. Und das vermisste er in seinem neuen Job. Immer wieder stieß er bei seinen Recherchen auf Missstände, die er nicht ignorieren wollte. Dann recherchierte er gründlich. Anschließend begann jedes Mal die Überzeugungsarbeit in der Redaktion, aus der freundlich-sonnigen Reisereportage einen kritischen Bericht zu machen - eine Debatte, die er bisher meist gewonnen hatte. Seine Artikel hatten ihm den Respekt seiner Kollegen eingebracht.

Vor seiner Zeit beim Reisemagazin hatte Erik für eine Hamburger Tageszeitung geschrieben. Es war eine harte Schule gewesen, mit langen Nächten und viel Kaffee, meistens auch mit viel Druck. Aber er hatte in dieser Zeit viel gelernt, über sich selbst und über die Welt da draußen.

Wenn Erik nicht unterwegs war, verbrachte er seine Zeit am liebsten mit seinen Freunden. Frank war der Draufgänger und Peter der Vernünftige, der Ruhepol der Gruppe. Gemeinsam hatten sie schon so manches Abenteuer erlebt. Und dann war da die »Nordstern«, das Segelboot von Peters Vater, das sie ihm schon einige Male »abgeschnackt« hatten. Für Erik war das Boot mehr als nur eine Yacht. »Für uns ist das Boot ein Versprechen von Freiheit und Unabhängigkeit«, hatte er einmal gesagt.

~

ZWISCHENSTOPP IN CUXHAVEN

Sie erreichten die Stadt an der Elbmündung am frühen Abend. Unter Motor waren sie in den Stadthafen eingelaufen. Dort wollten sie einen Zwischenstopp einlegen, bevor sie die Etappe nach Helgoland in Angriff nahmen. Peter steuerte die »Nordstern« geschickt zwischen den Fischkuttern und Ausflugsdampfern hindurch und legte an einem Gästesteg an. Frank und Peter wollten ein wenig die Stadt erkunden und bei einem Schiffsausrüster nach aktuellen Seekarten Ausschau halten.

»Wir treffen und in einer Stunde wieder hier«, rief Erik ihnen hinterher, während er selbst in Richtung Hafenviertel schlenderte. Er wollte ein paar Fotos aufnehmen, vielleicht konnte er etwas für seine Zeitschrift daraus machen. Die Gassen in der Nähe des Stadthafens hatten ihren eigenen Charme. Über allem hing der Geruch von Meer und auch ein wenig Fisch. Erik schlenderte an einigen Kneipen vorbei, in denen die ersten Touristen ihr Bier genossen.

Plötzlich blieb sein Blick an einer Szene vor dem Zollgebäude hängen. Ein Mann im Anzug stieg aus einer Limousine. Sofort wurde er von zwei bulligen Typen mit Kurzhaarschnitt flankiert, die aussahen, als wären sie einem Mafiafilm entsprungen. Irgendetwas an der Art, wie sie sich bewegten, schrie förmlich nach krummen Geschäften.

Eriks Neugier war geweckt. Unauffällig näherte er sich dem Gebäude und zückte sein Handy. Zum Glück hatte er sich vor kurzem ein Modell mit Teleobjektiv zugelegt, dachte er. Durch den Zoom konnte er den Mann im Anzug nun deutlicher erkennen. Er hatte ein markantes Gesicht mit kalten grauen Augen. Dann raunte er seinen Begleitern etwas zu. Mit schnellen Schritten ging er zum Seiteneingang des Zollgebäudes, nicht ohne sich noch einmal misstrauisch umzusehen.

Geistesgegenwärtig duckte sich Erik hinter einen Wagen, als der Blick des Mannes über ihn glitt. Was ist hier los, fragte er sich. Ein Motor startete. Die schwarze Limousine fuhr los, offenbar hatte der Fahrer die Männer nur abgesetzt. Erik nahm sein Handy und drückte auf den Auslöser. Die Nummernschilder waren deutlich zu erkennen, auch die Gesichter der Männer.

Doch was hatte das Ganze zu bedeuten? Warum traf sich ein offensichtlich wohlhabender Geschäftsmann mit zwielichtigen Gestalten vor dem Zollamt? Unwillkürlich musste Erik an den anonymen Anrufer denken und fragte sich, ob es einen Zusammenhang geben könnte. Doch dann passierte nichts mehr. Der Mann im Anzug blieb verschwunden, die beiden kräftigen Gestalten lehnten an der Wand und rauchten. Erik beschloss, die Sache im Auge zu behalten. Vielleicht bot sich auf Helgoland die Gelegenheit, dem nachzugehen.

Als er wenig später zum Hafen zurückkehrte, warteten seine Freunde schon ungeduldig auf ihn. »Mensch, wo bleibst du denn?«, empfing ihn Frank. »Wir wollen doch noch was essen gehen.«

»Sorry Leute, ich war noch schnell am Zollamt«, sagte Erik geheimnisvoll. »Ich glaube, ich bin einer interessanten Sache auf der Spur ...«

Peter und Frank tauschten Blicke aus. Sie kannten Eriks Spürsinn. »Dann lass mal hören«, sagte Peter neugierig.

Doch Erik winkte ab. »Später. Zuerst suchen wir uns ein schönes Restaurant. Ich habe eine Überraschung für dich, Peter.«

Peter sah ihn erstaunt an. »Für mich? Was denn?«

»Lass dich überraschen. Ich sage nur: blonde Haare, blaue Augen und ein unwiderstehliches Lächeln ...«

Peter wurde auf einmal rot. »Du meinst doch nicht ...?«

Erik nickte. »Doch genau die. Inken Hansen. Deine Jugendfreundin. Sie ist von Hamburg zurück nach Helgoland gezogen. Und hat dort ein Café eröffnet, habe ich gehört. Das wäre doch eine Gelegenheit, alte Erinnerungen aufzufrischen, meinst du nicht?«

Peter starrte verlegen auf seine Segelschuhe - aber so überrascht, wie Erik geglaubt hatte, war er gar nicht. Frank sah ihn an und sagte dann: »Ich glaube, Erik, dass Peter das schon lange weiß. Und dass es kein Zufall ist, dass wir nach Helgoland fahren.«

»Unsinn«, sagte Peter. Dann lächelte er, denn natürlich freute er sich riesig, Inken nach all den Jahren wiederzusehen. Auch wenn Erik es ihm als Überraschung erzählt hatte, wusste Peter ganz genau, dass sie jetzt wieder auf der Insel lebte - und das war für ihn Grund genug gewesen, den Törn nach Helgoland vorzuschlagen. Laut sagte er: »Okay, Jungs, mit der nächsten Flut laufen wir aus und fahren auf die Insel.« Keiner der drei ahnte, welches Abenteuer sie dort erwartete. Aber sie ahnten, dass es bestimmt nicht langweilig werden würde ...

∾

KAPITEL 2

Roter Fels, dunkle Geheimnisse

Die Sonne neigte sich dem Horizont zu, als die »Nordstern« nach vielen Stunden auf der Nordsee endlich in den Hafen von Helgoland einlief. Peter steuerte das Boot geschickt an den Anleger, während seine Freunde sich um die Festmacherleinen kümmerten.

»Landgang!«, rief Frank freudig, als sie die Yacht festgemacht hatten. »Ich kann es kaum erwarten, wieder festen Boden unter den Füßen zu haben und einen Blick in die Duty-free-Shops zu werfen.«

Erik lachte. »Du bist doch nicht etwa seekrank geworden?« Frank klopfte ihm auf die Schulter. »Nein, bin ich nicht. Aber gegen das erste Kaltgetränk des Abends hätte ich jetzt nichts einzuwenden - am besten zollfrei gemixt, versteht sich.«

Peter, der als Letzter von Bord ging, konnte sich ein Schmunzeln nicht verkneifen. Natürlich freute auch er sich auf eine Erfrischung. Aber es beschäftigte ihn jemand anderes, seit sie die markante Silhouette der Insel am Horizont ausgemacht hatten: Inken. Ob sie sich freuen würde, ihn nach all den Jahren wiederzusehen?

Zögernd folgte er seinen Kameraden, die bereits fröhlich die Hafenstraße entlang schlenderten. Wie eine Filmkulisse zogen die schmalen Hütten der Hummerbuden an ihnen vorbei. Wie sie früher hier herumgelaufen waren, als Peter mit seinen Eltern auf der Insel Urlaub gemacht hatte. Damals hatte er mit Inken auf dem Steg gesessen und dem Kreischen der Möwen gelauscht. Peter fühlte sich plötzlich nostalgisch.

Schließlich erreichten sie das »Café Inselblick«, Inkens ganzer Stolz. Durch die weit geöffneten Fenster konnte man das glitzernde Blau der Nordsee im Abendlicht sehen. Im Inneren standen einladende Tische mit karierten Decken. Peter spürte, wie sein Herz schneller schlug, als er auf den Eingang zuging. Drinnen herrschte reges Treiben. Das Klappern von Geschirr und das Stimmengewirr der Gäste schallte ihnen entgegen. Und mittendrin stand sie: Inken.

Sie sah noch genauso bezaubernd aus wie in seiner Erinnerung, das blonde Haar zu einem Pferdeschwanz gebunden, die Wangen vom Küchendunst gerötet. Sie balancierte gerade ein Tablett mit dampfenden Tassen, als sie die neuen Gäste bemerkte. Ihr Blick traf den von Peter, und für einen Moment schien die Welt stillzustehen. Dann hellte sich ihr Gesicht auf wie die Sonne, wenn sie über der Nordsee aufging. Mit einem Freudenschrei stellte sie das Tablett ab und stürmte auf die Freunde zu. »Peter! Erik! Frank! Ist das wirklich wahr?«

Überschwänglich fiel sie jedem um den Hals. Peter, der die Umarmung etwas zu lange genossen hatte, räusperte sich verlegen. »Wie schön, dich zu sehen, Inken«, brachte er hervor. »Du siehst toll aus.«

Sie errötete ein wenig, fing sich aber schnell wieder. »Du Charmeur«, sagte sie. »Kommt, setzt euch. Ihr müsst mir erzählen, was ihr erlebt habt.« Sie führte sie zu einem freien Tisch im hinteren Teil des Lokals, am Fenster, mit Blick auf den Hafen. Nachdem sie ihre Bestellung aufgenommen hatte - sie empfahl ihnen ihren Eiergrog, das Nationalgetränk der Insel - setzte sie sich zu ihnen.

»Also, Jungs. Was führt meine Lieblingsseemänner ausgerechnet hierher, noch dazu ohne Vorwarnung?«

Erik beugte sich vor. »Na ja, wir wollten schon seit einiger Zeit mal wieder zu einem Segeltörn aufbrechen. Nachdem Peters Vater uns mit gutem Zureden die »Nordstern« wieder überlassen hat, haben wir uns für Helgoland entschieden.« Dass für ihn auch die geheimnisvolle E-Mail eine Rolle gespielt hatte und für Peter die Aussicht, sie wiederzusehen, verschwieg er zunächst. Und dann war es Inken, die den Faden wieder aufnahm. »Wir müssen mal in Ruhe miteinander reden, Jungs. Ich glaube, irgendwas stimmt hier auf der Insel nicht. Irgendwas ist hier los.«

»Was meinst du damit?«

»Genau kann euch das mein Bruder erzählen. Auf dem Helgolanddampfer, auf dem er arbeitet, hat er einige Beobachtungen gemacht.«

»Inken, müssen wir uns Sorgen machen? Ihr seid doch vorsichtig?«, fragte Peter sofort.

Inken sah ihn erstaunt an, dann huschte ein Lächeln über ihr Gesicht. »Du kennst mich doch, Peter. Ich passe schon auf mich auf. Aber es ist süß, dass du dir Sorgen machst.«

Peter wurde rot und murmelte etwas Unverständliches. Erik und Frank grinsten sich an. Die Spannung zwischen den beiden war mit Händen zu greifen.

Um vom Thema abzulenken, fragte Frank: »Sag mal, Inken, können wir bei dir auch zu Abend essen? Oder müssen wir uns etwas in der Pantry der ›Nordstern‹ machen?«

Inken lachte. »Natürlich! Was denkst du denn?«

Sie zwinkerte, Peter freute sich und dachte: Vielleicht würde dieser Aufenthalt auf Helgoland ja doch interessanter werden als gedacht, und das nicht nur wegen des möglichen Schmugglerfalls …

Nachdem sie sich für den Abend verabredet hatten, gingen sie wieder an Bord. »Irgendwie unheimlich, oder?«, murmelte Frank, als sie an den Bretterbuden vorbeischlenderten. »Man könnte meinen, hier lauert was Finsteres.«

≈

Als sie später am Abend zum »Inselblick« zurückkehrten, war die Stimmung ausgelassen. Im Café wartete Inken schon auf sie - und sie war nicht allein. Neben ihr stand ein junger Mann, Ende zwanzig, mit kurzen dunkelblonden Haaren und einem nachdenklichen Gesichtsausdruck. »Darf ich vorstellen, das ist mein Bruder Jan«, sagte Inken, als sie näher kamen.

»Er arbeitet bei einer Reederei hier auf der Insel und kümmert sich als Matrose um die Fährverbindungen.«

Jan trat vor und schüttelte jedem einzeln die Hand. »Schön, dass ihr den Weg zurück auf die Insel gefunden habt«, sagte er mit einem Lächeln, das seine Augen nicht ganz erreichte.

Peter spürte sofort, dass Jan etwas beschäftigte. Er wirkte nachdenklich, fast besorgt. Als sie am Tisch saßen, kam Jan gleich zur Sache. »Hört mal, Jungs, ich bin froh, dass ihr hier seid«, begann er zögernd. »Mir sind in letzter Zeit ein paar Dinge aufgefallen, die mir einfach keine Ruhe lassen.«

Erik horchte auf. »Was für Dinge?«, hakte er nach.

Jan beugte sich vor und senkte die Stimme. »Nun, ich habe in Cuxhaven eine unschöne Sache mitbekommen. Die Männer von der Besatzung haben Kisten vom Schiff gebracht, mitten in der Nacht.« Erik und seine Freunde hörten ihm gebannt zu. Jan fuhr fort. »Dann war da Horst, ein älterer Matrose. Als er sagte, dass er nicht mehr mitmachen wollte, haben sie ihn grün und blau geprügelt. Ich wollte ihm zu Hilfe kommen, aber er ist davon gehumpelt. Am nächsten Tag hat er seinen Dienst wieder aufgenommen, obwohl er immer noch verletzt war. Aber er hat kein Wort mehr darüber verloren. Dann hörte ich, wie sich einige Leute von der Reederei über ungewöhnliche Frachtpapiere unterhielten. Lieferungen ohne klaren Absender, Unstimmigkeiten bei den Mengenangaben, solche Sachen.« Er zuckte mit den Schultern. »Das alles hat mich misstrauisch gemacht, zusammen mit den verschärften Sicherheitsvorkehrungen im Hafen und dem Gerede über Schmuggelware ...«

»Moment mal«, unterbrach Frank. »Verschärfte Sicherheitsmaßnahmen? Schmuggelware?«

Jan seufzte. »Ich weiß auch nicht mehr. Aber irgendwas ist im Busch, da bin ich mir sicher. Ich dachte nur ... na ja, wo ihr schon mal hier seid, könntet ihr vielleicht ein bisschen die Augen und Ohren offen halten.«

Peter nickte langsam. Jans Andeutungen klangen in der Tat beunruhigend. Natürlich war es unwahrscheinlich, dass auf einer so kleinen und gut kontrollierten Insel wie Helgoland unbemerkt Schmuggelware ein- und ausgeführt werden konnte. Aber auszuschließen war es eben auch nicht.

»Wir werden die Augen offen halten«, versprach er. »Und wenn uns etwas Verdächtiges auffällt, werden wir der Sache auf den Grund gehen.«

»Weißt du, was das Schlimmste ist?« Inken sah Erik und Peter in die Augen. »Dass wir Helgoländer immer außen vor bleiben. Als sie die Windparks draußen in der Deutschen Bucht ausgeschrieben haben, dachten wir, das wäre unsere Chance. Jobs, Aufträge, Perspektiven. Aber weit gefehlt. Der Hafenchef Deichmann hat alles an seine Leute vom Festland vergeben. Die scheffeln die Kohle und wir gucken in die Röhre.«

Erik schluckte. Er spürte die Enttäuschung und die Wut, die in

Inkens Worten mitschwangen. Was für ein Gefühl musste das sein, auf der eigenen Insel wie Bürger zweiter Klasse behandelt zu werden? Ausgerechnet dort, wo man jeden kannte, wo die Familien seit Generationen lebten? Erik konnte sich vorstellen, wie sehr das an der Inselgemeinschaft nagte.

»Das tut mir leid«, sagte er ehrlich. »Ich wusste nicht, dass es so schlimm ist. Aber genau deshalb sind wir ja auch hier. Um rauszufinden, was dahintersteckt und es öffentlich zu machen.«

Jan lächelte erleichtert. »Danke, Jungs. Ich wusste, dass ich mich auf euch verlassen kann. Aber jetzt genug vom ernsten Thema - lasst uns den Abend genießen. Ich gebe eine Runde aus und essen wollt ihr ja auch etwas.«

Am nächsten Morgen saßen sie bei Inken wieder zum Frühstück, als Jan plötzlich hereinstürmte. Er sah aus, als hätte er die ganze Nacht kein Auge zugetan.

»Wir müssen reden«, sagte er ohne Umschweife und ließ sich auf einen Stuhl fallen. »Es ist ernst.«

Inken legte ihre Hand auf seine. »Was ist los, Jan? Du machst mir Angst.«

Jan atmete tief durch. »Ich habe Beweise«, sagte er dann. »Beweise, dass die Reederei, für die ich arbeite, in Schmuggelgeschäfte verwickelt ist.«

Ein kollektives Staunen ging durch die Runde. »Bist du sicher?«, fragte Erik fassungslos.

Jan nickte grimmig. »Leider ja. Ich bin gestern Abend doch noch einmal ins Reedereibüro gegangen, weil ich sehen wollte, wann mein nächster Dienst ist. Aber dabei habe ich einen Ordner mit Frachtpapieren gefunden. Und darin steckten Abrechnungen, die zeigen, dass die ›Nordlicht-Linie‹ seit Monaten illegale Waren transportiert. Und zwar unter dem Schutz von Ingolf Deichmann, dem Hafenchef.«

»Deichmann?«, sagte Frank ungläubig. »Der soll also auch mit drinstecken?«

»Bis zum Hals«, bestätigte Jan. »Er deckt die ganze Sache und kassiert kräftig mit. Deshalb auch die erhöhten Sicherheitsvorkehrungen im Hafen - damit niemand Wind von der Angelegenheit bekommt.«

Peter schüttelte den Kopf. »Das ist ja ungeheuerlich. Hast du die Papiere noch? Dann müssen wir damit zur Polizei gehen.«

Aber Jan schüttelte den Kopf. »Die Polizei ist keine Option«, sagte er leise. »Das würde Deichmann ziemlich schnell spitz kriegen, und dann bin ich dran - so wie schon Horst in Cuxhaven.«

Inken wurde blass. »Aber was machen wir dann?«, fragte sie.

Jan sah sie alle eindringlich an. »Ich brauche eure Hilfe«, sagte er schließlich. »Gemeinsam haben wir vielleicht eine Chance, ihm das Handwerk zu legen. Seid ihr dabei?«

Peter ergriff das Wort. »Ich bin dabei«, sagte er entschlossen. »Wenn es stimmt, was du sagst, Jan, dann können wir nicht tatenlos zusehen.«

Erik nickte. »Das sehe ich genauso. Wir dürfen so etwas nicht durchgehen lassen. Außerdem könnte eine interessante Geschichte dahinter stecken. Moment mal ...« Erik zückte sein Handy und öffnete die Foto-App mit der Galerie. Er zeigte Jan die Fotos aus Cuxhaven, von dem Mann, den er am Zoll gesehen hatte. »Ist er das?«

»Ja, natürlich, das ist Ingolf Deichmann«, sagte Jan. »Was macht der denn da?«

»Keine Ahnung, ich habe ihn am Zoll gesehen und ein paar Fotos gemacht, weil es mir komisch vorkam. Aber ich will es herausfinden.«

»Das hat man davon, wenn man mit einem Journalisten nach Helgoland fährt«, seufzte Frank. »Aber natürlich sind wir dabei.«

~

Trotz des dramatischen Auftakts nach ihrer Ankunft auf der Insel vergingen die nächsten Tage, ohne dass die drei Freunde wirklich vorankamen. In einer so kleinen und engen Gemeinschaft wie auf Helgoland war es schwierig, Nachforschungen anzustellen, ohne Aufmerksamkeit zu erregen.

Sie wussten, dass sie behutsam vorgehen mussten. Eine unbedachte Frage konnte sie verdächtig machen und womöglich die falschen Leute alarmieren. So beschränkten sie sich zunächst darauf, Augen und Ohren offenzuhalten. Sie beobachteten das Treiben der Fährschiffe, der kleinen Frachter und die Arbeit der Hafenarbeiter. Doch auf den ersten Blick schien alles seinen gewohnten Gang zu gehen. Nichts deutete auf illegale Aktivitäten hin.

»Vielleicht ist die Schmuggelware gut versteckt«, überlegte Erik eines Abends, als sie zusammensaßen. »In irgendeinem doppelten Boden oder zwischen der regulären Ladung.«

Inken schüttelte den Kopf. »Aber würde das nicht bei der Zollkontrolle auffallen? Ich kann mir nicht vorstellen, dass die nicht genau hinsehen.« Sie diskutierten die wildesten Theorien, aber ohne Ergebnis. Ohne handfeste Beweise oder zumindest einen konkreten Anhaltspunkt kamen sie einfach nicht weiter. Frustriert beschlossen sie, sich auf Jan zu konzentrieren. Vielleicht konnte er ihnen einen Tipp geben, wo sie anfangen sollten.

»Ich habe meine Freunde bei den anderen Reedereien gefragt, aber keiner will etwas gesehen oder gehört haben«, berichtete er etwas ratlos. »Das ist merkwürdig, denn die Nordlicht-Linie ist für sie eine ziemlich unliebsame Konkurrenz. Die Hafenarbeiter und Seeleute wollen sich nicht die Finger verbrennen.«

Peter seufzte. »Kein Wunder, wenn Deichmann dahinter steckt. Der scheint hier doch alle in der Tasche zu haben.«

Zwei Tage später ergab sich unverhofft eine Gelegenheit. Peter war gerade auf dem Weg zum Bäcker, als er auf der anderen Straßenseite Ingolf Deichmann entdeckte. Der Verwaltungschef kam aus dem Hafenbüro und ging schnellen Schrittes die Straße hinunter. Unwillkürlich verlangsamte Peter seinen Gang und beobachtete ihn aus den Augenwinkeln. Deichmanns Miene wirkte angespannt, als hätte er eine schlechte Nachricht erhalten. Er nestelte an seinem Kragen herum, während er in eine Seitengasse einbog. Peter zögerte einen Moment, dann fasste er einen Entschluss. Unauffällig folgte er Deichmann, immer darauf bedacht, genügend Abstand zu halten.

Der Weg führte den Mann zum Hafen, vorbei an den Hummerbuden, dann an verwitterten Schuppen. Er bog zweimal ab, bis er schließlich vor einer unscheinbaren Tür stehen blieb. Nervös blickte er sich um, als wolle er sich vergewissern, dass ihm niemand gefolgt war. Dann klopfte er in einem komplizierten Rhythmus gegen das dunkle Holz. Einen Augenblick später öffnete sich die Tür einen Spalt breit. Peter konnte das Gesicht des Mannes dahinter nicht erkennen, aber er sah, wie Deichmann ihm etwas zusteckte, das wie ein Briefumschlag aussah.

Wenige Sekunden später war die Tür wieder zu und Deichmann eilte davon. Peter wartete, bis er außer Sichtweite war, dann trat er selbst an den Eingang. Sein Herz klopfte wie wild, aber er wusste, dass er schnell handeln musste, bevor die Gelegenheit vorbei war. Mit zitternden Fingern zückte er sein Handy und machte ein paar Fotos von der Tür und der Umgebung. Er glaubte nicht, dass er damit Beweise aufgenommen hatte, aber es war ein Anfang. Hastig steckte er das Handy wieder ein und machte sich auf den Rückweg. Er musste unbedingt mit den anderen reden.

～

KAPITEL 3

Im Auge des Sturms

Es war eine mondlose, dunkle Nacht, als Erik mit Peter und Frank zu einem nächtlichen Segeltörn um die Insel ausliefen. Inken hatte die Idee gehabt, sie wollte Helgoland auch einmal im Dunkeln vom Wasser aus sehen. Und da das Wetter ruhig war, ließ sich Peter nicht lange bitten. Unter Motor verließen sie den Außenhafen, ihre Positionslichter leuchteten weit in die Dunkelheit. Dann nahmen sie Kurs auf die Düne, die sie zuerst umrunden wollten. Die kleine Nachbarinsel war bis auf den Flughafen und das Feriendorf am Kai kaum besiedelt.

Die Wellen glitzerten im Mondlicht, als sie langsam durch die Dunkelheit glitten. Nur das leise Rauschen und Brummen des Dieselmotors waren zu hören. Als sie den Nordstrand und die Mole passiert hatten, drosselte Peter die Geschwindigkeit und wendete nach Süden. Dann ließ er die Yacht in einiger Entfernung vom Ufer treiben. Obwohl Erik ihn skeptisch ansah, schaltete Peter die Navigationslichter aus. »Hier draußen ist um diese Zeit niemand mehr, und wir wollen nicht mit Festbeleuchtung auffallen.«

Sie beobachteten die Küstenlinie, die sich als dunkler Streifen vor dem Sternenhimmel abzeichnete. Zuerst schien alles ruhig, doch dann entdeckte Inken eine Bewegung in der Dunkelheit. »Sieh mal«, sagte sie aufgeregt und deutete auf einen Punkt nahe der Wasserlinie. Die anderen folgten ihrem Blick und erkannten mehrere schattenhafte Gestalten, die sich dort zu schaffen machten. Im fahlen Licht des Mondes konnten sie erkennen, wie die Männer Kisten über den schmalen Strand schleppten und zu einem Beiboot brachten, das einige Meter vom Strand entfernt im Wasser schaukelte. »Schnell, die Kamera!«, flüsterte Peter Erik zu. Dieser nickte und griff nach seiner Ausrüstung. Mit geübten Handgriffen begann er, die Szenerie zu fotografieren.

Die Schmuggler dagegen waren so sehr mit ihrer Arbeit beschäftigt, dass sie nichts bemerkten.

Kiste um Kiste wurde in das Boot geladen, bis es tief im Wasser lag. Dann stießen zwei der Männer ab und starteten den Motor. Sie fuhren aufs Meer hinaus, umrundeten die Düne im Süden und nahmen Kurs auf die Hauptinsel. Langsam folgte ihnen die »Nordstern« durch die dunkle Nacht.

»Die bringen die Schmuggelware zur Fähre«, flüsterte Frank fassungslos. »Wahrscheinlich haben sie jemanden an Bord, der die Sachen an Land bringt und verteilt.« Sie beobachteten, wie das Beiboot längsseits der Fähre fuhr. Dann machte es an einer Ladeluke fest und die Kisten wurden hinein gehievt. Kurz darauf erloschen die Lichter an Bord der »MS Rungholt« und das Schiff versank in der Dunkelheit, als wäre nichts geschehen. Das kleine Motorboot verschwand in der anderen Ecke des Hafens.

Erst als sie sicher waren, dass niemand mehr an Deck war, wagte die kleine Crew der Nordstern, in den inneren Hafen hineinzufahren und zu ihrem Liegeplatz zurückzukommen.

»Das ist der Beweis«, sagte Inken aufgeregt. »Auch wenn ich nicht die ganze Insel bei Nacht gesehen habe, reicht mir das. Jetzt müssen wir herausfinden, wer diese Leute sind und was sie genau schmuggeln.«

»Etwas, das sie von der Düne geholt haben«, vermutete Erik. »Ich bin sicher, die Antwort finden wir in dem Lagerhaus, das du beobachtet hast, Peter.«

Sie schlichen durch die nächtliche Stille des Hafens. In dem kleinen Gewerbegebiet an der Ringstraße bahnten sich die Freunde ihren Weg über einen dunklen Hinterhof zu der Lagerhalle, die Peter ihnen zeigte. Wachsam gingen sie am Zaun entlang, immer bereit, sich zu ducken, falls jemand auftauchen sollte. Peters hatte sie hierhergeführt - zu dem Versuch, handfeste Beweise für Ingolf Deichmanns illegale Machenschaften zu finden.

»Wie kommen wir hier jetzt weiter?«, fragte Peter, als sie vor einem

Maschendrahtzaun standen. »Ich würde sagen: Auf die direkte Tour«, meinte Erik. Er zog eine kleine Drahtzange aus seiner Jacke und machte sich daran, die Maschen des Zauns durchzuknipsen.

»Da sieht man es wieder: Erik ist nicht nur Journalist, sondern hat auch Erfahrung mit halblegalen Machenschaften«, sagte Frank grinsend. In der Tat: Als Erik vor dem Zaun stand, fühlte er sich unwillkürlich an seine eigene Vergangenheit erinnert. Der muffige Geruch, die kahlen Wände, das schummrige Licht - all das weckte Erinnerungen an seine Zeit bei den Altonaer Motorradrebellen. Damals hatte er sich für sehr stark gehalten, für jemanden, dem die Welt offenstand. Doch in Wahrheit war er nur ein kleiner Gauner gewesen, der Unschuldigen das Wenige nahm, was sie hatten.

Wie der Kioskbesitzer in der Großen Bergstraße. Erik sah noch das Flehen in seinen Augen, als er ihnen die mickerige Tageseinnahme hinhielt. "Bitte, nehmt mir nicht alles weg. Meine Familie braucht das Geld." Doch Erik und seine Kumpels hatten nur höhnisch gelacht. Heute schämte er sich dafür. Er wusste, wie es sich anfühlte, ohnmächtig und ausgeliefert zu sein. Und er hatte sich geschworen, dass er nie wieder auf der falschen Seite stehen würde. Das hatte er auch seinem Onkel zu verdanken, der ihm damals ins Gewissen geredet hatte. Erik hatte die Kurve gekriegt. Doch in manchen Momenten wurde aus dem Intellektuellen ein Mann, der sich praktisch zu helfen wusste - zum Beispiel, wenn es darum ging, illegal in ein Gebäude einzudringen.

Sie kletterten durch das Loch im Zaun und betraten das Gelände. Jeder Schritt auf dem unebenen Kiesboden erforderte Vorsicht, um keine Geräusche zu verursachen. Ihr Ziel war ein Seiteneingang, den sie tagsüber ausgekundschaftet hatten. Erik machte sich daran, das rostige Vorhängeschloss zu knacken. Seine Finger zitterten leicht, als er mit Dietrich und Draht hantierte, aber nach bangen Sekunden sprang das Schloss auf.

Mit angehaltenem Atem öffneten sie die Stahltür einen Spalt breit und blickten in die muffige Dunkelheit der Lagerhalle. Der Geruch von Staub, altem Holz und Öl schlug ihnen entgegen. Im Schein ihrer Taschenlampen gingen sie zwischen hohen Regalen und gestapelten Kisten hindurch, immer auf der Hut vor Wachleuten oder gar Überwachungskameras. Schließlich stießen sie auf eine verschlossene Tür mit der Aufschrift »Privat! Zutritt verboten«. Hinter dieser Tür hofften sie, Material zu finden. Wieder trat Erik in Aktion und machte sich an dem Schloss zu schaffen, während seine Freunde nervös Wache hielten.

Es dauerte quälend lange Minuten, bis sich die Tür endlich mit einem leisen Klicken öffnete. Mit klopfenden Herzen betraten sie den Raum, der sich als kleines, schäbiges Büro entpuppte. Aktenschränke und Regale voller Ordner säumten die Wände, ein massiver Schreibtisch thronte in der Mitte, das einzige Fenster war vergittert.

Der Ventilator an der Decke ratterte müde vor sich hin, brachte aber kaum Linderung in der stickigen Hitze des Hafenbüros. Erik wischte sich mit dem Handrücken über die Stirn und blätterte in einem Stapel vergilbter Frachtpapiere. »Verdammt, hier ist nichts«, sagte Frank stöhnend und beugte sich über einen Aktenschrank. »Nur alte Rechnungen und Zollpapiere.«

Peter saß an Deichmanns Schreibtisch und starrte auf den alten Computerbildschirm. Seine Finger flogen über die Tastatur, während er versuchte, in das System einzudringen.

Plötzlich richtete sich Inken auf. »Moment mal«, sagte sie aufgeregt. »Seht euch das an.« Sie hielt einen Stapel Frachtpapiere hoch, auf denen Deichmanns Unterschrift deutlich zu erkennen war. »Das sind gefälschte Lieferscheine«, flüsterte sie. »Mit diesen Papieren hat Deichmann die Schmuggelware durch den Zoll geschleust.«

Erik kam näher, sein Herz schlug schneller. »Bist du dir sicher?«

Inken nickte. »Sieh mal, hier ist seine Unterschrift auf der Freigabe. Und das ist nicht nur ein Formular ...«, sie blätterte durch den Stapel, »das sind Dutzende von Blankoformularen.«

Plötzlich ertönte von draußen ein metallisches Klirren. Frank erstarrte. »Scheiße, das ist der Nachtwächter«, sagte er leise. Jemand ging an der Bürotür vorbei. Alle duckten sich hinter den Schreibtisch und die Tür.

Erik sah den Türgriff an, wartete darauf, dass er heruntergedrückt wurde. Stattdessen hörten sie nur ein lautes Gähnen. Dann entfernten sich die Schritte wieder. Als sie im Flur verstummt waren, atmeten die vier erleichtert auf. Frank seufzte. »Das war knapp. Ich hätte nicht gedacht, dass hier nachts jemand auf Patrouille geht.«

Peter starrte derweil auf den Bildschirm. »Interessant«, flüsterte er. »Hier sind Belege für Überweisungen an viele verschiedene Firmen auf dem Festland.«

Mit ruhiger Hand fotografierte Inken die Frachtpapiere und die belastenden Informationen auf dem Bildschirm. Peter kopierte die Daten auf einen USB-Stick. Dann öffneten sie vorsichtig die Bürotür, und als sie sahen, dass die Luft rein schien, verschwanden sie. Ihr Atem ging schwer, als sie sich durch den Spalt ins Freie zwängten und den Zaun notdürftig wieder schlossen.

Erst als sie mehrere Straßenzüge entfernt waren und sich in Sicherheit wähnten, erlaubten sie sich, erleichtert aufzuatmen. Sie hatten es geschafft, hatten Beweise in der Hand, der Grundstein für Deichmanns Entlarvung war gelegt.

～

Die vier Freunde saßen zusammen in Inkens Café, das helle Licht der Mittagssonne schien auf ihre Gesichter. Eine gespannte Stille lag in der Luft, nur das Klappern der Kaffeetassen und das leise Rauschen des Meeres waren zu hören. »Ich sage, wir stellen Deichmann zur Rede«, sagte Erik. »Wir haben Beweise, wir haben ihn ertappt. Wir müssen ihn konfrontieren, bevor er noch mehr Schaden anrichten kann.«

Peter stellte seine Tasse ab und sah Erik ernst an. »Ich kann deinen Impuls verstehen, Erik. Aber wir müssen vorsichtig sein. Deichmann ist nicht irgendwer. Er hat Macht und Einfluss auf dieser Insel.«

»Genau deshalb müssen wir ihn aufhalten«, entgegnete Erik. »Wir können nicht zulassen, dass er so weitermacht wie bisher.«

Frank verschränkte die Hände vor dem Körper. »Ich bin auf Eriks Seite. Wir haben nichts zu verlieren. Wenn wir ihn jetzt nicht stoppen, wird er uns immer einen Schritt voraus sein.«

Inken nickte zustimmend. »Ich habe Angst, aber ich weiß, dass Jan recht hat.«

Peter rieb sich nachdenklich am Kinn. »Wir müssen ihn mit den Beweisen konfrontieren, ja. Aber wir müssen das so machen, dass wir die Kontrolle behalten. Wir brauchen einen Plan.«

Erik beugte sich vor. »Wie wäre es, wenn wir ihn auf frischer Tat ertappen? Wir könnten ihn beim nächsten Schmuggel abfangen und ihn mit den Beweisen konfrontieren. Dann hätten wir ihn in der Falle.«

Frank schüttelte den Kopf. »Zu riskant«, warf er ein. »Wir wissen nicht, wann die nächste Lieferung kommt und können nicht rund um die Uhr Wache schieben. Wir bräuchten mehr Leute, mehr Ausrüstung ...« Seine Stimme verlor sich, als er die Gesichter seiner Freunde sah.

Inken trommelte nervös mit den Fingern auf den Tisch. »Was ist mit seinem Haus? Wir könnten ihn dort besuchen, wenn er allein ist. Dann hätten wir ihn in seinem eigenen Revier.«

»Aber wozu das ganze?«, fragte Peter.

»Mit einer Konfrontation könnten wir seine Reaktion testen«, sagte Inke. »Vielleicht verplappert er sich und wir bekommen sogar ein Geständnis aus ihm heraus.«

»Verstehe, das würde unsere Beweislage sicherer machen«, sagte Erik. »Und wir könnten Deichmann unter Druck setzen und ihn dazu bringen, seine illegalen Aktivitäten einzustellen. Er wüsste, dass wir ihn auf dem Kieker haben und dass sie nicht lockerlassen werden.«

»Wenn ihr meint«, lenkte Peter ein, »dann versuchen wir es.«

Am frühen Abend standen Erik, Frank, Peter und Inken vor der Tür von Deichmanns Reihenhaus im Oberland. Es sah nicht anders aus als die Nachbarhäuser, war aber in einem sehr gepflegten Zustand. Sie hatten sich sorgfältig vorbereitet, doch nun, als sie kurz davor waren, dem Mann gegenüberzutreten, der scheinbar alle Fäden in der Hand hielt, spürte Erik ein nervöses Flattern. Er drückte auf die Klingel. Wenige Augenblicke später öffnete sich die Tür und sie blickten in das überraschte Gesicht von Ingolf Deichmann. Kein Zweifel, schoss es Erik durch den Kopf, das war der Mann aus Cuxhaven. »Was verschafft mir die Ehre?«, fragte er mit einer Mischung aus Misstrauen und gespielter Jovialität.

Ohne Umschweife trat Erik einen Schritt vor. »Wir müssen mit ihnen sprechen, Herr Deichmann. Es geht um ihre Verwicklung in illegale Machenschaften.« Seine Stimme klang fest, doch innerlich war er zum Zerreißen gespannt.

Deichmann musterte die vier Freunde abschätzig. »Ich weiß nicht, wovon sie sprechen«, erwiderte er kühl. »Sie kenne ich nicht, aber Frau Hansen sehr wohl. Wenn sie darauf bestehen, kommen sie rein.«

Er führte sie in sein Arbeitszimmer, wo er hinter seinem Schreibtisch Platz nahm. Mit einer herrischen Geste deutete er auf die Stühle davor. »Also, was haben sie mir zu sagen?«

Inken holte tief Luft und legte die Frachtpapiere auf den Tisch. »Wir haben Hinweise auf Schmuggelgeschäfte auf der Insel, in die auch eine der Reedereien verwickelt ist.«

Deichmann warf einen kurzen Blick auf die Papiere und lachte verächtlich. »Das beweist gar nichts. Meine Unterschrift kann jeder fälschen. Ich bin ein ehrlicher Geschäftsmann, der sich nichts zuschulden kommen lässt.«

Doch Peter ließ nicht locker. »Sie haben also nichts mit möglichen Schmuggelgeschäften zu tun? Es ist nur eine Frage der Zeit, bis die Behörden davon erfahren.«

Für einen kurzen Moment huschte ein Schatten über Deichmanns Gesicht, dann setzte er eine undurchdringliche Miene auf. »Ich weiß nicht, woher sie an diese angeblichen Beweise gekommen sind, aber ich versichere ihnen, dass alles legal ist. Sie haben sich da in etwas verrannt.«

Frank seufzte frustriert. »Hören sie auf, sich herauszureden, Herr Deichmann. Da ist etwas faul.«

Die Miene des Hafenchefs verfinsterte sich. Er beugte sich drohend vor und starrte sie mit eisigem Blick an. »Passen sie auf, was sie sagen. Ich habe einflussreiche Freunde, auch im Landtag. Wenn sie mich weiter belästigen, könnte das unangenehme Folgen für sie haben.«

»Sind das Drohungen? Glauben sie wirklich, sie kommen damit durch?«

Deichmann lehnte sich zurück und lächelte hämisch. »Drohungen? Nein, ich stelle nur klar, mit wem sie sich anlegen. Ich rate ihnen, die Sache auf sich beruhen zu lassen. Sie haben keine Ahnung, worauf sie sich da einlassen.«

Mit diesen Worten erhob er sich und deutete zur Tür. »Und jetzt verschwinden sie von meinem Grundstück, bevor ich die Polizei rufe. Und denken sie gut über meine Worte nach.«

Die vier wussten, dass sie jetzt nichts mehr ausrichten konnten. Mit einem letzten trotzigen Blick verließen sie Deichmanns Haus. Draußen gingen sie ein paar Schritte, bis sie zum Friedhof im Oberland kamen, wo sie sich auf die Mauer neben der Kirche setzten. Sie sahen sich an. »Ich glaube, Deichmanns Reaktion auf die Vorwürfe hat jeden Verdacht bestätigt. Seine Nervosität und seine vagen Antworten deuten darauf hin, dass er etwas zu verbergen hat.«

Inken sah ihn mit großen Augen an. »Aber er hat uns auch gedroht. Und seine Drohungen zeigen, dass er sich seiner Machtposition sicher ist und keine Skrupel hat, sie zu nutzen.«

»Keine Sorge«, sagte Peter und sie spürten, wie er sich bemühte, Inken zu beruhigen. »Die Situation ist nicht einfach. Aber die Konfrontation mit diesem aufgeblasenen Hafenchef hat mich darin bestärkt, dass wir ihm das Handwerk legen müssen. Wir wissen jetzt, dass wir es mit einem gefährlichen Gegner zu tun haben.«

≈

DER MANN IM HINTERGRUND

Detlev Klüver war ein aufgehender Stern am politischen Himmel Schleswig-Holsteins, und genau so fühlte er sich auch. Er saß in seinem Büro im Kieler Landtag und brütete über den neuesten Umfragewerten. Als Mitglied der Opposition hatte er sich einen Namen als scharfzüngiger Kritiker der amtierenden Regierung gemacht. Doch seine Ambitionen gingen weit über die Rolle des Oppositionsführers hinaus. Klüver war ein Mann, der einen Plan hatte. Er wollte ganz nach oben, bis ins Amt des Ministerpräsidenten. Dafür war er bereit, jedes Mittel einzusetzen und notfalls über Leichen zu gehen. Skrupel waren für ihn ein Fremdwort, wenn er seine Ziele erreichen wollte. Klüver hatte ein Vorbild. Am liebsten hätte er das Bild des Mannes in seinem Büro aufgehängt, aber das traute er sich nicht - noch nicht. Er zog die Schublade seines Schreibtisches auf und blickte auf das Porträt von Uwe Barschel, das dort in einem Rahmen lag.

Dann wandte er sich wieder handfesteren Angelegenheiten zu. Klüvers Verbindung zu Ingolf Deichmann, dem Chef des Helgoländer Hafens, war kein Zufall. Deichmann hatte Einfluss an der ganzen Küste, nicht nur auf der Insel. Er hatte die Kontakte, um Klüvers politischen Aufstieg weiter zu unterstützen. Im Gegenzug sicherte Klüver ihm Schutz und politische Gefälligkeiten zu.

Es war ein Bündnis, das auf gegenseitigem Nutzen beruhte. Klüver verstand sich als Pragmatiker, der bereit war, die notwendigen Kompromisse einzugehen, um seine Ziele zu erreichen. Moralische Bedenken waren für ihn zweitrangig, wenn es darum ging, Macht und Einfluss auszubauen.

Seine Gedanken kehrten zu dem Mann auf dem Foto in seiner Schublade zurück. Ja, dachte er, ich bin der legitime Nachfolger von Uwe Barschel, dem ehemaligen Ministerpräsidenten von Schleswig-Holstein. Der war für seine kompromisslose und skrupellose Art bekannt gewesen, mit der er seine politischen Ziele verfolgt hatte. Sein Fall und sein tragisches Ende hatten ihm gezeigt, dass man in der Politik bereit sein musste, bis zum Äußersten zu gehen, wenn man Erfolg haben wollte.

Doch im Gegensatz zu Barschel war Klüver entschlossen, nicht die gleichen Fehler zu machen. Er würde vorsichtiger und klüger vorgehen, um sicherzustellen, dass seine Machenschaften nicht aufflogen. Und er würde sich von niemandem aufhalten lassen. Als das Telefon in seinem

Büro klingelte und Deichmanns Name auf dem Display erschien, ahnte Klüver, dass es Ärger geben würde. Seufzend nahm er den Hörer ab. »Ingolf, ich hoffe, du hast einen guten Grund, mich so kurz vor der Fraktionssitzung zu stören«, sagte er ohne Umschweife.

Am anderen Ende der Leitung klang Deichmanns Stimme angespannt. »Wir haben ein Problem, Detlev. Ein paar neugierige Schnüffler sind mir auf die Schliche gekommen. Sie haben Beweise für unsere Geschäfte gefunden.«

Klüver erstarrte. Das war das Letzte, was er jetzt brauchte. Wenn ihre Machenschaften aufflogen, würde das nicht nur Deichmanns Geschäfte zum Einsturz bringen, sondern auch seine eigene politische Karriere beschädigen können. Denn Deichmann profitierte vom Boom der Offshore-Windindustrie vor Helgoland in der Deutschen Bucht, wo er an einigen Windparks beteiligt war, und er wollte ein Stück vom Kuchen abhaben. »Was für Beweise?«, fragte er mit eisiger Stimme, während er fieberhaft überlegte, wie man die Situation eindämmen könnte.

Deichmann berichtete von Frachtpapieren, E-Mails und Überweisungsbelegen, die seine Verwicklung in illegale Geschäfte belegten. Klüver fluchte innerlich. Wie konnte dieser Deichmann nur so nachlässig sein und sich erwischen lassen? Aber er durfte jetzt keine Schwäche zeigen. Sie mussten schnell und entschlossen handeln, bevor die Sache außer Kontrolle geriet. »Finde heraus, wer diese Leute sind und was sie vorhaben«, wies er Deichmann an. »Wir müssen sie zum Schweigen bringen, bevor sie noch mehr Schaden anrichten.«

Klüver war klar, dass sie zu drastischen Mitteln greifen mussten. Erpressung, Bestechung, notfalls Gewalt - nichts durfte unversucht bleiben.

Nachdem er das Gespräch beendet hatte, lehnte er sich in seinem Sessel zurück und starrte gedankenverloren aus dem Fenster auf die Kieler Förde. Draußen tobte ein Sturm, aber in seinem Inneren herrschte eine noch größere Unruhe.

Er wusste, er spielte ein gefährliches Spiel. Aber er hatte zu viel investiert, um jetzt einen Rückzieher zu machen. Er musste die Situation unter Kontrolle behalten. Mit einem letzten Blick auf die Umfragen vertiefte sich Klüver wieder in seine Arbeit. Es gab noch viel zu tun, wenn er seinen Aufstieg an die Spitze der Macht vollenden wollte.

~

Im Hafen von Helgoland hatten sich die vier in den Salon der »Nordstern« an den großen Teakholztisch zurückgezogen. Die Beweise, die sie gesammelt hatten, deuteten auf die Verwicklung Ingolf Deichmanns hin, aber sie wussten, dass sie Hilfe brauchten, um die Wahrheit aufzudecken. »Wir sollten zur Polizei gehen«, schlug Frank vor, seine Stimme ruhig und bestimmt. »Wir haben in der Luftfahrtindustrie oft mit behördlichen Untersuchungen zu tun. Ich weiß, wie man Beweise vorlegt.«

»Aber wird man uns glauben?«, fragte Erik. »Wir haben zwar Indizien, aber unsere Beweise sind noch nicht hieb- und stichfest.«

Peter runzelte nachdenklich die Stirn. »Wenn wir unseren Fall sorgfältig vorbereiten und vortragen, müssen sie uns ernst nehmen.«

Inken, die bisher schweigend zugehört hatte, meldete sich zu Wort. »Ich kenne Kommissar Thorsten Mayer persönlich. Er ist Stammgast im Café. Wenn einer bereit ist, uns zuzuhören, dann er.«

Die anderen nickten. Sie beschlossen, sich auf den Weg zum Polizeirevier zu machen und von ihrem Verdacht zu berichten. Als sie das kleine, aber moderne Gebäude betraten, wurden sie von einer Beamtin begrüßt. »Guten Tag, Inken«, sagte sie lächelnd. »Was kann ich für dich und deine Freunde tun?«

Inken erwiderte das Lächeln. »Hallo Sabine. Wir würden gerne mit Thorsten sprechen. Es geht um etwas Wichtiges.«

Sie nickte und führte sie in den kleinen Besprechungsraum. Kurz darauf betrat Kommissar Mayer den Raum, ein hochgewachsener Mann Mitte fünfzig mit durchdringenden blauen Augen und ernstem Gesichtsausdruck.

»Inken«, begrüßte er sie mit einem warmen Lächeln. »Was verschafft mir die Ehre?«

Sie stellte ihre Freunde vor und begann dann, von ihren Entdeckungen und Vermutungen zu erzählen. Erik präsentierte die gesammelten Fotos und erklärte, wie sie auf Deichmanns Spur gekommen waren. Kommissar Mayer hörte zu, stellte hin und wieder Fragen und machte sich Notizen. Als sie geendet hatten, lehnte er sich in seinem Stuhl zurück und seufzte.

»Das sind in der Tat beunruhigende Hinweise«, sagte er nachdenklich. »Aber um ehrlich zu sein, reicht das noch nicht aus, um eine Untersuchung einzuleiten. Wir haben Fotos vom Strand bei Nacht, Blanko-Frachtpapiere mit Deichmanns Unterschrift und die Aussage deines Bruders, dass es in Cuxhaven am Kai eine Schlägerei gegeben hat. Deichmann ist ein einflussreicher Mann mit guten Beziehungen. Ohne handfeste Beweise können wir nicht gegen ihn vorgehen.«

»Aber sehen sie nicht die Zusammenhänge? Alle Indizien deuten darauf hin, dass Deichmann in illegale Machenschaften verwickelt ist.«, sagte Erik.

Mayer nickte verständnisvoll. »Ich verstehe ihre Sorge, aber Vermutungen und Verdächtigungen reichen nicht aus.«

Als sie sich verabschiedeten, versprach Mayer wenigstens, ihre Informationen zu prüfen und im Auge zu behalten, ob sich weitere Anhaltspunkte ergeben. Die vier Freunde verließen das Revier mit gemischten Gefühlen - vor allem aber waren sie enttäuscht von der Polizei.

KAPITEL 4

Die Gefahr und die Flucht

N ach ihrem Besuch auf dem kleinen Helgoländer Revier machten sie sich wieder auf den Weg zur »Nordstern«, die am Steg lag. Inzwischen war es spät geworden, und die Dämmerung senkte sich bereits über die Insel, als sie den Kai entlang gingen, der zu den Anlegestellen führte. Das leise Schaukeln der Boote und das Knarren der Taue in der Brise erfüllten die Luft. Doch plötzlich riss sie das Geräusch schwerer Schritte hinter sich aus ihren Gedanken.

Sie drehten sich um und sahen drei finster dreinblickende Männer auf sich zukommen. »Sieh mal einer an«, sagte der größte von ihnen mit einem höhnischen Grinsen. »Neugierige Schnüffler, die ihre Nase in Angelegenheiten stecken, die sie nichts angehen.«

Frank trat instinktiv einen Schritt vor, um sich schützend vor seine Freunde zu stellen. »Was wollt ihr?«, fragte er mit fester Stimme.

Der Mann lachte rau. »Wir wollen, dass ihr mit euren Nachforschungen aufhört. Deichmann lässt ausrichten, dass ihr euch besser nicht mit ihm anlegen solltet.«

Inken sah ihn wütend an. »Wenn Deichmann nichts zu verbergen hat, warum schickt er dann seine Schläger, um uns einzuschüchtern?«

»Haltet einfach die Klappe und verpisst euch von der Insel«, knurrte ein anderer der Männer. »Sonst werdet ihr es bereuen. Und du hast ein schönes Café, Inken. Du wirst es besonders bereuen.«

Der zweite Hafenarbeiter trat vor. Er hielt einen Schlagstock in der Hand. »Dein Café ist so gut wie erledigt. Wenn wir mit dir fertig sind, kannst du die Insel verlassen. Wenn du sie noch verlassen kannst.« Die drei Männer lachten schmutzig.

Jetzt machte auch Peter einen Schritt auf sie zu, die Augen blitzten vor Wut. »Wir lassen uns von ihnen nicht einschüchtern. Mit Drohungen kommen sie bei uns nicht weiter«, sagte der Anwalt wütend.

Der Anführer verzog das Gesicht zu einer hässlichen Grimasse. »Dann bleibt uns wohl nichts anderes übrig, als euch eine Lektion zu erteilen.«

Er machte einen drohenden Schritt nach vorn und zog ein Klappmesser aus der Tasche. Erik bekam es kaum mit, so schnell hatten sie Peter gepackt und hielten ihm die Klinge unter das Kinn. »Mit dir fangen wir an, du Neunmalkluger!«

Doch in diesem Moment ertönte eine Stimme vom anderen Ende des Stegs. »Das würde ich mir an eurer Stelle gut überlegen, Jungs.«

Kommissar Mayer kam auf sie zu, die Hände lässig am Gürtel. Beim Anblick des Polizisten hielten die Schläger mitten in der Bewegung inne. Mayer baute sich vor ihnen auf, ein kaltes Lächeln auf den Lippen. »Es wäre besser für euch, wenn ihr jetzt verschwindet. Und sagt eurem Chef, dass wir ihn im Auge behalten werden. Er ist nicht so unantastbar, wie er vielleicht glaubt.«

Mit finsteren Blicken zogen sich die Männer zurück und verschwanden in der Dunkelheit. Die vier atmeten erleichtert auf. »Danke, Thorsten«, sagte Inken mit einem dankbaren Lächeln. »Das war perfektes Timing.«

Mayer nickte knapp. »Ich hatte so ein Gefühl, dass ihr vielleicht Ärger bekommen könntet. Deshalb habe ich noch einmal eine Abendrunde gedreht. Hört mal …« Mayer sah sie ernst an. »Hier braut sich echt etwas zusammen. Wenn Deichmann euch die drei Typen auf den Hals hetzt, dann habt ihr ihm ganz schön auf die Füße getreten. Passt bloß auf euch auf. Vielleicht wäre es auch eine gute Idee, einmal etwas Abstand von der Insel zu bekommen.« Während der Polizist sich entfernte, gingen sie weiter zur »Nordstern«.

〜

Die Begegnung mit den Hafenarbeitern ging nicht spurlos an ihnen vorüber. Ein Schatten hatte sich über ihre Stimmung gelegt, der weit reichte. Erik ahnte den wahren Charakter von Deichmann und seinen

Schlägern. An Schlaf war überhaupt nicht mehr zu denken, als sie im Salon der »Nordstern« saßen. Inken war gleich an Bord der Yacht geblieben, der nächtliche Gang durch die dunklen Wege des Unterlands erschien ihr unüberwindbar.

Erik spürte die Angst seiner Freunde. Peters sonst so nüchterne, unerschütterliche Fassade zeigte Risse. Franks übliche Redseligkeit war einer Anspannung gewichen, sein Blick ging durch den Raum. Am meisten gezeichnet war Inken. Ihre starke Persönlichkeit schien sich aufzulösen. In ihren Augen spiegelte sich Verzweiflung, die ihre Stimme brüchig werden ließ.

»Ich halte es hier einfach nicht mehr aus«, sagte sie. »Nicht nach diesem Auftritt. Sie sind uns auf den Fersen.«

»Du hast Recht, Inken«, antwortete Peter und legte seine Hand auf ihre. »Vielleicht ist es doch das Beste, die Insel zu verlassen, zumindest für eine Weile. Hier sind wir zu leicht zu finden.«

Erik nickte. »Aber eine nächtliche Abfahrt ist riskant. Oder was meinst du, Peter? Wir könnten leicht entdeckt werden.«

»Was ist die Alternative?«, fragte Peter mit heiserer Stimme. »Hier sitzen und warten, bis sie uns holen?«

Er wandte sich an Inken. »Kannst du dein Café ein paar Tage allein lassen?«

»Ich denke schon. Ich kann Maria, meine Aushilfe, anrufen und sie bitten, das Lokal mit halber Kraft zu öffnen.«

Frank hob den Kopf. »Inken hat recht. Je länger wir warten, desto größer wird die Gefahr. Und was sollen wir hier, wenn uns keiner glaubt. Aber wo wollen wir denn hin?«

»Auf offener See sind wir schwerer zu fassen«, antwortete Peter. »Wir segeln nach Hamburg, das liegt nun wirklich weit genug entfernt von Helgoland und Deichmanns Einfluss.«

Erik blickte in die Gesichter. Sie hatten recht, es war Zeit zu gehen. »Also gut«, sagte er, »oder Peter?«

»Ja, wir legen ab. Und zwar sofort. Als Skipper sage ich: Wir wagen die Nachtfahrt.«

Eilig verließen sie die Kajüte und gingen an Deck der Yacht. Peter verzichtete darauf, die Decksbeleuchtung einzuschalten. Im schwachen Licht der Hafenlaternen begannen sie, die »Nordstern« segelfertig zu machen. Frank sicherte die Taue am Mast, während Peter die Navigationsinstrumente einschaltete. Seine Finger zitterten leicht, als er auf dem Kartenplotter den Kurs aus dem Hafen hinaus auf die offene See und dann in Richtung Elbmündung eingab. Erik warf einen letzten Blick über das Hafenbecken. Die Lichter des Oberlandes spiegelten sich im dunklen Wasser. Die »Nordstern« war ihre Chance, der Schlinge zu entkommen, die sich um ihren Hals zuzog. Eine halbe Stunde später waren sie so weit. Erik ging auf den Steg. Vorsichtig schaute er sich um, aber der Hafen war um 2 Uhr morgens menschenleer. Peter startete den Motor und Erik löste die Leinen. Fast lautlos glitt die Yacht vom Steg weg, vorbei an den anderen Segelyachten und den Fischerbooten.

Doch die scheinbare Idylle währte nur kurz. Kaum hatten sie die schützenden Molenköpfe des Außenhafens verlassen und Kurs auf die offene See genommen, sahen sie in der Ferne zwei schwarze Punkte, die sich langsam zwischen Düne und Hauptinsel schoben. »Das muss Deichmann sein«, rief Frank mit unterdrückter Panik. »Der weiß, dass wir die Insel verlassen haben.«

»Dann müssen wir sie abhängen«, sagte Erik mit ruhiger Stimme.

»Warte noch«, wandte Peter ein. »Mal sehen, ob sie uns gesehen haben und wirklich hinter uns herkommen.«

Sie setzten die Segel, die »Nordstern« nahm Fahrt auf, ihr Bug schnitt durch die Wellen. Aus dem Cockpit blickten die vier auf die Lichter der Insel. Der Wind frischte auf und trieb die Yacht weiter hinaus aufs offene Meer. Inken und Frank kauerten im Cockpit, ihre Gesichter blass im Mondlicht. Peter stand neben Erik am Ruder, seine Augen suchten angestrengt den Horizont ab.

»Nein, die sind abgebogen in den Hafen«, sagte er erleichtert. »Das waren wahrscheinlich wieder seine Schmuggelboote auf dem Weg von der Düne«, meinte Erik. »Ich bin mir nicht sicher, ob diese kleinen Schaluppen uns eingeholt hätten.«

Der Wind rauschte in den Wanten, die Wellen schlugen gegen den Rumpf. Die Stunden vergingen. Peter stand am Ruder, sein Gesicht erleuchtet vom Schein des Kartenplotters, Inken saß neben ihm. Vorne im Cockpit hatten Erik und Frank Platz genommen.

Erik starrte auf die nächtliche See hinaus. In Momenten wie diesen fragte er sich, ob er der Richtige für diese Recherche war. Ein Junge vom Festland auf einer Insel voller Geheimnisse und Gefahren. Wer war er schon, dass er glaubte, auf Helgoland etwas bewegen zu können?

Zweifel nagten an ihm. Hatte er sich vielleicht zu weit vorgewagt, zu viel riskiert? Was, wenn am Ende alles schiefging und er mit leeren Händen dastand? Erik wusste, dass er keine Garantien hatte. Aber er wusste auch, dass er es zumindest versuchen musste. Weil er es sich selbst schuldig war. Weil er nicht wegsehen konnte, wenn Unrecht geschah.

~

Zwei Stunden später konnten sie sehen, wie sich dunkle Wolken vor das Mondlicht schoben. »Sieht aus, als hätte sich die Natur Deichmanns Wut angeschlossen«, sagte Erik.

»Sehr poetisch«, antwortete Frank. »Aber sag mal, Peter, wie ist die Wettervorhersage?«

»Da zieht was auf, das habe ich vorhin gesehen, als wir noch Handy-empfang hatten.«

Ein eisiger Wind pfiff durch die Takelage und mit ihm fielen die ersten Regentropfen. Frank ging unter Deck, um Südwester für sie zu holen. Die Regenmützen waren äußerst praktisch, wie Erik fand. Aber die Wellen vor dem Bug der »Nordstern« wurden höher.

»Verdammt!«, schimpfte Erik, während die Gischt über das Deck spritzte und ihm das Salzwasser ins Gesicht trieb. »Peter, was machen wir jetzt? Ich glaube, wir verlieren die Kontrolle.«

Peter ließ sich als erfahrener Skipper nicht aus der Ruhe bringen. »Noch ist alles in Ordnung. Die Wellen sind nicht zu hoch«, sagte er mit prüfendem Blick. »Aber das Problem dürfte in der Elbmündung auf uns warten. Der Wind kommt nämlich genau aus Osten.« Die anderen drei blickten ihn fragend an. »Wir machen jetzt keinen Grundkurs in Navigation, aber es könnte ziemlich unangenehm werden, wenn wir mit der Flut in die Elbe wollen und der Wind genau aus dieser Richtung kommt.«

»Das ist Wind gegen die Strömung«, sagte Frank.

»Genau Navigator«, sagte Peter. »Das kann ganz schön ungemüt-lich werden.«

»Müssen wir mit der Flut rein?«, fragte Inken.

»Ja, sonst kommen wir nicht gegen die Elbe an, die hat bei Cuxhaven eine enorme Strömung«, erklärte Peter ihr. »So, und jetzt müssen wir die Segelfläche verkleinern, also ein Reff setzen, sonst reißt uns das Großsegel weg!« Erik zögerte keinen Moment. »Mach, was du für richtig hältst!«, rief er ihm zu. »Ich vertraue dir.«

Peter nickte knapp. »Erik und Frank, helft mir beim Reffen«, befahl er. Während die beiden sich an den Segeln zu schaffen machten, kämpfte

Peter mit den Elementen. Seine Hände arbeiteten routiniert. »So, das sollte halten«, sagte er, als das Segel endlich gerefft war.

Inken klammerte sich an die Haltegriffe, den Blick auf die sich auftürmenden Wellen gerichtet. »Ich wünschte, ich hätte meine Kamera dabei«, murmelte sie. »Das wäre ein Bild für die Ewigkeit.«

Frank warf ihr einen Blick zu. »Mach dir keine Sorgen wegen deiner Kamera, Inken. Hauptsache, wir kommen hier heil raus.«

Plötzlich zuckte ein greller Blitz über den Himmel, gefolgt von einem ohrenbetäubenden Donnergrollen. Der Sturm erreichte seinen Höhepunkt und die »Nordstern« legte sich schwer auf die Seite von dem Druck des Windes, der auf ihren Segeln lastete.

Frank und Erik drückten sich tiefer in den Schutz der Sprayhood, des kleinen Zeltdaches, das über dem Niedergang gespannt war. Peter aber stand voll im Regen, Inken an seiner Seite. Der Regen prasselte erbarmungslos auf sie nieder, Blitze zuckten am Himmel. In diesem Moment tauchte wie aus dem Nichts eine dunkle Wand vor ihnen auf. Entsetzt erkannten sie die schroffen Umrisse einer Sandbank, auf die ihr Boot unaufhaltsam zusteuerte.

∼

SCHARHÖRN

»Verdammt«, rief Peter, »wir sind schon mitten in der Elbmündung. Das hätte ich sehen müssen.« Er griff das große Steuerrad und drehte es schnell, um das Schiff von der Sandbank wegzubekommen. »Und jetzt haben wir Niedrigwasser.« Der Sturm tobte weiter. Erik klammerte sich bleich und angespannt am Haltegriff fest, doch seine fehlende Erfahrung machte sich bemerkbar. »Peter, was machen wir jetzt?«

»Da«, sagte er und deutete auf den Bug. »Da können wir nicht rein.« Der Wind kam direkt von vorn aus der Außenelbe, und durch die Strömung bauten sich sehr kurze, steile Wellen auf.

»Wir müssen Schutz suchen«, rief Frank gegen den Wind. »Irgendwo, wo die See ruhiger ist.«

Peter nickte. »Ich weiß. Scharhörn, das ist es! Wir müssen in den Schutz von Scharhörn.«

Die Insel in der Elbmündung war ihre Hoffnung. Im Windschatten ihrer Sandbänke und Priele würde die See ruhiger sein und sie könnten ankern, bis der Sturm vorüber war.

35

Mit all seiner Erfahrung steuerte Peter das Schiff auf Kurs. Er blieb ruhig und konzentriert, seine jahrelange Expertise als Segler zahlte sich jetzt aus. Endlich erreichten sie die schützenden Ausläufer von Scharhörn. Die See beruhigte sich, bis sie schließlich in eine geschützte Bucht einliefen, in der sie ankern wollten. Doch gerade als Frank zum Bug gehen wollte und Peter einen Blick auf das Echolot warf, war es auch schon geschehen: Ein Ruck ging durch das Schiff. Sie saßen auf der Sandbank fest. Der Wind zerrte weiter an den Segeln, aber das Schiff bewegte sich nicht mehr.

»Das auch noch«, stöhnte Peter. »Jetzt sitzen wir im Watt fest.«

»Ist das gefährlich?«, fragte Inken.

»Na ja, eigentlich schon. Aber wir sind im Windschatten der Insel. Und wenn jetzt das Wasser zurückkommt, weil wir Flut haben, dann kommen wir hoffentlich wieder frei.«

Sie sahen Peter erleichtert an, vertrauten ihm und seiner Erfahrung. »Wir nehmen die Segel runter, bringen die Anker aus und dann, dann gehen wir schlafen. Nach diesem Törn von Helgoland kann ich nicht mehr«, sagte Peter. Schnell brachten sie die Arbeiten hinter sich und dann verzogen sich Inken, Frank und Peter unter Deck. Nur Erik hatte darauf bestanden, an Deck Wache zu halten. Das Boot einfach unbeaufsichtigt im Wattenmeer liegen lassen, das konnte er nicht, dachte er noch. Mit den Kissen im Rücken, im Windschutz des Cockpits, streckte er sich aus - und war wenige Minuten später eingeschlafen.

»Hey!«, rief jemand in Eriks Träumen. Es schien Ingolf Deichmann zu sein, der am Hafenrand stand und laut rief. »Hey! Ist da jemand?«

Erik zuckte zusammen. Um ihn herum war es hell geworden. Ein grauer Tag war angebrochen, aber es regnete nicht mehr. Und auch der Wind schien sich gelegt zu haben. Es war still, nur ein Schrei war zu hören. »Hey!«, ertönte es wieder. Erst jetzt begriff Erik, dass die Stimme nicht aus seinem Traum stammte, sondern echt war. Er reckte sich und sah über die Bordwand. Keine zwanzig Meter entfernt stand ein Mann am Strand. Er fuchtelte drohend mit den Armen in der Luft.

»Hey! Was macht ihr hier?«, rief der Mann, als er näher kam. »Ihr könnt hier nicht einfach vor Anker gehen.«

Erik hob beschwichtigend die Hände. »Tut mir leid, aber wir hatten keine andere Wahl. Wir mussten gestern Nacht Schutz suchen. Bei dem Sturm konnten wir nicht in die Elbmündung fahren.« Unten im Schiff regte sich etwas und langsam tauchten Inken, Peter und Frank verschlafen an Deck auf. Ungläubig blickten sie sich um. Um sie herum waren die Sandbänke, vor ihnen die Insel Scharhörn mit ihrem hellbraunen Strand.

Der Mann, der sich als Vogelwart der Insel entpuppte, musterte sie misstrauisch. Doch dann hellte sich sein Gesicht auf. »Na gut, ausnahmsweise. Aber nur, weil ihr ganz schön mitgenommen aussieht. Wisst ihr was? Ich habe eine Hütte, in der ihr euch aufwärmen könnt. Und Kaffee kriegt ihr auch.«

Dankbar holte Peter das kleine Beiboot vom Bug. »Damit kommen wir an Land«, sagte er.

»In dem kleinen Ding?«, fragte Inken skeptisch.

»Na hör mal, es sind ja nur zwanzig Meter. Das schaffen wir auch in unserem kleinen Gummiboot.« Er bugsierte das Beiboot ans Heck der Yacht und sie stiegen über die Leiter ein. Dann ruderten sie das kurze Stück zum Strand. Der Wind wehte ein wenig Sand über die Strandgräser hinweg, aber es war friedlich. Sie schüttelten dem Vogelwart, der sich als Otto vorstellte, die Hand, stellten sich vor und folgten ihm zu seiner Hütte. Hier, an einem wärmenden Ofen, fühlten sie sich zum ersten Mal seit ihrer überstürzten Flucht von Helgoland wieder geborgen. »Im Mai kann es auf See ganz schön kalt werden«, sagte Erik, während der Vogelwart ihnen Kaffee reichte.

»Habt ihr euch was getan?«, fragte er. Sie schüttelten die Köpfe. »Und die Yacht? Irgendwas kaputt? Soll ich die Seenotrettung rufen?«

»Nein«, sagte Peter, »ich glaube, es ist alles in Ordnung.«

Im Moment waren sie nur dankbar für die unverhoffte Zuflucht und die raue Gastfreundschaft des Vogelwärters. Hier konnten sie aufatmen.

Während draußen der Wind weiter abflaute, saßen die Freunde um den wackeligen Holztisch in der Hütte und überlegten, wie sie weiter vorgehen sollten. Sie wussten, dass sie nicht ewig auf Scharhörn bleiben konnten. Deichmann würde nicht ruhen, bis er sie gefunden hatte, und die abgelegene Insel bot auf Dauer keinen sicheren Unterschlupf. Vor allem hatte der Vogelwart ihnen zwar Gastfreundschaft gewährt, aber auch darauf bestanden, dass sie die Insel bei der nächsten Flut wieder verlassen müssten. »Ihr seid im Nationalpark Wattenmeer und dürft eigentlich gar nicht hier sein«, hatte er ihnen zu verstehen gegeben.

»Wir müssen nach Hamburg«, sagte Erik bestimmt. »Nur dort können wir die Beweise gegen Deichmann an die richtigen Stellen bringen.«

Inken schüttelte zweifelnd den Kopf. »Aber wie sollen wir das anstellen? Wenn Deichmann so viel Einfluss hat, wie wir glauben, wird er uns abfangen lassen.«

Peter, der bisher schweigend am Fenster gestanden und aufs Meer hinausgeblickt hatte, drehte sich um. »Wir müssen einfach unauffällig reisen. Wir werden segeln. Direkt nach Hamburg, die Elbe hoch. Damit wird Deichmann nicht rechnen.«

»Tolle Überlegung, Peter«, sagte Frank sarkastisch. »Wir verlassen Helgoland mit einer Yacht aus Hamburg und er wird bestimmt nicht erwarten, dass wir mit einer Yacht nach Hamburg segeln wollen.«

»Also im Ernst, wir können die ›Nordstern‹ ja nicht in Cuxhaven am Bahnhof abstellen«, sagte Erik. »Deichmann hin oder her, ich glaube, wir fahren von hier aus direkt nach Hamburg. Vielleicht fahren wir nicht nach Wedel, sondern nach Finkenwerder und verstecken die Yacht dort im Hafen.«

An diesem grauen Nordseetag ließ sich die Sonne über Scharhörn nicht mehr blicken. Erik, Peter, Inken und Frank machten sich auf den Weg zurück zum Strand. Die Flut war so weit vorgedrungen, dass die »Nordstern« nur noch knapp auf dem Grund lag. Bald würde das Wasser vollends auflaufen und das Schiff wieder zum Schwimmen bringen.

»Wenn die Flut kommt, wollen wir startklar sein«, sagte Peter und deutete auf das Beiboot. Sie stiegen in das kleine Boot und ruderten zum Heck der »Nordstern«. Dort kletterten sie wieder an Bord. Peter gab die Kommandos und startete den Motor. Mit einem Ruck erwachte der Dieselmotor und erfüllte die Luft mit seinem Brummen. Sie holten die Anker an Bug und Heck ein.

»So, dann mal los«, rief Peter vom Steuerstand. Er nickte Erik und Frank zu. Sofort setzte sich die »Nordstern« in Bewegung. Geschickt manövrierte Peter sie aus der Bucht heraus auf die Außenelbe, die dicht an Scharhörn vorbeiführte. Hier hatten sie genug Wasser unter dem Kiel.

»Erst mal Fahrt aufnehmen«, sagte er. Die drei anderen saßen im

Cockpit und sahen ihm gespannt zu. Die Yacht gewann an Tempo und zog eine lange Kielwelle hinter sich her.

»Es wird Zeit, dass wir dieses kleine Abenteuer hinter uns lassen«, sagte Erik. »So macht Segeln wirklich keinen Spaß.«

»Keine Sorge, ich bringe uns nach Hause«, sagte Peter lächelnd.

Doch plötzlich verzog er schmerzhaft das Gesicht und griff nach dem Gashebel der Maschine. Die »Nordstern« verlor rapide an Geschwindigkeit.

»Was ist los?«, fragte Frank besorgt.

»Irgendwas stimmt mit dem Motor nicht«, sagte Peter. »Er will nicht richtig laufen.« Er blickte auf die Anzeigetafel des Motors. »Die Kühlwassertemperatur steigt rapide an.«

Er fluchte und schaltete in den Leerlauf. Er beugte sich weit über die Bordwand, um zu sehen, was los war. »Da kommt überhaupt kein Kühlwasser mehr raus«, rief er verzweifelt. »Verdammt, ausgerechnet jetzt!«

»Was ist denn los?«, fragte Erik.

Peter schüttelte den Kopf. »Irgendwas stimmt mit dem Motor nicht. Das müssen wir uns genauer ansehen.«

Er öffnete eine Luke im Cockpit der Yacht, unter der der Dieselmotor brummte. Sofort schlug ihnen eine enorme Hitze entgegen. Es roch unverkennbar nach überhitztem Metall.

»Seht ihr? Da kommt kein Kühlwasser«, stellte Peter besorgt fest und deutete auf die Seite des großen grünen Motorblocks. Frank trat näher. Als ihm eine weiße Dampfwolke entgegenschlug, zuckte er zusammen.

»Verdammt, ist das heiß!«

Erik rümpfte die Nase. Der üble Geruch nach altem Öl und verbranntem Gummi ließ ihn zurückweichen. Peter griff nach einem dicken Lappen. Vorsichtig tastete er damit in die Inspektionsöffnung der Kühlwasserpumpe. Sein Gesicht verfinsterte sich.

»Oh nein, das sieht übel aus.«

»Was ist es?«, fragte Erik.

»Die Wasserpumpe scheint komplett durchzudrehen«, antwortete Peter besorgt. »Sieh selbst ...«

Er reichte seinen Freunden den Lappen. Unverkennbar erkannten sie darauf Teile einer kaputten Pumpe - zerborstene Lamellen lagen zwischen Metallstücken.

»Na großartig«, sagte Frank. »Das haben wir jetzt davon.«

Peter nickte. »So kommen wir nicht weiter. Wir brauchen dringend eine neue Pumpe. Wir können nicht die Unterelbe bis nach Hamburg fahren, wenn wir nicht die Sicherheit eines Motors haben. Nicht bei dem Schiffsverkehr hier draußen und bei der Strömung.«

Sie kehrten mit der Yacht ganz langsam in Schleichfahrt in die Bucht zurück, in der sie geankert hatten. Peter stand der Schweiß auf der Stirn, als er den Diesel ohne Kühlwasser laufen ließ. Erik und Frank kippen Gläser mit Wasser auf den Motorblock, um zumindest ein wenig zu kühlen. Noch war es tief genug, um die Sandbank bei Scharhörn Riff zu überwinden. Dann warfen sie wieder den Anker, und Peter holte das Beiboot vom Bug und ließ es seitlich ins Wasser. Sie stiegen ein und ruderten zum Strand zurück. Kaum hatten sie das Boot an Land gezogen, kam auch schon der Vogelwart aus seiner Hütte. Der ältere, drahtige Mann rief ihnen zu: »Na, seid ihr schon wieder hier?«

»Wir haben Probleme mit dem Motor. Die Kühlwasserpumpe ist kaputt. So können wir nicht auf die Elbe hinausfahren«, antwortete Peter.

Otto schüttelte den Kopf. »Dann ist es immer noch ein Notfall. Kommt mit in die Hütte.«

Die vier gingen mit dem Wart zurück in seine kleine Pfahlhütte. »Ich will doch einmal überlegen«, sagte er, »ihr könntet in der Zwischenzeit noch einen Kaffee für uns kochen.«

Frank machte sich daran, Kaffee zu kochen, während der Wart sein Handy aus der Jackentasche zog. »Moment ...«

Er tippte eine Nummer ein und wartete. Kurz darauf meldete sich eine Stimme. »Ja, hier ist Timo. Wer ist da?«

»Timo, hier ist Otto«, sagte der Vogelwart. »Sag mal, wie sieht es aus bei dir auf Neuwerk? Hast du gerade Besuch von Harald bekommen?«

»Harald ist vor einer Stunde angekommen, ja«, kam die Antwort. »Warum fragst du?«

Otto warf Erik einen Blick zu. »Weil hier ein paar Segler mit einem Motorschaden festsitzen. Die Kühlwasserpumpe ist kaputt und sie brauchen Ersatz.«

»Ach, da sind sie bei Harald genau richtig«, sagte Timo. »Der Alte kennt sich mit Schiffsmotoren aus, der kann das bestimmt hinbekommen.«

Ein Lächeln breitete sich auf Ottos Gesicht aus. »Prima, das wird den Jungs hier sicher helfen. Ich nehme sie heute Nachmittag mit auf die Wattwanderung«, antwortete Otto gelassen. »Das kriegen wir schon hin. Bis später.«

Er steckte das Handy wieder ein und drehte sich zu Peter und Erik um. »So, junger Mann, das sollte euch aus der Patsche helfen. Mein Freund Harald ist ein echtes Allroundtalent, wenn es um Schiffsmotoren geht. Wenn er keine neue Pumpe auftreiben kann, wer dann?«

Erik nickte erleichtert. »Das klingt wunderbar. Aber wie kommen wir zu Harald?«

Otto lächelte verschmitzt. »Ganz einfach: Wir machen eine kleine Wattwanderung. Ich bin ein erfahrener Wattführer, das sollte kein Problem für mich sein."

Nach dem Kaffee packten sie ein paar Rucksäcke zusammen, zogen ihre Jacken fest zu und folgten dem Vogelwart an den Ostrand der Insel.

～

Otto ging voran. Das Ufer von Scharhörn lag bereits hinter ihnen, als sie über das schlammige, graubraune Watt liefen. »Fünf Kilometer sind es von Scharhörn nach Neuwerk. Eine gute Stunde haben wir noch vor uns«, sagt Otto. Eben noch hätten sie hier knietief im Wasser gestanden, jetzt lag der Boden trocken. Doch der Weg wurde immer mehr zu einer Rutschpartie auf dem schlammigen Meeresboden. Mehr als einmal drohte Erik auszurutschen, wenn er nicht vorsichtig aufgetreten wäre.

Nach einer Weile erreichten sie eine breite Sandbank. Hier war der Schlick etwas fester und das Laufen entspannter. Dafür blies ihnen eine steife Brise ins Gesicht. Doch dann blieb Otto stehen und zeigte auf das Watt. »Seht ihr den dunklen Strich da vorne? Das ist der nächste Priel, den wir durchqueren müssen.«

Erik folgte Ottos Arm und erkannte die unregelmäßige Linie, die einen tiefen Wasserlauf im Watt markierte. »Diese Priele sind die gefährlichsten Stellen bei einer Wattwanderung - da könnte man weggespült werden. Wir überqueren den Priel jetzt zügig, aber ohne Hektik«, wies Otto sie an und bedeutete ihnen, dicht zusammenzurücken.

Als alle bereit waren, nickte der Vogelwart und watete als Erster ins

Wasser. Vorsichtig setzte er einen Fuß vor den anderen und tastete mit einem Wattstock den Boden vor sich ab.

Das Wasser reichte ihnen nur bis zu den Knien. Die Strömung war hier deutlich zu spüren und zog an den Beinen. Doch Otto zeigte ihnen einen sicheren Weg und stapfte vorwärts.

Erik konzentrierte sich voll und ganz darauf, in den Fußstapfen seiner Vorgänger zu laufen. In seinen Stiefeln schmatzte das eingedrungene Wasser.

»Vorsicht, nicht stehen bleiben!«, rief Otto von vorne. »Immer weiter Schritt für Schritt! Wir sind gleich durch!«

Erik warf seinen Freunden einen besorgten Blick über die Schulter zu. Dann waren sie endlich auf der anderen Seite des Priels und erreichten wieder eine Sandbank. »Super, Jungs!«, rief er erleichtert. »Das war die einzige wirklich tückische Stelle.«

Bald sahen sie die ersten Häuser von Neuwerk vor sich. Wie Otto versprochen hatte, führte der Weg direkt zum Strand der Nachbarinsel. Am Ortsrand angekommen, erwartete sie bereits ein älterer Mann mit Schnauzbart und kauziger Mütze. Ein Lächeln huschte über sein Gesicht, als er die durchnässte Wandergruppe erblickte.

»Na, wen hast du uns denn da von Scharhörn hergeschickt?«, rief er mit rauer Stimme. Die Männer schüttelten sich die Hände. »Das sind die Segler mit dem kaputten Motor«, erwiderte Otto grinsend. »Aber ich habe sie heil hergebracht.«

Erleichtert ging Erik auf die beiden Männer zu. »Hallo, ich bin Erik Wiedner. Einer der Segler, von denen Otto erzählt hat.«

»Ach, der Motorschaden«, nickte Harald und musterte ihn aufmerksam. »Dann gib mir mal das gute Stück, ich sehe mir das mal an.«

Doch als er in die fragenden Gesichter blickte, lachte er laut auf. »Also nichts für ungut, aber keiner von euch sieht aus, als hätte er gerade eine Kühlwasserpumpe dabei.«

Erik räusperte sich verlegen. »Na ja, wie soll ich sagen ...«, stieß er hervor. »Die Pumpe ist noch auf der ›Nordstern‹. Den Teil der Wanderung haben wir ausgelassen.«

Haralds Gelächter wurde nur noch lauter. »Macht nichts. Ich habe nicht wirklich geglaubt, dass ihr die kaputte Pumpe ausbaut und mitbringt. Aber vielleicht haben wir ja das passende Teil hier.«

Ohne Umschweife drehte er sich um und ging mit großen Schritten auf einen Schuppen zu. Harald öffnete die Tür und deutete hinein. »So hier drin ist meine kleine Bastelwerkstatt. Mal sehen, was ich hier für euch habe.«

Mehrere Regale mit Kisten und Behältern säumten den Raum, außerdem standen mehrere Werkbänke mit allerlei Werkzeugen und Materialien. Ohne zu zögern begann Harald in den Regalen zu wühlen. »Gut, dass Otto mich so schnell erreicht hat«, murmelte er. »Eigentlich wollte ich heute noch rausfahren. Aber sagt mal, was habt ihr denn für einen Motor?«

»Einen Volvo Penta D2-75«, nannte Peter ihm das Modell.

Harald nickte, während er eine Kiste nach der anderen inspizierte und wieder zurückstellte. »Ja, das könnte passen, da habe ich etwas für euch. Der Motor ist bei neueren Booten ziemlich verbreitet. Hier, das ist zwar kein Original, aber es passt bestimmt.« Er hielt eine grüne Pumpe hoch, die man auf den Motor schrauben konnte.

Peter sah sich das Gerät zusammen mit Frank genau an und nickte dann. »Ja, die Maße könnten in etwa hinkommen«, befand er.

»Gut, dann sollten wir uns beeilen und das Teil austauschen«, entschied Harald energisch. »Wie Otto schon sagte, ihr habt einen Wettlauf mit der Flut vor euch.«

Wenig später hatten sie die neue Pumpe und einige Werkzeuge eingepackt. Als sie wieder ans Ufer traten, sahen sie, dass die Flut eingesetzt hatte und das Wasser in die Priele kroch. Gemeinsam machten sie sich auf den Rückweg. Diesmal kamen sie noch langsamer voran, da sie nun nicht nur durch den Schlamm, sondern auch durch das Wasser waten mussten. Sie waren knapp im Zeitplan, wie Otto feststellte, als sie den Priel erreichten, den sie vorher so mühsam durchquert hatten. Jetzt war er vollgelaufen und zeigte sich als reißender Bach. »So, jetzt wird es ein bisschen haarig«, sagte Otto. »Ich gehe mit Harald rüber und wir nehmen ein Seil mit. Dann kommt ihr nach und habt etwas zum Festhalten.«

Erik, Inken, Peter und Frank standen staunend am Rand des Priels, als die beiden Männer durch das Wasser wateten, das ihnen schon bis zu den Oberschenkeln reichte. Dann stellten sie sich auf der anderen Seite nebeneinander auf und zogen das Seil straff, das Erik fest in der Hand hielt. Jetzt war es an Inken hinüber zu waten. Aber sie hatte das Seil zum Festhalten. Nachdem sie es gut geschafft hatte, wollten Peter und Frank nicht zurückstehen. Als letzter folgte Erik durch den Priel. In der Mitte rutschte er wieder aus, aber er ließ das Seil nicht los. »Warte, wir ziehen dich rüber«, rief Otto. In einer Minute war er auf der anderen Seite und rappelte sich auf.

»Das war knapp«, sagte Otto. »Wir sind wirklich spät dran. Sehen wir zu, dass wir festen Boden unter die Füße bekommen.« Sie mussten noch zwei Kilometer über das Watt laufen, über das die Flut zu spülen begann. Aber dann hatten sie es geschafft und den Strand erreicht.

»Das lief ja wie am Schnürchen«, sagt Harald. »Den Rest schaffen wir auch noch.« Erik und seinen Freunden fiel ein Stein vom Herzen. Als sie die »Nordstern« endlich vor sich sahen, hatte das Wasser schon einen großen Teil von Scharhörn überflutet. Nur die höchsten Dünen ragten noch heraus. Ihre Yacht dagegen lag schon wieder friedlich auf dem Wasser und wiegte sich in den sanften Wellen.

Zweimal fuhren sie mit dem Beiboot, dann machten sie sich an Bord über den Dieselmotor und die alte Pumpe her. »Ein verdammt schickes Boot ist deine ›Nordstern‹, was?«, stellte Harald fest.

»Ja, das ist das Boot unserer Familie. Sie ist eigentlich sehr gepflegt. Dass ausgerechnet jetzt die Wasserpumpe kaputtgeht.«

»Och, das passiert. Wir konnten ja helfen«, sagte Harald.

»Du hast uns wirklich aus der Patsche geholfen«, sagte Erik zu dem Mechaniker.

Wenige Minuten später hatten Monteur Harald und Peter mit geübten Handgriffen die alte Pumpe ausgebaut und an Deck gelegt. Dann bauten sie das Ersatzteil aus der Werkstatt in Neuwerk ein. »Die scheint zu passen«, sagte Peter. Schritt für Schritt montierten sie die neue Pumpe und schlossen alle Leitungen wieder an.

»So, Feuer frei!«, rief Peter schließlich und griff zum Zündschalter. Mehrere Male drehte er durch, bis mit einem Brummen der Dieselmotor der »Nordstern« hochdrehte.

»Ja. Er läuft wieder«, jubelte Frank und klopfte Peter auf die Schulter. Der beugte sich über die Bordwand und schaute zur Seite der Yacht. »Sieh mal, das Kühlwasser kommt wieder in großen Schüben. Die Maschine läuft.«

»Ihr solltet aufpassen, dass ihr mit auflaufendem Wasser in die Elbe kommt und schnellstmöglich losfahren«, meinte Harald und Otto pflichtete ihm bei. »Wir zwei machen uns einen gemütlichen Abend, was Harald?«

»Klar. Ich muss ja warten, bis wieder Ebbe ist. Vorher komme ich nicht zurück nach Neuwerk.«

Also stieg Erik mit den beiden Männern ins Beiboot und brachte sie zum Strand zurück. »Tschüss Otto und Harald. Vielen Dank für alles!«, riefen sie ihm über das Wasser zu. Der Vogelwart winkte lächelnd zurück und antwortete etwas, das im Rauschen der Wellen unterging.

~

Der Dieselmotor brummte und Peter stand gut gelaunt am Ruder. Sie ließen Scharhörn hinter sich und fuhren mit auflaufendem Wasser an Neuwerk vorbei, der Insel, die sie eben noch durchs Watt besucht hatten. Die Nacht senkte sich über das Watt, als sie auf die blinkenden Lichter von Cuxhaven zusteuerten. Sie blieben dicht unter Land, nur ein Schatten zwischen den anderen Booten. Cuxhaven ließen sie rechts liegen - »also an Steuerbord«, wie Peter ergänzte. »Später kommt uns das Wasser wieder entgegen. Dann sollten wir über Nacht ankern, das ist am schnellsten und am unauffälligsten. Wir können in die Oste fahren.«

Eine gute Stunde später erreichten sie die Mündung des Flusses in die Unterelbe. Vor dem Blumer Außendeich machte der Fluss einen großen Bogen, und dort war, wie Peter wusste, gleich hinter einer grünen Tonne ein hervorragender Ankerplatz. Einige Boote lagen bereits da. »Sollen wir das Licht ausmachen?«, fragte Erik.

»Du magst ein brillanter Journalist sein, aber von Booten verstehst du nicht so viel«, sagte Peter. »Was meinst du, wie es aussieht, wenn ein Segelboot zwischen den anderen fünf Booten, die hier liegen, seine Ankerlaterne ausmacht?«

»Äh, ein bisschen verdächtig«, musste Erik zugeben.

»Genau deshalb werden wir die volle Beleuchtung einschalten. Manchmal ist es unauffälliger, sich auffällig zu verhalten.«

Sie verbrachten die Nacht völlig ungestört an ihrem Ankerplatz an der Oste. Als am nächsten Morgen die Sonne aufging, weckte Peter sie früh. Mit der Flut setzten sie ihre Reise fort, die Elbe hinauf, vorbei an den Krabbenkuttern und Containerfrachtern, die wie träge Riesen in der Dunkelheit lagen. Seemeile um Seemeile kamen sie voran. Trotzdem fragte sich Erik, was Deichmann wohl tun würde. Aber sie hatten keine Wahl. Sie mussten ihre Mission zu Ende bringen.

Die Nachmittagssonne schien hell auf den breiten Fluss, als sie Wedel passierten. »Wir kehren einfach nicht zu unserem Liegeplatz zurück. Sicher ist sicher«, sagte Peter, und die »Nordstern« nahm Kurs auf den Rüschkanal in Finkenwerder, wo sich etliche Stege von Yacht-clubs befanden. Eine gute Stunde später passierten sie Teufelsbrück auf der Nordseite der Elbe und bogen in den Hafen auf der Südseite ein. Hier würden sie die Yacht zurücklassen müssen. Den Rest des Weges würden sie mit der Fähre zurücklegen, die von Finkenwerder zu den Landungsbrücken fuhr - direkt vor die Tür von Eriks Wohnung im Portugiesenviertel. Dort richteten sich die vier ein, denn Erik hatte ein Ausziehsofa, das er Inken und Peter zur Verfügung stellte, während Frank es sich nicht ohne zu grinsen auf einer Luftmatratze bequem machte. Todmüde fielen sie in einen langen Schlaf.

KAPITEL 5

Wandel und Wahrheit

Erik hatte den Mantelkragen hochgeschlagen und die Mütze tief ins Gesicht gezogen, als er am nächsten Morgen durch die langsam erwachende Stadt eilte. Sein Ziel war ein unscheinbares Bürogebäude in einer Seitenstraße, in dem die Kriminalpolizei ihren Sitz hatte. Hier, so hoffte er, würde er auf offene Ohren stoßen. Am Empfang zeigte er seinen Presseausweis und bat um Kommissar Brenner, einen Beamten, den er von früheren Recherchen her kannte. Der Kriminalbeamte saß mit einer aufgeschlagenen Zeitung in seinem Büro. »Erik Wiedner«, sagte er überrascht. »Ich freue mich tatsächlich, sie zu sehen. Denn das kann ja nur eine interessante Geschichte bedeuten, Sie Investigativjournalist.«

»Oh ja, Kommissar, die habe ich zu bieten, da bin ich mir sicher.« Erik gab ihm eine grobe Zusammenfassung der Ereignisse und seine Miene hellte sich auf.

»Wenn es stimmt, was sie sagen, dann haben wir es hier mit einem ganz großen Fall zu tun.« Der Kommissar machte sich Notizen und erkundigte sich nach vielen Details. Erik zeigte ihm die Dokumente und Aufzeichnungen, die sie auf Helgoland gefunden hatten, und beschrieb ihre Flucht über die Nordsee.

»Das ist wirklich ein starkes Stück«, sagte Brenner. Er lehnte sich in seinem Stuhl zurück. »Ich verstehe ihre Dringlichkeit, Wiedner, wirklich. Aber hier geht es um mehr als ein paar mutige Amateurdetektive, die einen Fisch an der Angel haben.«

»Nun, Amateurdetektive würde ich uns nicht nennen.«

»Tut mir leid, das war nicht so gemeint. Also, hier geht es nicht um einen erstklassigen Investigativjournalisten. So besser?«, fragte er lachend.

»Ja, ich denke schon«, antwortete Erik grinsend.

»Also, hier geht es um handfeste Beweise, um Durchsuchungsbefehle und richterliche Zustimmung. Wenn wir auch nur den kleinsten Formfehler machen, wird uns Deichmanns Anwalt das ganze Verfahren um die Ohren hauen.«

Er hob die Hand, als Erik protestieren wollte. »Aber keine Sorge, ich werde nicht untätig bleiben. Geben sie mir 24 Stunden, um alles vorzubereiten. Bis dahin bleiben sie und ihre Freunde am besten unter dem Radar.«

Erik nickte widerwillig. Er wusste, dass der Kommissar recht hatte, auch wenn es ihm widerstrebte, noch länger zu warten. Aber sie waren so weit gekommen. »Also gut«, sagte er und stand auf. »24 Stunden. Kein Problem. Wir melden uns, wenn es etwas Neues gibt. Und - danke, Herr Kommissar. Ich weiß, das ist alles nicht leicht.«

Brenner nickte knapp und streckte ihm die Hand entgegen. »Machen sie sich keine Sorgen, Wiedner. Dafür bin ich ja da. Und jetzt sehen sie zu, dass sie wieder untertauchen. Je weniger man sie sieht, desto besser.«

Erik verließ das Präsidium mit einem flauen Gefühl im Magen. Die nächsten 24 Stunden würden die längsten ihres Lebens werden, dessen war er sich sicher. Aber sie hatten keine Wahl. Sie konnten nur abwarten und hoffen, dass Brenner Wort hielt und ihre Beweise ausreichten, um Deichmann ein für alle Mal das Handwerk zu legen. Auf dem Rückweg zu seiner Wohnung, in der seine Freunde auf ihn warteten, ging er noch einmal alles durch. Da klingelte sein Handy.

»Was ist los?«, fragte er, als er Peters Nummer sah.

»Erik, komm nicht in deine Wohnung. Hier stimmt etwas nicht. Draußen steht ein Lieferwagen mit zwei Typen davor«, sagte Peter atemlos.

»Kannst du das Nummernschild erkennen?«

»Was? Moment, ja, ich schaue nach.« Peter nannte ihm das Kennzeichen. Erik sah in den Fotos auf seinem Smartphone nach. Dann hielt er das Gerät wieder an sein Ohr.

»Peter, das ist derselbe Wagen wie in Cuxhaven. Das müssen Deichmanns Leute sein.«

»Siehst du genau wie ich gesagt habe.«

»Warte, ich rufe den Kommissar an. Und ich komme über den Hinterhof zu euch. Den Weg können sie nicht kennen.«

Eine halbe Stunde später ging Erik durch das Nachbarhaus in den Hinterhof und betrat sein Wohnhaus. Als er oben in der Wohnung war, sah er aus dem Fenster. Dort stand der Lieferwagen. Aber in diesem Moment schob sich ein Polizeiwagen die Straße hinunter. Ganz langsam fuhr er vor und stellte sich neben den Lieferwagen. Erik konnte sehen, wie zwei Beamte ausstiegen und sich mit den beiden Männern unterhielten. Die mussten ihre Papiere vorzeigen. Dann holten die Beamten einen Block heraus und schrieben etwas auf.

»Was ist denn da draußen los, Erik?«, fragte Inken.

»Ganz einfach: Die beiden bekommen gerade einen Strafzettel, weil sie seit über einer Stunde im Halteverbot stehen«, antwortete Erik grinsend. »Jetzt hauen sie ab.«

DIE RAZZIA

Die Morgendämmerung hatte Helgoland kaum erreicht, als zwei Schnellboote der Küstenwache im Hafen anlegten. Schwerbewaffnete Beamte in schwarzer Einsatzkleidung sprangen auf die Kaimauern, wo sie bereits von Kommissar Thorsten Mayer erwartet wurden. Ihre Stiefel hallten auf dem Pflaster wider, als sie sich auf den Weg zu der Lagerhalle in dem kleinen Gewerbegebiet am Rande des Hafens machten. Dann stieg Kommissar Brenner von dem Küstenwachboot und begrüßte Mayer. »Ist denn alles vorbereitet?«

»Wir können ihn festnehmen. Haben sie den Durchsuchungsbefehl und den Haftbefehl?«

»Ja«, antwortete Brenner, »alle Papiere dabei.«

Heute würden sie Deichmann haben, ein für alle Mal. Auf sein Zeichen hin verteilten sich die Beamten auf die Straße hinter der Lagerhalle. Hierher hatte die Spur geführt, hierher und zur »Nordlicht-Linie«. Unbemerkt erreichten sie die Halle und positionierten sich an den Eingängen. Auf Brenners Kommando öffneten sie die Tore. Doch statt der erwarteten Überraschung der Männer im Inneren der Lagerhalle schlug ihnen Widerstand entgegen. Dutzende Hafenarbeiter standen mit breiten Schultern in der Halle zwischen den Kisten. Mit erhobenen Fäusten stürmten sie auf die Beamten zu. Einer von ihnen, ein breitschultriger Mann mit tätowierten Armen, rief: »Verschwindet ihr Scheißbullen! Hier gibt es nichts zu sehen!«

Aber Brenner ließ sich nicht beirren. Er hatte mit Widerstand gerechnet, hatte geahnt, dass Deichmanns Leute sich wider alle Vernunft zur Wehr setzen würden. »Durchsucht alles«, befahl er seinen Männern. »Findet die Beweise. Und ihr«, er wandte sich an die Hafenarbeiter, »geht aus dem Weg, sonst werdet ihr alle wegen Strafvereitelung im Amt belangt.«

Ein Handgemenge brach aus. Die Hafenarbeiter schlugen zu. Die Polizisten konnten nicht schießen, das wollte Brenner nicht. Also flogen die Fäuste und Stiefel scharrten auf dem staubigen Boden. Die Beamten, obwohl zahlenmäßig überlegen und besser ausgerüstet, hatten alle Hände voll zu tun, die aufgebrachten Hafenarbeiter zurückzudrängen. Aber sie ließen sich nicht aufhalten. Schließlich wurden die wütenden Männer in eine Ecke gedrängt, und diesmal blickten sie in die Läufe der automatischen Waffen, die die Beamten auf sie gerichtet hatten.

Dann kam ein Ruf aus dem hinteren Teil der Halle. »Herr Kommissar! Hier sehen sie sich das an!«

Brenner bahnte sich einen Weg durch die Menge, bis er den Beamten erreichte. Der stand vor einem offenen Container, das Gesicht blass im Licht seiner Taschenlampe. Als Brenner einen Blick hineinwarf, erkannte er sofort, warum. Der Container war bis zum Rand gefüllt. Kisten über Kisten stapelten sich, jede sorgfältig versiegelt und mit dem unverkennbaren Logo der »Nordlicht-Linie« gestempelt. Daneben ordentlich aufgereiht, Aktenordner, Pläne, Frachtpapiere - die lückenlose Dokumentation eines kriminellen Netzwerks.

Brenner verzog das Gesicht zu einem grimmigen Lächeln. Das waren die Beweise, erkannte er. Deichmann mochte gerissen sein, seine Spuren verwischt haben. Aber hier, in dieser schäbigen Lagerhalle, hatte er einen entscheidenden Fehler gemacht. Und der würde ihm jetzt zum Verhängnis werden. »Sichert die Beweise«, sagte Brenner, während um ihn herum das Chaos tobte. »Und nehmt jeden fest, der sich widersetzt. Ab jetzt übernimmt die Staatsanwaltschaft.«

Die Nachricht von der Razzia verbreitete sich auf der Insel wie ein Lauffeuer. Innerhalb von Minuten wusste jeder, dass die Polizei im Hafen war, dass Beweise gefunden worden waren, dass Köpfe rollen würden. Und im Mittelpunkt stand ein Name: Deichmann.

Er hatte sich in sein Arbeitszimmer in seinem Reihenhaus im Oberland zurückgezogen, dort, wo er wenige Tage zuvor Besuch von Erik,

Peter, Inken und Frank bekommen hatte. Er glaubte immer noch, dass sein Einfluss ihn schützen könnte und telefonierte mit Detlev Klüver in Kiel. Doch von draußen waren Stiefel zu hören und Männer bauten sich vor seiner Tür auf. Plötzlich verspürte Deichmann so etwas wie Furcht. Als sie schließlich die Tür aufbrachen, war er fast erleichtert. Besser ein Ende mit Schrecken. Er stand auf und machte ein undurchdringliches Gesicht. Was immer jetzt kam, er würde es mit Würde tragen.

Kommissar Brenner trat ein, flankiert von zwei Beamten mit gezogenen Waffen. Sein Blick bohrte sich in Deichmanns Augen, hart und unnachgiebig wie Granit. »Ingolf Deichmann?«, fragte er, mehr Feststellung als Frage.

Er nickte und bemühte sich, nicht zu schlucken. »Das bin ich. Und sie sind?«

»Ich bin Kommissar Brenner aus Hamburg und das ist mein Kollege, aber sie kennen sich ja.« Brenner zückte seinen Ausweis mehr aus Routine als aus Notwendigkeit. »Wir haben einen Haftbefehl gegen sie, ausgestellt von der Staatsanwaltschaft Itzehoe. Ihnen werden Schmuggel, Steuerhinterziehung, Bestechung und eine ganze Reihe anderer Delikte vorgeworfen.«

Deichmann rührte sich nicht, aber in seinem Kopf rasten die Gedanken. Ein Haftbefehl aus Itzehoe? Das hatte er nicht kommen sehen. Natürlich hatte er Kontakte auf dem Festland, zu Politikern und Unternehmern, mit denen er gelegentlich zu Abend gegessen und Geschäfte gemacht hatte. Aber die Justiz? Die war bisher immer außen vor gewesen, eine unantastbare Bastion. Wie konnte das passieren?

»Ich glaube, da liegt ein Missverständnis vor«, sagte er und zwang sich zu einem Lächeln. »Das lässt sich sicher alles aufklären. Wenn sie mir etwas Zeit geben, meine Anwälte zu kontaktieren ...«

Aber Brenner schnitt ihm das Wort ab. »Sparen sie sich ihre Ausflüchte, Deichmann. Wir haben genug Beweise, um sie für lange Zeit hinter Gitter zu bringen. Die Lagerhalle, die Frachtpapiere, die Konten - alles deutet auf sie als Drahtzieher hin. Und glauben sie mir, wir werden jeden Stein umdrehen, bis wir die ganze Wahrheit ans Licht gebracht haben.«

Deichmann schluckte, seine Selbstsicherheit bröckelte. Er hatte sich für unantastbar gehalten. Doch jetzt, konfrontiert mit der kalten, harten Realität, begann er zu begreifen, wie sehr er sich geirrt hatte.

»Sie haben das Recht zu schweigen«, fuhr Brenner fast gelangweilt fort. »Alles, was sie sagen kann und wird vor Gericht gegen sie verwendet werden. Sie haben das Recht auf einen Verteidiger. Wenn sie sich keinen leisten können, wird ihnen ein staatlicher Pflichtverteidiger zur Seite gestellt. Haben sie das verstanden?«

Deichmann nickte mechanisch, sein Verstand war wie betäubt. Das konnte nicht wahr sein, das musste ein Albtraum sein. Aber es war kein Traum. Die Handschellen, die sich um seine Handgelenke schlossen, waren echt, genauso wie die Hände, die ihn packten und aus seinem Büro führten. Draußen warteten schon die Schaulustigen, Einheimische und Touristen, die ihm nach pfiffen, als er im Polizeiwagen verschwand.

~

Die Nachricht von Deichmanns Verhaftung erreichte auch Jan Hansen, der im Hafen vor dem Reedereibüro stand. Den Blick auf die Hafenbucht gerichtet, versuchte er zu begreifen, was gerade geschehen war. Deichmann, der allmächtige, unantastbare Deichmann, war gefallen. Es war, als hätte jemand ein Fenster aufgestoßen und frische Luft hereingelassen, nach all den Jahren der Stagnation und Korruption. Doch für niemanden war die Erleichterung größer als für Jan selbst. Endlich, nach all den Rückschlägen, schien sich das Blatt zu wenden. Der Mann, der ihm das Leben zur Hölle gemacht hatte, würde zur Rechenschaft gezogen worden.

Er griff zum Telefon und wählte die Nummer seiner Schwester. Sie war die Einzige, mit der er jetzt reden konnte, die wirklich verstand, was dieser Moment für ihn bedeutete. Inken meldete sich, ihre Stimme warm und besorgt. »Jan? Ist alles in Ordnung?«

Er schluckte plötzlich überwältigt. »Sie haben ihn verhaftet, Inken. Deichmann. Es ist vorbei.«

Am anderen Ende der Leitung war es einen Moment still. Dann hörte er seine Schwester aufatmen. »Also hat Eriks Plan funktioniert und Kommissar Brenner ist eingeschritten.«

Jan lachte, ein bebendes, fast hysterisches Lachen. »Ich bin so erleichtert. Es kommt mir so unwirklich vor, nach all der Zeit …«

»Ich weiß«, sagte Inken leise. »Aber es ist real, Jan. Wir haben es geschafft. Wir sind immer noch in Hamburg. Wie geht es meinem Café?«

»Deinem Café? Ach so, ja. Da ist alles in Ordnung. Maria hat den Laden geschmissen. Und es ist auch keiner vorbeigekommen und hat irgendwas demoliert. Die Schläger sind ferngeblieben.«

Jetzt war es an Inken, erleichtert zu sein.

~

Fassungslos starrte Detlev Klüver auf den Fernseher, während die Eilmeldung über den Bildschirm flimmerte. »Korruptionsskandal auf Helgoland: Hafenchef Deichmann verhaftet«. Die Worte hallten in seinem Kopf wider wie eine endlose Kakofonie des Schreckens.

Wie konnte das passieren? Er hatte doch alles getan, um die Zusammenhänge zu vertuschen, hatte auf Deichmanns Verschwiegenheit vertraut. Verdammt, er hatte sogar seine politische Karriere aufs Spiel gesetzt, indem er diesen Mann unterstützte. Und wofür? Um am Ende hilflos mit ansehen zu müssen, wie alles wie ein Kartenhaus in sich zusammenfiel?

Panik ergriff ihn. Wenn Deichmann reden würde, wenn auch nur der Hauch einer Verbindung zu ihm bekannt würde ... Das wäre das Ende, politisch und persönlich. All die Jahre hatte er so hart gearbeitet, hatte intrigiert und taktiert, nur um ganz nach oben zu kommen. Und nun drohte ihm alles wie Sand durch die Finger zu rinnen.

Klüver beruhigte sich. Warum sollte Deichmann auspacken? Er steckte doch viel tiefer drin, als jetzt bekannt wurde. Der Schmuggel war nur ein Nebenverdienst gewesen. Eine dumme Idee, das hatte Klüver ihm immer wieder klarzumachen versucht, für die es ein Taschengeld gab. Aber dieser Deichmann konnte von nichts die Finger lassen, wenn es auch nur halbwegs erfolgversprechend war.

Nein, das Hauptproblem waren die Schmiergelder für die Windparks, die draußen in der Nordsee gebaut wurden. Da ging es um Millionen - Aufträge an Helgoländer Firmen, Materiallieferungen mit fingierten Rechnungen, Arbeitsverträge mit osteuropäischen Hilfskräften - das ganze Programm, das man sich vorstellen konnte. Und natürlich schwarze Konten, die ihn mit Deichmann verbanden. Davon durfte nichts bekannt werden. Und wenn Deichmann noch halbwegs bei Trost war, dann würde er über all dies schweigen. Denn wenn nicht, wäre er noch wegen ganz anderer Vorwürfe dran und würde viel länger im Knast sitzen.

Oh ja, Detlev Klüver hasste diesen Moment mit jeder Faser seines Herzens. Wenn er doch nur könnte, wenn er doch nur ... Aber nein, er durfte sich nicht von seinen Gefühlen leiten lassen. Nicht jetzt, wo so viel auf dem Spiel stand. Er musste einen kühlen Kopf bewahren, musste Schadensbegrenzung betreiben.

Mit zitternden Händen griff er zum Telefon und wählte die Nummer seines Medienberaters. Er musste eine Strategie entwickeln, sich distanzieren, bevor der Strudel ihn in die Tiefe riss. Und dann, wenn sich der Sturm gelegt hatte, würde er zurückschlagen. Subtil aus dem Hintergrund, mit allen Mitteln, die ihm als Politiker zur Verfügung standen.

»Ihr denkt, ihr habt gewonnen«, flüsterte er, während er auf das Freizeichen wartete. »Aber das ist erst der Anfang. Ich werde euch fertigmachen, jeden Einzelnen von euch. Wartet nur ...«

～

Am nächsten Morgen trafen sie sich früh in Hamburg an den Landungsbrücken, die Taschen gepackt und voller Vorfreude. Diesmal wollten sie nicht die lange Reise mit der Yacht antreten, denn der Katamaran wartete auf sie, der von den Landungsbrücken direkt nach Helgoland fuhr. In vier Stunden und nicht in zwei Tagen würden sie wieder auf der Insel sein.

»Ich fahre lieber mit dem Katamaran als mit der Nordlicht-Linie«, sagte Inken beim Einsteigen.

»Ja, ich glaube auch, dass die keine Schmuggelware an Bord haben«, meinte Peter.

Erik sah die anderen lachend an. »Und gejagt werden können wir hier auch nicht.« Die vier nahmen auf dem Oberdeck Platz und sahen zu, wie der Katamaran lautlos ablegte. Frank war begeistert. »Das ist wie eine Mischung aus Fliegen und Boot fahren.«

»Aber mit Segeln hat das nichts zu tun«, meinte Peter.

»Dafür ist es viel bequemer«, sagte Inken.

Bald hatten sie die Elbmündung hinter sich gelassen und die offene See vor sich. Hier draußen war der Wind stärker, aber der große rote Katamaran glitt auf seinen Rümpfen einfach durch die Wellen. »Genau das haben wir gebraucht, Jungs. Frische Luft, Geschwindigkeit und die Freiheit des Meeres«, sagte Erik.

Mit einem letzten Manöver fuhr der Katamaran schließlich in den Hafen ein, passierte den Liegeplatz, an dem sie noch vor wenigen Tagen mit der »Nordstern« festgemacht hatten.

Der Kai war voller Menschen, als sie anlegten, Freunde und

Bekannte, die sie mit Jubel und Applaus begrüßten. Der galt vor allem Inken, denn mit ihrem Café war sie auf Helgoland gut bekannt. Und dass sie zu denen gehörte, die dem korrupten Hafenchef das Handwerk gelegt hatten, hatte sich schnell auf der Insel herumgesprochen.

Wie sie so auf der Kaikante standen, suchten Peters Augen ihren Blick. Sie sah ihn ebenso an. Für einen Moment schien die Welt stillzustehen. Dann, ohne nachzudenken, zog Peter sie in seine Arme und küsste sie. Sie erwiderte den Kuss zärtlich. Tränen schimmern in ihren Augen. »Bei allem, was in den letzten Tagen passiert ist, da ... da ist mir klar geworden, wie viel du mir bedeutest. Wie viel ich für dich empfinde.«

Er sah sie an, wagte kaum zu atmen. »Inken, was ... was willst du damit sagen?«

Sie holte tief Luft, als müsse sie all ihren Mut zusammennehmen. Dann sagte sie mit zitternder Stimme die Worte, auf die er so lange gewartet hatte: »Ich liebe dich, Peter. Ich liebe dich von ganzem Herzen.«

Im ersten Moment war er wie erstarrt, überwältigt von einem Glück, das er kaum fassen konnte. Dann breitete sich langsam ein Lächeln auf seinem Gesicht aus, so strahlend und voller Wärme, dass es Inken den Atem raubte. »Ich liebe dich auch. Mehr als ich in Worte fassen kann«, sagte er. Und dann küssten sie sich wieder, voller Leidenschaft und Hingabe.

Neben ihnen schauten Erik und Frank auf die Szene, breit grinsend und mit feuchten Augen. »Na endlich«, sagte Erik. »Es wurde aber auch höchste Zeit, dass die beiden zusammenkommen.«

Frank nickte und konnte ein Schniefen kaum unterdrücken. »Ja, das wurde es wirklich. Wenn zwei Menschen füreinander bestimmt sind, dann die beiden. Man sieht doch, wie glücklich sie sind.«

Und während Peter und Inken sich in den Armen lagen und den Lärm und die Menschenmenge um sich herum vergaßen, wussten sie, dass dies der Beginn von etwas Wunderbarem war.

〜

KAPITEL 6

Epilog: Erik und Freya

Die Pressekonferenz war in vollem Gange, als Erik einen Monat später den Saal im Hamburger Rathaus betrat. Er hatte sich verspätet, war im dichten Innenstadtverkehr stecken geblieben. Mit einem entschuldigenden Lächeln schob er sich in die hinteren Reihen und zückte seinen Notizblock. Auf dem Podium saßen die Ministerpräsidentin von Schleswig-Holstein, eine elegante Frau mit silbergrauem Haar, und der Erste Bürgermeister von Hamburg, ein schlanker Mann Anfang sechzig, blond und mit sonnengebräuntem Gesicht. Sie stellten Pläne zur Tourismusförderung im Norden vor, sprachen von Kooperation, Synergien und einer glänzenden Zukunft.

Erik hörte aufmerksam zu, machte sich Notizen, aber ein Teil von ihm war unzufrieden. War er deswegen Journalist geworden? Für Pressekonferenzen über Tourismus und Wirtschaftsförderung? Er sehnte sich nach den großen Themen, den politischen Debatten, den investigativen Recherchen - so wie bei ihrem Helgoland-Abenteuer, das nach der Veröffentlichung große Wellen geschlagen hatte.

Dann hielt er in seinen Gedanken inne. Eine junge Frau ergriff das Wort, die Regierungssprecherin von Schleswig-Holstein, wie Erik der Tagesordnung entnommen hatte. Sie hieß Freya Jensen. Sie war Ende dreißig, hatte langes blondes Haar und strahlend blaue Augen. Mit klarer, fester Stimme erläuterte sie die Details der geplanten Maßnahmen. Erik war fasziniert. Er hob die Hand und fragte kritisch nach den Kosten und der Finanzierung. Freya schaute ihm direkt in die Augen, lächelte und antwortete so präzise, sachkundig und schlagfertig, dass

Eriks Augenbrauen nach oben wanderten. Beeindruckend dachte er, wirklich beeindruckend.

Nach der Pressekonferenz ging Erik auf den Gang hinaus, den Kopf voller Gedanken. Da sah er Freya, die gerade den Konferenzraum verließ. Ohne zu überlegen, ging er auf sie zu. »Frau Jensen? Erik Wiedner, ich bin Journalist bei einem Reisemagazin. Ich wollte ihnen nur sagen, dass ich ihre Antwort vorhin beeindruckend fand. Sie verstehen wirklich etwas von ihrem Fach.«

Freya lächelte, und es war ein ehrliches, warmes Lächeln. »Vielen Dank, Herr Wiedner. Es ist schön, das zu hören. Gerade von einem kritischen Journalisten.«

Erik lächelte. »Kritisch bin ich, aber ich kann auch anders.« Er holte tief Luft, sammelte Mut, einer plötzlichen Eingebung folgend. »Sagen sie, hätten sie vielleicht Lust, mit mir einen Kaffee zu trinken? Ich kenne ein nettes Café hier um die Ecke ...«

Einen Moment lang sah Freya ihn überrascht an, dann nickte sie. »Gerne. Ich könnte jetzt wirklich einen guten Kaffee gebrauchen.«

Sie gingen ins Café Paris, gleich um die Ecke vom Hamburger Rathaus und setzten sich an einen Tisch am Fenster. Zuerst sprachen sie über die Pressekonferenz, dann über Hamburg, das Wetter, ihre Arbeit. Erik war fasziniert von Freyas Scharfsinn, ihrem Humor, ihrer Leidenschaft für ihren Beruf. Er erzählte von seiner Arbeit als Journalist. »Es kann frustrierend sein«, gab er zu. »Man recherchiert stundenlang, schreibt sorgfältig - und dann fragt man sich, ob überhaupt jemand den Artikel liest.«

Freya nickte mitfühlend. »Ich kann mir vorstellen, wie schwer das ist. In der Politik ist es ähnlich. Man arbeitet hart daran, eine Botschaft zu vermitteln, aber am Ende hängt alles davon ab, wie die Medien sie aufnehmen und darstellen.«

Erik lächelte schief. »Ach, die bösen Medien, was?«

»So habe ich das nicht gemeint«, sagte Freya lachend. »Ich weiß, dass sie alle nur ihren Job machen. Genau wie wir. Aber manchmal wünsche ich mir, wir könnten direkt mit den Menschen sprechen, ohne Filter, ohne Interpretationen.«

»Das glaube ich ihnen, dass sie lieber ohne uns mit den Menschen reden würden«, erwiderte Erik. »Nur die Fakten, klar und ehrlich. Aber das können wir auch gemeinsam machen.«

»Genau. Aber bis dahin müssen wir uns wohl weiter durch diesen Kommunikationsdschungel kämpfen.«

Sie sahen sich an und lächelten, ein Moment der Verbundenheit zwischen zwei Menschen, die die Herausforderungen des anderen nur zu gut verstanden.

Und je länger er in diese blauen Augen blickte, desto interessanter fand er sie. Konnte es sein? War es möglich, dass er hier zwischen Kaffeetassen und Konferenzmappen etwas gefunden hatte, was er gar nicht gesucht hatte?

Als sie sich verabschiedeten, griff Freya in ihre Tasche und zog eine Visitenkarte hervor. »Hier, falls sie mal eine Perspektive der Landesregierung brauchen. Oder wenn sie einfach nur reden wollen, von Kommunikationsprofi zu Kommunikationsprofi.«

»Danke.« Erik nahm die Karte entgegen und lächelte. »Ich komme gerne darauf zurück.«

Mit einem letzten Lächeln verschwand Freya. Erik sah ihr auf der Straße nach. Ja, er würde sich bei ihr melden. Er wollte nicht so lange warten wie Peter mit Inken, ging es ihm durch den Kopf. Denn so unterschiedlich ihre Berufe auch sein mochten, eines war klar: Freya schien ihn zu verstehen. Und das war ein guter Anfang für ... nun ja, für das, was auch immer zwischen ihnen noch kommen könnte.

∽

TEIL ZWEI

»Rotes Kliff«

Prolog »Unheilvolle Fracht«

Nordfriesland, 1924

Als der Raddampfer in den Hafen von Munkmarsch auf Sylt einlief, lag ein schwüler Juniabend über der Insel. Die Hafenlaternen warfen ein trübes Licht auf die Dünen und Strandweiden, die nur schemenhaft zu erkennen waren. Archibald Fenton, von seinen Kameraden einfach »Archie« genannt, verließ als einer der letzten Passagiere das Fährschiff. Der Mitarbeiter des britischen Auslandsgeheimdienstes war für seine Undercover-Einsätze berüchtigt und galt als einer der erfahrensten Agenten in den Diensten ihrer Majestät.

Fenton war ein kräftiger Mann Ende vierzig mit kantigen Gesichtszügen. Er wirkte etwas grimmig. Mit seiner Erscheinung erinnerte er auf den ersten Blick mehr an einen Hafenarbeiter als an einen erfahrenen Spion. Doch diese Täuschung war gewollt. Fenton galt als geschickt, wenn es um Verkleidung ging. Sein Blick musterte die Umgebung misstrauisch. Als Agent, der im Ersten Weltkrieg als Nahkampfausbilder gedient hatte, entging ihm nur wenig.

Er war muskulös und noch immer zu Kraftakten fähig. Obwohl Fenton aus dem Londoner Arbeitermilieu stammte, hatte er sich mit Intelligenz und Disziplin hochgearbeitet. Seine tiefe Stimme ließ ihn wie einen der zähen Inselbauern wirken, die in Nordfriesland ihre Halligen bewirtschafteten. Diese Verkleidung als einfacher Seemann war der Ausgangspunkt für Fentons neuen Auftrag.

61

Wie damals üblich, erhielt der Spion nur unzureichende Informationen über die Einzelheiten der Mission. Er wusste lediglich, dass er sich auf Sylt mit einem Wissenschaftler treffen und von ihm brisante Dokumente in Empfang nehmen sollte. Fenton watete mit seinen Stiefeln vom Anleger durch den Hafenschlick, während der Geruch von Teer und Fischinnereien in seiner Nase brannte. Mit dem Dampfzug der Sylter Inselbahn fuhr Fenton weiter nach Westerland.

Er stieg aus und mischte sich unter die Menge, die vom Bahnsteig strömte. Kurgäste in eleganten Sommerkleidern und Herren mit Strohhüten schlenderten zur Strandpromenade. Das Lachen der Kinder vermischte sich mit den schrillen Rufen der Möwen zu einer Melodie des Sommers.

Er folgte der Friedrichstraße, vorbei an den Schaufenstern kleiner Läden, in denen Bernstein und Muscheln angeboten wurden. Das Licht der Gaslaternen tauchte das Kopfsteinpflaster in einen warmen Schein. Aus den Cafés und Kneipen drangen Jazzmelodien und Stimmengewirr. Fenton erreichte sein Ziel, das Hotel Miramar, ein stattliches Gebäude mit weißer Fassade und Türmchen. Er betrat die Lobby, wo ihn ein Portier in Livree begrüßte. Der Mann musterte Fentons abgewetzte Kleidung, sagte aber nichts. Fenton ließ sich den Schlüssel geben und stieg die breite Treppe hinauf.

Sein Zimmer ging auf die Promenade und das Meer hinaus. Er öffnete das Fenster und ließ die Abendluft herein. Die letzten Sonnenstrahlen spiegelten sich in den Wellen, während die ersten Lichter in den Häusern aufleuchteten. Das Hotel Miramar war luxuriös. Doch für Archibald Fenton bildete es nur einen weiteren Schauplatz in dem gefährlichen Spiel, das er seit Jahren spielte. Er stand am Fenster seines Zimmers und beobachtete die Strandpromenade, wo sich Familien tummelten, Kinder lachten und Paare im Schein der untergehenden Sonne spazieren gingen. Ein Anblick, der ihn kurz innehalten ließ.

Elizabeth.

Ihr Gesicht tauchte vor seinem inneren Auge auf, wie sie wohl gerade in ihrem kleinen Häuschen in Südengland den Tisch deckte. Sie war hochschwanger und machte sich bestimmt Sorgen um ihn. Ein Stich fuhr ihm durchs Herz. Er hatte ihr versprochen, bei der Geburt dabei zu sein. Ein Versprechen, das er vielleicht nicht würde halten können.

Er verdrängte den Gedanken und wandte sich vom Fenster ab. Er musste sich auf den nächsten Tag vorbereiten, auf das Treffen mit dem Wissenschaftler, der ihm die brisanten Dokumente übergeben sollte. Er musste sich auf die Gefahren konzentrieren, die vor ihm lagen, und nicht auf die Sehnsucht nach seiner Heimat.

Fenton setzte sich an den Schreibtisch und begann, seine Notizen durchzugehen. Er musste jeden Schritt, jedes Detail im Kopf haben, um keinen Fehler zu machen. Er wusste, dass sein Leben davon abhing, aber auch das Leben seiner Familie. Denn wenn er scheiterte, würde nicht nur er die Konsequenzen tragen, sondern auch Elizabeth und ihr ungeborenes Kind.

Seine wettergegerbte Erscheinung erweckte auf den ersten Blick keinen Verdacht, als er am späten Nachmittag des nächsten Tages unweit des Bahnhofs vor der heruntergekommenen Kneipe »Zur Möwe« auftauchte. Lässig lehnte der Brite an der Backsteinmauer und zog an seiner Tonpfeife, während er die Umgebung nach verdächtigen Bewegungen absuchte. Zwei kräftige Arbeiter in Ölzeug und Gummistiefeln traten wenige Minuten später aus dem Lokal und lenkten ihre Schritte zielstrebig in Richtung der Dünen am nördlichen Ortsrand. Fenton folgte ihnen in gebührendem Abstand.

Der Geruch von Benzin und Maschinenöl lag bereits in der Luft, als die beiden Gestalten um eine Dünenkuppe bogen und eine halb im Sand versunkene Bretterhütte sichtbar wurde. Der bemooste Verschlag war notdürftig mit Zinkblech abgedeckt und mit aufgemalten Schriftzügen übersät. »Unbefugtes Betreten strengstens verboten« prangte über dem Eingang.

Die beiden Männer verschwanden in der Hütte, um kurz darauf wieder herauszukommen und weiter den Strand hinauf zu marschieren. Fenton folgte ihnen noch immer in sicherem Abstand. Er wusste, dass er sich in der Nähe des »Roten Kliffs« befand, einem markanten Küstenabschnitt zwischen Westerland und Kampen.

Kurz darauf erblickte er zwischen den Hügeln eine weitere Hütte, ungleich größer und gepflegter. Der Backstein-Neubau wirkte mit seinen verschlossenen Fensterläden und dem ummauerten Vorgarten wie eine kleine Festung inmitten der Einöde. Nachdem die bulligen Arbeiter im Inneren verschwunden waren, spähte Fenton durch die Ritzen der Tür. Er konnte gerade noch den oberen Rand einer Stahltür ausmachen, die offenbar in den Untergrund führte. Dieser getarnte unterirdische Komplex musste der Treffpunkt sein.

In der Ferne ertönten zehn Schläge einer Turmuhr. Pünktlich, wie es seine Art war, verließ eine dritte Gestalt in pelzbesetztem Mantel und Stiefeln den Bunker. Der Statur und der offensichtlich hochwertigen

Kleidung nach zu urteilen, musste es sich um den gesuchten Wissenschaftler handeln: Martin Schneider.

Nach einem letzten tiefen Zug aus seiner Pfeife stieß Fenton sich von der Bretterwand ab und näherte sich gemächlich dem Mann. Mit starrem Blick und unbewegter Miene musterte der als Seemann verkleidete Agent seine Zielperson.

～

Eine kühle Böe fegte Fenton den salzig-feuchten Seewind ins Gesicht, als er mit seinen Koffern nur einige Minuten später die Hütte verließ. Der Himmel hatte sich inzwischen zu einer bleigrauen Wolkendecke zusammengezogen. Der für die Jahreszeit heftige Wind peitschte ihm Regentropfen ins Gesicht und trug den strengen Geruch von Tang und Seegras zu ihm herüber.

Schneider war wieder im Inneren des Bunkers verschwunden. Auch die beiden Begleiter hatten sich vor dem immer unangenehmer werdenden Wetter zurückgezogen. Fenton blieb nichts anderes übrig, als sich auf den Rückweg nach Westerland zu machen. Auf dem langen Marsch über die Dünen und an den Salzwiesen entlang erwiesen sich die beiden wuchtigen Aktenkoffer aus Leder und Metall als schwere Last. Mit den beiden Koffern bahnte er sich durch den strömenden Regen den Weg zum Bahnhof.

Dort löste er sich wieder eine Fahrkarte für die Inselbahn. Wenige Minuten später ging die Fahrt los. Die Lokomotive schnaufte auf der Strecke Richtung Munkmarsch. Durch die beschlagenen Fenster erhaschte Fenton nur spärliche Blicke auf die vorbeiziehende Landschaft aus Wiesen und Deichen. Ein Reisender mit abgetragener Mütze saß ihm gegenüber und beäugte misstrauisch die beiden Koffer zwischen Fentons Beinen. »Auf dem Weg zum Festland?«, fragte der Fremde mit rauer Stimme und deutete mit einer knochigen Hand auf das Gepäck.

Fenton nickte knapp und murmelte: »In Munkmarsch nehme ich den Dampfer.«

»Ja, ja, die Raddampfer.« Der Reisende schmatzte laut und spuckte einen braunen Priem in den Aschenbecher. »Noch ist nicht viel los hier, seit die Insel vor der dänischen Küste liegt. Aber warten Sie nur, bis der neue Damm steht.«

Der Brite sah den Fremden fragend an. »Ein Damm, sagten Sie?«

»Ja, der neue Hindenburgdamm.« Der Mann wirkte aufgeregt von dieser Aussicht. »Der bringt uns die Zukunft. Nächstes Jahr wird mit dem Bau begonnen. Bis 1927 soll die Strecke zwischen Niebüll und Westerland fertig sein. Dann sind wir mit der Insel endlich richtig an das Reichsgebiet angeschlossen, und die Fahrt mit den Fähren hat ein Ende.«

Fenton verzog das Gesicht und starrte aus dem Fenster, wo Wolkenfetzen und Regenschlieren vorbeizogen. Wenn der Mann mit seiner Einschätzung recht hatte, würde sich die Situation hier mit dem Bau des Damms tatsächlich grundlegend ändern.

Als sich der Brite an Bord des Raddampfers »Freya« der Hoyer Schleuse näherte, wurde der Wind zu Sturmböen, die den Regen schräg durch die Luft peitschten. Fenton musste sich gegen den Sturm stemmen, die Koffer fest an sich gepresst. Am Kai im Hafen lagen bereits zwei Dampfer dicht an dicht. Der ganze Ort erinnerte mit seinen Gebäuden aus massiven Backsteinmauern an eine Festung.

An der Zollstation kontrollierten dänische Beamte akribisch Reisende und Warensendungen, die aus Deutschland kamen oder die Insel verließen. Dabei griffen die Uniformierten mitunter zu rüden, fast schikanösen Methoden. Mit ernsten Gesichtern und vorgehaltener Waffe wurden Ladungen aufgerissen, Koffer geöffnet und Passagiere angeraunzt. Ein wahrlich unfreundlicher Empfang für Reisende aus der neuen deutschen Republik, fand selbst Fenton.

Das Vorgehen der Zöllner war Ausdruck eines lange schwelenden Konflikts um die Zugehörigkeit der Region. Erst wenige Jahre zuvor, 1920, war das Gebiet nach einer Volksabstimmung von Deutschland an Dänemark gefallen. Die deutsche Minderheit fühlte sich von Kopenhagen gegängelt und schlecht behandelt - so wie es vorher der dänischen Minderheit ergangen war, als die Region zum Kaiserreich gehört hatte.

Unter den misstrauischen Blicken der dänischen Grenzbeamten schleppte Fenton die beiden Koffer durch den Schlamm der Zollkontrolle. Mit der rauen Maske eines abgehalfterten Seemanns fiel es ihm nicht schwer, sich als harmloser Reisender auszugeben. Er nickte nur stumm, als ihm die Mündung einer Pistole unter die Nase gehalten wurde. Schließlich bekam der Brite den erhofften Stempel in seinen Pass und konnte die Kontrolle hinter sich lassen. Für die meisten Deutschen ging es mit dem Zug weiter nach Süden, zurück in die Heimat. Fentons Weg führte jedoch in die entgegengesetzte Richtung nach Norden, wo am Ende seiner Reise die Stadt Ribe lag.

Gegen Abend erreichte Fenton den Bahnhof von Ribe. Die Fahrt hatte ihn durchgeschüttelt. Aber die beiden schweren Koffer waren wohlbehalten bei ihm geblieben. Kaum war der Geheimagent aus dem Abteil gestolpert, nahm ihn auch schon ein hagerer Herr in Empfang und geleitete ihn mit einer knappen Geste durch die Bahnhofshalle.

»Willkommen, Engländer. Ich bin Pastor Enevold Andersen. Ich wurde beauftragt, sie in unserer bescheidenen Kirche zu beherbergen«, sagte der Geistliche und warf einen misstrauischen Blick über die Schulter. »Danke. Nennen sie mich gern Archie«, antwortete Fenton. Der Pastor machte eine einladende Geste und zog ihn am Ärmel hinter sich her.

Die beiden liefen durch die regnerische Nacht zu einem heruntergekommenen Hinterhof. Plötzlich tauchte dort ein Schatten auf. Im Schein einer Laterne blickte Fenton in die Augen einer jungen Nonne. Der Pastor wechselte nur ein paar für Fenton rätselhafte Worte auf Dänisch, dann führte die Nonne die beiden Männer durch eine Seitentür.

Aus dem spärlich beleuchteten, muffigen Inneren der alten Kirche schlug Fenton eine Woge aus Weihrauchgeruch und Kälte entgegen. Mit beschlagenen Brillengläsern folgte er den leisen Schritten des Pastors und der Nonne durch das dunkle Kirchenschiff in Richtung Sakristei.

»Hier ist euer Nachtlager für die nächsten Tage«, erklärte Andersen und deutete auf eine Kammer - einfach, aber zweckmäßig. Dort standen ein Bett, ein Schreibtisch und ein Stuhl. »Möge der Herr euch beschützen und behüten, bis eure Reise weitergeht.«

Ohne ein weiteres Wort zog sich der Geistliche in den Hinterhof des Klosters zurück und überließ Fenton seiner kargen Unterkunft. Schwer atmend stellte der Brite seine Koffer auf den Boden. Er rieb sich die schmerzenden Schultern. Die Aktion war noch lange nicht zu Ende.

Die folgenden Tage vergingen für Fenton zwischen den verstaubten Akten in der Sakristei von Ribe. Tag und Nacht wälzte er die vertraulichen Dokumente aus den Koffern. Keinen Gedanken, keine Skizze aus den geheimen Entwicklungsprotokollen ließ er aus. Er begann, eine Abschrift anzufertigen. Je tiefer er in die ausgeklügelten Pläne der deutschen Wissenschaftler eindrang, desto beklemmender wurde das Gefühl. Manisch hielt er jede noch so kleine Erkenntnis in seinem Notizbuch fest, übertrug verschlüsselte Anmerkungen und ging unzählige Zahlen und Formeln durch. Der Moder der alten Lederbände stieg ihm ebenso in die Nase wie der Geruch unzähliger Kerzenstummel.

Immer wieder stolperte Fenton über Hinweise auf kryptische Decknamen wie »Bor« und »Haubitze« - Bezeichnungen, die den monströsen Dimensionen der Pläne aus den geheimen Labors erst ihre ganze Durchschlagskraft verliehen. Als Fenton schließlich die letzten Zeilen des letzten Blattes überflogen hatte, war auch der Rest von Ahnungslosigkeit verschwunden.

Das Militär des alten Kaiserreichs hatte eine Bestie erschaffen, da war sich Fenton sicher. Es musste eine Bestie der Verwüstung sein. Auch wenn er keine Ahnung hatte, ob eine solche »Wettermaschine« überhaupt funktionieren könnte, schließlich war er kein Wissenschaftler, war der Plan von dem Grundgedanken der Zerstörung durchsetzt. Und die Zeichnungen, Diagramme und Thesen des Projekts wirkten in sich stimmig. Mit klammen Fingern schloss er den letzten Aktenstapel und zwang sich zur Besinnung: Koste es, was es wolle, diese Dokumente müssten auf schnellstem Wege nach London gelangen. Um die Welt vor diesem Szenario der »Wettermaschine« zu bewahren. Oder, dachte Fenton ohne große Begeisterung, um dem britischen »Empire« eine neue Waffe zu ermöglichen. Ihm schauderte bei diesem Gedanken.

Sofort verstaute er das vertrauliche Gepäck in den beiden stabilen Lederkoffern. Die Abschriften jedoch vertraute er dem hilfsbereiten Pastor an, der sie verstecken sollte. Dann ging Fenton zurück zum Bahnhof und nahm abermals den Zug nach Norden. Stundenlang stampfte die Lokomotive mit den Waggons durch die Landschaft nach Esbjerg. Aus dem Fenster blickte er auf die endlosen Felder und Marschlandschaften, die gelegentlich von vereinzelten Gehöften und weidenden Viehherden unterbrochen wurden.

Als schließlich die Silhouette der Stadt Esbjerg in Sicht kam, streckte sich Fenton. Der Brite war bereit für die letzte Etappe, die Verladung auf ein Schiff, das ihn sicher über die Nordsee an die englische Küste bringen würde. Die Entbehrungen und Strapazen näherten sich ihrem Ziel.

〰

Fenton musste die beiden Koffer mit den hochbrisanten Inhalten in Sicherheit bringen, ehe ihm deutsche Militärs auf die Schliche kamen. Am Hafen verließ er den Zug und ging auf das Backsteingebäude der Schifffahrtsgesellschaft zu. Doch gerade als der Geheimagent seinen zerrissenen Mantelkragen gegen den Nieselregen fester zusammenzog und die wertvolle Fracht in den beiden Koffern fest packte, huschte ein Schatten vorbei. Im nächsten Moment spürte Fenton die kalte Mündung einer Pistole zwischen seinen Augenbrauen.

»Ganz ruhig bleiben, Engländer. Kein falscher Schritt, und Ihnen wird nichts geschehen«, sagte eine Stimme aus dem Halbdunkel. Ein Blinzeln genügte, um den Lauf als unmissverständliche Warnung zu erkennen.

»Ich hatte gehofft, in diesem Gewirr von Hafenanlagen ... unauffälliger zu bleiben«, erwiderte Fenton, während er die Hände hob. »Nun gut, Sie haben mich erwischt. Wie lautet Ihre Forderung?«

Ein höhnisches Lachen drang aus der Dunkelheit. »Oh nein, Fremder. Hier geht es nicht um eine lächerliche Lösegelderpressung. Sondern um viel mehr ...«

Die Gestalt kam unter der Gaslaterne näher und ließ sich genauer erkennen: Eine massige Statur steckte in einem Matrosenmantel und trug eine Deckoffiziersmütze. Tief liegende Augen blickten ihn unter mächtigen Brauen an, ein kantiges Kinn und eine auffällige Gesichtsnarbe, die sich von der Wange bis zum Hals zog. »Heinrich Behrens«, stellte der Mann sich in gefährlichem Ton vor. »Leutnant der ehemals kaiserlichen Flotte. Zuletzt im Auftrag der Reichsregierung und vor allem eines ganz bestimmten Auftraggebers.«

»Ich kann es mir denken: des Militärs.«

Die Pistole in der Pranke des Mannes zielte unverwandt auf Fentons Brust. »Ich werde es Ihnen leicht machen, Mr. Fenton, nicht wahr? Sie haben sich als gerissener Fisch erwiesen, der nicht zu fangen war. Aber hier und jetzt hat das Katz-und-Maus-Spiel ein Ende. Denn diesmal, diesmal entkommen Sie mir nicht mehr.«

Mit einem unheimlichen Grinsen drückte der Deutsche die Mündung gegen Fentons Körper. »Geben Sie mir die Koffer, sofort.«

Wenige Hundert Meter entfernt lag die »Anglia« vertäut und bereit zur Abfahrt nach Harwich. Der schlanke Rumpf des Schiffes hätte Fenton unter anderen Umständen mit Freude erfüllt. Stattdessen stand der Brite nun am Kai vor dem skrupellosen Behrens, der ihm mit einem Grinsen die Koffer abnehmen wollte.

»Nun, Mr. Fenton, keine Tricks mehr. Sie haben Ihr Blatt ausgespielt. Vielleicht sollte ich Ihnen noch einmal zeigen, was hier wirklich auf dem Spiel steht ...« Ein eiskalter Schauer lief Fenton über den Rücken, als Behrens unvermittelt die Klinge eines Springmessers aufschnappen ließ. »Aber so weit muss es natürlich nicht kommen, was meinen Sie?«, sagte Behrens schließlich. »Na, reden Sie schon. Ein Mann wie Sie wird doch sicher keine Skrupel haben, mir ein wenig zu erklären, was unsere Professoren sich da für ein Projekt ausgedacht haben, oder?«

Fenton spürte, wie sich Behrens' Griff um seinen Kragen bedrohlich verstärkte. »Letzte Warnung für Sie, Fenton«, zischte Behrens zwischen zusammengebissenen Zähnen. »Entweder packen Sie jetzt aus, was in diesen Koffern ist. Oder ich muss es Ihnen mit Gewalt entreißen.«

Fenton schluckte. »Hören Sie, Herr Behrens«, erwiderte er mit gepresster Stimme. »Ich fürchte, die Situation ist etwas ... komplizierter.« Mit diesen Worten riss Fenton plötzlich seinen Ellenbogen hoch und rammte ihn dem Deutschen mit voller Wucht in die Magengegend. Behrens grunzte überrascht und taumelte einen Schritt zurück. Sofort nutzte Fenton den Moment und versetzte ihm einen gekonnten Kinnhaken mit der Faust. Behrens taumelte bedenklich und hob mit schmerzverzerrtem Gesicht seine Waffe. Doch Fenton war schneller, packte die Pistole mit beiden Händen und drehte sie zusammen mit Behrens Handgelenk nach hinten. Ein erschrockener Schrei entfuhr dem Deutschen, dann entriss Fenton ihm die Waffe vollständig.

Mit ihr in der Hand stieß er Behrens rückwärts gegen eine Mauer. Der Deutsche schlug wild um sich. Wieder versetzte ihm Fenton einen erbarmungslosen Hieb. Behrens krümmte sich vor Schmerzen und ging zu Boden. Dann rührte er sich nicht mehr. Fenton kniete sich hin und fühlte den schwachen Puls des Deutschen. »Ich habe dich also nicht ins Jenseits befördert, sondern kampfunfähig gemacht«, sagte er.

Archibald Fenton zögerte einen Moment, bevor er die letzten Stufen zur Gangway der »Anglia« hinaufstieg. Er ließ den Blick noch einmal über die Kaikante schweifen, um sicherzugehen, dass niemand etwas von dem Kampf hinter dem Schuppen mitbekommen hatte. Einige Hafenarbeiter hatten die Koffer bereits an Bord des Dampfers gebracht und verstaut. Für ein paar Schilling waren sie mucksmäuschenstill gewesen. Jetzt galt es nur noch, die Dokumente auf der langen Schiffsreise nach England vor neugierigen Blicken zu schützen.

Archibald Fenton betrat die Brücke der »Anglia« mit einem mulmigen Gefühl im Magen. Die Dokumente, die er bei sich trug, waren von unschätzbarem Wert – und von unvorstellbarer Gefahr, sollten sie in die falschen Hände geraten. Der Kapitän, ein wettergegerbter Däne namens Søren Møller, begrüßte ihn mit einem festen Händedruck. An seiner Seite stand eine Frau mittleren Alters, schlank und hochgewachsen, mit intelligenten Augen und einem wachen Gesichtsausdruck.

»Mr. Fenton«, sagte Møller mit seiner tiefen, rauen Stimme. »Willkommen an Bord. Darf ich Ihnen meine Frau Lise vorstellen? Sie begleitet mich auf dieser Fahrt.«

Fenton nickte der Frau höflich zu, überrascht von ihrer Anwesenheit. Es war ungewöhnlich, dass Kapitänsfrauen mit an Bord waren, besonders auf einer Fahrt wie dieser.

Lise musterte ihn mit einem durchdringenden Blick. »Mr. Fenton«, sagte sie dann und ihre Stimme hatte einen leicht ironischen Unterton. »Ich nehme an, Sie haben wichtige Dokumente bei sich? Dokumente, die nicht für jedermanns Augen bestimmt sind?«

Fenton spürte, wie sich seine Nackenhaare aufstellten. Woher wusste sie das? Er warf Møller einen fragenden Blick zu, aber der Kapitän zuckte nur mit den Schultern.

»Meine Frau hat ein Gespür für solche Dinge«, sagte er mit einem schiefen Lächeln. »Es ist schwer, ihr etwas vorzumachen.«

Fenton zögerte einen Moment, unschlüssig, wie viel er preisgeben sollte. Aber etwas an Lises direkter Art und ihrem intelligenten Blick ließ ihn Vertrauen fassen. »Sie haben Recht«, sagte er schließlich. »Ich habe Dokumente bei mir, die von größter Bedeutung sind. Pläne für eine Technologie, die in den falschen Händen verheerende Folgen haben könnte.«

Lises Augen verengten sich. »Was für eine Technologie?«, fragte sie scharf.

Fenton holte tief Luft. »Ein Gerät, das in der Lage sein soll, das Wetter zu beeinflussen. Es dürfte eine ziemliche Zerstörungskraft entfalten können.«

Lise sog scharf die Luft ein. »Und Sie wollen diese Pläne nach England bringen?«, fragte sie ungläubig. »Damit sie in die Hände Ihrer Regierung fallen?«

Fenton nickte. »Nun, eines ist klar: Die Deutschen hätten damit eine mächtige Technologie, der wir nichts entgegenzusetzen haben. Sie ist zu gefährlich, zu mächtig.«

Lise musterte ihn lange, ihr Blick schien bis in sein Innerstes zu dringen. Dann nickte sie langsam. »Ich verstehe«, sagte sie. »Sie tun das Richtige, Mr. Fenton. Diese Pläne dürfen nicht in falsche Hände geraten. Zu viel steht auf dem Spiel.«

In diesem Moment erinnerte Lise ihn so sehr an seine eigene Frau Elizabeth – dieselbe Stärke, dieselbe Überzeugung, derselbe unerschütterliche Moralkompass. Er spürte, wie seine Kehle eng wurde. »Ich danke ihnen«, sagte er rau. »Für ihr Verständnis und Ihre Unterstützung.«

Lise lächelte warm. »Passen sie auf sich auf, Mr. Fenton. Und passen sie auf diese Dokumente auf. Die Welt zählt auf sie.«

Mit einem letzten Nicken verabschiedete sich Fenton und verließ die Brücke. Aber Lises Worte und ihr eindringlicher Blick ließen ihn nicht mehr los.

In einiger Entfernung von der Anlegestelle beobachtete Fenton noch eine Weile, wie sich das Schiff auf die Abfahrt vorbereitete. Rauch stieg in dicken Wolken auf und die Rufe der Besatzung hallten über das Deck. Langsam aber sicher löste sich das Schiff von der Kaimauer und begann, das Hafenbecken zu verlassen. Fenton wandte sich abrupt ab und war mit wenigen Schritten in der Menschenmenge am Kai verschwunden.

Behrens' Blick verhärtete sich, als der Dampfer Fahrt aufnahm und die ersten Wellen gegen den Bug schlugen. Sein Auftrag war klar: Er musste Archibald Fenton und die Koffer mit den Geheimdokumenten finden, koste es, was es wolle. Das deutsche Militär hatte zu viele Ressourcen in dieses streng geheime Projekt gesteckt, als dass man es einem britischen Spion überlassen konnte.

Aber wo war der Mistkerl? Nur gut, dass er es in letzter Minute an Bord geschafft hatte, als das Schiff schon ablegte. Behrens reckte den Hals und spähte über das Deck, aber von Fenton keine Spur. Das konnte nicht sein, der Brite musste sich hier irgendwo aufhalten. Der Agent brummte missmutig und zog sich die Jacke enger um die massiven Schultern. Der verdammte Nieselregen drang ihm bis auf die Knochen.

Mit schnellen Schritten durchquerte er das Deck und suchte die engen Gänge und Aufenthaltsräume ab. Nichts als spärlich eingerichtete Kabinen mit Tischen und Betten fand er. Aber keine Spur von Fenton oder den Koffern. Erstaunt runzelte Behrens die Stirn. Das konnte nicht sein? Warum war Fenton bei der Abfahrt nicht auf dem Schiff gewesen? Der Brite hatte ihn im Hafen verprügelt.

Wütend schlug Behrens mit der Faust gegen die Metallwand. Der Mistkerl hatte ihn doch nicht reingelegt? Wie konnte das sein? Fenton war mit zwei Koffern unterwegs gewesen. Irgendwann auf dem Weg zur »Anglia« musste er die Fracht abgesetzt haben. Aber wo? Und warum?

Fieberhaft durchkämmte er die »Anglia« von vorne bis hinten. Er durchsuchte jede Kammer, die er öffnen konnte, jeden Lagerraum, jeden noch so kleinen Winkel des Schiffes. Aber nirgendwo gab es eine Spur von den Koffern oder dem britischen Agenten. Wie vom Erdboden verschluckt, dachte er. Erschöpft und frustriert kehrte Behrens an Deck zurück. Die Nordsee war unruhig, hohe Wellen peitschten gegen den Rumpf, der Wind zerrte an seiner Jacke. In der Ferne verschwand langsam die dänische Küste am Horizont, während die »Anglia« unaufhaltsam nach Westen pflügte.

Eine eiskalte Erkenntnis machte sich in Behrens Kopf breit: Fenton hatte es geschafft, die Koffer loszuwerden. Und wenn er sie nicht im Frachtraum gefunden hatte, dann waren sie wahrscheinlich im Tresor auf der Brücke eingeschlossen. In diesem Fall war es für ihn so gut wie unmöglich, an die Koffer heranzukommen. Innerhalb weniger Tage würden die Konstruktionspläne für die deutsche Wetterwaffe auf dem Tisch des britischen Geheimdienstchefs liegen.

Wie hatte ihn dieser verfluchte britische Spion nur so überlisten können? Die Antwort würde er wohl nie erfahren. Denn eines war jetzt schon klar: Die Mission war gescheitert. Durch Fentons Trick waren die Pläne für die Wettermaschine möglicherweise direkt in England gelandet. Eine Schmach für den deutschen militärischen Nachrichtendienst und eine potenzielle Gefahr für das ganze Reich, sollten die Briten diese revolutionäre Technologie gegen die Deutschen einsetzen. Ein Szenario, das Behrens um jeden Preis verhindern musste. Voller Zielstrebigkeit stemmte der Agent die Hände in die Hüften und starrte auf die See.

∽

Archibald Fenton beobachtete vom Kai aus, wie die »Anglia« ablegte und langsam aus dem Hafen von Esbjerg fuhr. Ein Gefühl der Erleichterung machte sich in ihm breit. Die beiden Koffer mit den geheimen Unterlagen für die deutsche Wettermaschine waren sicher an Bord des Dampfers und auf dem Weg nach England. Fenton selbst war im letzten Moment vom Schiff gegangen. Zu groß war die Gefahr gewesen, dass der deutsche Agent ihm auf die Schliche gekommen wäre.

Nun galt es, einen Weg zu finden, die Mission zu beenden. Mit zusammengekniffenen Augen beobachtete Fenton, wie die »Anglia« hinter der Insel Fanö verschwand und Kurs auf die offene Nordsee nahm. Der pfeifende Wind zerzauste sein Haar und der Nieselregen drang durch seine dünne Jacke. Es wurde höchste Zeit, dass er sich einen Unterschlupf suchte. Fenton bahnte sich seinen Weg durch den geschäftigen Hafen. Lastkähne wurden be- und entladen, Seeleute schleppten Kisten und Taue, überall roch es nach Teer, Fisch und Dieselabgasen. Nach einer halben Stunde fand er schließlich ein schäbiges, aber unauffälliges Hotel in einer der Seitenstraßen von Esbjerg. Fenton mietete eines der heruntergekommenen Zimmer und streckte sich auf dem dürftigen Bett aus. Die letzten Stunden waren nicht spurlos an ihm vorübergegangen - der Kampf mit Behrens und die gefährliche Aktion im Hafen hatten ihm viel abverlangt. Aber jetzt musste er sich beeilen, um seine Vorgesetzten in London zu informieren. Keine Stunde später war Fenton bereits auf dem Weg zum britischen Konsulat in Esbjerg.

Der Konsul begrüßte ihn sofort, als er das Gebäude betrat. Fenton überreichte ihm einige Zettel mit einer verschlüsselten Nachricht. Der Konsul begann sofort, das Telegramm an die Funkzentrale weiterzuleiten. Von dort würde die verschlüsselte Nachricht nach London in die Zentrale des britischen Geheimdienstes gesendet werden.

In dem Telegramm teilte er kurz mit, dass sich die Koffer mit den Dokumenten über die deutsche Wetterwaffe an Bord eines dänischen Dampfers nach Harwich befänden. Fenton hoffte inständig, dass sein Signal das Hauptquartier rechtzeitig erreichen und Hilfe geschickt würde. Denn auch die deutschen Agenten würden sicher nicht ruhen, bis sie die Dokumente wieder in den Händen hielten.

Die Gänge der »Anglia« wirken bedrohlich, als Behrens durch das Schiff schlich. Das Gesicht zu einer Maske aus Wut und Entschlossenheit verzerrt, durchkämmte er noch einmal jeden Winkel nach Spuren von Fenton oder den geheimen Dokumenten. Salons, Kabinen, Laderäume - nichts blieb vor seinen Blicken verborgen. Irgendwo musste sich der verfluchte britische Spion mit der Fracht verstecken. Behrens kannte die Anweisungen des Reiches für einen solchen Fall nur zu gut: Die Pläne durften um keinen Preis in die Hände des Feindes fallen. Koste es, was es wolle.

Nach Stunden vergeblicher Suche ließ er sich frustriert vom Quartiermeister die Passagierliste geben. Fenton war wie vom Erdboden verschluckt. Seine letzte Hoffnung ruhte nun auf der streng geheimen »Alternativlösung« seiner Vorgesetzten in Berlin. Mit äußerster Wachsamkeit inspizierte Behrens die untersten Decks des Schiffes in der Nähe der dröhnenden Maschinenräume. Jetzt musste er aufpassen, nicht von der Besatzung gesehen zu werden. Hier, zwischen Kohlebunkern und Antriebswellen, entdeckte er schließlich einen idealen Platz. Ein gefährliches Lächeln erhellte Behrens‹ Züge, als er den Koffer herauszog. Rasch untersuchte er den Inhalt - es war die von den Ingenieuren des ehemaligen Kaisers präparierte »Höllenmaschine«. Ein Sprengsatz mit Zeitzünder, der das Schiff versenken sollte, falls die Dokumente in Feindeshand fielen.

Sorgfältig platzierte der Agent die Bombe in einem toten Winkel zwischen Kesselwänden und Maschinenkolben. Dann stellte er den Zeitzünder auf zwanzig Minuten und eilte zurück an Deck. Die Uhr lief unerbittlich - bald würde die tödliche Fracht im Bauch des Schiffes explodieren.

Eine unheimliche Stille hatte sich über die Nordsee gelegt, als Behrens an Deck stand und auf die endlose, graue Wasserwüste blickte. Ein idealer Ort und Zeitpunkt. Er spielte mit dem Gedanken, die Rettungsboote zu sabotieren, wie es seine sorgfältig geplante Mission vorsah. Er könnte Löcher hinein schießen, dachte er. Aber dafür war keine Zeit mehr. Die letzten Sekunden vergingen zäh wie kalter Teer. Behrens Finger schlossen sich fester um den Griff seiner Pistole. Gleich würde die Maschine das Inferno in den Tiefen des Schiffes entfesseln - unerbittlich und unaufhaltsam.

In der Ferne grollte der erste entfernte Donner. Und dann - ein fürchterliches, metallisches Geräusch, als würde die Welt zerreißen. Die Explosion sorgte für eine Druckwelle, die den gesamten Schiffsrumpf erfasste. Stahlnieten und Stahlträger wurden wie Streichhölzer durch die Luft geworfen.

Der Druck der Detonation riss Behrens von den Beinen und schleuderte ihn wie einen Fetzen Stoff über die Reling. Einen endlosen

Moment lang hing er in der Luft, dann stürzte er mit voller Wucht in die unerbittlichen Fluten. Das graue Wasser der Nordsee zerrte an ihm. Hustend und keuchend rang Behrens nach Luft und Orientierung, nur um Sekunden später erneut von einem Wellenkamm überrollt zu werden.

So ging es eine ganze Weile, bis der Agent schließlich wie benebelt vor sich hintrieb. Das war es also, dachte er, das Ende - nach allem, was er für das Kaiserreich und den verlorenen Krieg gegeben und geopfert hatte. Mit letzter Kraft starrte er auf die dunklen, rauchenden Überreste, die einmal die »Anglia« gewesen waren. Da packte ihn jemand am Kragen. Überrascht drehte er sich um: Ein Rettungsboot lag direkt hinter ihm und ein Matrose griff helfend zu. Er musste mehr Glück als Verstand gehabt haben. Erst sprengte er das Schiff, jetzt wurde er gerettet. Am Horizont sah der Agent schon die Rauchfahne eines Frachters auf sich zukommen. Um ihn herum trieben Trümmer, aber auch weitere Rettungsboote. Und so eiskalt er war, so dachte er doch: Wenigstens schienen es einige Passagiere geschafft zu haben.

Das Chaos an Deck der »Anglia« war unbeschreiblich. Menschen schrien und drängten sich in panischer Angst zu den Rettungsbooten, während das Schiff unter ihren Füßen ächzte und stöhnte. Der Rauch der Explosion hing noch immer schwer in der Luft, vermischt mit dem beißenden Geruch von brennendem Öl. Auf der Brücke herrschte angespannte Stille. Kapitän Møller stand am Ruder, die Hände fest um die Speichen geklammert. In seinen Augen spiegelte sich die ganze Schwere der Situation. Neben ihm stand Lise, das blonde Haar zerzaust vom Wind, das Gesicht gezeichnet von Sorge und Anspannung.

»Søren«, sagte sie, »wir müssen von Bord. Das Schiff wird sinken, wir haben nicht mehr viel Zeit.«

Møller nickte. »Ich weiß«, sagte er. »Aber ich kann die 'Anglia' nicht verlassen. Noch nicht. Ich bin der Kapitän, ich muss sicherstellen, dass alle anderen in Sicherheit sind.«

Lise trat näher zu ihm. »Du hast getan, was du konntest«, sagte sie eindringlich. »Du hast Alarm geschlagen, die Evakuierung eingeleitet, die Rettungsboote zu Wasser gelassen. Mehr kannst du nicht tun.«

Endlich wandte Møller den Blick vom Horizont ab und sah seine Frau an. In seinen Augen stand eine Qual, die Lise bis ins Mark erschütterte. »Ich hätte es verhindern müssen«, sagte er heiser. »All diese Menschen, all diese Leben ...«

»Es ist nicht deine Schuld«, sagte sie fest. »Hörst du? Es ist nicht deine Schuld. Niemand hätte das vorhersehen können.«

Sie standen kurz da, während um sie herum die Welt auseinanderzubrechen schien. Dann richtete Møller sich auf. »Du musst gehen, Lise«, sagte er rau. »Steig in eines der Boote. Ich komme nach, aber ich muss als Letzter von Bord gehen.«

Lise schüttelte den Kopf, in ihren Augen ein Feuer, das selbst angesichts der Katastrophe nicht erlosch. »Ich lasse dich nicht allein«, sagte sie mit einer Stimme, die keinen Widerspruch duldete. »Wo du hingehst, da gehe ich auch hin. Wir sind zusammen in guten wie in schlechten Zeiten, schon vergessen?«

Ein Lächeln huschte über Møllers zerfurchtes Gesicht, klein und flüchtig. »Du bist eine bemerkenswerte Frau, Lise Møller«, sagte er leise. »Ich habe dich nicht verdient.«

»Und ob du mich verdient hast«, entgegnete Lise mit einem schiefen Grinsen. »Sonst hätte ich dich nicht geheiratet. Und jetzt lass uns ...«

Ihre Worte wurden von einem ohrenbetäubenden Krachen unterbrochen. Das Schiff erbebte, ein Ruck ging durch den Rumpf, als würde die »Anglia« in zwei Teile zerrissen. Lise und Møller klammerten sich aneinander fest. Irgendwo unter Deck schrien Menschen in Todesangst, ein Geräusch, das Lise durch Mark und Bein ging.

Møller kämpfte sich auf die Füße, zog Lise mit sich hoch. »Wir müssen hier raus«, sagte er. »Sofort.«

Seite an Seite kämpften sie sich zur Tür der Brücke vor. Lises Blick fiel auf den massiven Safe, der in einer Ecke stand und dessen Tür offen war – eine dunkle Öffnung am Rande der Brücke. Plötzlich durchfuhr sie die Erkenntnis. Die Pläne: Fentons Unterlagen über diese Wettermaschine. Sie waren dort drin, in diesem Safe. »Søren«, rief sie über das Tosen des Wassers hinweg. »Der Safe. Fentons Dokumente sind noch drin. Die Tür steht offen.«

Møller starrte sie an, Unglauben und Entsetzen in seinen Augen. »Bist du von Sinnen?«, rief er. »Wir haben keine Zeit dafür. Der Safe ist zu schwer, wir können ihn unmöglich transportieren. Und die Pläne befinden sich in zwei Koffern. Die bekommen wir auch nicht mit.«

Lise biss die Zähne zusammen. Eine Idee kam ihr in den Sinn. Mit wenigen Schritten war sie bei dem Safe, ignorierte Møllers Ruf. Ihre

Finger zitterten, als sie nach der silbernen Kette an ihrem Hals griff und das Medaillon öffnete, das Møller ihr zur Hochzeit geschenkt hatte. Vorsichtig legte sie das filigrane Schmuckstück in den Safe, zwischen den Dokumenten und Unterlagen. Dann, mit einem letzten Blick, schlug sie die massive Stahltür zu. Das Schloss schnappte mit einem Klicken ein. Møller starrte sie ungläubig an. Lise erwiderte seinen Blick. Sie hatten getan, was sie konnten. Der Rest lag in Gottes Hand.

Gemeinsam kämpften sie sich durch die Flügel der Brücke auf das Deck. Dort herrschte ein Bild der Verwüstung, überall lagen Trümmer und panische Menschen drängten sich an der Reling. Møller führte Lise zu einem der letzten Rettungsboote und half ihr hinein. Einen Moment lang hielt er ihre Hand fest. »Ich liebe dich, Lise Møller«, sagte er. »Mehr als alles auf der Welt. Vergiss das nie.«

Tränen traten in Lises Augen, aber sie lächelte tapfer. »Und ich liebe dich, Søren Møller. Komm zu mir zurück, hörst du?«

Møller nickte, ein Versprechen in seinem Blick. Dann ließ er ihre Hand los und trat zurück. Lise sah zu, wie das Boot zu Wasser gelassen wurde, sah ihren Mann auf dem sinkenden Deck stehen, eine einsame Gestalt inmitten des Chaos. Ihr Herz zog sich zusammen, aber sie wusste, dass er tun musste, was er für richtig hielt. So wie sie getan hatte, was sie für richtig hielt. Das kalte Wasser der Nordsee umfing sie, als das Rettungsboot auf den Wellen schaukelte. Lise klammerte sich an die Ruderpinne, ihre Augen fest auf ihren Mann gerichtet.

Fenton rannte die letzten Meter zum britischen Konsulat, Schweiß lief ihm über die Stirn. Die Nachricht vom Untergang der »Anglia« hatte sich wie ein Lauffeuer in den Straßen Esbjergs verbreitet. Völlig außer Atem stürmte er durch die Eingangstür des Konsularbüros.

»Mr. Fenton. Ich nehme an, Sie haben von dem schrecklichen Unglück gehört?«, begrüßte ihn der Konsul mit besorgter Miene.

Fenton nickte schwer atmend. »Ja, die Rezeption meines Hotels hat mich gerade informiert. Was genau ist passiert?«

Der Konsul gestikulierte aufgeregt. »Eine Explosion hat die ›Anglia‹ auf hoher See zerstört. Nach den spärlichen Informationen, die wir bisher haben, konnte der Kapitän noch ein Notsignal absetzen, bevor das Schiff sank.«

»Gab es Überlebende?«, hakte Fenton mit bangem Blick nach.

»Gott sei Dank ja«, beruhigte ihn der Konsul. »Ein kleines Fracht-schiff war zum Zeitpunkt des Unglücks in der Nähe und hat alle Rettungsboote und Trümmer aufgenommen. Aber es war eine chaoti-sche und gefährliche Rettungsaktion.«

Fenton runzelte die Stirn. »Wirklich? Laut Wetterbericht sollten die Bedingungen in der Nordsee doch eher gemäßigt sein.«

»Gut beobachtet.« Der Konsul stimmte ihm zu. »Der Wind war zwar kräftig, aber die See war eher ruhig. Trotzdem war die Evakuierung äußerst riskant und nervenaufreibend.«

Fenton sog hörbar die Luft ein. »Mein Gott, wie viele haben es geschafft? Gab es Tote und Verletzte?«

»Nach ersten Meldungen konnten fast alle der rund 200 Passagiere gerettet werden«, berichtete der Konsul. »Auch von den 50 Besatzungs-mitgliedern haben es wohl die meisten geschafft, aber eine genaue Zahl haben wir noch nicht. Einige sollen verletzt sein, vereinzelt wird auch von Toten berichtet.«

Fenton schluckte bei diesen Worten. Die Vorstellung einer Schiffskat-astrophe mit all dem Chaos, der Panik und den Schreien der Ertrin-kenden jagte ihm einen kalten Schauer über den Rücken. Unwillkürlich schob sich das Bild der brennenden »Lusitania« in seinen Kopf. Er zwang sich, wieder im Hier und Jetzt zu bleiben. »Wissen wir schon, was die Explosion verursacht hat?«

Der Konsul hob die Schultern. »Darüber ist noch nichts bekannt. Aber ich denke, die Untersuchungen der nächsten Tage und Wochen werden es zweifellos ans Licht bringen. Fest steht, dass eine verheerende Detonation das Schiff zerrissen haben muss - von der ›Anglia‹ sind nur noch Trümmer übrig.«

Bestürzt sah Fenton den Konsul an. Die Nachricht traf ihn hart, auch wenn er insgeheim mit dem Schlimmsten gerechnet hatte. Die beiden Koffer mit den Geheimdokumenten mussten sich zum Zeit-punkt der Explosion im Tresor auf der Brücke befunden haben. Für diese zusätzliche Sicherung hatte er den Kapitän vor dem Auslaufen großzügig bezahlt. Aber wenn das Schiff jetzt versenkt worden sei, dann könne nur der deutsche Geheimdienst dahinter stecken, schlussfolgerte Fenton.

»Das ist eine schreckliche Tragödie, keine Frage«, drang die Stimme des Konsuls in seine Gedanken. »Aber bei aller Trauer müssen wir dankbar sein, dass wir die meisten Menschenleben retten konnten.

Kommen Sie, lassen Sie uns in den nächsten Stunden hören, wie es den Überlebenden geht.«

Ein Mitarbeiter des Konsuls kam mit einer Nachricht herein. »Gibt es neue Informationen, Peters?«

Der kleine, rundliche Mann schüttelte den Kopf. »Ja, es gibt eine private Nachricht.«

»Na, dann zeigen sie einmal her«, sagte der Konsul. Er las das Papier und sah überrascht aus. »Mr. Fenton, das ist an sie gerichtet, eine vertrauliche Angelegenheit ...« Er hielt kurz inne und musterte Fentons Gesicht.

»Sir?«, hakte Fenton nach.

Der Konsul lächelte. »Nun ja, es scheint, als wären Ihre Sorgen um Ihre Frau unbegründet. Sie haben einen Sohn bekommen. Mutter und Kind sind wohlauf.«

Fenton war sprachlos. Er konnte es kaum fassen. Er war Vater geworden. Ein überwältigendes Gefühl der Freude durchströmte ihn, gefolgt von einer Welle der Erleichterung. Elizabeth hatte es geschafft, und er war nicht da gewesen. Aber sie waren beide wohlauf, das war die Hauptsache.

»Herzlichen Glückwunsch, Mr. Fenton«, sagte der Konsul und reichte ihm die Hand. „Das ist eine wunderbare Nachricht inmitten dieser Tragödie.“

Fenton schüttelte seine Hand und bedankte sich. »Ich weiß das sehr zu schätzen, Sir. Ich, ... ich muss das erst einmal verarbeiten.«

Der Konsul nickte verständnisvoll. »Nehmen Sie sich Zeit, Mr. Fenton. Und gratulieren Sie Ihrer Frau von mir.«

Fenton blieb noch eine Weile im Konsulat und verfolgte die spärlichen Berichte über die Rettungsaktion. Je klarer das Ausmaß der Tragödie wurde, desto deutlicher zeichnete sich auch ihr positiver Aspekt für seine Mission ab, dachte er für sich.

Die geheimen Unterlagen über die Wettermaschine, die er in den beiden Koffern an Bord deponiert hatte, waren höchstwahrscheinlich mit dem Schiff untergegangen. Ein strategischer Verlust, keine Frage. Aber war das nicht vielleicht ein Glücksfall, überlegte er. Egal in welchen Händen, eine solche Erfindung konnte nichts Gutes bewirken. Fenton stellte sich vor, was es bedeutet hätte, wenn eine Macht wie das junge Deutsche Reich Zugriff auf eine solch zerstörerische Wunderwaffe bekommen hätte. Mochte das Land nach dem verlorenen Krieg auch am Boden liegen, es würde sich wieder erheben, da war er sich sicher. Zu hart war der Friedensvertrag mit den Deutschen ins Gericht gegangen. Das würde Folgen haben, ahnte er. Und mit einer Waffe wie dieser Wettermaschine wären diese Folgen unabsehbar gewesen. Nein, so gesehen war die Vernichtung der geheimen Fracht wohl der bestmögliche Ausgang gewesen, auch wenn die Umstände bitter waren.

In Fentons Kopf nahm ein Plan Gestalt an: In Ribe hatte er eine Abschrift der wichtigsten Details der Wettermaschine im Dom versteckt, auf seiner Fahrt nach Esbjerg. Niemand würde dort nach geheimen Dokumenten suchen, zumindest nicht vorerst.

Kaum eine Stunde später hatte er seine Sachen gepackt und verließ den Hafen von Esbjerg. Eine kurze Zugfahrt brachte ihn zurück in die Altstadt von Ribe. Von seinem letzten Aufenthalt kannte er Pastor Enevold Andersen, den hilfsbereiten Geistlichen.

»Mr. Fenton, Sie wieder hier?«, begrüßte ihn der Pastor lächelnd, als der Brite die kleine Seitenkapelle betrat. »Ich nehme an, es ist immer noch die gleiche Sache wie beim letzten Mal?«

»Ja, ja«, nickte Fenton und schüttelte dem Geistlichen die Hand. »Obwohl sich einiges geändert hat und ich wohl eine endgültige Lösung finden muss.«

Der Pastor sah ihn ernst an. »Lassen Sie mich raten: Hat das etwas mit dem Schiffsunglück auf der Nordsee zu tun?«

Fenton seufzte. »Die ›Anglia‹ wurde gesprengt. Meine Unterlagen waren auf dem Schiff und müssen jetzt auf dem Meeresgrund liegen.«

»Mein Gott.« Schockiert schlug sich der Pfarrer die Hand vor den Mund. »Das ist wirklich schrecklich. Und doch ... vielleicht ist es in Ihrem Fall sogar von Vorteil?«

Fenton sah den Pastor überrascht an. Er hatte genau denselben Gedanken gehabt und war erstaunt, dass der Geistliche so rasch kombiniert hatte. »Lassen Sie es mich so sagen«, fuhr Andersen mit gedämpfter Stimme fort. »Was auch immer mit diesen Dokumenten beabsichtigt war, es ist nun verhindert worden. Die Weisheit Gottes scheint auf eine für uns unergründliche Weise gewirkt zu haben.«

Fenton gab ihm recht. »Ja, ich bin zu einem ähnlichen Schluss gekommen. Diese besondere Fracht hätte in den falschen Händen zu unvorstellbaren Katastrophen führen können. In gewisser Weise haben wir also noch einmal Glück im Unglück gehabt.«

Andersen lächelte erleichtert. »Dann fällt es mir auch nicht allzu schwer, Ihnen bei der sicheren Verwahrung der restlichen Dokumente behilflich zu sein. Wo sollen wir sie denn verstecken? Vielleicht im Wandreliquiar des Chores?«

Fenton schüttelte stirnrunzelnd den Kopf. »Zu auffällig, fürchte ich. Aber wenn Sie mir einen Platz in der unterirdischen Gruft anbieten könnten? Dort dürften die Papiere vorerst sicher sein.«

»Gewiss, gewiss.«

»Lassen Sie mich vorher noch einen Hinweis geben.« Fenton blickte auf einen Zettel mit den Koordinaten, an denen die »Anglia« in der Nordsee gesunken war. Er zog eine verzierte Karte aus der Tasche, die das Seegebiet zwischen Dänemark und England darstellte. Dann zeigte er auf einen Schreibtisch. »Darf ich mir ein paar Notizen machen?«, fragte er den Pastor.

»Natürlich, da ist Tinte. Nehmen Sie sich so viel Zeit, wie Sie brauchen.«

Eine halbe Stunde später war Fenton fertig, faltete die Karte sorgfältig zusammen und steckte sie in einen Umschlag. Dann ging er zum Pastor zurück.

»Kommen Sie mit.« Andersen winkte ihn durch eine schmale Tür hinter dem Altar. Eine steile Steintreppe führte hinab in die Gruft unter der Kathedrale. Schummriges Licht fiel durch die schmalen Fensterschlitze, durch die das Gezirpe von Fledermäusen zu dringen schien. Neben ihnen erstreckten sich lange Reihen von Grabkammern.

»Das dürfte für eine Weile der sicherste Ort sein«, flüsterte der Pastor und deutete auf ein leeres Grab. »Legen Sie die Dokumente dort hinein, und ich werde den Raum anschließend versiegeln. So findet sie niemand, ohne genau zu wissen, wo er suchen muss.«

Fenton schob die Tasche mit den Dokumenten in das kleine Grab. »Danke, Hochwürden«, sagte der Brite leise. »Sie haben mir wieder einmal sehr geholfen. Ich hoffe nur, dass dieser Albtraum eines Tages ein Ende hat.«

Der Pastor betrachtete Fenton aufmerksam. »Sie wirken erleichtert, Mr. Fenton. Fast schon fröhlich, trotz der schrecklichen Nachrichten.«

Fenton zögerte einen Moment, dann lächelte er. »Ich habe noch eine Nachricht erhalten, Reverend. Eine gute Nachricht. Ich bin Vater geworden. Ein kleiner Junge.«

Andersen lächelte. »Das ist wunderbar! Herzlichen Glückwunsch, Mr. Fenton. Inmitten all des Leids ist das ein wahrer Segen.«

»Ja«, stimmte Fenton zu. »Das gibt mir Kraft. Aber es macht mich auch noch entschlossener, diese Mission rasch zu beenden und nach Hause zurückzukehren.«

Der Pastor legte ihm beruhigend die Hand auf die Schulter. »Möge Gott sie beschützen, Mr. Fenton. Und passen sie jetzt besonders gut auf sich auf. Ihre Familie braucht sie.«

Begleitet von diesen Worten verließ Fenton die Domgruft, während Pastor Andersen die verborgene Grabkammer sorgfältig mit Steinen verschloss. Langsam ging der Brite durch die verwinkelten Gassen der Altstadt von Ribe. Sein Blick schweifte über die reetgedeckten Häuser und den mittelalterlichen Charme des Städtchens. Wie eine Zeitreise in längst vergessene Epochen, in denen Frieden und Beschaulichkeit geherrscht haben mussten.

So schlenderte Fenton durch das idyllische Ribe. Mit dem Postdampfer kehrte er später über Norwegen nach Großbritannien zurück. Er setze die gefährliche Tätigkeit als Geheimagent fort. Doch die Schatten der Vergangenheit verfolgten ihn: Bei einem seiner nächsten Einsätze wurde er schwer verwundet. Aber Fenton überlebte. Auch wenn er schwer verletzt wurde, konnte er sich zu seiner Familie durchschlagen, zu Elizabeth und seinem Sohn, die ihm die Kraft gaben, ins Leben zurückzukehren.

Weder Archibald Fenton noch Pastor Andersen konnten ahnen, welches Leid der Menschheit ab den 1930er-Jahren bevorstehen würde. Eine Katastrophe epischen Ausmaßes, die das Wertesystem bis in seine Grundfesten erschüttern sollte. Das Städtchen Ribe würde davon ebenso wenig verschont bleiben wie der Rest der Welt. Und doch thronte der Dom weiter erhaben über den Dächern der Stadt - bis in die heutige Zeit.

~

KAPITEL 7

Uwe Barschels Erbe

Die Gegenwart

Detlev Klüver betrat das Podium, seine polierten Schuhe glänzten im hellen Bühnenlicht. Die Menge tobte vor Begeisterung. Fahnen und Transparente mit Klüvers Konterfei und Slogans wurden in die Höhe gehalten, während die Besucher der Veranstaltung in ›Klüver, Klüver‹-Rufe ausbrachen. Der frisch gewählte Ministerpräsident von Schleswig-Holstein hob die Hände, um die Menge zur Ruhe zu bringen. »Liebe Mitbürgerinnen und Mitbürger«, begann Klüver mit seinem tiefen Bariton, der durch das Mikrofon hallte. »Der heutige Tag markiert den Beginn einer neuen Ära für unser schönes Bundesland.« Klüvers Blick wanderte über die Menschenmasse, nahm ihre Erwartung und ihren Enthusiasmus in sich auf. Es war sein Antrittsbesuch in dieser Stadt, nachdem er vor über einem Monat die Wahl gewonnen hatte - endlich.

Das ist mein Moment, dachte er. Er spürte die Aufregung. Detlev Klüver hatte sich mit List und rücksichtsloser Kompromisslosigkeit an die Spitze hochgearbeitet, und nun stand er hier auf dem Podium wie ein Anführer. »Als Ihr Ministerpräsident werde ich eine Ära des Wachstums und der Chancen einleiten. Wir werden in diesem Land aufräumen. Schleswig-Holstein wird sich nicht länger mit einem Schattendasein unter den Bundesländern begnügen, sondern sich an die Spitze setzen.« Klüver klopfte mit der Faust auf das Podium, um zu unterstreichen. »Wir werden zum Leuchtturm für Industrie und Innovation, aber auch für den Rechtsstaat!«

Die Menge rief ihre Zustimmung, überall winkenden Arme und strahlende Gesichter. Klüver sonnte sich in ihrer Bewunderung und wusste, dass er sie im Griff hatte. Sie waren wie eine Herde, dachte er, bereit, ihm blind zu folgen. Aber er würde ihnen geben, wonach sie sich sehnten - sei es Stabilität, sei es Wohlstand, Ordnung oder einfach nur eine Zukunft. Wenn sie Windkraft wollten, sollten sie sie bekommen. Wenn sie Abschiebungen wollten, er würde sie durchführen. Wenn sie keine Windräder vor ihrer Haustür wollten, würden sie sie auf See bauen. Klüver fuhr fort und versprach Infrastrukturprojekte, neue Industrie, Klimaschutz und boomenden Tourismus. Begeistert riss er in einer letzten triumphalen Geste die Arme in die Höhe. »Gemeinsam werden wir eine Zukunft gestalten, um die uns ganz Deutschland beneidet«, rief er. Der frenetische Jubel der Menge schwappte über ihn hinweg und Klüver lächelte, sicher in seiner Autorität.

Die Kundgebung endete in einem Crescendo aus Applaus und Rufen: »Klüver! Klüver!« Der Ministerpräsident genoss den Beifall, lächelte breit und zuversichtlich und winkte seinen Anhängern zu. Er stieg vom Podium, schüttelte Hände und wechselte kurze Worte mit denen, die sich dicht um ihn drängten und deren Augen vor Bewunderung glänzten. Sie wollten sich im Glanz der Macht sonnen.

Als er das Podium verließ, sah er rechts Polizisten, die Demonstranten in Schach hielten. »Das sind wieder diese Spinner«, sagte Klüver zu seinem Assistenten, »die uns schon im Wahlkampf verfolgt haben«.

Doch als er an ihnen vorbeiging, spürte er, wie ihm ein eisiger Schauer über den Rücken lief. Plötzlich durchbrach einer der Demonstranten, ein bärtiger Mann um die 50, die Absperrung, drängte sich vor und stürmte wild schreiend auf Klüver zu. Die Menge erstarrte überrascht. Bevor die Sicherheitsleute reagieren konnten, war der Angreifer nur noch wenige Meter von Klüver entfernt.

Panik flackerte in Klüvers Augen auf. Die Macht, die Träume, alles schien in Gefahr. In diesem Moment der puren Angst geschah etwas Unerwartetes. Statt Klüver anzugreifen, prallte der Demonstrant gegen einen der Polizisten. Was war das? In diesem Moment der Verwirrung nutzen die Sicherheitsleute die Gunst der Stunde. Mühelos überwältigten sie den Angreifer und zerrten ihn weg.

Doch es war noch nicht vorbei. Die Menge war in Aufruhr. Unter der Oberfläche brodelte Wut und Enttäuschung. Die aufgebrachte

Menge stürzte sich auf den am Boden liegenden Demonstranten. Sie schlugen und traten auf ihn ein, ließen ihrem Frust und ihrer Wut freien Lauf. Der Mann krümmte sich, versuchte verzweifelt, sich zu schützen, doch gegen die Übermacht hatte er keine Chance. Klüver stand regungslos da und beobachtete das Geschehen wie gelähmt.

Die Polizei bahnte sich schließlich einen Weg durch die Menge und konnte den Demonstranten retten. Blutend und schwer verletzt wurde er abgeführt. Klüver war kreidebleich. Die Selbstsicherheit war aus Klüvers Gesicht gewichen. Stattdessen spiegelten sich in seinen Zügen Angst und Verunsicherung wider. Er fragte sich: Waren das die Menschen, die er führen sollte? Hatte er einen Geist aus der Flasche gelassen?

Als Klüver in seine Limousine stieg, um den Ort des Geschehens zu verlassen, war er plötzlich nicht mehr der strahlende Sieger. Er war ein Mann, der einen kurzen Blick in die Abgründe der Macht geworfen hatte. Im dämmrigen Licht des Dienstwagens fuhr er durch die Straßen von Neumünster. Die Anspannung im Wagen war fast greifbar. Der Angriff hatte den Ministerpräsidenten erschüttert. Wut und Kompromisslosigkeit spiegelten sich in seinem Gesicht. »Diese Chaoten haben eine Grenze überschritten. Das lasse ich mir nicht gefallen.«

»Detlev, manchmal kippt die Stimmung«, antwortet Markus Kleinert, sein Assistent und Pressesprecher. »Wir polarisieren und es gibt eben Menschen, die Angst vor unseren Industrieprojekten haben und vor deinem strikten Kurs des Rechtsstaates. Sie sehen die Umweltzerstörung und fürchten um ihre Zukunft.«

»Ich habe die Wahl gewonnen«, unterbrach Klüver Markus. »Die Leute wollen Fortschritt, sie wollen Arbeitsplätze. Diese grüne Propaganda darf unser Land nicht lähmen.«

»Aber Detlev ...«

Klüver schlug mit der Faust auf die Armlehne. »Keine Widerrede, Markus. Ich werde denen da draußen zeigen, wer hier das Sagen hat. Wir werden die Konfrontation suchen, die Gesetze durchsetzen und unsere Projekte umsetzen. Schleswig-Holstein lässt sich nicht von Umweltschützern erpressen.«

»Aber ist das der richtige Weg? Müssen wir nicht den Dialog suchen?«

Klüver lächelte kalt. »Dialog? Mit diesen Fanatikern? Die verstehen doch nur die Sprache der Macht. Wir werden ihnen die Stirn bieten und ihnen zeigen, dass wir uns nicht einschüchtern lassen.«

Klüvers Blick hatte etwas Unerbittliches, Kompromissloses. Markus versuchte, seinen Chef zu beruhigen. »Trotz der Zwischenrufer war es insgesamt eine brillante Rede, Detlev. Die meisten Zuhörer haben dir aus der Hand gefressen.«

Klüver richtete seine Krawatte und starrte aus dem Fenster des schnittigen schwarzen Audi. Seine Gedanken waren nicht bei den Umweltaktivisten, die seine Veranstaltungen störten, sondern bei einem ganz anderen Thema. Er dachte an den vertraulichen Bericht, den er in seiner Aktentasche verstaut hatte. Der verlockende Hinweis auf ein äußerst lukratives Unternehmen, das sich tief unter den Klippen der Nordsee befinden sollte, unter dem »Roten Kliff«. Wenn ich das ausgraben kann, dann ist meine Macht absolut, dachte er. Aber ich muss auch schnell handeln. Er würde Leute brauchen, die seinen Anweisungen folgten, ohne Fragen zu stellen.

Der Wagen fädelte sich in den Stadtverkehr von Neumünster ein. Klüver nahm die Ausfallstraßen kaum wahr. Weder diese Stadt interessierte ihn, noch die Landeshauptstadt, in die er nun zurückfuhr. Seine Gedanken waren erfüllt von Visionen, von Reichtum und Macht. Niemand sollte ahnen, was er wirklich vorhatte, dachte Klüver und warf einen Blick auf Markus, der auf seinem Tablet herumtippte. Der Wagen raste weiter über die Autobahn und dann in Richtung Kiel. Klüver dachte an die Zukunft, die unter den Klippen winkte. Er würde sie sich nehmen, koste es, was es wolle. Wartet nur, dachte Klüver, während sich ein Lächeln auf seinem Gesicht ausbreitete. Es war kein freundliches Lächeln, sondern eines, das seine dunklen Absichten erahnen ließ. Bald werde die Welt sehen, wozu Detlev Klüver wirklich fähig war.

Freya Jensen fuhr mit ihrem Fahrrad die Reventlouallee hinunter, wo sie am Abhang richtig Fahrt aufnehmen konnte. Der Fahrtwind zerrte an ihren Haaren, die sie heute offen trug. Praktischer wäre ein Zopf gewesen, aber an diesem Morgen musste es schnell gehen. Der Helm lag im Korb auf dem Gepäckträger. Sie wusste, dass sie ihn besser hätte aufsetzen sollen, aber an diesem warmen August-Nachmittag war ihr nicht nach Helm zumute, während sie von einem Termin zurück in ihr Büro im Landtag in Kiel fuhr.

Vor einer roten Ampel hielt die 35-Jährige. Ein schwarzer Audi raste an ihr vorüber, und sie sah, wer dort auf dem Rücksitz saß: Das war

Detlev Klüver, der Mann, der vor fünf Wochen die Landtagswahl gewonnen hatte. Als die Ampel auf Grün sprang, trat Freya in die Pedale und bog nach links in den Düsternbrooker Weg ein. Sie musste daran denken, wie schlimm der Wahlabend für sie und ihre Parteifreunde gewesen war. Nachdem sie mehrere Wahlperioden lang den Ministerpräsidenten gestellt hatten, mussten sie nun Platz machen - ausgerechnet für einen Mann wie Detlev Klüver, dessen populistische Parolen und aalglatte Art sie zutiefst abstießen. Sie empfand für den Mann genauso viel Abneigung wie für seinen Assistenten Markus. Dabei kannte sie ihn eigentlich gut aus ihrer gemeinsamen Studienzeit in Hamburg. Aber sie hatten unterschiedliche politische Richtungen eingeschlagen, schon im Studentenparlament. Jetzt hatten sich ihre Wege wieder gekreuzt: Markus als Assistent von Klüver und Freya als Pressesprecherin der Regierungsfraktion, die jetzt nicht mehr in der Regierung war. Sie schüttelte den Kopf. Also als Sprecherin der Opposition, das war sie jetzt. Dabei war der Wahlkampf so anstrengend gewesen. Und sie hatten sich so ins Zeug gelegt. Immerhin hatte sie ihren Job behalten können. Klüver würde eine große Säuberungsaktion im Regierungsapparat starten und alle politischen Beamten entfernen, die ihm nicht passten, wie sie schon gehört hatte. Freya schloss ihr Fahrrad ab und ging durch die Eingangsschleuse in den Landtag, wo sie mit dem altmodischen Paternoster in das Büro ihrer Fraktion fuhr.

Auf dem Flur traf sie Harald Petersen, den Fraktionsvorsitzenden. »Freya, komm doch gleich mit in mein Büro«, rief er ihr zu. Sie war froh, Petersen als Chef zu haben. Er war ein vernünftiger, kluger Politiker, der es sicher verstehen würde, die nach der verlorenen Wahl am Boden liegende Partei wieder aufzurichten. Freya nahm am Besuchertisch Platz und Petersen setzte sich zu ihr. »Da ist etwas im Gange«, sagte der erfahrene Fraktionschef, der etwa 15 Jahre älter war als sie.

»Was meinst du? Dass Klüver seine Säuberungswelle im politischen Apparat starten will?«

»Nein. Die kommt sowieso. Und wenn ich ehrlich bin, würde ich das auch tun. Das ist tragisch, aber nach einem Regierungswechsel unvermeidlich.«

»Will er die letzten Gesetze unserer Regierungszeit rückgängig machen?«

»Auch das nicht, Freya. Nein, Detlev Klüver hat etwas anderes vor. Das habe ich aus seinem Büro gehört, wie du dir denken kannst.«

Freya bejahte das. Sie wusste von der Affäre ihres Chefs mit einer

Künstlerin aus Strande - ein offenes Geheimnis in gewissen Kreisen. Und dass ihre Schwester in Klüvers Büroleitung arbeitete. »Eine Verbindung, die eigentlich bald auffliegen müsste«, sagte sie.

»Na ja, vielleicht auch nicht. Jedenfalls hat Klüver eine Reihe von Unterlagen in sein Büro bekommen, sich dann stundenlang eingeschlossen und soll hinterher ganz aufgeregt gewesen sein.«

»Das klingt spannend.«

»Du weißt doch, dass er jetzt fast jedes Wochenende nach Sylt fährt und sich bei diesem Bauunternehmer rumtreibt. Freya, ich sage dir, das ist irgendwie faul.«

»Er hat eine Schwäche für das große Leben und spielt auf Sylt gern den Lebemann, ich weiß. Ein Wunder, dass ihm das noch nicht geschadet hat.«

»Da steckt mehr dahinter. Das spüre ich. Freya, sieh zu, was du herausfinden kannst. Aber verrate nicht zu viel.«

»Ich weiß. Wenn wir es herausfinden, willst Du es ausnutzen.«

»Ist das nicht die Aufgabe der Opposition?«

Freya lächelte. Es war unglaublich, wie schnell Petersen in seine neue Rolle geschlüpft war: eben noch Chef der Regierungsfraktion, jetzt der Angreifer der Opposition. Sie nickte und verließ das Büro.

Kopfschüttelnd dachte sie an Petersen und sein Techtelmechtel mit der Künstlerin aus Strande. Dass es solche Informationsflüsse noch gab. Nachdem sie ihr Büro am Ende des Flurs aufgeschlossen hatte, blickte sie aus dem Fenster. Sie mochte ihren Chef. Und eigentlich war sie sogar ein bisschen eifersüchtig auf seine Freundin. Ihr anstrengender Job in der Politik machte sie zwar glücklich, aber auch einsam. Na ja, dachte Freya, jetzt, wo wir in der Opposition sind, habe ich vielleicht etwas mehr Zeit. Oder auch nicht, wenn bei Klüver wirklich was »Großes« ansteht. Sie seufzte und öffnete eine Mappe mit Vorlagen für Kleine Anfragen ihrer Abgeordneten. Vielleicht kriegen wir diesen schleimigen Klüver doch noch irgendwann dran, überlegte sie.

Durch das Fenster sah sie die Promenade neben dem Landtag und ein paar geschäftige Menschen, die dort hin und her eilten. Seit jenem verhängnisvollen Wahlabend, an dem ihre Partei die Macht an Klüvers Populisten verloren hatte, schien ihre Welt aus den Fugen geraten zu sein. Das niederschmetternde Gefühl der Niederlage war allgegenwärtig, ja, es klebte wie eine zähe Kruste an ihr. Sie hatte sich so sehr gewünscht, dass ihre jahrelange Arbeit eines Tages mit einem Sieg belohnt würde.

Unwillkürlich musste Freya an ihre Kindheit in Norderstedt

denken, in dieser Schlafstadt nördlich von Hamburg. Wie sie als kleines Mädchen ihrem Vater und ihrer Mutter zugeschaut hatte, die beide in der Kommunalpolitik aktiv waren. Sie saß in der Stadtverordnetenversammlung, er im Kreistag. Die Leidenschaft ihrer Eltern für die Politik hatte in Freya schon früh den Wunsch geweckt, eines Tages selbst Verantwortung zu übernehmen und etwas zu bewegen. Sie erinnert sich noch gut an den Tag, an dem sie verkündete, Politikwissenschaften studieren zu wollen - worauf ihr Vater stolz war. Nach dem Studium in Hamburg war Freya bei der Landtagsfraktion in Kiel untergekommen und hatte sich Stück für Stück hochgearbeitet. Und jetzt, Mitte dreißig, war sie Pressesprecherin. Eine verantwortungsvolle Aufgabe, die ihr viel Anerkennung einbrachte. Doch in Momenten wie diesen, überschattet vom Makel der Wahlniederlage, schmeckte selbst dieser Erfolg fad.

Frustriert fuhr sie sich durch das blonde Haar, das ihr Gesicht umrahmte. Wie sollte es nur weitergehen? Ihr Instinkt sagte ihr, dass hinter Klüvers Manövern mehr steckte als der übliche politische Machtkampf. Irgendetwas Weitreichendes, möglicherweise sogar Gefährliches. Aber was genau? Die Andeutungen ihres Chefs Petersen hatten sie neugierig gemacht. Vielleicht konnte sie ja ein paar diskrete Gespräche mit Vertrauten aus den anderen Fraktionen führen?

Petersen ... Freyas Blick fiel auf ein Foto an der Wand, das sie bei einer Fraktionsfeier zeigte. Neben ihr stand ihr Chef, ein aufrechter Demokrat, wie er im Buche stand. Energisch schüttelte Freya den Kopf, als könnte sie so die Gedanken an Petersen und ihre eigene Einsamkeit vertreiben. Jetzt war nicht die Zeit für Sentimentalitäten. Sie musste einen kühlen Kopf bewahren für die bevorstehenden Auseinandersetzungen mit der neuen Regierung. Mit zusammengepressten Lippen wandte sie sich wieder den Akten zu. Zielgerichtete, scharfe Fragen waren gefragt, die Klüver unter Druck setzen würden. Er sollte merken, dass sie ihm auf den Fersen war.

~

Der schwarze Audi passierte das Finanzministerium und den Landtag und kam schließlich vor der Staatskanzlei zum Stehen. Klüver stieg aus, seine polierten Schuhe knirschten auf dem Kies. Willensstärke zeichnete sich in seinen harten Gesichtszügen ab, als er mit energischen Schritten auf den Eingang zuging. Markus beeilte sich, mit ihm Schritt zu halten.

»Detlev, dein Termin um 14 Uhr ist in deinem Büro«, sagte der Assistent und blätterte auf seinem Tablet im Terminkalender.

Klüver winkte abweisend ab. »Sag ihn ab. Und mache den Rest meines Nachmittags frei. Ich habe dringendere Angelegenheiten zu erledigen.«

Markus hielt inne, überrascht von der plötzlichen Wendung. »Hat dich das in Neumünster so schockiert?«

»Überhaupt nicht, Markus. Aber ich habe noch eine andere wichtige Angelegenheit.«

»Aber das Treffen mit dem Verkehrsminister ...«

»Das kann warten«, sagte Klüver voller Ungeduld. »Das hier hat Vorrang.« Verwaltungsangelegenheiten waren jetzt nebensächlich. Als Ministerpräsident hatte er Größeres im Sinn. Sie erreichten Klüvers Büro, die schwere Holztür schwang hinter ihnen zu. Klüver ging sofort zu dem großen Fenster mit Blick auf die Förde, die Hände hinter dem Rücken verschränkt. Er drehte sich zu Markus um, der unsicher in der Nähe des Schreibtisches herumstand. »Du musst für mich eine Reise nach Sylt organisieren. Ganz diskret. Und alles zusammentragen, was wir über das Rote Kliff haben - geologische Untersuchungen, historische Aufzeichnungen, das ganze Programm. Ich will die ganze Vergangenheit haben, vor allem die Zeit nach dem Ersten Weltkrieg.«

Markus runzelte die Stirn, verwirrt über diese Bitte. »Darf ich fragen, warum?«

Klüver zögerte und wog seine Möglichkeiten gegeneinander ab. Markus ist loyal, aber kann ich ihm das anvertrauen, dachte er. Dann entschied er sich. »Was ich dir jetzt sage, verlässt diesen Raum nicht. Verstanden?«

Sein Assistent nickte mit ernster Miene. »Natürlich wie immer.«

Klüver griff in sein Jackett und zog den Bericht hervor, dessen Seiten raschelten, als er ihn aufschlug. »Das habe ich heute Morgen bekommen. Es enthält Informationen über einen Bunker auf Sylt. Darin sollen sich einige sehr interessante Fundstücke befinden. Das Ganze dürfte einen unermesslichen Wert haben - und stammt aus einer Zeit lange vor dem Zweiten Weltkrieg.«

Während Markus den Bericht überflog, wuchs seine Überraschung mit jedem Detail, das er las - bis er schließlich ungläubig aufsah. »Ist das verifiziert? Woher stammt diese Information?«

»Genug, um weitere Nachforschungen anzustellen«, antwortete Klüver mit tiefer Stimme. »Und genau das werden wir tun. In aller

Stille. Wenn das stimmt, Markus, könnte das alles verändern. Für mich, für uns alle, für das ganze Land.«

Markus sah auf und begegnete Klüvers Blick. Für einen Moment meinte Klüver in seinen Augen einen Anflug von Zweifel zu erkennen. War das wirklich legal, schien er zu denken, oder ethisch vertretbar? Doch der Moment ging vorüber und machte der Loyalität Platz, auf die Klüver zählte.

»Ich werde mich sofort darum kümmern. Du kannst dich auf meine Diskretion verlassen.«

Klüver erlaubte sich ein kleines Lächeln, das erste echte seit Tagen. »Ich weiß, dass ich das kann, Markus. Deshalb bist du ja hier.« Während Markus mit den Vorbereitungen beschäftigt war, wandte sich Klüver wieder dem Fenster zu und blickte in die Ferne. Er ging in seinem Büro auf und ab, in seinem Kopf kreisten die Möglichkeiten. Das Geheimnis unter dem Roten Kliff könnte der Schlüssel zu allem sein, was er sich je gewünscht hatte - Macht, Einfluss und ein Vermächtnis, das noch lange nach seinem Tod Bestand haben würde. Doch er wusste, dass er vorsichtig sein musste. Wenn sich das herumsprach, würden alle Abenteurer und Opportunisten des Landes nach Sylt strömen und die Insel in einen Zirkus verwandeln. »Nein«, sagte er zu sich selbst, »ich muss das um jeden Preis geheim halten. Und ich weiß genau, wie ich das mache.«

Mit einer schnellen Bewegung zog er eine Karte von Sylt aus der Schreibtischschublade und rollte sie mit einer schwungvollen Geste auf der Tischplatte aus. Sein Blick fiel auf die Lage des Roten Kliffs. Es war ein einmaliger Ort zwischen Wenningstedt und Kampen, ein zerklüfteter Küstenabschnitt, der Touristen anlockte. In der Mitte thronte die »Uwe«-Düne. Und mit der richtigen Entwicklung könnte es noch mehr werden.

Markus kam zurück und sah Klüver über die Karte gebeugt. »Das ist das Rote Kliff?«

Klüver stimmte ihm zu. »Ich habe den Leuten doch wirtschaftlichen Aufschwung und mehr Tourismus versprochen«, sagte er. Mit dem Finger zeichnete er die Umrisse des Kliffs nach. »Das Rote Kliff ist Sylts Kronjuwel. Und bald wird es auch unser Kronjuwel sein - die perfekte Tarnung für unsere Suche.«

»Wie soll die aussehen?«

»Das wird ein Luxushotel, das über dem Kliff thront und aus dessen Fenstern man einen Panoramablick aufs Meer hat.« Klüver lächelte und fuhr fort: »Das ganze Projekt mitten im Naturschutzgebiet. Die

Reichen und Mächtigen strömen in Scharen herbei, angelockt von dem Versprechen auf Exklusivität und Opulenz, und zahlen horrende Zimmerpreise.«

»Das ist genial«, antwortete Markus.

»Und das ist erst der Anfang. Dafür habe ich all die Jahre Kontakte geknüpft, auf der Insel und im Kreis Nordfriesland. Jetzt ist die Chance da. Bürgermeister Hinnerk Jörgensen aus Kampen ist mir noch einen Gefallen schuldig und der Unternehmer Horst Baumann aus Hamburg hat schon immer von einem Projekt dieser Größenordnung geträumt. Mit ihrer Unterstützung und meinen Verbindungen in Kiel werden wir das schaffen.«

Klüvers Büro strahlte eine Aura der Macht aus, mit seinem massiven Eichenschreibtisch, den ledernen Sesseln und einem Bücherregal voller politischer und historischer Literatur. Doch die geordnete Fassade konnte seine innere Unruhe kaum verhüllen. An den Wänden hingen Gemälde einflussreicher Persönlichkeiten der schleswig-holsteinischen Geschichte, darunter natürlich auch eines von Uwe Barschel. Mögen andere die Porträts längst abgehängt und jede Erinnerung an den skandalumwitterten Ministerpräsidenten ausgelöscht haben, für Detlev Klüver war der Mann immer noch ein Vorbild, dachte sein Assistent. »Jetzt organisier uns schon mal die Reise nach Sylt«, sagte er ungeduldig zu Markus. Der verließ das Büro.

Klüver blickte auf die weite Fläche der Kieler Förde. Das Sonnenlicht spiegelte sich im Wasser. Ein Bild des Friedens und der Ruhe, das Klüvers innere Unruhe jedoch nicht besänftigen konnte. Seine Gedanken schweiften zurück in eine längst vergangene Zeit, als er noch ein junger Mann voller Ideale und Ambitionen war. Damals, in der Jugendorganisation seiner Partei, hatte er Uwe Barschel als charismatischen Ministerpräsidenten bewundert. Barschel war sein Mentor gewesen, seine Vaterfigur, und Klüver hatte fest daran geglaubt, dass er eines Tages in seine Fußstapfen treten würde. Er selbst hatte Klüver bei einem Parteitag nach einer Rede einmal beiseite genommen. »Deine Rede war gut. Du bist begabt. Ich bin sicher, du kannst es weit bringen.« Es folgten regelmäßige Treffen in der Parteizentrale, bei denen Klüver viel von Barschel über den politischen Alltag und die Stimmung der Öffentlichkeit lernte.

Doch Barschels Karriere endete jäh in einem Skandal, der die ganze Republik erschütterte. Klüver erinnerte sich an die Titelgeschichte des »Spiegel« mit der Schlagzeile »Barschels schmutzige Tricks«. Er hatte die Ausgabe noch zu Hause. Mit einer Verleumdungs- und Bespitzelungskampagne, die jeder außer Detlev Klüver für verwerflich gehalten hatte, wollte er seinen politischen Gegner Björn Engholm ausschalten - und das war aufgeflogen. Schaudernd dachte Klüver an die Pressekonferenz am 18. September 1987 zurück. Damals hatte Barschel gesagt: »Ich gebe Ihnen mein Ehrenwort, dass die gegen mich erhobenen Vorwürfe haltlos sind.« Was wollte die Meute noch, fragte sich Klüver. Er hatte sein Ehrenwort gegeben. Doch der Politiker verlor jeden Rückhalt in seiner Partei und trat am 2. Oktober als Ministerpräsident zurück. Er war geächtet. Sein Tod kurz darauf hinterließ eine tiefe Lücke im Leben von Detlev Klüver.

Der einst so hoffnungsvolle junge Mann fühlte sich verloren und desillusioniert. Alles, woran er geglaubt hatte, schien plötzlich auf Sand gebaut. Er war ins Abseits geraten, gebrandmarkt durch die Nähe zu Barschel. Seine politische Karriere schien am Ende. Doch Detlev Klüver war kein Mann, der schnell aufgab. Mit eiserner Disziplin kämpfte er sich zurück. Er baute sich ein Netzwerk von Kontakten auf, lernte die Regeln des politischen Spiels und meisterte sie.

Stufe um Stufe kletterte er die Karriereleiter hinauf, von kleinen Ämtern in der Kommunalpolitik bis in höhere Positionen, erst auf Kreis-, dann auf Landesebene. Doch der Weg war steinig. Immer wieder musste er sich gegen Zweifel und Widerstände durchsetzen und Rückschläge einstecken.

Ein besonders harter Schlag traf ihn, als er sich um den Vorsitz der Landtagsfraktion bewarb. Seine Gegner gruben die alten Geschichten über seine Verbindung zu Barschel wieder aus, streuten Gerüchte und säten Misstrauen. In einer schmutzigen Kampagne wurde Klüver als Intrigant und Betrüger dargestellt, als einer, der immer noch mit unlauteren Methoden arbeitete. Die Vorwürfe trafen Klüver ins Mark. In einer schlaflosen Nacht, als die Verleumdungen in den Medien ihren Höhepunkt erreichten, überkam ihn eine tiefe Verzweiflung. War all seine harte Arbeit umsonst gewesen? Würde er nie aus Barschels Schatten treten können? Für einen Moment war er versucht, alles hinzuwerfen, sich aus der Politik zurückzuziehen und irgendwo neu anzufangen, wo niemand ihn kannte.

Doch dann erinnerte er sich an Barschels Worte. »In der Politik gibt es keine Freunde, nur Verbündete. Man muss wissen, wie man die Leute für sich gewinnt und die richtigen Fäden zieht.« Klüver hatte das nie vergessen. Also kämpfte er. Mit einer Mischung aus Charme, Überzeugungskraft und geschickter Taktik gelang es ihm, andere Fraktionsmitglieder auf seine Seite zu ziehen. Er versprach Gefälligkeiten, appellierte an alte Loyalitäten und scheute auch nicht vor Drohungen zurück. Letztlich zahlte sich seine Hartnäckigkeit aus: Er gewann die Abstimmung und wurde Fraktionsvorsitzender.

Klüver hatte bewiesen, dass er sich nicht unterkriegen ließ, dass er immer wieder aufstehen und weiterkämpfen würde. Von da an war sein Aufstieg nicht mehr aufzuhalten. Und schließlich erreichte er sein Ziel: Er wurde Spitzenkandidat. Er führte einen furiosen Wahlkampf, unterstützt von seinem Assistenten Markus, der Barschels Beratern in nichts nachstand. Und dann gewann er - und wurde Ministerpräsident von Schleswig-Holstein.

Jetzt saß er in Barschels ehemaligem Büro, mit Blick auf die Förde, die sein Vorbild so geliebt hatte. Klüver, der aus Nordfriesland stammte, mochte die Förde nicht. Aber er hatte es nach oben geschafft, an den Platz, von dem er als junger Mann geträumt hatte. Er starrte auf das Bild an der Wand. Der ehemalige Ministerpräsident lächelte ihn an, sein Blick schien voller Vertrauen und Zuversicht zu sein. Klüver hatte es sich zur Mission gemacht, ihn zu rächen, das Andenken an ihn wiederherzustellen. Er wusste, dass er die Vergangenheit nicht ändern konnte. Aber er konnte die Zukunft gestalten. Er konnte Schleswig-Holstein zu einem anderen Ort machen, notfalls mit aller Macht, die ihm jetzt zur Verfügung stand, gegen alle Widerstände.

∼

KAPITEL 8

Sturm und Leuchtfeuer

E rik Wiedner kramte in seinem Schrank und zog eine abgewetzte Ledertasche hervor. Darin befanden sich seine Leica-Kamera, ein Stapel leerer Notizbücher und sein Füllfederhalter, den er gerne mitnahm, um sich Notizen zu machen. Er suchte nach Kleidung zum Wechseln. Verflixt, dachte Erik, könnte er seinen Schrank nicht besser in Ordnung halten? Doch schließlich fand er Sachen, die er für einen Segeltörn benötigte. Erik arbeitete als Journalist für ein bekanntes Reisemagazin in Hamburg. Mit dieser Ledertasche war er schon um die Welt gereist. Ein Klopfen an der Tür riss ihn aus seinen Gedanken. Erik ging durch den Flur der Wohnung, öffnete und fand seine Freunde Frank Becker und Peter Lorenz grinsend auf der Schwelle, die Taschen über die Schultern gehängt.

»Bist du bereit, die Segel zu setzen, Matrose?«, fragte Frank augenzwinkernd.

»Aber ja«, antwortete Erik und führte sie hinein. »Ich brauche diese Reise mehr, als ihr euch vorstellen könnt. In der Redaktion ersticke ich im Papierkram. Immer mehr Planungen, Formulare, Anträge, die bearbeitet werden müssen.«

Peter klopfte ihm auf die Schulter. »So ist das Leben eines Spitzenjournalisten, nicht wahr? Es kann nicht nur aus Undercover-Recherchen und knallharten Enthüllungen bestehen.«

»Du wärst überrascht«, antwortete Erik mit einem schiefen Lächeln. »Heutzutage gibt es mehr Telefonkonferenzen und Budgetgespräche als alles andere. Wie hat ein Kollege mal gesagt? Die Recherche muss sich von selbst erledigen, die Inhalte kommen wie aus dem Wasserhahn.«

Erik schloss den Reißverschluss seiner Tasche und warf einen letzten Blick auf seine Altbauwohnung, deren weiß verputzte Wände seine Fotos von fernen Orten schmückten. Diese Reise würde eine Abwechslung zu der Monotonie sein, die sich in seine Karriere eingeschlichen hatte.

»Apropos undercover«, sagte Frank, »was ist das eigentlich für eine Story, die du auf Sylt machen willst? Geht es um ein geheimes Prominentenversteck? Um einen deutschen Adelsskandal?«

Erik verneinte das. »Ich bin mir noch nicht ganz sicher. Aber ich habe einen Anruf von einem Kollegen bekommen, der früher schon einmal auf Sylt recherchiert hat. Von ihm habe ich gehört, dass da oben was im Busch ist.«

»Was meinst du damit?«

»Es soll um Korruption gehen, die bis in die Verwaltung reicht. Und mit der sich die feine Sylter Gesellschaft gar nicht schwerzutun scheint.«

»Das klingt pikant«, sagte Peter. »Aber es klingt auch nicht ungefährlich.«

Erik begegnete Peters besorgtem Blick. Der zuverlässige Peter, dachte er. Der Anwalt, mit dem er wie mit Frank seit dem Studium befreundet war. Aber diese Geschichte klang zu interessant, um sie zu ignorieren. Nicht nur wegen der Geschichte an sich, dachte Erik, sondern, weil er selbst endlich wieder eine große Story schreiben wollte. »Ich muss dieser Spur nachgehen«, sagte Erik.

»Wir sind auf jeden Fall an deiner Seite«, sagte Frank, »auch wenn wir eigentlich mitfahren, weil wir Urlaub machen wollen.«

Erik warf sich seine Tasche über die Schulter und lächelte seine Freunde an. »Aber zuerst wartet das offene Meer auf uns.«

»Ja, Peter, es ist wirklich nett, dass wir die Yacht deiner Eltern für die Reise bekommen«, sagte Frank.

»Dafür bringst du deine Ferienwohnung auf Sylt mit ein«, antwortete Peter an Frank gewandt. »Und Erik sorgt mit seinen Recherchen für die nötige Spannung. So trägt jeder seinen Teil bei.«

Frank nickte und ging zur Tür hinaus, Peter folgte ihm dicht auf den Fersen. Erik warf einen letzten Blick auf seinen Schreibtisch, der mit langweiligem Papierkram vollgestopft war. Heute nicht, dachte er. Jetzt rief das Abenteuer. Er schloss ab und eilte seinen Freunden hinterher, er konnte das Meer am Horizont schon erahnen.

~

Erik, Peter und Frank bahnten sich ihren Weg durch die belebten Straßen des Portugiesenviertels. Am Vormittag waren die Cafés und Restaurants noch nicht voll. Aber mittags und vor allem abends war hier viel los, dachte Erik. Er liebte die portugiesische Küche und hatte in der Nähe seiner Wohnung gleich fünf Restaurants zur Auswahl. Spanier und Italiener rundeten das Angebot ab. »Wäre doch schick, wenn das Boot hier unten liegen würde«, sagte Erik zu Peter.

»Keine Chance«, antwortete dieser. »Es gibt Liegeplätze am Baumwall, aber die sind sündhaft teuer und werden auch nicht für die ganze Saison angeboten. Nein, da müssen wir nach Wedel.« Also stiegen sie in Peters Volvo-Kombi und fuhren über die Landungsbrücken nach Altona und dann weiter Richtung Westen.

»Haben wir auch genug Proviant dabei?«, fragte Frank, »ich meine genug Bier?« Er lächelte schelmisch. »Zwei, vielleicht sogar drei Wochen Segeln, Sonne und Geheimnisse auf Sylt.«

Peter lachte. »Schau mal nach hinten auf die Ladefläche. Da ist alles drin für mindestens zwei Wochen. Aber wir sollten mit unseren Biervorräten nichts überstürzen.«

»Ja, ja, ich weiß, bei dir wird während der Fahrt nicht getrunken«, neckte ihn Frank.

»Das macht auch Sinn. Wir müssen ja noch die offene Nordsee überqueren und heil auf der Insel ankommen.«

Als sie sich über den Deich dem »Hamburger Yachthafen« in Wedel näherten, winkte ihnen vom Parkplatz aus ein großer, breitschultriger Mann mit dunklen Haaren und weißen Strähnen zu. »Ahoi Peter«, rief er.

Peter grinste und ging schneller. »Kalle. Schön, dich zu sehen. Danke, dass du uns auf dieser Reise begleitest.«

Kalle Hansen schüttelte fest Peters Hand, sein Gesicht verzog sich zu einem Lächeln. »Für deinen alten Herrn würde ich alles tun. Er wollte sichergehen, dass ihr die gute Yacht nicht kaputt segelt. Er hat also ein Gespür für Ärger. Aber ich glaube, ihr seid auch froh, noch ein paar erfahrene Hände an Deck zu haben.«

Erik musterte Kalle genauer. Der Mann mochte Ende fünfzig sein, war aber noch in beneidenswerter Form. Sein Gesicht war von Wind und Wetter gegerbt. Aber seine Augen waren es, die Eriks Aufmerksamkeit erregte: Sie waren von einem durchdringenden Blau, und in ihnen lag eine Wachsamkeit, die von Erfahrung zeugte. Er spürte instinktiv, dass Kalle mehr war als nur ein erfahrener Segler - aber was genau, konnte er noch nicht sagen.

»Ich bin Erik«, stellte er sich vor und streckte die Hand aus. »Und das ist Frank. Schön, dass Sie sich die Zeit genommen haben, mit uns zu segeln.«

Kalle schüttelte Eriks Hand, sein Griff war fest und sicher. »Es ist mir ein Vergnügen. Ich habe mich nach einem Abenteuer gesehnt, und Sylt scheint genau das Richtige zu sein. Auf der Nordsee zu segeln ist immer etwas Besonderes.«

Als sie mit ihren kleinen Bollerwagen, auf denen sie Ausrüstung und Proviant über die Stege rollten, zur Yacht kamen, staunten sie wieder einmal über das schöne Schiff, mit dem sie schon so manchen Törn gemeinsam unternommen hatten. Die 14 Meter lange Hallberg Rassy aus Schweden war ein echter Hingucker: Ihr Rumpf glänzte makellos weiß in der Sonne, unterbrochen von einem dicken blauen Streifen, der sich vom Bug bis zum Heck zog. Die Yacht wirkte elegant und robust.

»Die Nordstern«, entfuhr es Frank, als sie näher kamen. »Ich habe sie seit unserem Törn nach Helgoland im vergangenen Jahr nicht mehr gesehen.« Bewundernd ließ er seinen Blick über die Aufbauten und das blitzende Messing der Beschläge gleiten.

Peter lächelte stolz. »Ja, unsere ›Nordstern‹ ist eines der besten Modelle, die Hallberg Rassy gebaut hat. Mit ihr können wir es mit fast jedem Wetter aufnehmen.«

Sie gingen an Bord. Erik dachte beim Betreten des Salons, wie sie im vergangenen Sommer die »Helgoland Connection« aufgedeckt hatten. Das waren die Schmuggelaktivitäten einer Reederei, die zwischen Cuxhaven und der Hochseeinsel fuhren. »Hier haben wir unser letztes Abenteuer erlebt«, sagte er zu Peter. »Und dein Schiff hat uns wohlbehalten wieder nach Hamburg gebracht.«

»Die ›Nordstern‹ ist etwas ganz Besonderes. Ich bin froh, dass wir diese Reise mit ihr machen können«, sagte Peter.

Sie verstauten ihr Gepäck in den Kabinen unter Deck und begannen, die Yacht segelfertig zu machen. Erik konnte es kaum erwarten, den Hafen hinter sich zu lassen und aufs offene Meer hinauszufahren. Mit einem solchen Schiff und einer solchen Crew - was konnte da schief gehen?

∼

Mit einem Ruck entfalteten sich die Segel, fingen den Wind ein und trieben das Schiff vorwärts. Erik spürte, wie das Deck unter seinen Füßen schwankte, als sie den Hafen verließen und nach Steuerbord, also rechts, in die Unterelbe einbogen. Franks Gesicht strahlte jugendliche Freude aus. »Das nenne ich Urlaub«, rief er und lehnte sich über die Reling, um die Wellen unter sich zu beobachten.

Peter schaltete die Maschine aus, mit deren Hilfe sie den Liegeplatz verlassen hatten. Sie begannen zu segeln. Dann widmete Peter sich den Karten, um sicherzustellen, dass sie auf dem richtigen Kurs waren - immer mit der Strömung elbabwärts, aber nie zu nah am Ufer. Auch er lächelte, als ihm der Wind durch die Haare wehte und die Sonne auf dem Wasser glitzerte.

Kalle übernahm das Ruder, geschickt und sicher steuerte er das Boot durch die sanften Wellen. Erik sah ihm zu. »Das hast du schon mal gemacht«, bemerkte er und setzte sich neben Kalle.

Der lachte. »Ja, wir sind schon ein paar Mal auf der Unterelbe gefahren«, gab er zu.

»Ach was, Kalle ist seit 30 Jahren erfahrener Segler«, sagte Peter.

»Aber es geht doch nichts über den Nervenkitzel einer neuen Reise, oder?«, antwortete Kalle.

Erik lächelte dem älteren Mann freundlich zu. »Ich könnte nicht mehr zustimmen. Das Unbekannte hat etwas.«

»Das scheint mir das Herz eines echten Journalisten zu sagen«, sagte Kalle anerkennend. »Immer auf der Suche nach der Wahrheit.«

Während sie sich unterhielten, fühlte sich Erik von Kalles Witz und Schlagfertigkeit angezogen. Der Mann hatte eine Art, Menschen zu beruhigen und ihnen das Gefühl zu geben, sie würden sich schon seit Jahren und nicht erst seit ein paar Stunden kennen. Doch unter dem freundlichen Geplänkel spürte Erik wieder etwas, das er nicht gleich deuten konnte. Während die Haseldorfer Marsch und der Hafen von Stade vorbeizogen, dachte er darüber nach. Es lag eine Strenge in Kalles Blick. Es war ein Blick, den Erik gut kannte - so sah ein Mann aus, der Pläne zu verwirklichen hatte. Das beunruhigte ihn mehr, als er in diesem Moment zugeben wollte. Aber die Szenerie war so friedlich: Der Wind wehte stetig, die Sonne schien ihnen ins Gesicht.

Erik schob seine Bedenken vorerst beiseite und konzentrierte sich wieder auf das Hier und Jetzt. Kalle stand am Ruder, seine Hände umklammerten das Steuer mit erfahrener Sicherheit. Vor ihnen erstreckte sich die Elbe, deren Wasser sich im Sonnenlicht kräuselte, während das Segelboot durch die Wellen schnitt.

»Wir kommen gut voran«, rief Kalle mit einer Stimme, die den Wind übertönte. »Aber jetzt kommt eine Halse.«

Frank und Peter machten sich an die Arbeit. Erik sah ihnen zu. »Ihr seid das reinste Seglerpaar, wie eine gut geölte Maschine«, rief er lachend. Er selbst konnte zwar überhaupt nicht segeln. Aber wenn er auf einem Törn mit dabei war, so wie im vergangenen Jahr von Hamburg nach Helgoland, dann gefiel es ihm außerordentlich.

»Ich kann es kaum erwarten, nach Sylt zu kommen«, sagt er und seine Augen strahlten vor Vorfreude. »Es gibt dort so viel zu entdecken und vielleicht auch eine interessante Geschichte zu erzählen.«

Kalle wirft ihm einen Blick über die Schulter, ein wissendes Lächeln umspielt seine Mundwinkel. »Und du bist genau der Richtige, um sie aufzuschreiben, oder?«

»Ich werde mein Bestes geben«, sagte er. »Und wenn es sein muss, werde ich die Bösewichte auch zur Rechenschaft ziehen.«

Kalles Miene wurde ernst. »Ein nobles Unterfangen, gewiss. Aber sei vorsichtig, Erik. Die Wahrheit kann gefährlich sein, und diejenigen, die sie verbergen wollen, werden vor nichts zurückschrecken, um ihre Interessen zu schützen.«

»Ich kenne die Risiken«, sagte Erik überzeugt.

Während das Boot mit dem ablaufenden Wasser von Hamburg auf die Elbmündung zusteuerte, dachte Erik daran, wie schnell die Stunden hier auf dem Wasser vergangen waren. Die Strömung beschleunigte ihre Fahrt enorm. Knapp 16 Kilometer pro Stunde waren sie mit der großen schwedischen Yacht unterwegs. »Das hört sich gemütlich an«, sagte Peter, »aber für eine Segelyacht ist das rasend schnell.«

Frank erzählte ihnen von seinen letzten romantischen Eroberungen. »Ich sage euch, Jungs«, sagte er und lehnte sich mit einem Grinsen an das Deckshaus. »Der Schlüssel zum Herzen einer Frau ist Vertrauen. Na ja, das und eine gut gefüllte Bar.«

Peter verdrehte die Augen, aber Erik sah den Anflug eines Lächelns um die Mundwinkel seines Freundes. »Du bist ein echter Sunnyboy«, sagte Peter und schüttelte den Kopf. »Aber denkst du nicht, dass dich dein Glück irgendwann verlassen könnte? Zusammen mit deiner gut gefüllten Bar? Und was dann?«

Frank warf den Kopf in den Nacken und lachte. »Darüber werde ich nachdenken, wenn die Zeit gekommen ist. Aber Peter, was ist denn mit dir und Inken?«

Frank spielte auf Peters Freundin an, die er seit der Jugendzeit kannte. Doch erst im vergangenen Sommer auf Helgoland waren sie ein Paar geworden. »Da sagst du etwas«, antwortete Peter. »Ich fahre ja so oft ich kann zu ihr raus auf die Insel. Oder sie kommt nach Hamburg.« Inken betrieb ein Café auf Helgoland, während Peter in der Hansestadt als Anwalt arbeitete. »Wir haben also eine richtig norddeutsche Fernbeziehung.«

»Nur, wenn du Anwalt auf Helgoland wirst oder Inken ein Café in Hamburg eröffnet«, sagte Erik.

Peter lachte. »Ich finde beide Ideen ziemlich reizvoll. Vielleicht kombinieren wir das ja. Aber nun machen wir erst einmal Urlaub auf Sylt.«

»Land in Sicht, Jungs«, rief Kalle vom Steuerrad.

»Wieso, hier ist doch überall Land«, fragte Erik.

»Aber Jungs, Cuxhaven liegt direkt vor uns.«

Ein Gefühl der Vorfreude überkam Erik, als sie auf die Einfahrt zusteuerten. »Wir haben es in genau einer Tide geschafft«, freute sich Peter. »Das kann nicht jeder in einem Rutsch von Wedel nach Cuxhaven.«

Nachdem das Boot festgemacht und Peter seinen Obolus beim Hafenmeister entrichtet hatte, machten sie es sich im Salon gemütlich. Das Radio dudelte, Frank reichte die ersten Biere aus dem Kühlschrank herum. Peter zog Kalle mit ernstem Gesicht zur Seite. »Wie wird das Wetter morgen?«, fragte er leise. »Ich habe gehört, dass ein Gewitter aufziehen könnte.«

Kalle runzelte die Stirn. »Der Wetterbericht sagt Winde bis zu Stärke sechs voraus. Aber sie kommen aus Osten, sodass wir auf dem Weg nach Norden durch die Küste geschützt sein sollten.«

Peter wirkte erleichtert, aber Erik konnte die Besorgnis in seinem Blick sehen. »Wir müssen die Wetterlage im Auge behalten«, sagte Peter, »Hauptsache, der Wind dreht nicht auf West - mit den Wellen in der Elbmündung.«

Als sie sich einige Bier später für die Nacht einrichteten, kreisten Eriks Gedanken um die kommenden Tage. Der Sturm erinnerte ihn daran, was auf sie zukommen würde. Der Wind heulte schon ein wenig im Rigg der großen Yacht. Doch obwohl es in seiner Koje direkt neben dem Niedergang warm und gemütlich war, konnte er vor Unruhe lange nicht einschlafen.

~

Der nächste Morgen begann hell, aber dunkle Wolken hatten sich bereits vor die Sonne geschoben. Sie waren früh in See gestochen und fuhren nun über die Außenelbe nach Nordwesten. Erik stand am Bug des Bootes, die Kamera in der Hand, und spürte die Aufregung, als sich das offene Meer näher kam. »Sieh dir das an«, murmelte er und deutete auf den Horizont, wo Himmel und Wasser in einer endlosen graublauen Weite zusammenstießen. »Es ist, als würden wir in eine andere Welt segeln.«

Frank gesellte sich zu ihm. »Und was für eine Welt. Ich bin gespannt, was wir auf Sylt alles machen können.«

Erik grinste. Je weiter sie sich von der Küste entfernten, desto stärker spürten sie, wie der Wind an ihrer Kleidung zerrte. Erik blickte zum Himmel und bemerkte die dunklen Wolken, die sich am Horizont rasch zusammenbrauten.

»Sieht aus, als käme der Sturm schneller, als wir dachten«, sagte er und spürte, wie Unbehagen aufkam.

Kalle kletterte mit ernster Miene aus der Kajüte. »Die Wettervorhersage wurde gerade aktualisiert. Bald haben wir Windstärke sieben und er kommt direkt auf uns zu.«

Peter fluchte leise. »Wir müssen den Kurs ändern und versuchen, so nah wie möglich im Windschatten der Küste zu bleiben - aber natürlich weit genug weg von den Sandbänken.«

Eine Stunde später war das Segelboot auch schon zwischen hohen Brechern, starken Böen und den ersten Regenschauern gefangen. Erik eilte seinen Freunden zu Hilfe. Der Wind heulte, die Segel stemmten sich gegen den Sturm, während sie darum kämpften, das Boot auf Kurs zu halten.

»Wir müssen das Großsegel reffen«, rief Kalle über den tosenden Wind hinweg. »Erik, hilf mir«

Erik kletterte über das Deck und rutschte mit den Füßen auf dem regenglatten Boden aus. Kalle sprang zu ihm und hielt ihn fest. »Du musst dich anschnallen, sonst wird es zu gefährlich«, sagte er. »Geh zurück ins Cockpit, ich mache das.«

Erik ärgerte sich. Erst hatte Kalle ihn gerufen, dann war er ausgerutscht, und jetzt schickte er ihn zurück ins Cockpit und machte sich allein ans Segel. Obwohl er nicht viel vom Segeln verstand, sah das alles andere als professionell aus.

»Pass auf«, rief Peter und deutete auf einen meterhohen Brecher, der auf sie zurollte. Erik klammerte sich mit aller Kraft am Handlauf des Cockpits fest, als die Welle über das Deck schwappte und sie mit eiskaltem Wasser überschwemmte.

»Wir werden immer weiter aufs Meer hinausgetrieben«, rief Frank, dessen Stimme wegen des heulenden Windes kaum zu verstehen war.

Kalle stimmte ihm zu, als er ins Cockpit zurückkehrte und das Ruder von Peter übernahm. Erik und seine Freunde kämpften um das Gleichgewicht auf dem schwankenden Deck. Endlich hatte Peter die Sicherheitsleinen bereit, an denen sie sich mit ihren Sicherheitsgurten einhaken konnten, um nicht über Bord zu gehen. Das Boot schoss vorwärts durch die Wellen.

»Erik«, rief Peter mit heiserer Stimme, »Halt dich fest«

Wie als Antwort schlug eine gewaltige Welle gegen die Seite des Bootes und ließ es seitlich taumeln. Erik rutschte wieder mit den Füßen auf dem nassen Deck aus und dachte einen Moment lang, er würde über Bord gehen. Doch dann spannte sich seine Rettungsleine und hielt ihn. Und er spürte, wie eine starke Hand seinen Arm ergriff und ihn in Sicherheit zog.

»Ich habe dich«, rief Frank mit entschlossenem Gesichtsausdruck. Erik war dankbar, dass sein Freund ihn festhielt. Eine Stunde später spürten die vier Männer, wie der Wind langsam nachließ. Er atmete lang und zitternd aus, seine Muskeln schmerzten von der Anstrengung der letzten Stunden.

»Ich glaube, wir haben bald das Gröbste überstanden«, sagte Peter und klopfte Frank auf die Schulter. »Vor allem dank eures Einsatzes, Jungs.«

Frank schüttelte den Kopf. »Nächstes Mal nehmen wir das Flugzeug.« Sie lachten alle, und die Anspannung fiel wie ein Bann von ihnen ab. Sie hatten einen ordentlichen Sturm überstanden und waren gestärkt daraus hervorgegangen. »Wolltest du eigentlich nicht als Nächstes nach Kanada reisen, Erik?

»Wie kommst du jetzt darauf?«

»Nur wegen dem Flugzeug. Ich glaube nicht, dass du den Nordatlantik mit einem Segelboot überqueren willst.«

Alle drei lachten. »Zumindest, wenn du mich jetzt fragen würdest, dann würde ich tausend Mal lieber ein Flugticket kaufen, als mit deiner Yacht über den Atlantik zu segeln.«

»Das liegt doch nur an dem Sturm, den wir gerade überstanden haben«, sagte Frank. »Aber gut, Erik. Irgendwann musst du nach Nordamerika, das hast du dir schon so lange vorgenommen.«

»Ja, eines Tages reise ich nach Kanada und fahre quer durchs ganze Land. Aber jetzt sind wir auf der Nordsee.«

Am Horizont auf der Steuerbordseite passierten sie die Halbinsel Eiderstedt und konnten durch den Nieselregen die Gebäude von St. Peter-Ording erkennen.

»Die haben es jetzt warm und trocken«, sagte Frank. »Und St. Peter-Ording soll ja jetzt in Mode gekommen sein. Wer weiß, ob es Sylt nicht irgendwann den Rang abläuft.«

»Da hast du wohl zu viel »Gegen den Wind" geguckt«, meinte Erik lachend. Aber jetzt, mit dem nordfriesischen Wattenmeer am Horizont, wusste er, dass das Abenteuer näher rückte.

Stunden später hatten sie Amrum und den Kniepsand hinter sich gelassen, und die »Nordstern« näherte sich von Süden her der Insel Sylt. Erik blinzelte gegen das helle Licht, das durch die sich auflösenden Wolken drang. Mit den Augen suchte er den Horizont ab. Plötzlich entdeckte er eine Silhouette, die sich von der Küstenlinie abhob - den Leuchtturm von Hörnum, dessen rot-weiße Streifen sich kontrastreich vom Himmel abzeichneten.

»Da ist er«, sagte er und zeigte auf das Bauwerk. »Das Wahrzeichen von Hörnum.«

Frank stieß einen leisen Pfiff aus und hielt sich die Hand über die Augen. »Beeindruckend. Wie alt ist das Ding eigentlich?«

»Über hundert Jahre«, sagte Peter. »Es wurde schon 1907 gebaut, damit die Schiffe einen Weg durch diese tückischen Gewässer finden.«

»Wir sind fast da«, rief Kalle vom Steuerstand und seine Stimme durchbrach Eriks Gedanken. »Macht doch die Leinen klar.«

Erik, Frank und Peter setzten sich in Bewegung und bereiteten das Anlegemanöver vor, indem sie die Segel herunter nahmen, fest zurrten, und die Leinen bereitlegten. Draußen auf der Nordsee, im Sturm, war jeder Schritt an Deck gefährlich gewesen. Jetzt, vor der Hörnum Odde, war die See ruhig und sie konnten das Anlegemanöver vorbereiten. »Ich kann es kaum glauben, dass wir endlich hier sind«, sagte Erik, »und ich meine Recherchen starten kann.«

Frank klopfte ihm auf die Schulter. »Und wir werden an deiner Seite sein, genau wie hier an Bord.« Während sie ihre Sachen zusammenpackten, warf Erik einen letzten Blick auf den Leuchtturm, dessen Lichtstrahl die hereinbrechende Dämmerung durchbrach.

KAPITEL 9
Schöner Schein

E rik atmete die Seeluft ein, während die Yacht im vollen Hafenbecken von Hörnum lag. Sein Blick schweifte über die Segelboote hinweg, die in engen Reihen an ihren Boxen lagen und blieb an einer schnittigen weißen Yacht hängen, die vorn am Stegende festgemacht war. Schon von weitem erkannte er das polierte Teakholzdeck und die glänzenden Chrombeschläge - es musste ein luxuriöses Schiff sein. »Sieh dir das an«, murmelte er leise. »Da lebt jemand auf großem Fuß.«

Peter drehte sich um und folgte Eriks Blick. »Das ist nicht zu fassen. Das Ding kostet wahrscheinlich mehr, als wir in unserem ganzen Leben verdienen werden, du als Journalist und ich als Anwalt.«

»In Monaco hat man sich vielleicht an so einen Anblick gewöhnt, aber auf Sylt sieht das immer noch ungewöhnlich aus. Vielleicht bekommen wir irgendwie eine Einladung an Bord. Ich wette, da gibt es etwas zu entdecken.«

Frank lachte, als er auf den Steg sprang und eine letzte Leine um eine Klampe legte. »Pass auf, was du dir wünschst, Erik. Vielleicht geht dein Traum doch noch in Erfüllung.«

Die drei Freunde beschlossen, einen Rundgang durch Hörnum zu machen. Kalle meinte, er wolle noch einen alten Bekannten treffen. Er schnappte sich seine Tasche und verschwand von Bord.

Dann machten sich Erik, Frank und Peter auf den Weg. Sie gingen am Gebäude des Sylter Yachtclubs entlang und bogen in die unscheinbare Straße »Am Kai« ein, die am Hafen entlangführte. Es dauerte eine

Weile, bis sie an den Ferienhäusern vorbei ins Zentrum kamen. Sie passierten die ersten Geschäfte, in denen handgefertigte Souvenirs angeboten wurden, später dann auch Designerkleidung. Eriks Blick wanderte von einem Schaufenster zum nächsten. Neben ihm zog Peter die Augenbrauen hoch, als er sich die Boutiquen ansah. »Es ist, als würde man eine andere Welt betreten«, murmelte er, Faszination und Unbehagen in seinem Ton. »Eben waren wir noch auf See, im Sturm vor der Küste, und jetzt flanieren wir wie Schaufensterpuppen, als wären wir ganz normale Urlauber.«

Frank dagegen schien sich wie zu Hause zu fühlen, er lächelte und bahnte sich selbstbewusst seinen Weg durch die Passantenmenge auf der Rantumer Straße. »Ganz ruhig, Lorenz«, sagte er und legte Peter einen Arm um die Schultern. »Wir sind doch hier, um uns zu amüsieren, oder?«

Doch kaum hatten sie das Zentrum mit seinen Geschäften wieder verlassen und waren noch ein wenig nach Westen gegangen, kamen sie an einer einfachen, etwas heruntergekommenen Pension vorbei. Im Vorgarten saßen auffallend viele junge Frauen und Männer an Tischen und Bänken. Die verwitterte Fassade, von der die Farbe abblätterte, stand in krassem Gegensatz zu den Schaufenstern ein paar Straßen weiter.

»Schaut euch das an«, sagt Peter und nickt in Richtung des Gebäudes. »Während die wohlhabenden Sylt-Touristen in ihren Luxusvillen leben, müssen ihre Bediensteten in solchen Häusern zusammengepfercht hausen.«

Frank warf kaum einen Blick auf die Herberge, sondern konzentrierte sich auf eine Gruppe gut gekleideter Frauen, die vorbeischlenderten. »So ist der Lauf der Welt, mein Freund«, sagte er achselzuckend. »Die Reichen werden immer reicher, und die Armen schlagen sich durch.«

»Du meinst wohl, die Armen bedienen sie beim Reichsein«, sagte Erik. Seine Gedanken kreisten um die Frage, wer diese Bediensteten wohl waren und wo sie arbeiteten. »Ich frage mich, warum die Servicekräfte eigentlich in einer solchen Pension wohnen müssen.«

»Das werden wir herausfinden«, sagte Peter.

»Jetzt krieg dich mal wieder ein, Erik«, sagte Frank. »Wir sind hier in Hörnum. So viel Luxus gibt es hier nun auch wieder nicht. Das richtig exklusive Leben tobt in Kampen.« Er zog Erik am Arm, weil er weiter wollte. »Aber ich kenne genau den richtigen Ort, um ein bisschen Highlife zu schnuppern.«

Erik warf einen letzten Blick auf die Herberge. Gerade sah er, wie ein untersetzter Osteuropäer eine der jungen Frauen in den Flur schubste und die anderen erschrocken aufblickten. Erik blieb stehen und wartete. Doch nichts geschah. Die Männer und Frauen saßen an den Tischen, tranken, rauchten und unterhielten sich leise.

»Komm«, sagte Frank. »Auf der Westseite gibt es einen Strandclub. Da treffen sich alle, die etwas zu sagen haben. Wenn wir wissen wollen, was hier wirklich los ist, müssen wir dorthin.«

Peter schaute skeptisch. »Und wie genau sollen wir da reinkommen?«, fragte er. »Ich bezweifle, dass sie uns einfach so durchlassen.«

Doch Frank lächelte nur, seine Zuversicht war unerschütterlich. »Überlasst das nur mir«, sagte er mit einem Funkeln in den Augen. »Ich habe meine Methoden.«

∽

Der Beach Club lag ein paar Hundert Meter von der Hauptstraße entfernt in den Dünen. Es war ein schlichtes, aber modernes Gebäude ganz aus Stahl und Holz. Schon von draußen hörten die drei Segler das Dröhnen der Musik und das Klirren der Gläser. Vor ihnen stand ein Türsteher, ein muskulöser Mann in T-Shirt und Sakko.

»Moin, Kumpel. Hast du vielleicht einen Platz frei für drei durstige Segler?«, fragte Frank gerade heraus.

Der Türsteher musterte die drei Männer von oben bis unten. »Habt ihr euch verlaufen? Das hier ist kein Sandkasten, sondern ein exklusiver Club.«

Peter kratzte sich am Kopf. »Na ja, wir dachten, wir könnten nach unserer Segeltour noch einen Absacker trinken und ein paar nette Leute kennenlernen.«

Erik zeigte auf eine Gruppe von Menschen im Inneren des Clubs. »Und da drinnen sieht es so aus, als könnte man hier auch gute Geschäfte machen.«

Der Türsteher hob eine Augenbraue und musterte sie. »In diesen Klamotten? Ich bezweifle stark, dass ihr hier jemanden beeindrucken werdet.«

Frank zwinkerte dem Türsteher verschwörerisch zu. »Du solltest uns nicht unterschätzen. Wir haben mehr zu bieten als Salzwasser und Wind in den Haaren.« Dann griff er in seine Hosentasche und zog ein paar Scheine heraus. »Und wenn das nicht reicht, wie wäre es mit einem kleinen Trinkgeld?«

Der Türsteher sah Frank und seine Freunde eine Weile nachdenklich an. »Hm, ihr scheint Charme und Durchsetzungsvermögen zu haben. Also gut, rein mit euch.«

Frank klopfte dem Mann auf die Schulter. »Danke, Kumpel. Du hast uns den Tag gerettet.« Drinnen duftete es nach teurem Parfüm. Die Besucher in ihren lässigen Klamotten saßen auf Sofas, die mit Segeltuch bespannt waren. Sie nippten an bunten Cocktails und lachten über ihre Witze. Erik ließ seinen Blick über die Menge schweifen, betrachtete die Designerklamotten, den Schmuck und die Lässigkeit, die alles zu durchdringen schien. Hier herrschte eine überwältigende Atmosphäre aus Musik, Licht und teuren Parfum. »Irgendetwas stimmt hier nicht«, sagte er, und seine Instinkte schalteten auf Hochtouren. Er ging zur Bar, bestellte sich einen Drink und setzte sich. Er beobachtete eine Gruppe von Männern in teuren Anzügen, die sich in einer Ecke drängten, ihre Stimmen leise und eindringlich. Eine Frau in einem leichten Sonnenkleid lachte zu laut, ihre Augen huschten nervös durch den Raum.

»Ich frage mich, ob sie hier etwas verbergen«, murmelte Erik. Er wandte sich an den Barkeeper, einen jungen Mann mit freundlichem Lächeln und scharfem Blick. »Sieht ziemlich voll aus«, sagte Erik und deutete in Richtung des Raumes. »Ist irgendwas Interessantes los?«

Der Barmann zuckte mit den Schultern und wischte mit geübter Hand ein Glas ab. »Sie wissen ja, wie das mit reichen Leuten ist«, sagte er leise. »Hinter verschlossenen Türen passiert immer etwas. Geld wechselt den Besitzer, Geschäfte werden gemacht.«

Erik beugte sich näher zu ihm. »Gibt es etwas Bestimmtes?«, fragte er und versuchte, seine Stimme locker zu halten. »Irgendwelche pikanten Klatschgeschichten oder Gerüchte, die im Umlauf sind?«

Der Barkeeper zögerte und sah sich um, als wolle er sich vergewissern, dass niemand zuhörte. »Also«, sagte er leise, »es gibt Gerüchte über Horst Baumann.«

»Der Immobilienspekulant?«, fragte Erik, dem der Name etwas sagte. Er hatte schon in den Klatschspalten von Baumann gelesen.

»Genau der«, sagte der Barkeeper. »Der war vorhin hier und hat einen ganz schönen Auftritt hingelegt. Als gäbe es etwas zu feiern, hat er großzügig Runden an seine Freunde ausgegeben. Aber dann sind sie gegangen.«

»Was gab es denn zu feiern?«

»Irgendein großes Entwicklungsprojekt, an dem Baumann dran ist. Da scheint ihm ein Durchbruch gelungen zu sein.«

Eriks Gedanken überschlugen sich. »Ein Entwicklungsprojekt«, sagte er, »mit Hinterzimmergeschäften. Das klingt wie das reinste Sylt-Klischee.«

»Ist hier nicht alles ein Klischee?«, sagte der Kellner und fragte Erik, ob er noch etwas trinken wolle. Der stimmte zu und griff nach einem weiteren Glas Gin Tonic. Dann zog er sich unauffällig zurück, während ihm die Informationen durch den Kopf gingen. Er sah sich im Raum um, auf der Suche nach jemandem, der mehr wusste, der ihm einen Tipp geben konnte. Sein Blick blieb an einer Gruppe von Urlaubern hängen, deren Gesichter von Sonne und Alkohol gerötet waren. Sie lachten und scherzten, ihre Stimmen mischten sich in den Lärm. Erik ging mit einem freundlichen Lächeln auf dem Gesicht auf sie zu.

»Darf ich mich zu euch setzen?«, fragte er. Als sie nickten, ließ er sich auf einen leeren Platz auf einem der Sofas fallen. »Ich bin übrigens Erik. Ich bin nur für ein paar Tage hier und versuche, ein Gefühl für die Insel zu bekommen.«

Die Gruppe begrüßte ihn. Erik nippte langsam an seinem Gin Tonic und hörte zu, als sie sich über ihre Erlebnisse am Strand und den neuesten Klatsch aus dem Club unterhielten.

»Also«, sagte er und beugte sich verschwörerisch vor, »ich habe ein Gerücht über ein großes Entwicklungsprojekt auf der Insel gehört. Weiß jemand etwas darüber?«

Die Gruppe tauschte Blicke aus, ihre Gesichter waren plötzlich verschlossen. »Ich weiß nicht, ob wir darüber reden sollten«, sagte eine mit einem nervösen Unterton in der Stimme. »Das sollte geheim bleiben.«

Aber ein anderes Mitglied der Gruppe, ein tief gebräunter Mann mit einem überheblichen Lächeln, beugte sich eifrig vor. »Ich habe gehört, dass es ein Riesending werden soll«, sagte er, und in seinem Blick lag Aufregung. »Ein echter Wendepunkt für die Insel. Aber das haben Sie nicht von mir gehört.«

»Was braucht Sylt denn noch für einen Wendepunkt?«, fragte Erik, »hier ist doch schon alles da.«

»Ja«, antwortete der Mann, »aber das alles verblasst. Damit die Insel angesagt bleibt, müssen neue Attraktionen her. Und die werden das Spiel verändern.«

Erik wollte mehr darüber erfahren, was das zu bedeuten habe. Aber im Moment lächelte er nur. Dann kam Peter zu ihm.

»Na, hast du schon etwas herausgefunden?«

»Du wirst lachen, aber das habe ich tatsächlich. Dieser Horst Baumann, dieser Immobilienmogul, scheint ein neues Projekt im Kopf zu haben, das die schicken Besucher dieser Bar ganz aufgeregt macht. Aber was es genau ist, haben sie mir noch nicht verraten.«

Peter ließ seinen Blick über die Menge schweifen. Seine Stirn runzelte sich, als er sich an den berüchtigten Immobilienmogul erinnerte, der für seine rücksichtslose Geschäftstaktik und seine mächtigen Beziehungen bekannt war. »Baumann«, sagte Peter. »Wenn er involviert ist, könnte das gar nicht harmlos sein.«

Einer der Urlauber in der Gruppe beugte sich vor. »Baumann hat seine Finger überall drin«, sagte er leise. »Er hat die Lokalpolitiker in der Tasche, und man munkelt, er habe sogar Verbindungen zur kriminellen Unterwelt.«

Peter sah ihn erstaunt an. »Kriminelle Bande? Das geht ja tiefer, als ich dachte.«

»Darauf kannst du Gift nehmen. Es geht tiefer«, fügte der Mann hinzu. Dann kam Frank zu ihnen an den Tisch. Er schien schon einen über den Durst getrunken zu haben, dachte Erik, denn er wirkte sehr fröhlich und aufgekratzt.

»Na, Jungs, amüsiert ihr euch auch so gut wie ich? Ich sage euch, es lohnt sich, in diesen Beach Club zu gehen. Hier ist die Hölle los.«

Erik sah seinen feiernden Freund an. »Wir recherchieren gerade, aber lass dir die Stimmung nicht verderben.«

»Was macht ihr denn?«

»Wir recherchieren. Aber lass uns kurz rausgehen.«

Die drei gingen durch den überfüllten Raum zum Ausgang und dann auf den Holzweg, der durch die Dünen zum Meer führte. Draußen erzählten Peter und Erik Frank, was sie gehört hatten. »Wenn Baumann etwas damit zu tun hat, weiß man nicht, wozu er fähig ist«, sagte Erik.

»Die Sache geht tiefer, als wir dachten«, meinte Peter. »Baumann hat überall seine Verbindungen.«

»Wir müssen herausfinden, was er wirklich vorhat und ihn aufhalten, bevor es zu spät ist.«

Frank sah zwischen den beiden Freunden hin und her. »Aber wie? Baumann hat das Geld und die Macht auf seiner Seite. Das wird nicht leicht.«

»Leicht oder nicht, Erik wird seine Enthüllungsgeschichte bekommen, da bin ich mir sicher«, sagte Peter.

Erik ging in Gedanken die Möglichkeiten durch. »Wenn er Leichen im Keller hat, finden wir sie vielleicht auch.«

»Das ist eine große Aufgabe«, sagte Peter.

»Ich weiß«, meinte Erik, und ein schiefes Lächeln spielte um seine Mundwinkel. »Aber irgendwo müssen wir ja anfangen.«

Den nächsten Tag verbrachten sie mit Faulenzen an Bord der »Nordstern«. Erik mochte den Yachthafen, er wirkte einladend, sportlich und strahlte eine angenehmere Atmosphäre aus als der Beachclub von gestern zuvor. Frank beharrte darauf, dass sie sich von der anstrengenden Fahrt und dem ersten Abend mit ihrer Recherche erholen mussten. Aber seine Augen funkelten, als er sich in der Mittagssonne zu Erik und Peter umdrehte. »Ich habe eine Idee«, sagte er und ein Lächeln huschte über sein Gesicht. »Baumann gibt heute Abend eine große Party, ein schickes Fest für seine reichen und mächtigen Freunde. Ich schlage vor, wir stürmen die Party und sehen, was wir auftreiben können.«

Erik runzelte die Stirn. »Meinst du, wir kommen da rein?«

»Überlass das doch einfach mir. Ich habe es doch gestern schon geschafft«, sagte Frank mit einem Augenzwinkern. »Ich kann gut mit Menschen umgehen, weißt du noch? Ehe du dich versiehst, gehören wir zur Elite.«

»Frank, du bist ein wahres Chamäleon im Spiel der Macht«, sagte Erik.

Peter ergriff das Wort. »Ich weiß nicht, Jungs«, sagte er, und seine Stimme klang besorgt. »Mit Baumann ist nicht zu spaßen. Wenn er herausfindet, was wir vorhaben ...«

»Das wird er nicht«, sagte Erik bestimmt. »Wir werden vorsichtig sein und uns unter die Menge mischen.«

Frank klatschte in die Hände. »Dann ist es abgemacht. Wir gehen heute Abend zu Baumann, schick angezogen. Zeigen wir dem Bonzen mal, wie echter Enthüllungsjournalismus aussieht.«

Als sie am Abend mit dem Taxi an dem Lokal in Rantum ankamen, in dem Baumann feierte, war die Party schon in vollem Gange. Das Restaurant des teuren Dünenhotels hatte sich in ein glitzerndes Wunderland des diskreten, lässigen Reichtums verwandelt. Erik fühlte sich wie ein Fisch auf dem Trockenen. Sein Hemd war leicht zerknittert, seine Schuhe nicht so glänzend, wie er es sich gewünscht hätte. Er fühlte sich wie ein Eindringling in diese Welt des Reichtums. Musik dröhnte aus den Lautsprechern, der Geruch von Champagner und Zigarettenrauch lag in der Luft. Gäste in teuren Anzügen und Kleidern lachten und unterhielten sich.

»Entspann dich«, murmelte Frank und ließ seinen Blick über die Menge schweifen. »Die Hemden haben wir doch an Bord glattgebügelt, oder?«

»Ich wusste gar nicht, dass es auf Peters Schiff ein Dampfbügeleisen gibt.«

Peter lachte. »Ich auch nicht. Aber du siehst aus, als ob du hierher gehörst. Tu einfach so, als ob das deine natürliche Umgebung ist, in der du dich gern aufhältst.«

Erik atmete durch, um seine Nerven zu beruhigen. Er wollte sich sein Unbehagen nicht anmerken lassen. Als sie sich einen Weg durch die Menge der Partygäste bahnten, übernahm Eriks journalistischer Instinkt die Führung. Er fing Klatsch und Gerüchte auf.

»Vielleicht lohnt es sich ja doch«, sagte er. Neben ihm war Peters Blick konzentriert und aufmerksam. »Baumann ist da drüben«, murmelte er und nickte in Richtung einer Gruppe von Männern in eleganten Anzügen. »Sieht aus, als hätte er die wichtigsten Persönlichkeiten der Insel eingeladen.«

Misstrauisch betrachtete Erik den Immobilienmogul und sein gepflegtes Äußeres, gepaart mit seinem leichten Charme. »Er macht das wirklich gut. Er gibt den entspannten Gastgeber für seine guten Freunde. Frank, wie hast du uns eigentlich auf die Gästeliste bekommen?«

»Ein Freund von mir ist Immobilienmakler. Von dem hat mein Vater die Wohnung in Kampen gekauft. Und der kennt Baumann und hat uns als drei Hamburger Geschäftsleute eingetragen.«

»Hoffentlich bringt uns das nicht in Teufels Küche«, sagte Peter kopfschüttelnd.

Frank fügte sich wie ein soziales Chamäleon mühelos in die Menge ein, sein Lachen und seine lockeren Witze passten hierher.

Erik beobachtete die Szenerie und bestellte einen Drink. Während er daran nippte, trat eine Frau neben ihn, deren Designerkleid und makelloses Make-up ihren Status deutlich machten. »Sie sind neu hier«, sagte sie und ließ ihren Blick anerkennend über ihn schweifen. »Ein Gesicht wie Ihres hätte ich mir bestimmt gemerkt.«

Erik zwang sich zu einem Lächeln, während er in Gedanken versuchte, sie einzuordnen. Eine von Baumanns Mitarbeiterinnen, überlegte er. Oder nur eine weitere reiche Dame der Gesellschaft auf der Suche nach einem Kick?

»Ich mache mit meinen Freunden Urlaub auf der Insel. Wir sind Segler und wollten uns mal einen anspruchsvollen Törn gönnen.«

»Segler? Die gibt es hier nur selten. Wer fährt denn freiwillig mit einem Boot auf die Nordsee?«

»Wir zum Beispiel, und ich kann Ihnen sagen, es ist viel schöner, als es sich anhört.«

Die Frau schüttelte den Kopf. »Und was machen Sie sonst noch?«

»Ich recherchiere ein bisschen für eine Geschichte.«

Die Augen der Frau verengten sich, ihr Interesse war geweckt. »Ein Journalist?«, fragte sie mit einem misstrauischen Unterton in der Stimme. »Und worum genau geht es in Ihrer Geschichte?«

Erik zögerte, wog seine Worte ab. Er konnte es sich nicht leisten, zu früh die Hand auszustrecken. Aber er wusste auch, dass man manchmal am besten an Informationen kam, wenn man einen kleinen Köder auslegte.

»Ach, wissen Sie«, sagte er beiläufig, »nur ein kleiner Beitrag über die Entwicklung der Insel. Die Veränderungen, die stattfinden, die Menschen, die dahinterstecken. So etwas in der Art.«

Die Lippen der Frau verzogen sich zu einem süffisanten Lächeln. »Seien Sie vorsichtig, Herr Journalist«, warnte sie mit tiefer Stimme. »Manche Geschichten erzählt man besser nicht. Und manche Leute ... nun sagen wir einfach, sie mögen es nicht, wenn man zu tief in ihren Angelegenheiten herumschnüffelt.«

Damit verschwand sie wieder in der Menge. Erik starrte der Frau nach, wie gebannt von ihrem plötzlichen Auftauchen und den rätselhaften Worten. Manche Geschichten erzählt man besser nicht, hallte es in seinem Kopf wider. Was wusste sie? Wer waren »sie«, die im Verborgenen agierten und Angst vor der Wahrheit hatten?

Unruhig bahnte er sich einen Weg zu Frank, der ebenso angespannt wirkte. »Was war das?«, fragte er Erik, seine Stimme kaum hörbar über dem Gemurmel der Party.

»Ich weiß es nicht genau«, gestand dieser. »Die Frau hat mich gewarnt, nicht zu viel nachzuforschen. Aber verraten hat sie mir fast nichts.«

Peter, der sich ihnen angeschlossen hatte, fügte hinzu: »Wir sollten hier verschwinden. Ich habe das Gefühl, hier stimmt etwas nicht.«

Eriks Instinkt kämpfte mit seinem gesunden Menschenverstand. »Aber wir können doch nicht einfach gehen«, protestierte er. »Wir wissen doch gar nicht, was er vorhat.«

Peter lehnte das ab. »Das Risiko ist zu groß, Erik. Wir müssen die Fährte später wieder aufnehmen. Jetzt müssen wir hier weg.«

»Okay«, sagte Erik schließlich mit einem tiefen Seufzer. »Aber wir kommen wieder.« Mit einem letzten Blick auf die Tanzfläche, wo Baumann lächelnd und selbstsicher mit den Gästen plauderte, machten sie sich auf den Weg zum Ausgang. Sie versuchten, unauffällig zu bleiben, aber ihre Nervosität war ihnen anzumerken.

Plötzlich versperrte ihnen ein Mann im schwarzen Anzug den Weg. Sein Gesicht war wie eine Maske, kalt und undurchdringlich. »Wo wollt ihr hin?«, fragte er mit eisiger Stimme.

»Wir gehen«, antwortete Frank ruhig. »Wir wollen niemandem auf die Nerven gehen.«

Ein spöttisches Lächeln umspielte die Mundwinkel des Mannes. »So einfach ist das nicht«, sagte er. »Erst taucht ihr auf Horst Baumanns Privatparty auf, und dann wollt ihr einfach gehen?« Mit einem Wink tauchten wie aus dem Nichts weitere Männer in schwarzen Anzügen auf. Sie umringten Erik, Frank und Peter, ein einschüchternder Ring aus Gewalt.

»Was wollt ihr von uns?«, fragte Erik.

»Wir wollen wissen, was ihr wirklich wisst«, sagte der Anführer. »Und wir werden es aus euch herausholen.«

Er griff nach Erik, um ihn festzuhalten, aber Frank kam ihm zuvor. Mit einem entschlossenen Faustschlag ins Gesicht brachte er den Mann ins Wanken.

In diesem Moment der Verwirrung nutzten die drei Freunde die Gelegenheit zur Flucht. Sie rannten durch die Menge der Partygäste, die vor Schreck und Überraschung auseinanderliefen. Die Männer in Schwarz nahmen die Verfolgung auf. Sie erreichten die Tür und stürzten hinaus in die Nachtluft. Die drei rannten so schnell sie konnten, ihre Lungen brannten und ihre Beine schmerzten.

Schließlich hatten sie einige Häuser zwischen sich und dem Hotel in den Dünen gebracht und erreichten einen kleinen Park, wo sie erschöpft neben einer Bank zusammenbrachen. »Was zum Teufel war das?«, fragte Peter atemlos und mit kaum hörbarer Stimme.

Erik presste die Hände auf die Brust. »Keine Ahnung«, sagte er. »Aber es war nicht gut. Es sah gefährlich aus.«

»Sie schienen es auf uns abgesehen zu haben«, sagte Peter. »Ich dachte, wir passen da so gut hin, Frank, mit unseren gebügelten Hemden.«

»Das war wohl doch keine so gute Tarnung. Lass uns sehen, dass wir hier rauskommen«, sagte Frank und zückte sein Handy, um ein Taxi zu rufen. »Lass uns schnell zum Schiff zurückfahren, bevor er herausfindet, wer wir sind. Und morgen fahren wir zu unserem Ferienhaus in Kampen, da können wir uns erst einmal gut einquartieren.«

~

KAPITEL 10

Pläne und Geheimnisse

Das Mercedes-Taxi fuhr die schmale Straße entlang, links erhoben sich die Dünen. Dahinter, versteckt hinter den Bergen aus Heide und Sand, lag die Nordsee. Erik beugte sich auf dem Rücksitz vor, als das Dorf in Sicht kam. Die ersten Reetdächer tauchten auf wie kleine Inseln inmitten der grün-sandigen Landschaft. Kampen, das »St. Tropez des Nordens«, war bekannt für seine Mischung aus Luxus und Tradition, dachte Erik, ein Ort, an dem sich vor allem Prominente und sehr vermögende Menschen wohlfühlten.

»Da ist es«, sagte Frank, als das Taxi vom Zentrum in die dahinter liegenden Wohnstraßen abbog. Erik blickte sich um und entdeckte die weißen, mit Reetdächern gedeckten Häuser, die sich wie Perlen an der Straße aufreihten. Die Blumenkästen mit den bunten Blumen gaben dem Ganzen eine idyllische Note. »Das Ferienhaus meiner Familie ist gleich da drüben.«

Eriks Blick folgte Franks ausgestreckter Hand und landete auf einem eleganten zweistöckigen Haus, das leicht von der Straße zurückgesetzt war. Es war im Stil der so angesagten Kapitänshäuser gebaut, mit einem Spitzgiebel aus roten Backsteinen. Neben dem Gartentor erstrecken sich die »Friesenwälle«, die Steinmauern, auf denen Hortensien und Heckenrosen wuchsen. Peter pfiff leise. »Schönes Haus, Frank. Deine Familie weiß wirklich, wie man stilvoll Urlaub macht.«

Frank zuckte die Schultern. »Das hat sich mein Vater als Domizil gekauft, und jetzt steht es uns zur Verfügung. Genau richtig, oder?« Mit einem süffisanten Grinsen führte er sie ins Innere. Das Haus war so beeindruckend wie die Fassade - niedrige Decken, plüschige Möbel und Fenster, die Tageslicht hereinließen und den Blick auf den gepflegten Garten freigaben. Die Luft roch nach Blumen und Seeluft, für Erik war das der Duft von Kampen.

Sie bezogen ihre Zimmer. Die Matratzen ließen keine Wünsche offen, fand Erik, als er sich auf das breite Boxspringbett fallen ließ. Er dachte: Nichts gegen die Kojen auf der Nordstern, aber das hier war purer Luxus. Schließlich trafen sie sich im Wohnzimmer. Erik nahm auf einem der Sofas Platz und ließ seinen Blick durch den Raum schweifen. In diesem Ferienhaus, umgeben von nordfriesischer Gemütlichkeit, hoffte er Inspiration finden, um zu schreiben.

»Dann wollen wir mal sehen, was es mit diesen geheimnisvollen Plänen auf sich hat«, sagte Erik und klatschte in die Hände. »Lass uns doch gleich einmal zum Roten Kliff gehen. Wenn die Gerüchte stimmen, sollte man dort auf keinen Fall eine Baugenehmigung bekommen können.«

Peter stimmte ihm zu: »Das kann ich mir auch nicht vorstellen.«

Sie machten sich zu Fuß auf den Weg, die Kurhausstraße hinunter, umgeben von salziger Seeluft. Als sie sich dem Ende der Straße näherten, hörten sie Stimmengewirr. Eine kleine Menschenmenge hatte sich um eine Plakatwand versammelt, auf der eine künstlerische Darstellung des von Baumann geplanten Hotelkomplexes zu sehen war. Die moderne Konstruktion aus Glas und Stahl passte so gar nicht zur Schönheit der Dünenlandschaft. Erik trat näher und lauschte gespannt dem hitzigen Wortwechsel.

»Das bringt Arbeitsplätze und Touristen«, argumentierte ein Mann mittleren Alters. »Kampen wird einen zweiten Frühling erleben.«

»Zu welchem Preis?«, entgegnete eine Frau mit grauem Haar und schlaffem Sonnenhut. »Diese Ungeheuerlichkeit wird den eigentlichen Grund zerstören, warum die Menschen überhaupt hierher kommen - um die unberührte Landschaft zu genießen.«

»Ich habe gehört, dass der Ministerpräsident selbst bei den örtlichen Behörden ein gutes Wort eingelegt hat«, sagte ein anderer Mann leise. »Warum sonst sollten sie so etwas genehmigen?«

Erik sah sich aufmerksam um. Das schienen hier ja genau die richtigen Zutaten für eine Erfolg versprechende Recherche zu sein. Er blickte zu Peter hinüber, der nachdenklich die Stirn runzelte.

»Woran denkst du?«, fragte Erik leise, als sie sich von der Menge entfernten.

»Ich glaube, da steckt mehr dahinter«, antwortete Peter. »Baumann hat den Ruf, rücksichtslos zu sein, aber selbst er könnte so etwas nicht durchsetzen, wenn er nicht einen gewissen politischen Einfluss hätte.«

»Wir müssen herausfinden, wer hinter ihm steckt - und warum«, meinte Erik. »Es muss einen Grund geben, warum sie so versessen darauf sind, an dieser Stelle zu bauen.« Sein Blick schweifte über die Baustelle, nahm die Bagger und den ersten Aushub von Erdreich wahr. Inmitten des geschäftigen Treibens von Arbeitern und Maschinen entdeckte er eine hochgewachsene Gestalt, die das Geschehen mit Zuversicht überblickte.

Horst Baumann.

Der Immobilienmagnat stand inmitten einer Gruppe von Beratern, sein teurer Anzug und die polierten Schuhe bildeten einen starken Kontrast zu dem unwegsamen Gelände. Eriks journalistischer Instinkt schaltete auf Hochtouren und er ging auf Baumann zu, bevor er seine Entscheidung überdenken konnte. Der Mann strahlte eine Aura von Macht und Kontrolle aus, und sein eisiger Blick schweifte mit kalkulierter Entschiedenheit über die Baustelle.

Horst Baumann hatte sein Imperium nicht auf Sand gebaut, sondern auf einem Fundament aus Risikobereitschaft und knallharten Entscheidungen. Er betrachtete sein Spiegelbild im Fenster der Limousine. Er hatte sich hochgearbeitet, angefangen mit kleinen Immobilienprojekten in Hamburg, bei denen er schnell gelernt hatte, dass Erfolg nicht nur eine Frage von Glück oder harter Arbeit war, sondern von Instinkt und dem Willen, die Regeln zu seinen Gunsten zu beugen. Sein Netzwerk aus Kontakten war sein größtes Kapital, ein Geflecht aus Abhängigkeiten, das er über Jahre hinweg sorgfältig gepflegt hatte.

Das Luxushotel am Roten Kliff war mehr als nur ein weiteres Projekt in seinem Portfolio. Es war ein Statement, ein Symbol seiner Macht. Aber das war nicht alles. Hinter der Fassade des erfolgreichen Unternehmers lauerte die Obsession, dass in den Bunkern im Roten Kliff noch mehr verborgen war. Ein Artefakt aus längst vergangenen Zeiten, das die Machtverhältnisse auf den Kopf stellen könnte.

Klüver, dieser skrupellose Politiker, war für ihn lediglich ein Mittel zum Zweck. Ein Bauer auf dem Schachbrett seiner Ambitionen. Baumann hatte Klüvers Gier nach Macht erkannt, seine Sehnsucht nach einem Platz in den Geschichtsbüchern. Er hatte ihm die Möglichkeit geboten, ein Denkmal zu setzen, das seinen Namen für immer in den Annalen Schleswig-Holsteins verewigen würde – das Resort auf dem

Roten Kliff. Ein Projekt von solcher Größenordnung, dass es Klüvers Namen in aller Munde bringen würde.

Baumann wusste, dass Klüver für ihn auch ein Risiko werden könnte. Aber er war auch ein notwendiges Übel. Ohne Klüvers politische Verbindungen und seinen Einfluss wäre das Projekt am Roten Kliff niemals genehmigt worden. Er würde Klüver benutzen, um seine eigenen Ziele zu erreichen, und dann würde er ihn fallen lassen wie eine heiße Kartoffel. Denn in Baumanns Welt gab es nur einen Sieger – und das war er selbst.

»Herr Baumann«, rief Erik und riss den Bauunternehmer aus seinen Gedanken. Er sah unwirsch zu dem forschen jungen Mann herüber. »Erik Wiedner, Journalist aus Hamburg. Ich wollte Ihnen ein paar Fragen zu Ihrem Projekt hier auf Sylt stellen.«

Für einen Moment glaubte Erik auf dem Gesicht des Geschäftsmannes ein Aufflackern von Verärgerung zu erkennen, das aber schnell von einer Maske professioneller Gleichgültigkeit verdrängt wurde.

»Ah, noch ein neugieriger Journalist«, bemerkte Baumann herablassend. »Ich fürchte, ich habe im Moment keine Zeit für Interviews. Wie Sie sehen können, sind wir hier ziemlich beschäftigt.«

Erik ließ sich nicht beirren. Er hatte schon mit vielen Leuten zu tun gehabt, die ihn abwimmeln wollten, und so leicht konnte man ihn nicht zurückweisen. »Ich verstehe, Herr Baumann«, beharrte Erik, und seine Stimme wurde schärfer. »Aber könnten Sie sich nicht einen Moment Zeit nehmen, um auf einige der Bedenken einzugehen, die die Einheimischen geäußert haben? Die Auswirkungen Ihres Hotelkomplexes auf die Umwelt zum Beispiel.«

Baumanns Augen blitzten gefährlich auf, und Erik konnte sehen, wie die Fassade der Höflichkeit des Mannes zu bröckeln begann. »Hören Sie, Herr Wiedner«, sagte Baumann mit tiefer, drohender Stimme. »Ich habe im Laufe der Jahre mit vielen aufdringlichen Reportern zu tun gehabt. Ich schlage vor, Sie konzentrieren sich auf etwas anderes, bevor Sie sich selbst überfordern.«

Erik spürte, wie seine alte rebellische Ader wieder zum Vorschein kam. Fast freute er sich. Baumanns Einschüchterungsversuche hatten ihn nur entschlossener gemacht. »Bei allem Respekt, Herr Baumann«, erwiderte Erik mit fester Stimme, »die Sylter haben ein Recht darauf zu erfahren, was in ihrem eigenen Hinterhof vor sich geht. Beziehungsweise in ihrer ersten Reihe, direkt am Strand, denn eine prominentere Lage dürfte es kaum geben.«

Einen Moment lang starrten sich die beiden Männer an, die Spannung zwischen ihnen war spürbar. Dann grinste Baumann wieder abfällig. »Ich glaube, heute werde ich nicht für sie da sein. Ich habe zu tun.« Dann drehte sich der Unternehmer um und ließ ihn stehen.

In der Zwischenzeit hatte Peter das Gespräch aus der Ferne beobachtet. Ein Berater neben Baumann fiel ihm auf - ein großer, schlanker Mann. Er lehnte sich dicht an Baumann heran und flüsterte ihm mit einer Dringlichkeit etwas ins Ohr. Peter bemühte sich, ihr Gespräch zu hören, aber der Wind und der Lärm der Baumaschinen übertönten ihre Worte bei Weitem. Als sich die Gruppe aufzulösen begann, bemerkte Erik Peters Blick. Sie mussten sich dringend austauschen und den nächsten Schritt planen.

Kalle schlenderte lässig auf die Baustelle zu, die Hände in den Hosentaschen und mit neugierigem Gesichtsausdruck. Er reihte sich nahtlos in die anderen Einheimischen und Touristen ein und knipste Fotos von der malerischen Umgebung. Als er sich dem Bauzaun näherte, fielen ihm die Sicherheitsvorkehrungen auf: hohe Zäune, Überwachungskameras und einige stämmige Wächter.

Er zückte sein Handy und tat so, als wolle er die Baustelle fotografieren, doch in Wirklichkeit zielte er auf die Menschen, die sich am Bauschild versammelt hatten und im Gespräch mit Erik, Frank und Peter waren. Mit ein paar schnellen Handgriffen schickte er die Fotos an einen unbekannten Empfänger, ein zufriedenes Lächeln um seine Lippen. »Das werden sie sehen wollen«, dachte er, bevor er unauffällig weiterging.

Währenddessen schritt Erik vor dem Bauschild auf und ab. Baumanns abweisende Haltung und seine versteckten Drohungen hatten seine Unbeugsamkeit nur noch verstärkt. Er brauchte Antworten. In diesem Moment trat die grauhaarige Frau, die er vorhin am Bauschild gesehen hatte, auf ihn zu. »Sie sehen so aus, als ob sie mehr über das Projekt wissen wollen«, sagte sie.

»Ich bin Journalist aus Hamburg. Ja, das würde ich gern.«

»Dann sollten sie sich einmal mit Ole Norden unterhalten. Das ist unser Kampener Urgestein, der weiß alles über jeden hier.«

Die Frau erklärte ihm, dass Norden sich gerade im Dorfcafé aufhielt.

Frank runzelte die Stirn. »Da kannst du Informationen aus erster Hand erhalten.«

Er machte sich auf den Weg, in seinem Kopf kreisten bereits die Fragen, die er Norden stellen wollte. Während er wieder ins Zentrum lief, wurde er das Gefühl nicht los, beobachtet zu werden. Er sah sich um, konnte aber nichts Ungewöhnliches entdecken. Trotzdem beschleunigte er seine Schritte, um Norden zu finden.

Erik betrat das schicke Café und der Duft von Gebäck stieg ihm in die Nase. Seine Augen suchten den Raum nach einem Gesicht ab, das zu Ole Norden passen könnte. Er entdeckte ihn in einer Ecknische, in eine Zeitung vertieft, eine Tasse Kaffee vor sich. Erik hatte den Eindruck, dass Norden wie die Kampener Version eines Ur-Insulaners aussah. Mit seinen 70 Jahren trug er Spuren seines Lebens im Gesicht. Seine Kleidung spiegelte seinen Status als wohlhabender Insulaner wider. Er trug einen eleganten dunkelblauen Blazer mit Einstecktuch. Darunter hatte er ein schneeweißes Hemd mit perfekt gebügeltem Kragen. Nordens Haltung war aufrecht und selbstbewusst, geprägt von der Gewissheit, hier auf der Insel verwurzelt zu sein.

Vorsichtig trat Erik an den Tisch. »Entschuldigung, sind sie Ole Norden?«, fragte er.

Norden blickte von seiner Zeitung auf und sah Erik an. »Wer will das wissen?«, antwortete er zurückhaltend.

»Ich bin Erik Wiedner, Journalist aus Hamburg«, stellte sich Erik vor. »Ich möchte mit ihnen über Horst Baumann und die Gerüchte sprechen.«

Norden runzelte die Stirn, faltete seine Zeitung zusammen und legte sie beiseite. »Ich weiß aber jetzt nicht so recht, von welchen Gerüchten sie reden«, sagte er und nahm einen Schluck von seinem Kaffee.

Erik rutschte auf den Platz ihm gegenüber und beugte sich vor. »Bitte, ich habe Gerüchte gehört, dass hier etwas Großes im Gange ist. Dass es auch um Bestechung geht. Ich untersuche Baumanns Pläne für das Rote Kliff. Alles, was sie mir sagen, bleibt natürlich streng vertraulich.« Erik hielt ihm seine Visitenkarte hin.

»Ich kenne die Zeitschrift«, sagte er lächelnd, »ich lese sie selbst gern.« Norden musterte Eriks Gesicht, seine Augen suchten nach jeder Spur von Täuschung. Nach einer Weile seufzte er schwer. »Gut, aber so viel weiß ich nicht«, lenkte er ein. »Harry, bringst du uns noch zwei Kaffee ... und vielleicht mit einem Cognac?«, sagte er an den Wirt gewandt. Dabei sah er Erik fragend an.

»Warum nicht? Es ist doch schon nach zwölf«, antwortete Erik.

»Dann zwei Kaffee und zwei Cognac«, sagte Norden. Er beugte sich vor. »Die Gerüchte kursieren schon seit Jahrzehnten, sie werden seit Generationen weitergegeben.«

Endlich ein Durchbruch, dachte Erik. »Was sagen die Gerüchte?«, fragte er und hielt seinen Stift über sein Notizbuch.

»Einen Moment, damit Sie das richtig verstehen: Das ist »entre nous«!« Norden legte den Finger auf den Mund, zum Zeichen, dass Verschwiegenheit herrschen sollte. Dann sah er sich noch um, um sicher zu sein, dass niemand zuhörte. »Es soll etwas mit der Geschichte der Insel während des Ersten Weltkriegs zu tun haben«, erklärte er leise. »Nach dem Krieg soll hier etwas vergraben worden sein. Pläne von höchster Geheimhaltung. So geheim, dass nicht einmal während des Zweiten Weltkriegs etwas davon bekannt wurde.«

Erik blickte den eleganten älteren Herrn neugierig an. »Wo könnte das versteckt sein?«

»Das ist die große Preisfrage. Unter dem Roten Kliff soll es einen alten Bunker geben. Einen sehr, sehr alten Bunker. Aber wo genau der liegt, das weiß ich auch nicht.«

»Und was könnte das Geheimnis sein?«

»Wie gesagt, es sollen Pläne für eine technische Konstruktion sein, die von immensem Wert ist. Aber ich weiß nicht genau, was. Wenn jemand wie Horst Baumann dieses Geheimnis in die Hände bekommt, weiß man nicht, was er damit anstellen könnte«, sagte er.

»Glauben Sie, er ist hinter genau diesem Geheimnis her?«

Norden zuckte mit den Schultern und lehnte sich zurück. »Dieser Baumann ist ein schrecklicher Kerl, einer, den wir auf der Insel nicht gern haben - auch wenn er eine protzige Villa am Hobokenweg hat.«

»Baumann wohnt hier in Kampen?«, fragte Erik.

»Ganz genau, er hat sich ein riesiges Anwesen herrichten lassen. Aber er ist nicht der Erste, der hier sucht. Im Laufe der Jahre haben jede Menge gierige Männer die Insel durchsucht, in der Hoffnung, den Gerüchten auf die Schliche zu kommen. Aber keiner hatte Erfolg.«

Erik schwirrten Fragen im Kopf herum, aber er wollte Norden jetzt nicht unter Druck setzen. »Vielen Dank für ihre Zeit, Herr Norden«, sagte er dankbar und klappte sein Notizbuch zu. »Ich weiß es zu schätzen, dass sie Ihr Wissen mit mir teilen.«

Norden nickte knapp und nahm seine Zeitung wieder in die Hand. »Seien sie vorsichtig, Herr Wiedner«, warnte er mit ernstem Blick.

»Männer wie Baumann schrecken vor nichts zurück, um zu bekommen, was sie wollen. Unterschätzen Sie ihn nicht.«

Erik stand auf und steckte sein Notizbuch in die Tasche. »Das werde ich nicht«, versprach er. »Aber ich werde die Wahrheit herausfinden.«

Norden grinste ihm zu. »Na dann: Bonne chance.«

Als Erik das Café verließ, gingen ihm die Informationen durch den Kopf. Er lief die Straße hinunter. Das musste er Frank und Peter erzählen.

Von einem Nebentisch hinter der Garderobe, der nicht einsehbar war, hatte Kalle beobachtet, wie Erik das Café verließ. Kalles Blick war berechnend. Er hatte dem Gespräch aufmerksam zugehört und sich einige Details notiert. Unauffällig zückte er sein Handy und tippte eine kurze Nachricht: »W weiß jetzt von Artefakten. Ermittlungen nehmen Fahrt auf. Nächste Schritte vorschlagen.«

Er drückte auf Senden, während seine Finger leicht zitterten. Kalle wusste, dass er ein gefährliches Spiel spielte, wenn er Baumanns Mitarbeiter mit Informationen versorgte, obwohl er ein Freund von Peters Familie war. Aber nicht nur die Aussicht auf Geld als Belohnung, sondern auch Drohungen hatten ihn dazu gezwungen. »Ich stecke zu tief drin«, dachte Kalle. »Es gibt kein Zurück mehr. Ich muss das zu Ende bringen, koste es, was es wolle.« Er atmete tief durch und sammelte sich, bevor er aufstand und Erik aus dem Café folgte. Er durfte sich seine wahren Absichten nicht anmerken lassen, nicht wenn so viel auf dem Spiel stand.

Erik ging zügig durch die gepflegten Straßen von Kampen, vorbei an Hagebuttenhecken. Als er sich dem Ferienhaus näherte, sah er, dass Frank und Peter auf der Bank vor der Haustür auf ihn warteten. »Erik«, rief Frank und stand auf. »Was hast du gefunden?«

»Es scheint wirklich mehr dahinter zu stecken«, sagte er.

»Hinter Baumanns Plänen für das Rote Kliff könnte sich tatsächlich ein unentdecktes Geheimnis verbergen?«

Peter beugte sich vor. »Inwiefern?«, fragte er und rückte seine Brille zurecht.

Erik berichtete ihnen, was er von Ole Norden erfahren hatte. »Wir kennen nicht alle Puzzleteile«, gab er zu und fuhr sich durchs Haar, »aber ich vermute, dass mehr dahinter steckt als nur Baumann. Der Bürgermeister, andere Politiker, die könnten alle mit drin stecken.«

Frank stieß einen Pfiff aus. »Das ist harter Tobak, Erik.«

Erik begegnete dem Blick seines Freundes. »Und wir werden herausfinden, was.«

Während die drei Freunde ihre nächsten Schritte besprachen, kam Kalle mit besorgtem Gesicht auf sie zu. »Alles in Ordnung, Jungs?«, fragte er und tat so, als wüsste er von nichts.

Erik wechselte einen Blick mit Frank und Peter, bevor er antwortete. »Wir planen nur unseren nächsten Schritt«, sagte er vage, um nicht zu viel preiszugeben. »Wir haben die Witterung aufgenommen.«

Kalle rang sich ein Lächeln ab. »Das ist toll«, sagte er mit angespannter Stimme. »Aber sei vorsichtig, okay? Wir wissen nicht, mit wem wir es zu tun haben.«

»Ich weiß.«

Die vier gingen in den Garten vor der Haustür, wo eine kleine Sitzgruppe aus Teakholz stand. Sie nahmen Platz. Die Sonne ging langsam unter. Erik war tief in Gedanken bei den neuen Informationen.

Frank nickte. »Aber wo fangen wir an? Wir können doch nicht einfach Leute ohne Beweise beschuldigen.«

»Wir beginnen mit den Fakten«, warf Peter ein. »Wir müssen mehr Beweise sammeln, mit mehr Leuten sprechen. Vielleicht versuchen wir sogar, in Baumanns inneren Kreis vorzudringen.«

Kalle rutschte unbehaglich auf und ab, die Hände tief in den Taschen. Er wusste, dass er die Gruppe in die Irre führen sollte, aber je länger er ihren Plänen zuhörte, desto mehr fühlte er ein Gefühl der Schuld. Was, wenn sie Recht haben? Was, wenn wirklich etwas Unheimliches im Gange ist?

Erik drehte sich zu Kalle um. »Du bist so still«, sagte er in einem misstrauischen Tonfall. »Was denkst du über all das?«

Kalle schluckte schwer, sein Mund war auf einmal trocken. »Ich ... ich weiß nicht«, stammelte er. »Ich meine, das klingt alles ein bisschen weit hergeholt, oder? Verborgene Schätze, geheime Verschwörungen ... sind wir sicher, dass wir nicht nur Geister jagen?«

Eriks Blick wurde hart. »Ich weiß, was ich gehört habe«, sagte er.

Im Garten des Ferienhauses begann die Sonne lange Schatten zu werfen. »So, Freunde, jetzt müssen wir einen Plan machen. Was tun wir als Nächstes?«, fragte Erik.

»Das ist eine gute Frage«, antwortete Peter. »Aber morgen gehen wir doch wieder segeln, oder?«

»Meinst du wirklich?«

»Na ja, das haben wir uns vorgenommen. Die Tide ist günstig. Wir können mit ablaufendem Wasser raus und mit der Flut wieder hereinfahren.«

»Stimmt«, fügte Frank hinzu. »Dann sollten wir aber auf jeden Fall weiter recherchieren und mehr Beweise sammeln.«

»Ich denke, ich muss Ole Norden noch einmal einen Besuch abstatten«, meinte Erik. »Vielleicht weiß er doch noch mehr über die Lage des Bunkers oder kann uns mit anderen Inselbewohnern in Kontakt bringen, die etwas wissen.«

»Das hört sich gut an«, fand Peter. »Wir könnten auch mit alteingesessenen Familien sprechen, mit Leuten, die sich mit der Geschichte auskennen.«

»Und was ist mit Baumann?«, fragte Frank. »Wir sollten ihn im Auge behalten, um zu sehen, was er als Nächstes vorhat.«

»Ja, das ist wichtig«, sagte Erik. »Vielleicht sollten wir auch mit anderen Journalisten zusammenarbeiten. Die könnten uns bei der Recherche helfen.«

»Das ist auch eine gute Idee. Kannst du nicht mal beim »Sylter Tageblatt« anklopfen, Erik?«

»Ja, das mache ich gern.«

»Aber denkt daran«, mahnte Frank. »Diskretion ist oberstes Gebot. Wir dürfen auf keinen Fall zu viel Aufmerksamkeit auf uns ziehen.«

Die drei Freunde standen auf und blickten auf den Garten, der hinter den Hecken von der Straße verborgen war. Die Sonne war schon untergegangen, und sie packten zusammen und gingen ins Haus.

Erik zückte sein Handy und rief gleich die Lokalredaktion des »Sylter Tageblatts« an, die sich in Westerland befand, mitten im Zentrum. Er bekam den Lokalchef Karsten Blöthe ans Telefon. Erik erklärte ihm, dass er ebenfalls Journalist war und sie auf Sylt mit einer Recherche begonnen hatten. Und dass er es gut fände, wenn sie sich darüber austauschen könnten. Blöthe war begeistert.

»Sie sind ja nicht der erste überregionale Journalist, der auf der Insel nach einer Story sucht«, sagte er, »aber die anderen kämen nicht auf die Idee, sich bei uns zu melden.«

»Nein?«, fragte Erik. »Aber ich denke doch, sie kennen die Insel am besten und wissen genau, wer hier welche Rolle spielt.«

»Ja, aber die Konkurrenz ist groß, gerade wenn es um Berichte aus Sylt geht.«

»Das sehe ich nicht so«, sagte Erik. »Wir sollten zusammenarbeiten, denn es geht um Horst Baumann.«

»Weiter oben konnten sie wohl nicht ansetzen?«, fragte Blöthe und lachte ironisch. »Aber wenn es so ist – dann sollten wir uns wirklich treffen.« Sie machten einen Termin aus, doch was am nächsten Tag geschehen sollte, brachte Eriks Recherche gewaltig durcheinander.

KAPITEL 11

Die Wasserleiche

Die Morgensonne schien schon hoch am Himmel, als die Freunde in ihrem Ferienhaus in Kampen aufwachten und sich zum Frühstück versammelten. Frank stand mit seinem Kaffee am Fenster und blickte in den Garten. Vorfreude stieg in ihm auf. »Heute ist Zeit, wieder die Segel zu setzen, meine Herren«, rief er und drehte sich zu Erik, Peter, Frank und Kalle um. »Die See ruft uns.«

Peter rückte seine Brille zurecht und sah nachdenklich aus. »Bist du dir sicher, Frank? Wir sollten doch recherchieren und keine Vergnügungsreise machen.«

»Entspann dich, mein Freund«, antwortete Frank mit einem Lächeln. »Ist es nicht sinnvoll, die Insel einmal aus der Perspektive vom Meer zu betrachten, um sie besser zu verstehen? Was meinst du, Erik?«

»Da könnte etwas dran sein. Außerdem glaube ich, dass uns ein kleiner Segeltörn guttun würde. Vielleicht bringt uns das auf andere Gedanken?«

Frank schlug seine Hände zusammen. »Siehst du? Erik ist auch dafür. Ein kleines Abenteuer auf der Nordsee ist genau das, was wir brauchen, um unsere Recherchen wieder in Schwung zu bringen.«

»Nach all dem, was wir hier schon erlebt haben, ist ein Segeltörn für dich noch ein Abenteuer?«

»Aber ja doch, ein entspanntes Abenteuer«, erwiderte Frank lachend.

Kalle schwieg, sein Gesichtsausdruck war ganz neutral.

Innerhalb einer Stunde saßen die vier im Bus nach Hörnum. Das

Fahrzeug quälte sich durch den dichten Verkehr in Westerland, wurde voller und voller. »Eine Taxifahrt zu viert wäre nicht viel teurer gewesen«, sagte Erik zu Peter. »Aber jetzt sitzen wir in diesem Bus.«

An der Wendestelle am Hörnumer Hafen angekommen, verloren sie keine Zeit. Sie gingen zum Sylter Yachtclub und bereiteten rasch ihr Boot zum Ablegen vor. »Seid ihr alle so weit?«, fragte Kalle.

Die drei nickten. Dann gab Kalle das Kommando »Leinen los« und manövrierte die Hallberg-Rassy vorsichtig aus der Box mit dem Liegeplatz in das Hafenbecken. Sie wendeten und das Schiff glitt sanft aus der geschwungenen Hafenausfahrt. Am Strand war an diesem Sommertag schon einiges los, wie Erik bemerkte: Badegäste schwammen in den Wellen und Kitesurfer jagten über das Meer.

Schon kurz vor dem Hafen spürten sie, wie der einsetzende Strom des ablaufenden Wassers die Yacht in Richtung Nordsee drückte. Sie setzten Vorsegel und Großsegel, während Kalle die Kommandos gab. Die salzige Meeresbrise strich Erik übers Gesicht. »Ist das nicht herrlich?«, rief er über das Geräusch der gegen den Rumpf schlagenden Wellen hinweg. »Die endlose Weite des Wassers.«

Peter lächelte ein wenig über den Enthusiasmus seines Freundes. Er hatte sich von Frank anstecken lassen. Und es war ja auch ein tolles Erlebnis, bei Sonnenschein und einer ordentlichen Brise die Hörnum Odde zu passieren. Kalle schwieg, sein Blick war auf den Horizont gerichtet, und in seinen Augen flackerte etwas Unverständliches auf. Angetrieben vom Wind machte sich die Yacht auf ihre Fahrt.

Die Wellen rollten und kräuselten sich unter dem glatten Rumpf, als sie durch die Gewässer zwischen den Inseln Sylt und Amrum glitt. Sie passierten das »Vortrapptief« und die Sandbank »Hörnumknobs«, die noch unter Wasser verborgen war. »Das ist das Besondere an der Nordsee«, sagte Peter. »Bei Ebbe sieht man die Sandbänke im Meer. Bei Flut müssen wir aufpassen, dass wir ihnen nicht zu nahe kommen.«

»Na, wenn ich die Bildschirme hier im Cockpit sehe, scheinst Du ja jederzeit auf den Meter genau zu wissen, wo wir sind«, meinte Frank lachend.

»Das stimmt. Ohne diese Kartenplotter wäre das Navigieren hier schon anstrengender.«

»Lasst uns aufpassen, Jungs«, rief Kalle und seine Stimme übertönte das Rauschen des Windes und das Klatschen der Wellen. »In diesen Gewässern gibt es noch Untiefen.«

Frank und Peter ließen ihre Blicke über die weite Fläche schweifen.

Erik stand wieder vor dem Bug und machte mit seinem Teleobjektiv einige Aufnahmen von Amrum.

»Da ist etwas«, rief er plötzlich und zeigte auf einen schwarzen Punkt, der etwas weiter vor ihnen auf die offene See hinauszutreiben schien. »Da«, sagte er und deutete auf das Objekt. »Seht ihr es?«

Die anderen folgten seinem ausgestreckten Finger und blinzelten gegen das grelle Sonnenlicht, das sich auf der Wasseroberfläche spiegelte. Peter entdeckte es als Nächster. »Was ist das?«, murmelte er und beugte sich vor, um es besser sehen zu können.

»Ganz ruhig«, mahnte Kalle, seine Stimme leise und mit einem besorgten Unterton. Das Objekt wurde mit jedem Augenblick größer und deutlicher, und bald dämmerte ihnen die erschreckende Wahrheit - es war ein Körper, der leblos auf dem Meer trieb.

Erik wurde die düstere Realität bewusst und seine Aufregung wuchs. Der leblose Körper jagte ihm einen Schauer über den Rücken. Er packte den Haltegriff am Deckshaus fester, während Kalle die Yacht näher an den grausigen Fund heransteuerte.

»Frank, Erik«, rief er, und in seiner Stimme lag Dringlichkeit. »Wir gehen längsseits. Peter, ruf sofort Hilfe.«

Peter tastete mit bleichem Gesicht nach seinem Telefon, seine Hände zitterten, als er die Notrufnummer wählte. Offenbar hatte er noch Handyempfang, sonst hätte er das Funkgerät benutzt, dachte Erik. Er konnte die gedämpfte Stimme am anderen Ende hören, als Peter ihre Koordinaten und die Situation, in der sie sich befanden, durchgab.

Die Yacht glitt durch die Wellen und kam der leblosen Gestalt immer näher. Als sie sich dem treibenden Körper näherten, musterte Erik jedes Detail, das er ausmachen konnte. Die bleiche, durchnässte Haut, die wirren Haare, die zerrissenen Kleidungsstücke.

»Ich schlage vor, wir holen sie an Bord«, sagte Erik.

»An Bord? Das ist wahrscheinlich eine Leiche. Bist du verrückt?«, sagte Frank.

»Wir können die Leiche doch nicht im Wasser treiben lassen«, antwortete Erik und Peter nickte.

Entschieden machten sich die beiden Männer daran, die Leiche an Bord zu ziehen. Geschickt warf Peter einen Bergegurt ins Wasser, in den der Leichnam langsam hineintrieb. Das andere Ende befestigte Erik am

Baum des Großsegels. Frank sah sie entgeistert an. »Eine Leiche, ich kann nicht glauben, was hier geschieht.«

Kalle schaltete den Motor aus, während Peter am Mast vorsichtig mit der Winsch mit ihrer großen Kurbel das Tau einholte. An diesem Seil hing der Bergeschlauch. Langsam wurde der leblose Körper aus dem Wasser gehoben. An Bord herrschte eine gespenstische Stille, die nur durch das leise Plätschern der Wellen und die entfernten Schreie der Seevögel unterbrochen wurde.

Vorsichtig drehte Erik den Baum, und ein Schaudern ging durch die Gruppe, als die Leiche vor ihnen auf dem Deck ausgebreitet wurde. Erik umrundete sie, während Peter den Bergeschlauch entfernte. Frank hielt sich zurück, auf seinem Gesicht stand eine Mischung aus Abscheu und morbider Faszination. Kalle gesellte sich wieder zu ihnen, seine Augen weit aufgerissen vor Besorgnis.

Erik kauerte neben der Leiche und kämpfte gegen die Übelkeit an, die ihn zu überwältigen drohte. »Verdammt, ich bin Journalist und kein Polizist«, stieß er hervor. »Woher soll ich wissen, wie man damit umgeht?«

Peter antwortete: »Nun, das ist eine junge Frau, ich schätze um die 30 Jahre alt.« Er musterte ihr Gesicht. »Ich glaube, sie treibt erst seit ein paar Stunden im Wasser.« Die Haut der jungen Frau war fahlweiß und aufgequollen, an einigen Stellen durch das Salzwasser aufgeplatzt. Im Gesicht hatten sich bereits grünlich-violette Flecken gebildet. Erik sah sie an: Die Augen waren weit geöffnet. Die Hornhaut war milchig trüb vom Wasser. Die langen, dunkelroten Haare klebten an Kopf und Gesicht. Der Mund stand leicht offen, die Lippen waren bläulich verfärbt.

»Dann ist sie mit der Strömung abgetrieben?«, fragte Erik.

»Ja, aber nicht bei dieser Tide. Wir sind ja direkt von Hörnum mit unserem Boot gekommen, als das Wasser abzulaufen begann. Nein, das muss letzte Nacht passiert sein, denn sie treibt ja schon weit draußen.«

»Gott, das sollten wir wirklich der Polizei überlassen«, sagte Frank.

»Immer mit der Ruhe, wir sind ja vorsichtig«, meinte Erik.

»Du willst sie doch nicht anfassen, oder?«

»Soll ich sie nur anstarren?«, gab Erik zurück. Langsam und vorsichtig, als könnte die leblose Frau jeden Moment aufwachen, durchsuchte er die durchnässten Taschen ihrer Jacke. Er zog ein Portemonnaie heraus, in dem ein paar durchnässte Geldscheine steckten. Da wurde es Frank zu viel. Er sprang zur Reling und die anderen hörten, wie er sich übergeben musste. Erik wurde genauso blass, als er die Brieftasche durchsuchte. Dabei stieß er mit den Fingern auf etwas Kleines, Rechteckiges. Mit einem scharfen Atemzug zog er eine Visitenkarte heraus, auf der in fetten Buchstaben der Name »Horst Baumann« stand. Erik wurde ganz kalt.

»Baumann ...«, murmelte er vor sich hin. Frank und Peter tauschten besorgte Blicke aus und spürten die plötzliche Anspannung, die ihren Freund erfasst hatte. Kalle schaute demonstrativ in die andere Richtung. Eriks Misstrauen gegenüber dem Immobilienmogul bekam durch diese Entdeckung eine neue, beängstigende Dimension.

»Woran denkst du, Erik?«, fragte Peter.

Eriks Gesicht verhärtete sich. »Ich glaube, das ist kein Zufall«, sagte er, seine Worte von stiller Intensität geprägt. »Dass der Name Baumann hier auftaucht, ... das kann keine Fügung des Schicksals sein.«

Erik drehte sich zu seinen Freunden um. »Wir müssen die Sache weiter untersuchen«, erklärte er. »Da scheint es ja eine Verbindung zwischen Baumann und dem Tod dieser Frau zu geben, zumindest, wenn sie eine Karte von ihm dabei hatte.«

Frank und Peter tauschten besorgte Blicke aus, während die Bedeutung von Eriks Worten deutlich wurde. Kalle, der abseits gestanden hatte, kam näher und runzelte die Stirn.

»Bist du dir sicher, Erik?«, fragte Frank besorgt.

»Vergessen kann ich das nicht. Wer auch immer diese Frau war ...«

Einen Moment lang herrschte tiefes Schweigen, und das sanfte Schaukeln des Bootes unterstrich den Ernst der Lage. Erik wandte seine Aufmerksamkeit wieder der unheimlichen Aufgabe zu und deutete mit einer Geste auf die leblose Gestalt auf dem Deck. »Lasst uns die Leiche sichern«, sagte er mit einem pragmatischen Ton in der Stimme. »Dann müssen wir den Behörden Bericht erstatten.«

Während sie sich daran machten, die Leiche an Deck mit einem Tuch zu bedecken und mit Gurten zu sichern, überlegte Erik, wieso ausgerechnet Baumanns Name im Zusammenhang mit der armen Frau aufgetaucht war.

Wie auf ein Stichwort ertönte in der Ferne das Heulen einer Sirene, und Erik blinzelte gegen die grelle Sonne, um die sich nähernde Silhouette eines Schnellbootes zu erkennen. Die Wasserschutzpolizei, die zweifellos durch Peters Hilferuf alarmiert worden war.

Erik war erleichtert. Die Behörden würden die Ermittlungen übernehmen. Das Patrouillenboot ging längsseits zu ihrer Yacht und stoppte.

Das schnittige Schiff schaukelte sanft auf den Wellen. Ein hochgewachsener, bärtiger Mann in glatter Uniform kletterte an Bord und sein Blick fiel sofort auf die verhüllte Gestalt an Deck.

»Hauptkommissar Thomas Clausen, Wasserschutzpolizei«, sagte er mit ernster Stimme zur Begrüßung. »Wie ist die Lage hier?«

Erik trat vor. »Wir haben diese Leiche gefunden, die da draußen trieb«, sagte er und zeigte auf das offene Wasser. »Und das hier.« Er hielt die Visitenkarte mit Baumanns Namen hoch, die Ecken waren von seinen Fingern geknickt.

Clausens Stirn legte sich in Falten, als er die Karte untersuchte, seine Miene wurde düster. »Horst Baumann«, murmelte er. Es schien, als ob der Name für ihn von größter Bedeutung war.

»Sie kennen ihn?«, fragte Erik.

Der Blick des Kapitäns ging abschätzig zu ihm zurück. »Jeder auf Sylt kennt Baumann. Er ist ein mächtiger Mann mit Interessen überall auf der Insel.« Auf seiner Wange zuckte ein Muskel.

Erik fühlte sich bestätigt. »Dann verstehen Sie, dass die Sache gründlich untersucht werden muss. Diese Frau wird nicht zufällig hier gelandet sein.«

Clausens Augen verengten sich, und für einen Moment rechnete Erik mit einer Diskussion. Doch dann nickte der Hauptkommissar kurz. »Natürlich«, sagte er. »Wir werden alles nach Vorschrift machen. Wir bergen die Leiche und bringen sie an Bord. Dann kommt sie so schnell wie möglich in die Gerichtsmedizin.«

Clausen ging zurück auf sein Schiff. Dann kamen zwei Polizisten an Bord der »Nordstern«, um die Personalien von Erik und seinen Freunden aufzunehmen. Zwei Weitere brachten eine Bahre, auf der sie den Leichnam sicherten und mit Folie abdeckten. Die Trage wurde vorsichtig zurück auf das Schiff gehoben und verschwand im Deckshaus. Clausen lehnte sich an die Reling des Küstenwachschiffes. »Sie fahren jetzt besser zurück nach Hörnum. Die Kollegen an Land werden noch ein paar Fragen haben. Wir legen ab.«

Die Beamten lösten die Leinen, der Motor des Polizeibootes wurde lauter und es verließ den Fundort vor Amrum. Erik sah zu den anderen. »Es ist wohl besser, wenn wir jetzt gleich zurückfahren.«

»Mir ist jegliche Lust auf einen Segeltörn vergangen«, sagte Frank.

»Okay, ich starte den Motor und wir fahren zurück«, meinte Kalle. Die Rückfahrt verbrachten sie schweigend. Eine gedrückte Stimmung hatte sich über ihre Yacht gelegt. Als sie sich an ihrem Liegeplatz im

Yachtclub in Hörnum darauf vorbereiteten, von Bord zu gehen, wurden sie sofort von einer Gruppe Polizeibeamter von der Insel empfangen. Sie sahen Erik besorgt an.

»Sie haben die Leiche da draußen gefunden?«, fragte einer der Beamten.

»Ja, sie trieb in der Nordsee vor Amrum. Ich muss mit dem Ermittler sprechen.«

Einer der Beamten, ein älterer Mann mit tief gefurchter Stirn, trat vor. »Das bin ich«, sagte er in einem knappen Ton. »Hauptkommissar Jens Thiessen. Was haben Sie?«

Erik kam sofort zur Sache und schilderte den grausigen Fund und die beunruhigende Spur, die zu Baumann führte. Während er sprach, beobachtete er die Reaktion des Beamten genau. Doch dessen Miene blieb undurchdringlich, er zeigte professionelle Zurückhaltung. Als Erik geendet hatte, nickte der Polizist langsam.

»Danke, dass Sie uns darauf aufmerksam gemacht haben«, sagte er mit bedächtiger Stimme. »Wir werden Baumanns mögliche Beteiligung überprüfen und allen Hinweisen nachgehen.«

Erik öffnete den Mund, um weiter nachzufragen, um seinen Verdacht über Baumanns zu äußern, aber etwas im Verhalten des Beamten ließ ihn innehalten. Ein subtiler Unterton der Ablehnung vielleicht oder eine versteckte Warnung, seine Grenzen nicht zu überschreiten. Er wollte nicht zu früh zu viel Druck machen.

Die salzige Meeresbrise wehte Erik ins Gesicht, als er vor dem Clubhaus des Yachthafens stand und zusah, wie der Polizeiwagen die Straße hinunterfuhr und verschwand. In seinem Kopf schwirrten die Gedanken umher. Er wurde unruhig, dachte an die Visitenkarte von Baumann, die sie gefunden hatten. Ihre Existenz war ein Beweisstück, das den wohlhabenden Geschäftsmann mit dem frühen Tod der Frau in Verbindung brachte. Der Schrei einer Möwe durchdrang die Luft und riss Erik aus seinen Gedanken. Er warf einen flüchtigen Blick über die Schulter und wurde sich plötzlich der Gefahren bewusst, die auf der Insel lauern könnten. Wenn die Behörden dieser Sache nicht mit der gebotenen Dringlichkeit nachgehen konnten - oder wollten -, dann musste er die Ermittlungen selbst in die Hand nehmen. Erik drehte sich auf dem Absatz um und ging zielstrebig ins Zentrum von Hörnum, wo er Peter und Frank wieder traf. Sie saßen in einem Café in der Nähe der Bushaltestelle und blickten auf, als er sich näherte.

»Hallo Jungs«, sagte Erik. »Wo ist eigentlich Kalle?«

Peter zuckte mit den Schultern. Frank sagte: »Er hat wieder gesagt, dass er was zu erledigen hat, und dann ist er abgehauen. Ich habe ihn noch gefragt, ob er nicht mit uns nach Kampen fahren will, aber er hat Nein gesagt«.

»Ich glaube, wir haben eine Menge Arbeit vor uns«, sagte Peter.

»Findet ihr nicht auch, dass Kalle sich merkwürdig verhält?«, fragte Erik.

»Ja, das stimmt. Wie kann man nach so einem Fund einfach verschwinden?«, stimmte Frank zu.

»Und die Polizisten an Land fand ich auch etwas merkwürdig«, sagte Peter.

Eriks Blick verhärtete sich. »Lass uns mit unserem ursprünglichen Plan fortfahren und Baumann genauer unter die Lupe nehmen. Wir fangen damit an, seine Geschäfte zu untersuchen, seine Partner, seine Bewegungen - alles, was uns Aufschluss über seine mögliche Verbindung zum Tod der armen Frau geben könnte.«

Sie alle nickten und gingen zur Bushaltestelle, um den Rückweg nach Kampen anzutreten. Sie ahnten nicht, dass jeder ihrer Schritte aus der Ferne verfolgt wurde. Während sie gemeinsam in den Bus stiegen, lauerte eine Gestalt hinter einem nahen Auto und beobachtete ihre Begegnung mit großem Interesse. Ein paar kalte, berechnende Augen verengten sich und nahmen jedes Detail auf.

~

KAPITEL 12

Auf der Spur in Westerland

Freya schloss die Wohnungstür hinter sich ab und ging zum Fahrstuhl, der sie hinunter ins Leben in Westerland bringen sollte. Sie hatte sich für zehn Tage in einem Apartment eingemietet. Während sie auf den Aufzug wartete, dachte sie an das Gespräch mit Harald Petersen im Fraktionsbüro in Kiel. Der Wahlkampf sei extrem anstrengend gewesen, hatte er zu ihr gesagt, und weil er selbst einmal eine kleine Auszeit nehmen wollte, könne sie das doch genauso tun. Eigentlich war Freya nicht nach Urlaub zumute. Vor allem nicht, wenn sie daran dachte, dass Petersen seine kleine Ferienzeit mit der Künstlerin in Strande verbringen würde. Aber den Gedanken hatte sie schnell beiseitegeschoben. Schließlich war das seine Privatangelegenheit. Während sie also noch überlegte, was sie mit ein, zwei Wochen Urlaub anfangen könnte, kam ihr eine Idee: Wie wäre es mit einer Reise nach Sylt, fragte sie sich.

Nicht nur, weil sie sich schon längst einmal längere Zeit auf Sylt umsehen wollte und jetzt im Sommer der perfekte Zeitpunkt dafür zu sein schien. Sondern auch, weil Detlev Klüvers Aktivitäten irgendetwas mit Sylt zu tun haben sollten. Vielleicht, hatte sie mit ihrem Chef in Kiel besprochen, könnte sie etwas herausfinden, wenn sie sich zehn Tage auf der Insel einquartierte. Weil Freya aber nicht der Sinn nach reetgedeckten Backsteinhäusern in Kampen stand und sie von ihrem Sprechergehalt auch gar nicht das nötige Kleingeld für einen solchen Aufenthalt aufbringen konnte, hatte sie sich für das genaue Gegenteil entschieden: Westerland mitten im Trubel. Und wenn schon Westerland, dann gleich in das Hochhaus im Zentrum, das »Neue Kurzentrum«. Die Firma »Bense« hatte die drei Hochhäuser in den 1970er-Jahren mitten in den Ort gesetzt. Freunde ihrer Familie hatten sich im mittleren Block ein Apartment zugelegt, das Freya nun bewohnte: Meerblick mit Balkon im 12. Stock und damit Panorama auf die Nordsee. Lächelnd hatte sie die Wohnung betreten, die wie eine Friesenkate in Weiß und Blau eingerichtet war, obwohl sie in diesem Hochhaus lag.

Der Fahrstuhl entließ sie im Erdgeschoss und Freya trat in eine Passage, die vorne auf die Strandpromenade führte. Sie fühlte sich einigermaßen wohl in der Anlage, hier konnte man sich zurückziehen, musste sich nicht ständig erklären und war doch nur wenige Schritte vom pulsierenden Leben Westerlands entfernt. Außerdem hatten die Freunde ihrer Eltern die Wohnung mit einem schnellen Glasfaser-Internetanschluss ausgestattet, sodass sie sich jederzeit über das Netz über die Arbeit in ihrem Fraktionsbüro im Landtag informieren konnte. Dort war allerdings nicht viel los, denn es war sitzungsfreie Zeit im Landtag.

So schlenderte sie über die Strandpromenade vor der Musikmuschel. Sie freute sich, dass dort gerade ein kleines Trio spielte. Westerland war einer der wenigen Orte an der deutschen Nordseeküste, in denen noch regelmäßig Kurkonzerte stattfanden. Es mochte altmodisch sein, aber es gefiel ihr, und sie setzte sich, um den vermutlich osteuropäischen Musikern ein wenig zuzuhören. Schön, dachte sie, ein bisschen Klassik am Meer, das war besser als die »Beach Band«, die hier manchmal auch Schlager spielte. Nachdem die Musiker ihr Programm beendet und sich verabschiedet hatten, stand Freya auf und schlenderte weiter die Promenade entlang.

»Frau Regierungssprecherin«, ertönte plötzlich eine Stimme hinter ihr, »Sie sind auf Sylt?«

Freya drehte sich um und blickte in das gebräunte Gesicht von Hannes Pohl. Der ehemalige Hamburger Bürgermeister lächelte sie an. Er wirkte fröhlich und erholt, dachte Freya. »Hallo, Herr Bürgermeister«, begrüßte sie ihn.

»Als wir uns das letzte Mal gesehen haben, waren sie mit der Ministerpräsidentin bei uns im Rathaus«, sagte er. »Das war die gemeinsame Kabinettssitzung von Hamburg und Schleswig-Holstein, und sie haben die Pressekonferenz geleitet.«

»Und genau wie bei ihnen gab es auch bei uns einen Regierungswechsel ...«, ergänzte Freya.

«... was heißt, dass sie nicht mehr Regierungssprecherin sind ...«

»Genauso wenig wie sie der Bürgermeister des benachbarten Bundeslandes.«

Beide mussten lachen.

»Aber ich hatte ja schon ein paar Jahre Zeit, mich daran zu gewöhnen. Bei ihnen ist das doch alles noch recht frisch, oder?«

»Das kann man wohl sagen. Ich muss damit noch klarkommen.«

Pohl sah sie einen Moment an. »Wenn sie Lust hätten, etwas von ihrer Urlaubszeit mit einem pensionierten Politiker zu verbringen, dann könnte ich sie zu Kaffee und Kuchen einladen.«

»Das würde mich sehr freuen.«

Sie stiegen beide die Stufen zu dem großen Café im Sockel des Hochhauses hinauf, von dem aus man einen ebenso schönen Blick auf die Nordsee hatte wie von der Promenade. Freya freute sich, sie mochte Pohl. Er war vom Typ her ihrem Chef Petersen sehr ähnlich. Sie hatte jede Absprache zwischen den Landesregierungen der beiden Bundesländer gern und professionell erledigt. Und auch wenn Pohl heute seinen Ruhestand genoss und sie noch als Fraktionssprecherin aktiv war, hatten sie eine Gemeinsamkeit: Sie gehörten beide Regierungen an, die nicht mehr im Amt waren. Und sie kannten das politische Geschäft aus dem Effeff - Pohl, der Rechtsanwalt aus Hamburg, noch viel besser als sie.

Als sie sich gesetzt hatten und die Kellnerin zwei Tassen Kaffee und Kuchen brachte, sah Pohl sie nachdenklich an. »Und ihre Chefin hat die Stelle gegen einen wie Detlev Klüver verloren«, stellte Pohl fest.

»Der immerhin ihrer Partei angehört«, gab Freya zurück.

»Manchmal wünschte ich, es wäre anders. Kaum zu glauben, dass die Truppe, die Klüver hinter sich versammelt hat, zum gleichen Verein gehört wie ich.«

Freya spürte, dass er es ehrlich meinte. Pohl hatte eine moderne Partei erfolgreich durch zwei Wahlkämpfe geführt und zweimal das Bürgermeisteramt errungen - ebenso wie die ehemalige Ministerpräsidentin von Schleswig-Holstein, die der Gegenpartei angehörte. Doch dann kam Klüver und eroberte »den Norden«, im Sturm sozusagen. Die Unzufriedenheit mit der Bundespolitik in Berlin, die stagnierende Wirtschaft, die Zuwanderung, alles Themen, die er nach Strich und Faden populistisch ausschlachtete. Und seine Partei hatte mitgespielt, immer aus Angst, noch mehr Stimmen »nach rechts« zu verlieren. Und obwohl es Klüver gar nicht in der Hand hatte, die Zuwanderung zu begrenzen oder wirtschaftspolitisch entscheidende Weichen zu stellen, hatte er vor den Wählern so getan. Weil er ein begnadeter Demagoge war, war ihm dies leicht gelungen.

»Die Unterschiede zwischen Ihrer Partei und dem, was jetzt in Kiel daraus geworden ist, sind wirklich frappierend«, stimmte Freya zu.

»Aber sie machen weiter, nicht wahr?«, fragte Pohl sie.

»Ja, trotz der verlorenen Wahl mache ich jetzt als Pressesprecherin der größten Oppositionsfraktion weiter.«

»Ihr Chef, das darf ich einmal unter uns sagen, ist auch ein guter - auch wenn er der falschen Partei angehört«, sagte Pohl und nahm einen Schluck Kaffee.

»Ja«, antwortete Freya, »ich glaube, Harald Petersen kann noch viel bewegen, vor allem, wenn Klüver erst einmal entzaubert ist.«

»Und jetzt erholen sie sich hier in Westerland vom Wahlkampf?«

Freya bejahte das. Es war ein offenes Geheimnis, dass Pohl wie viele Hamburger gern nach Sylt reiste und dass er sich hier ein Apartment gekauft hatte, gleich einige Straßen weiter. Sie sah ihn kurz an und dachte nach.

»Da steckt doch nicht mehr dahinter, oder?«, fragte Pohl ohne Umschweife.

»Na gut, dann lege ich die Karten auf den Tisch.«

»Ha, das habe ich mir gedacht.« Pohl grinste sie amüsiert an. »Ich ahne schon, worum es geht.«

»Ja, genau«, sagte sie geheimnisvoll.

»Also: Detlev Klüver fährt gerne nach Sylt. Genau wie ich. Das ist doch kein Geheimnis.«

»Klüver ist in letzter Zeit aber höchst aufgeregt wegen irgendeiner Sache in Kampen«, meinte Freya.

»Ich kann mir denken, worum es ihm geht. Das Hotelprojekt, das er zusammen mit Baumann hier hochziehen will.«

»Kennen Sie Baumann?«

»Das wäre zu viel gesagt. Ein unangenehmer Typ. Und obwohl er aus Hamburg kommt und in meiner Regierungszeit ständig an uns dran war, habe ich versucht, ihn auf Abstand zu halten.« Pohl blickte aus dem Fenster. »Ein echter Krämer, der ziemlich weit geht, um seine Projekte durchzusetzen. Er hat keinen guten Ruf, zumindest in Hamburg nicht. Er ist so ein ...«, Pohl rang nach Worten, »so ein Prototyp eines Bauunternehmers. Er hat enorm viel Geld und hat etwas Schmieriges an sich.«

»Umso erstaunlicher, dass Klüver mit ihm gemeinsame Sache macht«, sagte Freya.

»Das ist doch logisch: Klüver spielt gern den Mann von Welt, und wo könnte er das besser als auf Sylt? Noch dazu in der feinen Kampener Gesellschaft«, sagte Pohl und nahm einen Bissen von seinem Kuchen. Dann sprach er weiter. »Und Baumann braucht Klüver wegen seines Einflusses.«

»Aber den Ministerpräsidenten persönlich für einen Hotelbau einspannen? Ist das nicht etwas aufwendig?«

»Na ja, es geht um einen Hotelbau in einem Naturschutzgebiet, das geht eigentlich gar nicht. Und unterschätzen sie Klüver bloß nicht«, sagte Pohl. »Der hat sich ganz schön hochgearbeitet. Fast jeder, der hier oben wichtig ist, hat schon mit ihm zu tun gehabt. Das fängt beim Landrat an und hört im Westerländer Rathaus auf.«

»So weit reicht sein Einfluss?«

»Ohne Klüver geht in Nordfriesland nichts. Das hat er Stück für Stück durchgesetzt. Deshalb ...« Pohl blickte Freya jetzt sehr ernst an. »Deshalb glaube ich auch nicht, dass es sich bei dem Hotelprojekt um eine reine Immobilieninvestition handelt. Eine sehr große Investition zwar, mitten im Naturschutzgebiet. Aber schöne Plätze gibt es viele auf Sylt. Nein, da muss mehr dahinter stecken.«

»Was könnte das sein?«

»Frau Jensen, ich habe keine Ahnung. Aber wenn Sie mehr aus Ihrer Zeit auf Sylt machen wollen, als nur an der Nordsee spazieren zu gehen, dann kann ich mich ja mal umhören.«

»Genau das wollte ich auch«, sagte Freya. »Urlaub will ich auch machen, aber vor allem interessiert mich Klüver.«

»Na klar, sie sind ja auch die Sprecherin der Oppositionsfraktion.« Er hielt kurz inne. »So ungern mache ich das gar nicht. Klüver ist zwar in derselben Partei, aber es ärgert mich maßlos, wie so ein Populist hier die Wahl gewinnen konnte. Und sie wissen ja: Ich mag ihren Chef genauso wie sie.«

Freya wurde ein wenig rot im Gesicht. Sie mochte Pohl auch, seine sympathische, natürliche Art. Und wenn er nicht verheiratet gewesen wäre, dann ... sofort schob sie den Gedanken wieder beiseite.

»Und dann treffen wir uns hier wieder und tauschen unsere Erkenntnisse aus«, sagte Freya.

»Abgemacht«, meinte der Hamburger Alt-Bürgermeister und grinste sie schelmisch an. Die beiden schüttelten sich verschwörerisch die

Hände, als sie das Café verließen und in die steife Nordseebrise traten. Das war ein toller Auftakt, dachte Freya und schlenderte in Gedanken versunken die Promenade entlang. Nur eines bemerkte sie nicht. Ein Mann in einem weißen Freizeitblouson hängte sich an sie heran. Er hatte schon Fotos gemacht, als sie sich von Pohl verabschiedet hatte.

Freya blinzelte in die Sonne, die tief am Horizont stand. Sie genoss den Augenblick, die frische Seeluft und die Weite des Meeres. Doch gleichzeitig verspürte sie eine gewisse Unruhe. Pohl hatte sie mit seinen Worten über Klüvers Einfluss und die seltsamen Aktivitäten in Kampen an ihr Gespräch erinnert. Was mochte der Mann wohl vorhaben?

Sie schlenderte weiter die Promenade entlang, vorbei an Strandkörben und Menschen, die das letzte Abendlicht genossen. Irgendwann blieb sie stehen und beobachtete das Treiben auf dem Meer. Ein paar Möwen kreisten in der Luft, ein paar Segelboote zogen ihre Bahnen auf dem Wasser. Freya atmete tief durch. Sie wollte wissen, was Klüver auf der Insel vorhatte. Und sie spürte, dass sie Pohl vertrauen konnte. Er war ein erfahrener Politiker, der die Machtspiele in der Politik kannte. Und er mochte sie. Das war Freya bewusst - nicht im romantischen Sinne, sondern eher wie in einer Beziehung zu einem Mentor. Pohl wollte ihr offensichtlich helfen, ihre politischen Fähigkeiten zu entwickeln. Von seinen Ratschlägen würde sie noch profitieren, da war sie sich sicher.

Erik ging die Friedrichstraße in Westerland entlang und staunte, wie voll die Terrassen der Cafés waren. Schon am Nachmittag wurden dort reichlich Drinks und langstielige Gläser mit Sekt oder Champagner serviert. Schließlich erreichte er die Andreas-Dirks-Straße, wo sich die Redaktion des »Sylter Tageblatts« befand. Er betrat das eher kleine Lokalbüro und fühlte sich sofort wohl. So hatte er die Außenbüros von Tageszeitungen stets erlebt: Vorn befanden sich die Plätze vom Leserservice und der Anzeigenannahme, dahinter die Schreibtische der Redakteure. Während er sich noch suchend umsah, öffnete sich eine weitere Tür und ein hemdsärmeliger Mann trat hervor.

»Sie müssen Erik Wiedner sein«, rief er und ging nach vorn.

»Dann sind sie Karsten Blöthe«, sagte Erik. »Erstaunlich, wie wir uns erkannt haben.«

»Tja, gute Journalisten erkennen sich eben.«

»Danke für das Kompliment. Eigentlich wollte ich ja nur eine Reisereportage schreiben.«

»Bis sie auf ihrem Segeltörn die Tote auf der Nordsee gefunden haben.«

»Das wissen Sie schon?«

Blöthe lachte und deutete auf einen älteren Kollegen mit grauen Haaren, der hinter einem Bildschirm hervorlugte. »Felix, unser Polizeireporter, weiß natürlich Bescheid. Das hat er alles schon erfahren.«

Erik grüßte den Mann freundlich. »Ziemlich schlimme Geschichte«, sagte Felix zu ihm. »Eine Frau, die auf der Nordsee treibt, und sie finden sie und ziehen sie aus dem Wasser.«

»Wollen wir offen reden?«, fragte Erik die beiden.

»Na klar, lassen sie uns mein Büro nehmen«, entgegnete Blöthe, »da sind wir völlig ungestört und können einen Kaffee zusammen trinken.« Sie gingen zu der Kaffeemaschine und Blöthe ließ ihnen drei Becher Café Creme heraus. Dann verschwanden sie in seinem Chefbüro.

»Also, wie war das da draußen auf der Nordsee?«, fragte der Redaktionsleiter ihn und Felix zückte schon seinen Notizblock und einen Stift.

»Eines vorneweg«, sagte Erik. »Ich glaube, da steckt eine noch viel größere Geschichte dahinter. Deshalb möchte ich offiziell im Moment gar nichts zu dem Fall sagen. Und vor allem nicht mit einem Erlebnisbericht von unserem Fund in der Zeitung auftauchen. Jetzt noch nicht.«

Blöthe nickte verständnisvoll und Felix steckte, etwas enttäuscht aussehend, den Block wieder weg.

Erik berichtete den beiden, wie sie auf ihrem Törn vor Amrum die Wasserleiche gefunden hatten. Dann erzählte er von der Küstenwache und den Polizeibeamten, die sie im Hafen befragt hatten. »Das Mysteriöse an dem Fall ist, dass die Frau eine Visitenkarte in der Tasche hatte.«

»Wie bitte?«, fragte Blöthe.

»Ja, eine Visitenkarte von niemand Geringerem als von Horst Baumann. Sie war aufgeweicht im Wasser, aber noch deutlich lesbar.«

»Alle Achtung«, sagte Felix.

»Also liegt auf der Hand, dass es eine Verbindung geben muss. Meine Güte«, sagte Blöthe.

»Und das war nicht alles: Weder die Küstenwache noch die Polizei waren besonders beeindruckt, als ich ihnen von der Visitenkarte berichtet habe.«

»Im Ernst?«, fragte Felix.

»Es schien sie völlig kalt zu lassen. Ich habe darauf hingewiesen, dass das doch eine wichtige Rolle spielen müsste. Aber sie waren nicht sehr interessiert, sagten, ich sollte mich da nicht zu sehr einmischen.«

»Das ist jetzt nicht unbedingt üblich«, meinte Blöthe. »Aber es war eben nicht nur eine Visitenkarte mit einer Spur.«

»Was heißt das denn jetzt?«, fragte Erik.

»Man könnte sagen: Es war die Sylter Visitenkarte. Wenn die Frau eine Karte von Horst Baumann in der Tasche hatte, dann hat sie ihn gekannt. Und dann ist es der mächtigste Mann der Insel, zu dem eine Verbindung besteht.«

»Genau das ist mein Verdacht«, sagte Erik.

»Ich verstehe es manchmal selbst nicht«, meinte Blöthe. »Baumann hat für so viel Unruhe auf der Insel gesorgt. Schon vor diesem Projekt mit dem Roten Kliff, das sie bestimmt bemerkt haben.«

»Ja«, sagte Erik, »wir haben uns die Baustelle am Roten Kliff angesehen und ich war doch etwas geschockt von der Größe des Projektes.«

»Letztes Jahr hat er das gleiche schon einmal durchgezogen: Eine riesige Anlage mit Ferienwohnungen und auch einem Hotel auf einer ehemaligen Militärfläche in List«, sagte Blöthe.

Felix schüttelte den Kopf. »Er hat Wohnraum für Insulaner versprochen, aber daraus ist wenig geworden, bis jetzt jedenfalls.«

»Und das lässt mich manchmal etwas verzweifeln«, fuhr Blöthe fort. »Unter der Hand regt sich jeder der Insulaner über Baumann auf. Aber wenns um ein Statement für die Zeitung geht, für eine Geschichte, dann will keiner etwas sagen. Obwohl er hier auf Ablehnung stößt, will es sich niemand mit ihm verscherzen. Und er kann die gleiche Nummer wie in List offenbar in Kampen noch einmal durchziehen. Und dann noch mitten im Naturschutzgebiet.«

»Ich habe mich in Kampen einmal mit Ole Norden unterhalten«, sagte Erik.

»Der alte Haudegen?«, fragte Blöthe. »Ja, der kennt sich aus. Der ist so etwas wie ein Gentleman-Ehrenbürger. Er passt ganz gut nach Kampen, in seinem eleganten Outfit.«

»Ja, er wirkt wie ein Mann von Welt«, sagte Erik. »Auf jeden Fall glaubt er, dass es um etwas anderes als nur ein neues Projekt gehen könnte. Er denkt, da steckt mehr dahinter, so ein Bunker aus der Zeit nach dem Ersten Weltkrieg.«

»Och, jetzt doch nicht diese Geschichte«, sagte Polizeireporter Felix und verzog das Gesicht. »Die haben wir schon hundert Mal gehört. Ich glaube nicht, dass da etwas dran ist: ein alter Bunker mit einem monströsen Apparat. Schon viele haben danach gesucht, aber niemand hat etwas gefunden.«

»Ich denke aber, diesmal könnte da etwas dran sein«, meinte Erik, »ich habe da so ein Gefühl.«

Sie diskutierten noch eine ganze Weile über den Fall. Erik erfuhr einiges über Horst Baumann, über seine vielen Projekte auf der Insel, und auch, dass man in der kleinen Redaktion es durchaus für möglich hielt, dass die Politik in die Sache verstrickt war. Erik, Redaktionsleiter Blöthe und Polizeireporter Felix vereinbarten, dass sie gemeinsam an dem Fall dranbleiben wollten - und auch jeden ihrer Schritte absprechen würden. Vor allem aber machten sie aus, dass niemand ohne Abstimmung mit den anderen etwas veröffentlichen würde. Als Erik das Büro in der Andreas-Dirks-Straße verließ, wusste er, dass er eine Allianz geschlossen hatte, die ihm noch helfen könnte.

KAPITEL 13

Der Verräter

E rik sah sich das bleiche, leblose Gesicht der Frau näher an. Sie lag auf dem Leichentisch. Er starrte auf das Foto mit ihren blinden Augen, das sich in sein Gedächtnis eingebrannt zu haben schien. Es war eine Aufnahme der Frau, die stundenlang in der Nordsee getrieben war. Er ließ seinen Kopf ablehnend hin und her wandern, dann legte er das Bild wieder zurück und verabschiedete sich von dem Polizeibeamten, an dessen Schreibtisch er sich Fotos angesehen hatte.

Erik und Frank verließen das Backsteingebäude der Polizeistation in der Westerländer Stephanstraße, wo sie sich nach dem Stand der Ermittlungen erkundigen wollten. Der Kommissar war für sie gar nicht zu sprechen gewesen. Stattdessen hatte ihm ein Beamter eine Reihe von Fotos vorgelegt, die er sich ansehen sollte. Aber außer der Toten konnte Erik niemanden auf den Bildern identifizieren. »Tut mir leid, ich kenne keinen von denen. Aber was ist mit der Visitenkarte von Horst Baumann, die die Tote in der Tasche hatte?«, fragte er den Beamten.

»Wir ermitteln noch. Dazu kann ich jetzt nichts sagen«, antwortete dieser etwas einsilbig.

»Das müssen sie untersuchen, das ist doch ein Hinweis«, sagte Frank aufgeregt.

»Tut mir leid, das ist ein laufendes Ermittlungsverfahren.«

»Aber wir haben die Frau doch im Meer gefunden. Da müssten wir doch etwas erfahren können.«

»Gar nichts werden sie erfahren. Wenn sie wirklich helfen wollen, dann stören sie die Ermittlungen nicht.«

Erik und Frank traten hinaus in die frische Luft, wo Peter auf sie wartete. Er war gar nicht erst mit auf die Wache gekommen. Erik trug einen modischen, aber zerknitterten Anzug, der auf die Insel passte, wie er fand. »Ich bin mir nicht mehr so sicher, ob du Baumann wirklich verfolgen solltest«, warnte Peter. »Er ist skrupellos und würde über Leichen gehen, um seine Interessen durchzusetzen.«

Erik drehte sich um. »Genau deshalb muss ich herausfinden, was er vorhat. Sieh dir doch an, wie sich die Beamten gerade verhalten haben. Sie haben uns einen Haufen Fotos von Sylter Promis gezeigt - wozu? Und die Visitenkarte schien überhaupt keine Rolle zu spielen. Der Tod dieser Frau ist nur die Spitze des Eisbergs, das spüre ich.«

»Baumann hat mächtige Ressourcen und beißt sich an jedem fest, der ihn bedroht.«

Ein Grinsen breitete sich auf Eriks Gesicht aus, als der Geist seiner rebellischen Jugend wieder zum Vorschein kam. »Ihr kennt mich – wenn hier ein so großes Geheimnis draus gemacht wird, kann ich nicht widerstehen.«

Frank seufzte und tauschte einen Blick mit Peter aus, als Erik mit neuem Elan davonlief. Die drei gingen die Strandstraße hinauf in Richtung Meer, um nach einem Café Ausschau zu halten. Eine schlaksige, braun gebrannte Gestalt kam ihnen entgegen und schirmte seine Augen gegen die Sonnenstrahlen ab. »Peter. Hier drüben«, rief er. Kalle winkte sie mit einem Grinsen zu sich herüber.

»Kalle, du Salzhund«, begrüßte Peter ihn mit einem Händedruck. Gemeinsam gingen sie in ein Café und setzten sich auf eine Eckbank.

Kalles sandfarbene Augenbrauen hoben sich. »Was treibt ihr hier in Westerland?«

Mit leiser Stimme erzählte Erik ihm von dem Gespräch mit den abweisenden Beamten, von den Fotos, die nicht viel Neues brachten und davon, wie sie ohne Ergebnis das Revier wieder verlassen hatten. Kalles Miene wurde ernst. »Du weißt, ich halte dir den Rücken frei, mein Freund. Wir werden herausfinden, was dieser faulende Fisch Baumann vorhat.«

Erik fühlte sich unwohl, als Kalle das sagte. Dass er von Baumann als »faulenden Fisch« sprach, hatte etwas Unechtes an sich, fand er. Sie plauderten über dies und das und tranken ihren Kaffee, aber das ungute Gefühl, dass ihn erfasst hatte, konnte Erik nicht mehr beiseiteschieben. Es war dasselbe Gefühl, das er schon zu Beginn der Reise auf dem Schiff in Wedel gehabt hatte - nur viel stärker.

∼

Am nächsten Tag tischte ihnen Kalle in dem Ferienhaus in Kampen beim Frühstück eine Geschichte auf, nach der Baumann einen illegalen Glücksspielring betreiben würde.

»Woher weißt du das?«, fragte Erik ohne Umschweife.

»Das habe ich gestern ganz heiß in Westerland erfahren. Ich war in der Spielhalle und wollte mein Glück versuchen. Da bin ich mit dem Besitzer ins Gespräch gekommen, als ich ihn fragte, wo man hier auf Sylt mehr machen kann, als Münzen in Automaten zu werfen. Und wo die Gewinnchancen besser sind als in der staatlichen Spielbank«.

»Ich traue Baumann das allemal zu«, sagte Frank.

»Ich weiß nicht so recht«, zweifelte Erik. »Wo soll er das denn machen? Im Hinterzimmer seiner Villa hier am Hobokenweg?«

»Nein, nein«, sagte Kalle, »in einem Schuppen im Industriegebiet hinter dem Bahnhof.«

»Und was sollen wir tun?«

»Ihr müsst das untersuchen. Ich versuche, bis heute Nachmittag die Adresse herauszufinden. Dann könntet ihr noch heute Abend hinfahren.«

Erik war entschlossen, herauszufinden, wie weit Baumanns Aktivitäten reichen. »Aber illegales Glücksspiel? Ist das wirklich seine Kragenweite?«, fragte er.

Kalle warf ihm einen abwägenden Blick zu. »Geduld, mein Freund. Die Ströme der Wahrheit verlaufen oft tief unter der Oberfläche. Wir müssen nur den Kurs anpassen.«

Erik fuhr sich mit der Hand durchs Haar und schüttelte den Kopf. Wieder so eine inhaltsleere Binsenweistheit von Kalle, dachte er. Irgendwie hatte er das Gefühl, dass der sie jetzt auf eine falsche Fährte locken wollte. Seine nagenden Zweifel konnte er nicht mehr beiseiteschieben.

Am Nachmittag berichtete Kalle ihnen, nachdem er im Garten mit seinem Handy telefonierend, hin- und hergelaufen war, dass sie es unbedingt in der Keitumer Landstraße versuchen sollten.

Eriks Finger krampften sich um seinen Becher. »Bist du sicher? Mir kommt es so vor, als würden wir uns im Kreis drehen.«

Kalles blickte ihn direkt in die Augen. »Ich weiß, es ist frustrierend, aber du musst mir in dieser Sache vertrauen. Gutes kommt zu denen, die abwarten und den richtigen Weg gehen.«

Die erneute Plattitüde trug wenig dazu bei, Eriks nagende Zweifel zu besänftigen. Er wusste, dass Kalle ein Freund von Peters Vater war … und doch nagte ein Gefühl an ihm, dass mit diesem Freund etwas nicht stimmte. Erik trommelte unruhig mit den Fingern auf den Tisch. Es gab keinen einfachen Weg, das Thema anzusprechen. Erik sah Kalle ernst an. »Ich muss dich etwas fragen. Hilfst du uns wirklich? Oder hast du noch eine andere Agenda?«

Kalle zuckte zurück, seine Augen weiteten sich vor offensichtlicher Verletzung. »Was? Nein, natürlich nicht! Wie kommst du denn auf so was?«

»Weil wir uns in Sackgassen verirren.« Erik beugte sich vor. »Wir haben dir vertraut, dass du uns hilfst, die Wahrheit herauszufinden, aber ich habe das Gefühl, dass du alles tust, um uns davon abzubringen.«

Für einen Moment glaubte Erik, einen Anflug von Panik in Kalles Miene zu sehen, bevor er sich die Maske der verletzten Unschuld wieder aufsetzte. »Ich schwöre dir, Erik, ich würde dich, Peter und Frank nie so hintergehen.«

Frank sah ihn aufmerksam an, während Peter den Kopf schüttelte. »Warum sollte Kalle uns hintergehen?«, fragte er.

»Genau. Warum sollte ich euch in die Irre führen?« Die Worte klangen hohl gegen Eriks Misstrauen. Aber Kalles Schauspiel war meisterhaft - das leichte Zittern seiner Lippen, das Funkeln in seinen Augen. Für einen Moment geriet Eriks Entschlossenheit ins Wanken.

Dann erinnerte er sich daran, dass es bei den Recherchen darum ging, Fassaden zu durchschauen, egal wie überzeugend sie auch sein mögen. »Ich weiß nicht mehr, was ich glauben soll«, sagte er. »Aber ich kann mich nicht nur auf dein Wort verlassen und im Kreis laufen. Ich will Baumann besuchen.«

Kalle wurde blass. »Erik, du weißt nicht, wem du dort begegnen wirst. Zu deiner eigenen Sicherheit …«

»Spar dir das.« Erik unterbrach ihn mit einer knappen Handbewegung, stieß sich vom Tisch ab - und ging nach draußen.

∿

Erik lief durch Kampen, überquerte die Hauptstraße und bog in die Kurhausstraße ein. Dann ging er durch die Heide in Richtung Sturmhaube. Das sanfte Wiegen des Dünengrases trug nur wenig dazu bei, seine aufgewühlten Gedanken zu beruhigen. Er sah auf die Ansammlung von Luxushäusern und halbfertigen Baustellen. Was hatte Baumann hier eigentlich vor? Eines war sicher: Kalles Verstrickungen gingen weit über ein paar fehlgeleitete »Irrwege« hinaus. »Du bist schon ein merkwürdiger Geselle«, murmelte Erik. Eine gebückte Gestalt fiel ihm in den Dünen auf, ein älterer Herr mit weißem Haar und Bart, aber einer sehr gepflegten Erscheinung. Das konnte nur Ole Norden sein. Er machte sich auf den Weg zu dem Mann.

»Sie kennen diese Gegend besser als jeder andere«, rief Erik, als er näher kam. »Vielleicht können sie mir doch noch einmal weiterhelfen ...«

Norden blinzelte ihn an, sein faltiges Gesicht war unergründlich. »Ja. Ich kenne diesen Ort von Ost bis nach West.« Eine schwielige Hand winkte vage in Richtung der aufsteigenden Silhouetten der Baustelle. »Auch wenn er mir immer weniger vertraut wird ...«

Erik spürte, wie sehr Norden es bedauerte, dass seine Welt so rücksichtslos umgestaltet wurde. »Ich versuche immer noch herauszufinden, was wirklich hinter dieser Entwicklung steckt.«

Der alte Mann blickte ihn verständnisvoll an. »Also Baumann und seinesgleichen?« Er drückte sein Missfallen aus. »Die würden ihre eigene Mutter verkaufen, wenn es sich lohnen würde.«

»Haben Sie nach unserem Gespräch neulich etwas herausgefunden?«, fragte Erik. »Wir sind der Spur der Frau gefolgt, die tot im Meer trieb, aber wir haben bisher nichts Handfestes herausbekommen.«

Die Stimme des Mannes klang rau. »Am Roten Kliff muss etwas begraben sein, in dem alten Bunker. Ich habe meine Freunde im Dorf noch einmal gefragt. Sie glauben, dass es ein Bunker aus dem Ersten Weltkrieg sein muss. Danach geriet er in Vergessenheit, und man ist sich nicht sicher, ob er im Zweiten überhaupt noch benutzt wurde, obwohl da ja die ganze Insel befestigt wurde.«

»Also ist der Plan so ähnlich wie die Geschichte der Kupferkanne?«, fragte Erik. Er spielte auf das bekannte Kampener Café an, das auf der anderen Seite des Ortes Richtung Wattenmeer lag. Aus den Räumen eines ehemaligen Flakbunkers war dort erst ein Atelier und dann ein beliebter Treffpunkt geworden.

»Ja, genau. Das ist es. Wie bei der Kupferkanne. Nur dass Horst Baumann in viel größeren Dimensionen denkt. Er will sein Hotel auf den Bunker setzen. Und dann will er aus dem Bunker herausholen, was möglich ist.«

Ein Schauer lief Erik über den Rücken. Natürlich - so machte es

Sinn. Baumann wollte nicht nur ein Luxusresort errichten, sondern auch nach verwertbaren Kriegsgütern suchen, um seine Taschen noch weiter zu füllen. Und er hatte sich große Mühe gegeben, die wahren Absichten zu verbergen.

»Und was davon wertvoll sein könnte, haben Sie etwas darüber herausgefunden?«

»Nun, das, was ich beim letzten Mal gesagt habe: Ein geheimnisvolles technisches Gerät, das von großem Wert sein soll. Irgendwas von der Kriegsmarine. Es soll dort versteckt sein. Aber ich weiß beim besten Willen nicht, was es ist. Je suis désolé, mon ami.«

»Ja, mir tut es auch leid, Herr Norden. Aber täte es uns beiden nicht noch mehr leid, wenn Baumann damit durchkäme?«

»Ganz sicher. Das wäre nicht gut für Kampen und auch nicht für unsere Insel.«

»Werden Sie mir helfen, das Geheimnis zu lüften?«

»Ja, so weit ich kann. Wir haben doch beide dasselbe Interesse. Übrigens«, Norden hielt inne. »Sie sind doch mit Ihren Freunden hier, oder?«

»Ja, da sind Peter und Frank.«

»Und noch ein vierter, ein älterer Mann.«

»Ja, das ist Kalle«, sagte Erik.

»Auf den würde ich aufpassen. Ich habe ihn abends zweimal aus Baumanns Villa kommen sehen, als ich meine Runde gedreht habe.«

Zurück im Garten des Ferienhauses traf Erik auf Kalle und beschloss, ihn direkt zur Rede zu stellen. Seine Augen waren zornig. »Du bist ein Schauspieler! Du hast mich die ganze Zeit auf Baumanns Anweisungen hin verarscht, nicht wahr?«

Frank und Peter sahen ihn entsetzt an. Sie alle saßen auf der Teakholzgarnitur in der Nachmittagssonne. Kalle hob abwehrend die Hände. »Erik, hör mir zu.«

»Nein keine Ausreden mehr. Man hat dich zweimal aus Baumanns Villa kommen sehen. Und du hast uns etwas von illegalen Glücksspielgeschäften erzählt.«

Kalle schien sich mit einer Antwort zu winden. Er senkte den Kopf und sagte leise: »Ich hatte keine Wahl - die haben viel mehr Macht und Mittel, als du dir vorstellen kannst. Es war für uns alle am sichersten.«

»Am sichersten?« Erik sah ihn ungläubig an. »Erzähl mir nichts von Sicherheit. Was auch immer Baumanns Pläne auf Sylt sind - ich werde ihn entlarven.«

Kalle trat näher, seine Stimme senkte sich eindringlich. »Ihr wisst nicht, mit wem ihr es zu tun habt. Baumann und Klüver sind zu allem fähig, um ihre Interessen zu wahren. Weggehen ist das Klügste, was Du hier tun kannst.«

Doch Erik hatte sich entschieden. Er wollte keine Lügen mehr hören, keine Manipulationen. »Ich lasse keine Recherche halb vollendet, Kalle.« In diesen Worten lag eine Endgültigkeit.

In diesem Moment sprang Kalle auf, schob den Teakstuhl beiseite und rannte zum Gartentor, wo er hinter der dichten Rosenhecke verschwand. Erik, Frank und Peter sahen ihm fassungslos nach.

»Was ... was war das?«, stammelte Frank.

Peter schüttelte den Kopf. »Ich weiß es nicht. Aber eines ist sicher: Kalle hat uns etwas verschwiegen.«

»Er steht eindeutig in Baumanns Diensten, das hat er selbst zugegeben«, sagte Erik aufgebracht. »Aber was genau er für Baumann macht, ob es mehr ist, als uns nur auszuspionieren, das wissen wir nicht. Und auch nicht, wann es angefangen hat.«

KAPITEL 14

Freya und Erik

E rik schlenderte wieder die Straße Strönwai in Kampen mit ihren schicken Lokalen entlang, die Meeresbrise zerzauste sein dunkles Haar. Neben ihm lagen die Clubs und Cafés, dahinter die Dünen und danach konnte man die Nordsee ahnen, aber seine Gedanken waren mit den jüngsten Ereignissen beschäftigt. Gedankenverloren stieß er fast mit einer großen blonden Frau zusammen, die eine sportliche Windjacke trug. Er blickte verdutzt auf, und sie sah ihn erstaunt an.

»Erik?«, sagte Freya, mit Überraschung, die sich in ihren blauen Augen zu spiegeln schien. »Erik Wiedner aus Hamburg? Das kann ich gar nicht glauben. Was machst du denn hier?«

Erik blinzelte und war ebenso verblüfft, als er die ehemalige Regierungssprecherin auf Sylt vor sich stehen sah. »Freya. Ich bin genauso überrascht. Bist du im Urlaub?«

Sie nickte und ein Lächeln breitete sich auf ihrem Gesicht aus. »Ja, ich mache eine kleine Pause vom Druck der Politik.«

»Der Druck muss ziemlich groß gewesen sein, ich meine den Regierungswechsel in Kiel und so.«

»Ja ziemlich. Wir haben ja die Staatskanzlei verloren und jetzt bin ich Fraktionssprecherin im Landtag.«

»Wenigstens hast du noch einen Job«, sagte Erik lächelnd.

»Du aber doch auch, oder? Erzähl mir jetzt nicht, dass der furchtlose Journalist hier einen Auftrag hat.«

Erik und Freya kannten sich aus ihrer Zeit als Regierungssprecherin und seiner als Journalist. Zum ersten Mal begegnet waren sie sich auf einer Pressekonferenz im Hamburger Rathaus zu der gemeinsamen Kabinettssitzung von Hamburg und Schleswig-Holstein. Freya dachte daran zurück, dass dies auch der Termin war, an dem sie erstmals mit Bürgermeister Pohl zusammengearbeitet hatte.

Er schmunzelte. »Wann haben wir uns das letzte Mal gesehen? Das muss in Hamburg gewesen sein, oder?«

»Stimmt. Damals hast du mich nach der Landespressekonferenz auf einen Kaffee eingeladen.«

Erik dachte daran zurück, wie sie im Café Paris hinter dem Rathaus gesessen und sich stundenlang unterhalten hatten. Freya war ihm damals sehr sympathisch gewesen. Nicht nur, weil sie beruflich miteinander zu tun hatten: Freya als Regierungssprecherin und er als Journalist. Sondern auch, weil sie sich menschlich gut verstanden.

»Und jetzt machst du Urlaub? Ausgerechnet in Kampen?«, wiederholte sie ihre Frage und lächelte ihn an.

»Na ja, teils teils. Ich bin mit zwei Freunden aus Hamburg hergesegelt, um an einer Geschichte zu arbeiten.« Erik hoffte, dass sie nicht nach Einzelheiten fragen würde. Zu schnell wollte er mit seinem Verdacht gegenüber Baumann nicht herausrücken.

»Segeln? Wie abenteuerlich.« Freya klang beeindruckt. »Das muss eine ganz schön aufregende Fahrt mit dem Segelboot nach Sylt sein.«

»Es war ja nicht gerade ein Segeltörn auf der Ostsee, wie bei euch auf der Förde. Die Nordsee kann ganz schön rau werden, und wir sind auch in einen Sturm geraten. Aber es geht, wahrscheinlich auch, weil ein Freund von mir richtig gut segeln kann.«

»Aber Kampen hat doch keinen Hafen, oder?«

»Nein, nein, das Boot liegt in Hörnum. Aber der andere Freund hat das Ferienhaus seiner Familie organisiert, und deshalb machen wir jetzt Urlaub in Kampen und benehmen uns wie die Promis«, sagte Erik, und er und Freya mussten lachen.

Während sie gemeinsam weitergingen, dachte er an das erste Mal, als sie sich begegnet waren. Das war bei der Pressekonferenz in Hamburg gewesen ...

Freya war auf das Podium getreten, um eine Erklärung abzugeben, in ihrem eleganten Kostüm der Inbegriff von Professionalität und Selbstsicherheit. Aber es war mehr als nur ihre Schönheit, die Eriks Aufmerksamkeit erregte - es war die Art und Weise, wie sie mit Intelligenz und Schlagfertigkeit auf die schwierigen Fragen der Journalisten antwortete.

Ihre Eloquenz und ihr Selbstvertrauen hatten eine Verbindung geschaffen, die ihn neugierig gemacht hat.

Als Erik in die Gegenwart zurückkehrte, bemerkte er, dass Freya ihm eine Frage stellte. »Wie lange bleibst du denn auf Sylt?«

Er zuckte mit den Schultern, der Seewind peitschte an seiner Jacke. »So lange, bis ich die Geschichte habe. Diese Insel ist voller Geheimnisse, und ich habe vor, sie zu lüften.«

Freya sah ihn neugierig an, als wollte sie zwischen den Zeilen lesen. »Wenn es jemanden gibt, der einem Geheimnis auf den Grund gehen will, dann bist du es wohl, Erik.«

In ihren Worten schwang ein besorgter Ton mit, der ihn berührte. Erik begegnete ihrem Blick, und es herrschte ein stilles Einverständnis zwischen ihnen.

»Ich weiß deine Sorge zu schätzen, Freya. Aber einem echten Abenteuer kann ich nicht widerstehen.«

Freya lachte leise, ihre blauen Augen funkelten in einer Mischung aus Belustigung und Bewunderung. »Du bist ein gewandter Redner, Erik. Aber ich muss zugeben, dass deine Leidenschaft, die Wahrheit herauszufinden, eines der Dinge ist, die ich am anziehendsten an dir finde.«

»Huch«, dachte Erik noch, dann sah er, wie Freya rot wurde. »Ich meine, äh, was ich an einem Journalisten attraktiv finde, also an einem guten Journalisten«, fügte sie leicht stotternd hinzu.

Erik lächelte fröhlich und nahm den Ball auf. »Sag mal, warum gehen wir nicht etwas trinken und reden weiter? Es gibt hier ja jede Menge Cafés.«

Freya nickte dankbar, und die beiden gingen auf das Café in dem alten Reetdachhaus mit der einladenden Terrasse zu, wo sie sich einen Platz suchten. Erik spürte, wie sein Herz ein wenig schneller schlug, als sie in der Nähe war und sich der schwache Duft ihres Parfüms mit der salzigen Seeluft vermischte. Er konnte sein Glück kaum fassen - er hatte die Chance, Zeit mit der bezaubernden Freya Jensen zu verbringen.

»Ganz schön viel Champagner um uns herum«, sagte Freya und lächelte amüsiert über die eleganten Kellnerinnen, die langstielige Gläser servierten.

»Ja, jetzt siehst du, auf welch großem Fuß wir Journalisten leben. Wollen wir uns auch eine Flasche Moët bestellen?«

»Nie im Leben, Erik. Wenn du Geld verdienen willst, musst du Pressesprecher werden, nicht Journalist bleiben.«

»Also bist du zu großem Geld gekommen?«

»Na ja, nicht unbedingt als Pressesprecherin in der Politik, wie ich es bin. Eher in der Industrie. Da geht was«, antwortete sie. Dann sah sie Erik in die Augen. »Sag mal, was recherchierst du denn hier?«

»Na ja, es sollte eigentlich eine Geschichte über das ›neue Sylt‹ für mein Reisemagazin werden«, antwortete er.

»Du willst eine Geschichte über Sylt als Urlaubsziel schreiben? Das kannst du mir doch nicht erzählen. So warst du doch früher nicht.«

»Weißt du, Freya, ich bin bei diesem Reisemagazin gelandet, obwohl ich eigentlich Tageszeitungsjournalist war. Aber es hat am Anfang wirklich Spaß gemacht, weil wir auch viele kritische Geschichten gebracht haben.«

Freya rümpfte etwas ungläubig die Nase, als ob sie ihm das nicht abkaufen würde.

»Aber inzwischen sitze ich nur noch an meinem Schreibtisch und habe einen Bürojob. Deshalb war ich dankbar, dass ich eine Reportage über Sylt schreiben durfte.«

Wieder lächelte sie Erik an. »Das klingt ein bisschen so, als wäre ich nicht die Einzige, die Pech mit dem Job hatte.«

»So gesehen - ja, das stimmt wohl. Ich hatte nicht damit gerechnet, als Redaktionsorganisator bei einem Reisemagazin zu enden. Aber das ist auch nicht mehr die Story, hinter der ich her bin.«

»Das habe ich mir schon gedacht. Du bist bestimmt kein Gesellschaftsreporter. Nein, Erik Wiedmann ist hinter etwas Großem her, das sehe ich in deinen Augen.«

Und so erzählte Erik ihr von Horst Baumanns Plänen für ein riesiges Hotel auf dem Roten Kliff, von der Leiche der Frau, die in der Nordsee trieb, von dem Hinweis mit der Visitenkarte und von Ole Nordens Tipp, dass es Baumann um etwas ganz anderes ginge, dass ein Geheimnis mit dem Roten Kliff verbunden sei.

Freya musste buchstäblich nach Luft schnappen. »Erik, ob du es glaubst oder nicht, ich denke, wir sind an derselben Geschichte dran.«

»Was meinst du damit?«

»Na ja, sieh mal, ich bin jetzt Sprecherin der Oppositionsfraktion. Und natürlich wollen wir wissen, was der neue Ministerpräsident Detlev Klüver ausheckt. Ich habe gehört, dass er Pläne auf Sylt haben soll, die mit dem Roten Kliff zusammenhängen. Und genau deshalb bin ich hier, genau wie du, nur von der anderen Seite.«

Erik beugte sich vor und schaute Freya in die Augen. »Aha, die Frau

Pressesprecherin ist auf der Suche nach Material gegen den Regierungschef.«

»Ja, genau wie du auf der Suche nach Material für eine Story bist. Auch nicht anders.«

»Also Freya, gibt es eine Verbindung zwischen Baumann und Klüver?«

Freya nahm einen Schluck von ihrem Kaffee, ihre Miene wurde ernst. »Du hast recht, Erik. Man munkelt in Kiel, dass die beiden etwas Großes vorhaben. Etwas, das Folgen haben könnte, die weit über die Insel hinausreichen.« Sie schaute sich um und vergewisserte sich, dass niemand in Hörweite war, bevor sie fortfuhr. »Ich habe noch nicht alle Informationen. Aber das scheint es um ein großes Geheimnis zu gehen.«

Erik griff über den Tisch und legte seine Hand auf ihre. »Wir könnten uns zusammentun.« Sie nickte.

Erik lehnte sich in seinem Stuhl zurück, während ihm die Tragweite von Freyas Enthüllung durch den Kopf ging. Er hätte sich denken können, dass der Immobilienmogul Baumann und Ministerpräsident Detlev Klüver gemeinsam in etwas Dunkles verwickelt waren. Der Gedanke, dass der ein dunkles Geheimnis hatte, jagte ihm einen Schauer über den Rücken.

»Wir müssen mehr über dieses Geheimnis herausfinden«, sagte Erik.

Freya runzelte konzentriert die Stirn. »Du hast recht. Diese beiden sind ziemlich skrupellos.«

Erik sah Freya an, bemerkte ihren entschlossenen Gesichtsausdruck und die grimmige Intelligenz in ihren Augen. »Ich habe keine Angst vor ein bisschen Gefahr«, sagte er.

Freya musterte ihn. »So geht es mir auch.« Dann dachte sie laut nach. »Wenn das, was du sagst, wahr ist, dann haben wir es mit etwas viel Gefährlicherem zu tun als mit einem einfachen Fall von politischer Korruption.«

»Genau. Wenn es einfache und schwierige Fälle von politischer Korruption gibt, dann muss dieser auf der Skala ganz weit oben stehen.«

Freyas Blick traf seinen und ein stilles Einverständnis ging zwischen ihnen hin und her. »Ich habe ja noch einige Kontakte, auch in die Landesregierung, die uns vielleicht helfen können«, sagte sie. »Leute, die uns Zugang zu sensiblen Informationen und Ressourcen verschaffen können.«

Erik spürte eine Welle der Zuneigung für die Frau, die ihm gegenüber saß. »Ich wusste, ich kann mich auf dich verlassen.«

So saßen sie da, die Hände ineinander verschränkt, und Erik konnte nicht anders, als über die Wendungen des Schicksals zu staunen, die sie zusammengeführt hatten. Seine Gedanken wurden plötzlich durch das Summen des Telefons in seiner Tasche unterbrochen. Er zog es heraus und betrachtete stirnrunzelnd die unbekannte Nummer auf dem Display.

»Hallo?«, meldete er sich vorsichtig.

»Erik Wiedner?«, fragte eine heisere Stimme am anderen Ende der Leitung.

»Ja, wer ist da?«

»Hör gut zu«, sagte die Stimme und Erik lief ein Schauer über den Rücken. »Wenn dir und deinen Freunden etwas an eurem Leben liegt, werdet ihr aufhören, euch in Dinge einzumischen, die euch nichts angehen. Betrachte dies als deine einzige Warnung.«

Bevor Erik antworten konnte, war die Leitung tot und er starrte schockiert auf das Telefon. Dann sah er Freya an. »Ich glaube, jetzt wissen sie wirklich, dass wir hinter ihnen her sind.«

Freya beugte sich näher zu ihm und runzelte besorgt die Stirn. »Wer war das, Erik? Was hat der gesagt?«

Erik schüttelte den Kopf und versuchte noch immer, die ominöse Warnung zu verarbeiten. »Ich weiß nicht, wer es war, aber sie sagten, wir sollten aufhören, in Baumanns und Klüvers Angelegenheiten zu wühlen. Er meinte dann noch etwas großspurig, es sei seine einzige Warnung«.

»Ganz schön dicke. Aber das sind auch zwei Schritte vor und einen zurück«, sagte Freya und seufzte. »Erst treffen wir uns und stellen fest, dass wir an derselben Sache arbeiten. Und dann kommt ein anonymer Anruf mit einer Drohung.«

Erik stand auf und streckte sich. »Lass uns noch ein bisschen spazieren gehen, um den Kopf freizubekommen«, schlug er vor. Freya stimmte zu. Erik bezahlte den Kellner und gemeinsam verließen sie das exklusive Café. Sie überquerten die Straße und nahmen einen Wanderweg durch die Dünen. Die Baustelle von Baumann ragte über die Hügel, die Kräne standen in Sichtweite.

»Wenn wir ihrem Geheimnis vorher auf die Schliche kommen, können wir vielleicht etwas als Druckmittel einsetzen.«

Freya legte ihm sanft die Hand auf den Arm. »Ich kenne vielleicht jemanden, der uns dabei helfen kann. Ein alter Studienfreund ist Experte für Militärgeschichte, vor allem für die Zeit nach dem Ersten Weltkrieg. Vielleicht hat er eine Idee, worum es sich handeln könnte.«

Erik drehte sich zu ihr um, ein Hoffnungsschimmer in seinen Augen. »Kannst du ihn erreichen und fragen, ob er uns helfen will?«

Sie hielten an einer Bank und Freya zückte ihr Handy. »Ich rufe ihn gleich an.« Während Freya auf und ab ging, um den Anruf zu tätigen, drehte Erik sich um und blickte auf die zerklüfteten Dünen. Die Schönheit der Insel stand in krassem Gegensatz zu der Dunkelheit, die unter der Oberfläche lauerte.

Freya beendete das Gespräch mit einem Lächeln. »Er hat Zeit für uns. Er wohnt in Husum und hat uns zu sich eingeladen, um die Sache zu besprechen. Erik, ich glaube, er weiß etwas.«

Erik war begeistert. »Also, Freya, wollen wir auf unsere erste Rechercherise gehen?«

»Natürlich. Das scheint eine vielversprechende Spur zu sein«, antwortete Freya und lächelte Erik freudig an.

Am nächsten Morgen machten sich Erik und Freya auf den Weg nach Husum. Sie trafen sich am Bahnhof in Westerland. Erik hatte Frank und Peter erzählt, was sie vorhatten. »Respekt«, hatte Frank gesagt, »mit dieser Freya scheinst du eine nette Verbündete gefunden zu haben.«

»Ja, sie ist wirklich nett und ziemlich klug«, hatte Erik geantwortet.

Peter grinste dazu. »Wir wünschen euch schon mal viel Erfolg. Und ab jetzt kein Wort mehr zu Kalle. Sonst könnten wir auch gleich Baumann erzählen, was wir vorhaben.«

Für Erik war es das erste Mal, dass er den Hindenburgdamm überquerte. Er war beeindruckt von dem elf Kilometer langen Bauwerk, das die Gleise schnurstracks durch das Wattenmeer zum Festland führte.

»Unglaublich«, sagte er, während er aus dem Fenster blickte. »Das ist ja eine Meisterleistung der Ingenieurskunst.«

Freya lächelte. »Ja, der Hindenburgdamm ist schon toll. Er wurde 1927 eröffnet und ist die Lebensader Sylts nach Nordfriesland.«

»Das heißt, er könnte aus der gleichen Zeit wie die geheimnisvolle Apparatur stammen, die wir suchen.«

»Vielleicht gibt es da einen Zusammenhang.« Sie sah Erik leicht verträumt an. »Erik, das ist ein schöner Name, finde ich.«

»Ja. Das ist ein altnordischer Name«, sagte Erik. »Er bedeutet: der Herrschende.«

»Oho, alle Achtung, ein Herrscher«, lachte sie.

»Passt aber auch gut zu Freya, oder?«, rutschte es Erik heraus und sie wurde leicht rot. »Na ja, Freya ist auch ein schöner Name.«

Sie blickte aus dem Zugfenster und dann wieder zu ihm. »Ich bin nach einem Schiff benannt«, sagte sie mit ernster Miene.

»Wie bitte? Deine Eltern haben dich nach einem Schiff benannt?«

Freya lachte. »Nein, eigentlich nicht. Aber der Raddampfer Freya fuhr ab 1900 zwischen Munkmarsch und Hoyer Schleuse auf dem Festland. Er hat sozusagen Sylt mit der Welt verbunden, bevor es den Hindenburgdamm gab.«

»Na, das ist ja ein Zufall«, lachte Erik. »Aber warum hast du den Namen eines Schiffes?«

»Habe ich gar nicht Erik«, sagte Freya. »Ich bin nach der nordischen Göttin der Liebe und der Ehe benannt worden.« Dabei sah sie ihm tief in die Augen. Er schluckte.

»Das glaube ich sofort«, stotterte Erik.

»Jetzt wirst du rot.«

»Zweifellos, wenn ich mit der nordischen Göttin der Liebe in einem Zug sitzen darf.«

»Und ich mit dem großen nordischen Herrscher Erik.«

Sie fuhren weiter über den Damm und genossen den Blick auf das Wattenmeer. Erik war fasziniert von der Landschaft und den vielen Vögeln, die über das Wasser flogen. »Es ist wunderschön hier«, sagte er. »Ich kann verstehen, warum so viele Menschen Sylt lieben.«

Freya lächelte. »Ja, es ist ein einmaliger Ort. Aber er birgt Geheimnisse.«

Nach etwas mehr als einer Stunde Fahrt kamen sie in Husum an. Am Bahnhof wartete bereits der Historiker auf sie. Dr. Thomas Berger war ein Mann von etwa sechzig Jahren mit silbergrauem Haar und gepflegtem Bart. Seine Augen hinter der randlosen Brille waren von einem hellen Blau und strahlten eine Mischung aus Intelligenz und Wärme aus. Er trug einen dunkelblauen Rollkragenpullover und eine Cordhose, was ihm ein intellektuelles und doch bodenständiges Aussehen verlieh. Er fuhr sie zu seinem Haus am Rande der Altstadt, einem großen, alten Gebäude mit rotem Ziegeldach und kleinem Garten. Sein Arbeitszimmer war ein Spiegelbild seiner Persönlichkeit: Da waren Bücherregale voller historischer Werke und wissenschaftlicher

Abhandlungen. Davor stand ein antiker Schreibtisch aus dunklem Holz, auf dem ein Laptop und mehrere Notizbücher lagen, eine große Landkarte an der Wand, auf der er die Schauplätze des Ersten Weltkriegs eingezeichnet hatte.

Im gemütlichen Arbeitszimmer lud Berger sie zu Kaffee und Kuchen ein. Erik und Freya lehnten dankend ab. Zu gespannt waren sie auf das, was Berger ihnen zu erzählen hatte. Er sprach mit ruhiger, nachdenklicher Stimme, die dennoch eine gewisse Leidenschaft für sein Fachgebiet verriet. Er war ein guter Zuhörer, der sich Zeit nahm.

»Wir sind auf der Suche nach Informationen über einen Schatz, der angeblich unter dem Roten Kliff versteckt sein soll. Ein alter Kampener hat uns davon erzählt. Haben Sie eine Ahnung, was das sein könnte?«

Berger lehnte sich zurück und strich sich über den Bart. »Das Rote Kliff ... es gibt Gerüchte über geheime Bunkeranlagen aus dem Ersten Weltkrieg. Aber was genau dort versteckt sein sollte, darüber wird viel gerätselt.«

Freya hakte nach. »Könnte es etwas mit Militärtechnik zu tun haben? Eine Waffe vielleicht?«

Berger stimmte zögernd zu. »Das ist durchaus möglich. Damals wurde viel experimentiert, auch mit unkonventionellen Technologien. Aber die meisten Projekte wurden nach dem Krieg eingestellt oder zerstört.«

Erik spürte, wie die Spannung in ihm stieg. »Gibt es irgendwelche Aufzeichnungen oder Dokumente, die uns weiterhelfen könnten?«

»Nicht, dass ich wüsste. Aber ...« Er hielt inne und blickte nachdenklich aus dem Fenster. »Da gibt es eine Geschichte, die mir mein Großvater erzählt hat. Sein Vater, also mein Urgroßvater, war Soldat im Ersten Weltkrieg und auf Sylt stationiert. Er hatte seinem Sohn von einem geheimen Projekt erzählt, einem ›Wundergerät‹, das das Wetter beeinflussen sollte.«

Erik und Freya tauschten Blicke aus. »Ein Wundergerät? So etwas wie eine Wettermaschine?«, fragte Freya ungläubig.

Berger zuckte die Schultern. »Das klingt verrückt, ich weiß. Aber mein Großvater war kein Spinner, und er hat mir gesagt, dass sein Vater das auch nicht war. Er sei ein nüchterner Mann gewesen, der nicht zu Übertreibungen neigte.«

»Was genau hat er erzählt?«, fragte Erik, dessen Puls sich beschleunigte.

»Er sagte, es gäbe ein Team von Wissenschaftlern, die an einem

Gerät arbeiteten, das Blitze und Stürme erzeugen konnte. Sie nannten es ›Projekt Odin‹.«

»Projekt Odin«, wiederholte Freya. »Das klingt nach nordischer Mythologie. Davon hatten wir heute schon etwas«, sagte sie und grinste Erik an.

»Genau«, antwortete Berger. »Odin war der Gott des Wetters und des Krieges. Es scheint, als hätten die Wissenschaftler große Ambitionen gehabt.«

»Aber warum wurde das Projekt dann eingestellt?«, fragte Erik.

»Mein Großvater sagte, dass es Probleme gab. Der Apparat war unberechenbar und gefährlich. Es gab Unfälle und einige Wissenschaftler sind sogar gestorben. Schließlich wurde das Projekt eingestellt und die Maschine versteckt.«

»Und Ihr Großvater wusste, wo sie versteckt wurde?«, fragte Freya.

Berger verneinte. »Nein, das wusste er nicht. Aber er sagte, es gäbe Gerüchte, dass die Maschine in einem Bunker vergraben sei.«

Erik und Freya sahen sich an. Es passte zu dem, was sie bereits wussten. »Glauben Sie, das es sich bei dem Geheimnis, das Baumann sucht, um diese Wettermaschine handelt?«, fragte Erik.

Berger zögerte. »Möglich wäre es. Aber es ist auch eine ziemlich wilde Theorie.«

»Aber es wäre nicht das erste Mal, dass sich eine scheinbar verrückte Theorie als wahr herausstellt«, sagte Freya. »Und es würde erklären, warum Baumann und der Ministerpräsident sich so sehr für das Rote Kliff interessieren.«

»Ja, das stimmt. Und wenn es wirklich eine Wettermaschine ist, dann müssen wir sie finden, bevor sie in die falschen Hände gerät.«

Die drei diskutierten über die möglichen Auswirkungen einer solchen Maschine. Sie sprachen über die Gefahren der Wettermanipulation. »Wenn es diese Maschine wirklich gäbe, könnte sie eine ungeheure Macht darstellen«, sagte Erik. »Sie könnte Kriege entscheiden, Ernten vernichten, ganze Länder ruinieren.«

»Und genau deshalb dürfen wir nicht zulassen, dass sie skrupellosen Menschen in die Hände fällt«, sagte Freya. »Aber wie soll so eine Maschine überhaupt funktionieren? Das klingt ja fast wie Science-Fiction.«

Berger lächelte. »Es ist zwar keine Science-Fiction, aber es ist definitiv eine Technologie, die ihrer Zeit weit voraus ist. Mein Großvater hat mir erzählt, dass die Wissenschaftler von den Theorien eines gewissen Nikola Tesla inspiriert wurden.«

»Nikola Tesla?«, wiederholte Erik. »Der Erfinder?«

»Genau«, sagte Berger. »Tesla war ein Visionär, der sich mit drahtloser Energieübertragung und elektromagnetischen Feldern beschäftigte. Er glaubte, dass man die Energie der Ionosphäre, der obersten Schicht der Erdatmosphäre, anzapfen könnte, um das Wetter zu beeinflussen.«

»Die Ionosphäre?«, fragte Freya. »Was hat die damit zu tun?«

»Die Ionosphäre ist elektrisch geladen«, erklärte Berger. »Wenn man sie mit elektromagnetischen Wellen beschießt, kann man die Temperatur und die Luftströmungen verändern. Das könnte theoretisch das Wetter beeinflussen.«

Erik rieb sich das Kinn. »Das klingt plausibel. Aber es ist auch ziemlich gefährlich, oder?«

Berger stimmte ihm zu. »Auf jeden Fall. Die Ionosphäre ist ein komplexes System, und eine unkontrollierte Manipulation könnte katastrophale Folgen haben. Deshalb wurde das Projekt ja auch eingestellt.«

»Aber wenn Baumann und Klüver diese Maschine in die Hände bekommen …«, begann Freya.

»… dann könnten sie das Wetter als Waffe einsetzen«, beendete Erik ihren Satz. »Sie könnten Stürme entfesseln und ganze Landstriche verwüsten. Und das nicht nur bei uns, sondern auch für den Meistbietenden.«

»Darauf bin ich noch gar nicht gekommen«, gestand Berger.

»Wir sind vielleicht nur ein Journalist, eine Pressesprecherin und ein Historiker«, sagte Erik. »Aber wir werden nicht zulassen, dass die beiden damit durchkommen.«

Erik und Freya verabschiedeten sich herzlich von Dr. Berger, dessen wertvolle Informationen ihnen eine neue Richtung gegeben hatten. Die Zugfahrt zurück nach Sylt führte wieder über den Hindenburgdamm. Erik, der ja mit dem Segelboot angereist war, war immer noch fasziniert von dem imposanten Bauwerk, das sich wie ein silberner Pfeil durch das Wattenmeer zog.

»Es ist schon erstaunlich, dass diese Verbindung zwischen Insel und Festland in einer ähnlichen Zeit wie die Wettermaschine entstanden ist«, bemerkte er gedankenverloren, während sein Blick über die Weite des Wattenmeeres schweifte.

Freya, die den Damm bereits von früheren Zugfahrten kannte, stimmte ihm zu. »Als die Marine auf der Insel herumexperimentiert hat, gab es ihn allerdings noch nicht. Das müssen sie alles mit dem Dampfer dorthin gebracht habe.«

Erik lehnte sich zurück und schloss für einen Moment die Augen. Das sanfte Schaukeln des Zuges und das gleichmäßige Rattern der Räder wirkten beruhigend auf ihn. »Es ist schon verrückt, was wir hier entdecken könnten«, murmelte er. In Westerland angekommen, gingen sie den Weg, den fast alle Sylt-Reisenden kennen - vom Westerländer Bahnhof die Friedrichstraße hinauf zum Appartementblock des neuen Kurzentrums. »Komm doch mit hoch, ich kann uns Kaffee machen«, sagte Freya lächelnd. Erik stimmte erfreut zu.

Die Wohnung war wie eine Friesenkate eingerichtet, stellte er erstaunt fest, als sie das Apartment im zwölften Stock betraten. »Und hier hast du dich für deinen Urlaub eingerichtet?«, fragte er. Das Highlight war zweifellos der atemberaubende Blick auf die Nordsee, der sich durch die bodentiefen Fenster bot.

»Wow, was für eine Aussicht«, entfuhr es Erik, als er an das Panoramafenster trat und die Weite des Meeres auf sich wirken ließ. »Man könnte fast meinen, man wäre auf einem Passagierdampfer ganz oben.«

Freya stellte zwei Tassen auf den Tisch und gesellte sich zu ihm. »Ja, das ist einer der Gründe, warum mir diese Wohnung so gut gefällt. Man hat das Gefühl, mittendrin zu sein, und trotzdem hat man hier oben seine Ruhe.«

Sie setzten sich aufs Sofa und nippten an ihrem Kaffee. Die Stille wurde nur vom Rauschen der Wellen und dem Kreischen der Möwen unterbrochen.

»Also, was hältst du von Bergers Theorie?«, fragte Freya schließlich. »Da könnte doch was dran sein, oder?«

Erik stellte seine Tasse ab und lehnte sich nachdenklich zurück. »Es klingt verrückt, aber irgendwie plausibel. Die Vorstellung, dass jemand versucht hat, das Wetter zu kontrollieren, ist faszinierend und beängstigend zugleich.«

»Genau das ist es«, stimmte Freya zu. »Die Vorstellung, dass so viel Macht in die falschen Hände geraten könnte, ist erschreckend.«

»Und genau deshalb müssen wir sie finden, bevor Baumann und Klüver es tun«, sagte Erik. »Aber wie?«

Freya trank einen Schluck. »Berger hat erwähnt, dass die Maschine auf den Theorien von Nikola Tesla basiert. Wenn wir mehr über Teslas Arbeit erfahren, können wir vielleicht herausfinden, wie die Maschine funktioniert und wo sie versteckt sein könnte.«

Sie öffnete die Balkontür und ließ die frische Abendluft hereinströmen. Der Himmel glühte in den letzten Zügen des Sonnenuntergangs, und das Meer glitzerte wie tausend Diamanten. Sie holte ihren Laptop und setzte sich neben Erik auf den Balkon.

»Also, was wissen wir über Nikola Tesla?«, fragte sie und öffnete die Suchmaschine.

»Nicht viel«, gab Erik zu. »Nur dass er ein Erfinder war.«

Freya gab »Nikola Tesla« ein. »Okay, hier steht, dass er ein serbisch-amerikanischer Erfinder, Elektroingenieur und Physiker war. Er lebte von 1856 bis 1943 und hat viele bahnbrechende Erfindungen gemacht.«

»Zum Beispiel?«, fragte Erik neugierig.

Freya blätterte die Seite weiter. »Er hat den Wechselstrommotor erfunden, den wir heute noch zur Stromerzeugung nutzen. Und er hat auch an drahtloser Energieübertragung und Hochfrequenztechnik geforscht.«

»Interessant«, sagte Erik. »Könnte das etwas mit der Wettermaschine zu tun haben?«

»Gut möglich. Tesla war ein Visionär, der seiner Zeit weit voraus war. Er hatte viele Ideen, die damals als unmöglich galten, heute aber Realität sind.«

Sie las weiter. »Hier steht, dass Tesla auch an einem Projekt namens ›Wardenclyffe Tower‹ gearbeitet hat. Das war ein riesiger Turm, mit dem er versucht hat, Energie drahtlos über große Entfernungen zu übertragen.«

»Und hat es funktioniert?«, fragte Erik.

Freya verneinte das. »Leider nicht. Das Projekt wurde nie fertiggestellt, weil Tesla das Geld ausging. Aber es zeigt, dass er Großes vorhatte.«

Erik starrte aufs Meer hinaus. »Wenn Tesla wirklich die Grundlagen geschaffen hat, auf deren Basis das Militär eine Wettermaschine erfunden hat, dann muss sie irgendwo versteckt sein.«

Freyas Finger flogen über die Tastatur. »Ich will doch einmal sehen, was ich noch über Baumann finden kann. Da gibt es Unregelmäßigkeiten, zumindest so weit die Daten öffentlich zugänglich sind. Für alles andere, zum Beispiel Verbindungen zu Offshore-Konten, bräuchte ich Hilfe von der Steuerbehörde, und die ist, wie du dir vorstellen kannst, nicht so einfach zu bekommen. Aber interessant ist schon, dass Baumanns Hamburger Firma eine Tochter auf den Cayman Islands hat.«

»Auf dem Steuerparadies?«

»Genau da. Das kann kein Zufall sein, es sei denn, er will dort ein paar Hotelanlagen bauen.«

Erik ging im Zimmer umher. Sie brauchten mehr handfeste Beweise, etwas, das Baumann und Klüver direkt mit Korruption in Verbindung brachte. Er und Freya beugten sich über den Laptop, ihre Gesichter vom sanften Schein des Bildschirms erhellt. Sie durchforsteten historische Aufzeichnungen und obskure Websites, um die bruchstückhafte Geschichte des Roten Kliffs und des Geheimnisses, das es angeblich barg, zusammenzusetzen.

»Sieh dir das an«, sagte Freya und zeigte auf ein altes, körniges Foto. »Es zeigt einen Bunker in den Dünen, wohl in der Zeit des Ersten Weltkriegs. Sieht aus, als hätte die Marine ihn als eine Art geheimen Stützpunkt genutzt.«

Erik lehnte sich vor und schielte auf das Bild. »Und hier«, er tippte auf den Bildschirm, »diese Markierungen an der Felswand. Sieht aus wie eine Art Code oder Symbol.«

Sie arbeiteten eine Weile schweigend, das einzige Geräusch war das Klicken der Tastatur und das Rascheln des Papiers. Nach und nach fügten sich zwar einzelne Teile zusammen, doch aus den verstreuten Informationen entstand kein Gesamtbild.

Erik verlor sich in Freyas Blick. Ihre blauen Augen sahen ihn an. In diesem Moment wurde ihm klar, wie viel sie gemeinsam hatten. »Baumann und Klüver mögen skrupellose Männer sein, aber sie sind nicht unantastbar«, sagte er.

Erik spürte Freyas Anspannung, aber auch die Verbundenheit mit ihr. Er legte seine Hand auf ihre, die Wärme ihrer Haut beruhigte ihn. »Wir werden vorsichtig sein«, versprach er leise. »Aber wir dürfen uns nicht von der Angst lähmen lassen.«

Freya erwiderte seinen Blick. »Ich bin da ganz bei dir, Erik.«

Einen Moment lang war es still, nur das Rauschen des Meeres war zu hören. Dann beugte Erik sich vor und küsste sie. Es war ein Kuss voller Leidenschaft und Sehnsucht, der alles andere vergessen ließ. Freya erwiderte den Kuss, ihre Finger vergruben sich in seinem Haar. Sie küssten sich leidenschaftlich, bis Eriks Telefon klingelte. Widerstrebend löste er sich von Freya und griff nach dem Hörer.

»Erik?«, Peters Stimme klang angespannt. »Hier ist Peter. Kalle hat angerufen. Er sagt, ihr müsst sofort verschwinden. Baumann und Klüver wissen von euren Nachforschungen und sind euch auf den Fersen.«

»Kalle hat euch gewarnt? Das hätte ich ihm nicht zugetraut.«

»Tja sieht so aus, als ob er etwas wieder gut machen will.«

»Wir sollen also verschwinden? Wisst ihr, wo wir sind?«

»Wir haben keinen blassen Schimmer.«

»Gut, dann weiß es Baumann auch nicht. Wir sind in der Wohnung von Freya in Westerland. Was macht ihr?«

»Erik, wir setzen die Segel. Frank und ich packen zusammen und verlassen mit der »Nordstern« die Insel. Wir wollen nach Süden, vielleicht nach Amrum, da sind wir aus der Schusslinie.«

»Verstanden, Peter. Wir sind schon weg.«

Er legte auf und sah Freya an. »Es ist gut, dass wir hergekommen sind. Baumann und Klüver wissen nichts von dieser Wohnung.«

»Zum Glück. Das verschafft uns einen Vorsprung.«

»Peter und Frank werden das Segelboot nehmen und die Insel verlassen. Dann sollten wir auch zusammenpacken und uns auf den Weg machen. Ich müsste allerdings noch einmal nach Kampen und meinen Laptop aus dem Ferienhaus holen.«

»Ist das nicht zu gefährlich?«

»Doch, aber da sind meine ganzen Recherchen drauf. Die will ich nicht hier lassen. Und ich habe dort auch eine Tasche mit meiner Notfallausrüstung.«

»Was hast du denn für eine Notfallausrüstung?«

»Ausweis und Bargeld«, sagte er und grinste.

»Erik, alle Achtung. Der Herr ist ja für solche Einsätze bestens vorbereitet.«

»Ja, das bin ich wohl. Ich hätte nicht geglaubt, dass ich sie brauchen würde, aber ich habe das schon einmal gepackt.«

Ein erneutes Klingeln unterbrach sie. Erik nahm ab und hörte kurz zu. »Das war Peter. Sie haben den Hafen sicher verlassen und sind auf dem Weg aufs offene Meer.«

Freya atmete auf. »Gut. Dann sind die beiden aus der Schusslinie.«

Er sah sich in der Wohnung um. »Wir müssen trotzdem bald verschwinden. Aber wohin?«

Freya dachte kurz nach. »Nach Norden? Da werden sie nicht drauf kommen.«

»Du meinst nach Dänemark? Das ist eine gute Idee.«

KAPITEL 15

Am Hobokenweg

Horst Baumanns reetgedecktes Haus am Hobokenweg in Kampen war nicht von Understatement geprägt. Es war schlicht protzig, wie die nordfriesische Interpretation eines Palastes, der sich über die Dünenlandschaft erhob. Das Dach war zwar mit dem für Sylt typischen Reet gedeckt, aber die schiere Größe des Hauses, die riesigen Panoramafenster und die auffälligen Designelemente ließen keinen Zweifel an der Extravaganz seines Besitzers - und daran, dass er sich nicht um die sonst so strengen Regeln des Denkmalschutzes in Kampen scherte. Im Inneren setzte sich dieser Eindruck fort. Marmorböden reflektierten das Licht von teuren Lampen, maßgefertigte Möbel aus edlen Hölzern füllten die Räume, abstrakte Kunstwerke in gewagten Farben schmückten die Wände.

Das Knirschen der Reifen auf dem Kies kündigte eine neue Ankunft an. Eine elegante schwarze Mercedes-Limousine hielt in der kreisrunden Einfahrt. Der Chauffeur stieg rasch aus und öffnete die hintere Tür. Zum Vorschein kamen polierte Lederschuhe, eine gebügelte graue Hose und ein marineblauer Maßblazer. Detlev Klüver richtete sich auf, blinzelte in die Helligkeit und musterte Baumanns Anwesen kritisch. Er ordnete seine Seidenkrawatte und strich sich mit der Hand über das perfekt frisierte Haar.

Klüver schritt mit einer gewissen Arroganz auf den großen Eingang des Hauses zu, in seinen Zügen lag ein herablassender, fast gönnerhafter Blick. Er war der Ministerpräsident und gewohnt, Autorität auszustrahlen. Und heute war er hier, um genau das zu tun.

Als Klüver sich der Eingangstür näherte, schwang diese auf und gab den Blick auf einen älteren Butler mit silbernem Haar und tadelloser Haltung frei. Der Diener begrüßte ihn mit einer höflichen Verbeugung.

»Guten Tag, Herr Ministerpräsident. Herr Baumann erwartet Sie bereits im Speisesaal.«

Klüver betrat das Foyer, gefolgt von seinem Assistenten Markus, der eine Aktentasche trug. Der eilte hinter seinem Chef her, seine Halbschuhe klapperten auf dem Marmorboden. Während er Klüver mittlerweile sehr gut einschätzen konnte, war ihm Baumann ein Rätsel. Aber darum war er ja auch hier: Um Rätsel zu lösen, dachte er. Diesen Immobilienmogul würde er auch noch durchschauen.

Baumann kam aus einem Nebenraum, ein breites Lächeln breitete sich auf seinem gebräunten Gesicht aus. »Detlev. Herzlich willkommen, mein Freund.« Er reichte Klüver die Hand und schüttelte sie kräftig. »Ich hoffe, deine Reise war angenehm?«

Klüver stimmte zu und ließ seinen Blick über Baumanns Leinenanzug schweifen. »Ja, das war sie. Aber ich kann es kaum erwarten, die Angelegenheit zu besprechen.«

»Natürlich, natürlich.« Baumann legte Klüver die Hand auf die Schulter und führte ihn ins Esszimmer. »Aber erst einmal einen Drink. Ich habe gerade eine Kiste Macallan Single Malt bekommen. Jahrgang 1946. Den musst du unbedingt probieren.«

Der Mann ändert sich nie, dachte Klüver. Er ist ein perfekter Gastgeber, selbst wenn es um schmutzige Geschäfte geht.

Im Esszimmer stand eine lange Tafel aus poliertem Kirschholz, auf der feines Porzellan und funkelndes Kristall glänzten. Auf silbernen Tellern waren Delikatessen angerichtet - Austern in der Schale, Kaviar, hauchdünne Scheiben Serranoschinken. Baumann zeigte zum Tisch.

»Bitte, setz dich. Lass es dir schmecken. Wir haben viel zu besprechen, aber es gibt keinen Grund, warum wir uns nicht etwas gönnen sollten, oder?«

Markus stand am Rand und schenkte großzügig den bernsteinfarbenen Whisky ein. Er stellte die Gläser ab. Der Ministerpräsident nahm einen Schluck und genoss den rauchigen Geschmack. Er lehnte sich in seinem Stuhl zurück und sah Baumann an.

»Du hast dich selbst übertroffen, Horst. Aber lass uns nicht aus den Augen verlieren, warum ich hier bin. Wir haben ein Problem, das gelöst werden muss.« Klüver nahm einen weiteren Schluck. »Harald Petersen wird uns langsam ein Dorn im Auge. Seine Recherchen über unsere

Geschäfte gehen uns allmählich zu weit. Und seine Pressesekretärin Freya Jensen? Sie sorgt mit ihren ständigen Nachforschungen und spitzen Fragen für Unruhe.«

Baumann beugte sich vor, die Ellbogen auf den Tisch gestützt. »Das ist nicht das einzige Problem, Detlev.«

Klüver runzelte die Stirn. »Was denn noch?«

»Es gibt da so einen Journalisten aus Hamburg. Ein Typ, der sich für ganz schlau hält. Er recherchiert über unser Bauprojekt und ist mit seinen beiden Freunden auf Sylt.«

»Können die uns denn gefährlich werden?«

»Die sind ziemlich hartnäckig. Aber ich habe ihren angeblichen Freund Kalle auf sie angesetzt. Der berichtet mir direkt, was sie vorhaben.«

»Das ist eine gefährliche Kombination. Petersen mit seiner verbissenen Beharrlichkeit und Jensen mit ihrem Mediengeschick. Die könnten alles zerstören, was wir erreichen wollen. Und dann noch dieser Journalist, von dem du sprichst.«

Klüvers Frustration war deutlich zu spüren. »Petersen ist wie ein Hund mit einem Knochen. Der lässt nicht locker. Und Jensen? Die ist unerbittlich. Immer bohrt sie, immer stellt sie die falschen Fragen. Wir müssen das beenden. Und zwar bald.«

Baumanns Blick war kalt und erbarmungslos. »Ich habe eine Lösung. Eine dauerhafte.« Er lehnte sich in seinem Stuhl zurück und schwenkte den Whisky in seinem Glas. »Unfälle passieren immer wieder. Vor allem Leuten, die ihre Nase in Dinge stecken, die sie nichts angehen.«

Klüvers Augenbrauen hoben sich. »Was genau willst du damit andeuten, Horst?«

Ein kaltes Lächeln spielte um Baumanns Mundwinkel. »Ich schlage vor, dass Petersen und Jensen und am besten auch dieser Journalist ein unglückliches Ende nehmen. Ein Autounfall vielleicht. Oder ein tragischer Sturz von der Klippe. Die Insel kann ein gefährlicher Ort für diejenigen sein, die nicht aufpassen«.

Klüver lehnte sich in seinem Sessel zurück und schüttelte den Kopf. »Uwe hätte das nicht getan«, sagte er. »Er hätte die Zügel angezogen, ja. Aber er hätte sie nicht einfach ... verschwinden lassen.« Markus schüttelte kaum merklich den Kopf. Er kannte diese Barschel-Vergleiche seines Chefs. Und er fand sie unangebracht.

Aber Klüver war erschüttert über die Bedeutung von Baumanns

Worten. Die Skrupellosigkeit dieses Mannes war beängstigend. »Bist du noch bei Trost, Horst? Du willst den Oppositionsführer im Landtag bei einem »Autounfall« verschwinden lassen? Und dann auch noch seine Pressesprecherin und einen Journalisten sterben lassen? Das ist das Letzte.« Klüvers Gesicht lief vor Wut rot an. »Wie blöd bist du eigentlich? Was glaubst du denn, was passiert, wenn die drei auf einmal verschwinden?«

Baumann wirkte überhaupt nicht eingeschüchtert. »Überlass die Einzelheiten mir. Ich habe Leute, die auf so etwas spezialisiert sind. Wenn die fertig sind, werden Petersen und Jensen nur noch tragische Schlagzeilen sein. Und unsere Probleme sind gelöst.«

Klüver fuhr aus der Haut. Er schlug mit der Faust auf den Tisch. »Das ist ein idiotischer Plan. Du hast nicht das geringste Fingerspitzengefühl, Horst. Mann, ich bereue jetzt schon, dass ich mich überhaupt mit dir eingelassen habe. Noch einmal: Du kannst nicht den Oppositionsführer im Kieler Landtag »verschwinden« lassen. Ich will nie wieder so etwas von dir hören. Sonst steige ich aus.«

»Du willst aussteigen?«

Klüver versuchte, sich zu beruhigen. Er wusste, dass Baumann Recht hatte. Sie mussten etwas unternehmen, bevor Petersen und Jensen ihre Pläne durchkreuzten. Aber er konnte nicht zulassen, dass Baumann die Sache auf seine brutale Art regelte. »Uwe wusste immer, wie man mit solchen Leuten umgeht«, sagte Klüver nach einer Weile. »Er hat mir mal gesagt, dass man seine Feinde kennen muss, besser als sie sich selbst. Er hätte sie vielleicht einschüchtern lassen, aber er hätte sie nicht ... beseitigt.« Wieder schüttelte Markus den Kopf. Ob Klüver wirklich dachte, dass Uwe Barschel so gehandelt hätte? Er überlegte: Klüver war ein Alphatier und Baumann war das gleiche. Hier kämpften zwei Alphatiere um die Vorherrschaft. Das konnte böse enden. Er musste dazwischen gehen.

»Meine Herren«, sagte Markus beschwichtigend. »Detlev, Horst. Ich weiß, dass ihr beide das Richtige tun wollt. Horst will ein Problem so schnell wie möglich loswerden«, sagte er mit fester Stimme zu Klüver. Dann wandte er sich Baumann zu. »Und Detlev will nicht, dass die Sache Wellen schlägt, die wir nicht mehr kontrollieren können. Aber im Großen und Ganzen seid ihr gar nicht so weit voneinander entfernt.«

Klüver lehnte sich zurück und überlegte einen Moment. Aber der Plan war zu riskant. Auf keinen Fall durfte er Baumann von der Kette lassen. »Also gut, Markus, Horst«, sagte er. »Wir müssen die Bande aufhalten. Aber wir dürfen die Sache nicht eskalieren lassen.«

Markus ergriff wieder das Wort. »Vorschlag zur Güte: Wir schnappen uns diese Freya und diesen Journalisten. Wie heißt der noch mal?«

»Erik Wiedner aus Hamburg«, sagte Baumann.

»Meine Güte, den kenne ich. Der ist ziemlich hart im Nehmen«, sagte Markus. »Also, wir schnappen uns die beiden, sperren sie ein und finden heraus, was sie wissen. Aber wir »entsorgen« sie nicht. Und Petersen lassen wir in Ruhe, da hat Detlev völlig recht, das erregt viel zu viel Aufsehen.«

Einen Moment lang herrschte Schweigen, dann nickten sich Baumann und Klüver zu. »Abgemacht«, sagte Klüver.

Baumann stimmte zu, in seinem Blick lag zähneknirschender Respekt. »Das ist ein kluger Plan, Detlev. Aber er ist aufwendig.«

Klüver winkte abweisend ab. »Zeit und Ressourcen sind nicht das Problem. Ich habe die Polizei von Westerland in der Tasche, dank eines kleinen kreativen Missbrauchs von Steuergeldern. Die werden tun, was ich sage, ohne Fragen zu stellen.«

Er schenkte sich noch ein Glas ein, seine Genugtuung war spürbar. »Und das ist noch nicht alles. Es ist mir auch gelungen, den Landrat von Nordfriesland zu kaufen. Der ist zwar in der Opposition, aber jeder hat seinen Preis. Es hat mich einen Haufen Geld gekostet, aber es hat sich gelohnt. Er wird dafür sorgen, dass jede Untersuchung unserer Aktivitäten im Keim erstickt wird«.

Baumann schüttelte verwundert den Kopf. »Du hast dir Gedanken gemacht, das gebe ich zu.«

Klüvers Lächeln war bissig. »Das tue ich immer, Horst. In diesem Spiel muss man immer drei Schritte voraus sein. Und ich will gewinnen, koste es, was es wolle.«

Er hob sein Glas und stieß an, sein Blick war eine Mischung aus Belustigung und Grausamkeit. »Auf den Untergang von Freya Jensen und Erik Wiedner. Mögen sie jedem eine Warnung sein, der es wagt, sich uns in den Weg zu stellen.«

Baumann erhob sein eigenes Glas und stimmte lächelnd mit ein. »Auf den Sieg, Detlev. Und auf die Macht der Gefälligkeiten. Sie sind wirklich das Schmiermittel, das die Räder am Laufen hält.«

Baumann goss ihnen allen einen Cognac ein und reichte die Gläser herum. »In der Tat«, sagte er dann und fixierte Klüver mit seinem stählernen Blick. »Die Bauvorbereitungen laufen auf Hochtouren, aber es gibt immer noch Widerstand. Vor allem aus Kampen selbst, von diesen Ökofanatikern und selbsternannten Naturschützern.«

Ein abfälliges Schnauben begleitete seine Worte. Markus nippte unbehaglich an seinem Cognac, während er zusah, wie Klüver und Baumann sich verschwörerische Blicke zuwarfen.

»Ja, das hatte ich befürchtet«, meinte Klüver gedehnt. »Diese Leute sind hartnäckig. Aber glücklicherweise nicht sehr clever.«

Baumann hob eine Augenbraue. »Was meinst du damit?«

Klüver lächelte selbstgefällig. »Nun, während sie mit Protestbannern und Petitionen beschäftigt sind, haben wir längst die Meinungshoheit im Netz übernommen.«

»Ach ja?« Baumann lehnte sich interessiert vor. »Erzähl mir mehr.«

»Ganz einfach«, sagte Klüver und schwenkte sein Cognacglas. »Wir haben eine groß angelegte Social-Media-Kampagne gestartet. Auf allen Kanälen verbreiten wir gezielt Nachrichten, die diese sogenannten Naturschützer in ein schlechtes Licht rücken.«

Markus räusperte sich. »Wir nennen es ‚Strategische Kommunikation‘«, warf er ein, bemüht, seiner Stimme einen neutralen Klang zu geben.

Klüver warf ihm einen belustigten Blick zu. »Ja, so könnte man es auch ausdrücken. Jedenfalls stellen wir diese Leute als das dar, was sie sind: Egoistische Millionäre, die in ihren noblen Kampen-Villen sitzen und sich einen Dreck um die wirtschaftliche Entwicklung der Insel scheren.«

Baumann lachte rau. »Millionäre sind sie also? Da müssen ausgerechnet wir beiden uns ja gut mit auskennen, was Detlev?«

Klüver stimmte in das Lachen ein. »In der Tat, mein Lieber. Aber im Gegensatz zu uns wollen diese Leute den Fortschritt blockieren, nur um ihre exklusive Aussicht zu bewahren.«

Markus fühlte sich unwohl. Die zynische Art, mit der sein Chef und der Immobilienunternehmer über Manipulation und Eigennutz sprachen, als wäre es das Normalste der Welt, verursachte ihm fast körperliches Unbehagen.

»Und diese Kampagne funktioniert?«, hakte Baumann nach, sichtlich amüsiert und beeindruckt zugleich.

»Wie am Schnürchen«, bestätigte Klüver selbstzufrieden. »Meine Leute verstehen ihr Handwerk. Sie lassen diese Hinterwäldler wie realitätsferne Traumtänzer aussehen, die der Entwicklung im Wege stehen.

Gleichzeitig pushen wir die Vorteile des Projekts – Arbeitsplätze, Tourismus, Wirtschaftsförderung. Mit dem Ergebnis: Die Leute fressen uns aus der Hand.«

Markus schluckte schwer, sein Cognac plötzlich bitter auf der Zunge. Aber er sagte nichts. Er war Teil dieses Spiels, ob er wollte oder nicht. Er war ein Rädchen in Klüvers gut geölter Propagandamaschine.

Baumann prostete Klüver anerkennend zu. »Ich muss sagen, ich bin beeindruckt, Detlev. Du hast die öffentliche Meinung fest im Griff. So wird uns nichts und niemand mehr aufhalten können.«

»Das ist der Plan«, bestätigte Klüver mit einem zufriedenen Grinsen. »Alles läuft nach Plan. Bald werden wir am Ziel sein – und dann werden wir die Früchte unserer Arbeit ernten.«

Baumann lehnte sich in seinem Sessel zurück und musterte Klüver nachdenklich. »Weißt du, Detlev, manchmal frage ich mich, warum es so einfach ist, die Leute zu manipulieren. Warum eigentlich hinterfragen die nicht, was wir ihnen erzählen?«

Klüver zuckte die Achseln. »Ganz einfach, Horst: Politikverdrossenheit. Die Leute haben das Vertrauen in die Politik verloren, in die Parteien, in die Medien. Sie glauben nicht mehr, dass ihre Stimme etwas zählt oder dass sich etwas ändert, egal, wen sie wählen.«

Ein kaltes Lächeln spielte um Baumanns Lippen. »Und das kommt uns zugute, nicht wahr? Wenn die Bürger apathisch und desillusioniert sind, ist es leichter, sie zu lenken.«

»Exakt«, bestätigte Klüver. »Politikverdrossenheit ist der Nährboden, auf dem Populisten wie wir besonders gut gedeihen.« Er grinste. »Wir geben den Frustrierten einfache Antworten, bedienen ihre Ängste und Vorurteile. Und sie danken es uns an der Wahlurne.«

Baumann nickte anerkennend. »Du hast Recht, Detlev. Es geschieht den Leuten ganz recht, wenn sie sich so einfach an der Nase herumführen lassen. Wer nicht aufpasst, wer überhaupt nicht mehr kritisch nachfragt, der hat es nicht besser verdient.«

Klüver hob sein Glas. »So ist es. In einer Demokratie haben die Bürger die Pflicht, wachsam zu sein. Wenn sie diese Pflicht vernachlässigen, wenn sie zulassen, dass Typen wie wir das Spiel bestimmen - dann ist das ihre eigene Schuld. Insofern bin ich mir selbst keiner Schuld bewusst.« Wieder lachte er und lehnte sich verschwörerisch vor. »Weißt du, was das Beste ist, Horst? Je mehr die Leute von der Politik enttäuscht sind, desto empfänglicher sind sie für unsere Botschaften. Wir müssen ihnen nur das erzählen, was sie hören wollen – dass wir anders sind, dass wir ihre Sorgen ernst nehmen, dass wir die Dinge zum Besseren wenden.«

Baumann lachte rau. »Auch wenn es gelogen ist?«

»Gerade dann«, bestätigte Klüver mit einem Augenzwinkern. »Große Versprechen, einfache Lösungen – das ist es, was zählt. Die Wahrheit ist zweitrangig, solange die Botschaft stimmt.«

Markus schloss die Augen. Er konnte diese zynische Haltung kaum noch ertragen. Und er selbst? Er war mitschuldig, ein williger Helfer in diesem schmutzigen Spiel. Als das Lachen verstummte, wurde Klüvers Gesichtsausdruck berechnend. »Ich hoffe nur, es lohnt sich.«

Markus griff, obwohl er sich unwohl fühlte, die Bedenken seines Chefs auf. »Ich denke schon, Detlev. Was du mir über die »Wettermaschine« erzählt hast, das sprengt doch jede Vorstellungskraft. Wir können sie benutzen, zum Guten oder zum Schlechten.«

»Oder wir verkaufen sie an den Meistbietenden«, sagte Baumann. »Ich habe Verbindungen in den arabischen Raum, die dürften großes Interesse an so einem Gerät haben.«

Die drei Männer lachten. »Aber eines ist klar«, sagte Klüver und seine Stimme wurde eiskalt. »Ohne einen Probelauf werden wir sie nicht anbieten.«

Baumann grinste schief. »Das werden wir tun, Detlev. Sobald wir den Bunker und die Anlage freigelegt und auf Funktionstüchtigkeit überprüft haben, werden wir hier oben einen ordentlichen Probelauf machen. Erst auf hoher See und dann ... ich habe da schon ein besonderes Ziel im Auge.« Baumann stand auf und nahm eine Karte von einem Beistelltisch. »Hier«, sagte er und deutete auf einen großen roten Kreis. »Hier können wir es gefahrlos ausprobieren.«

Gespannt schauten Klüver und Markus auf die Karte. Und sie nickten. Der rote Kreis lag auf einem Punkt mitten in der Deutschen Bucht. Er umschloss die Insel Helgoland.

～

KAPITEL 16
Der Bunker

Erik spähte durch die Vorhänge von Freyas Ferienwohnung und ließ seinen Blick über die ruhige Strandpromenade von Westerland schweifen. Er drehte sich zu Freya um, die an dem kleinen Holztisch saß und ihren Laptop vor sich hatte.

»Wir sollten hier sicher sein, zumindest noch eine Weile«, sagte Erik mit tiefer, angespannter Stimme. »Aber wir müssen weiter ermitteln. Baumann und Klüver haben etwas vor, und wir müssen herausfinden, was.«

Der Anruf kam unerwartet und ließ Freya innehalten. Sie tippte auf dem vibrierenden Smartphone die Annahme-Taste an.

»Dr. Berger? Was gibt es?«

Die Stimme des Militärhistorikers klang angespannt, fast gehetzt. »Freya, ich habe gerade eine brisante Nachricht von einem Kollegen in Dänemark erhalten. Es könnte der Durchbruch in euren Ermittlungen sein.«

Freyas Puls beschleunigte sich. »Ich höre?«

»In einer Kirche in der Stadt Ribe sollen Aufzeichnungen aus der Zeit nach dem Ersten Weltkriegs lagern«, erklärte Dr. Berger. »Dort wurde etwas hinterlassen, das sich um streng geheime Projekte rund um Nikola Teslas Theorien zur drahtlosen Energieübertragung dreht.«

Freya war aufgeregt. »Was? Sie meinen, er könnte Informationen über diese Wettermaschine gehabt haben?«

»Genau das vermute ich. Sicher ist das natürlich alles nicht. Mein Kollege ist überzeugt, dass die Aufzeichnungen Beschreibungen von

Experimenten und Technologien enthalten, die der Wettermaschine sehr ähnlich sind. Er hat mir erzählt, das einige dieser Aufzeichnungen im Dom von Ribe aufbewahrt werden.«

»Das klingt faszinierend.«

»Ja, ich habe dann im Kirchenbüro angerufen. Zuerst wussten sie nicht, worum es gehen könnte. Aber dann haben sie in ihrer Kartei nachgesehen. Und stellen sie sich vor: Es gibt tatsächlich Aufzeichnungen des dänischen Pastors, dass in den 1920er-Jahren ein Mann einige Tage in Ribe verbracht hat und Gast der Kirchengemeinde war. Er hieß Archibald Fenton und war Engländer. Der Name sagt mir nichts, aber er hat wohl die Dokumente dort hinterlassen.«

Freudig sprang Freya auf. »Wir haben schon Hinweise gesammelt, aber diese dänischen Dokumente könnten der Durchbruch sein.«

»Genau. Deshalb dürft ihr keine Zeit verlieren …«

Ohne weitere Ermahnungen zur Vorsicht abzuwarten, nickte Freya energisch. »Verstanden. Erik und ich machen uns sofort auf den Weg nach Ribe. Danke für den wertvollen Tipp.«

Kaum hatte sie das Gespräch beendet, suchte ihr konzentrierter Blick auch schon Erik, der gerade ihre Unterlagen durchsah.

»Pack deine Sachen, wir fahren nach Dänemark.«

Er blickte überrascht auf, die Anspannung in Freyas Stimme war nicht zu überhören.

»Was ist denn los?«

»Dr. Berger hat einen Hinweis auf geheime Aufzeichnungen in Ribe bekommen. Vielleicht ist das endlich der Schlüssel, den wir gesucht haben.«

»Das ist wirklich spannend. Und wir wollten die Insel sowieso Richtung Norden verlassen. Ich muss nur noch meine Sachen aus Kampen holen.«

»Dann lass uns zusammenpacken und uns auf den Weg machen.«

Das Taxi hielt vor dem Ferienhaus von Franks Eltern in Kampen, direkt vor dem Eingang. »Hier habt ihr also die letzten Tage verbracht?«, fragte Freya neugierig.

»Genau in diesem bescheidenen Haus. Aber lass uns schnell reingehen, bevor uns jemand sieht.« Erik schloss die schwere Haustür auf, führte Freya hinein und schlug sie wieder zu. Sie gingen ins Wohnzimmer. »Mach kein Licht an, es soll nicht so aussehen, als ob hier jemand wohnt«, sagte Erik. Er begann, seine Sachen zusammenzupacken.

Dann gingen sie wieder zur Tür. Als Erik sie öffnete, fuhr ihm der Schreck in die Glieder. Kalle stand vor der Tür.

»Was tust du da?«, fragte er und starrte Erik an.

Er trat einen Schritt zurück. »Kalle. Dass ich dich hier noch einmal treffe. Du hast schließlich selbst zugegeben, dass du mit Baumann und Klüver zusammengearbeitet hast.«

»Du hast ja keine Ahnung. Das ist eine Nummer zu groß für dich.«

»Dann erklären Sie es uns«, mischte sich Freya mit kalter Stimme ein. »Erklären Sie uns, warum Sie die Recherchen sabotiert haben.«

Kalles Blick wanderte zwischen ihnen hin und her, in seiner Schläfe pochte eine Ader. »Du hältst dich für so schlau, nicht wahr, Erik? Und deine Freundin hier wohl auch. Glaubst du, du kannst hier einfach so reinspazieren und eine große Verschwörung aufdecken?«

Erik trat einen Schritt vor. »Fang an zu reden, Kalle. Oder ich schwöre dir, du wirst es bereuen, uns je über den Weg gelaufen zu sein.«

Kalle zögerte einen Moment, dann schien ihm etwas durch den Kopf zu gehen und er ließ die Schultern hängen. »Gut«, sagte er. »Aber was ich jetzt zu sagen habe, wird dir nicht gefallen.«

Erik und Freya hörten aufmerksam zu, als Kalle widerwillig Einzelheiten über seine Zusammenarbeit mit Baumann und Klüver erzählte. Er gab zu, dass er dafür bezahlt worden war, sie in die Irre zu führen und Informationen über ihre Fortschritte zu sammeln. Eriks Gesicht verzog sich, seine Wut brodelte unter der Oberfläche.

»Aber das Schlimmste ist, dass sich Klüver euch jetzt schnappen will.«

»Wie bitte?«

»Er will euch festsetzen und einsperren, damit ihr ihm nicht mehr in die Quere kommt. Deshalb habe ich ja auch Frank und Peter gewarnt. Ihr müsst sofort verschwinden. Er weiß alles über euch.«

»Was wir dir zu verdanken haben, Kalle.«

»Aber jetzt warne ich euch ja.«

Erik und Freya öffneten wieder die Haustür. Er hatte alles mitgenommen, was wertvoll war und hielt seine Tasche mit dem Laptop in den Händen. Draußen wartete das Taxi in der Seitenstraße, wie vereinbart war der Fahrer 100 Meter weiter gefahren, um nicht aufzufallen. Die Fahrt war angespannt, die Stille wurde nur durch das Brummen des Motors und das gelegentliche Knistern des Radios unterbrochen.

Das Taxi fuhr von Kampen nach List, in die nördlichste Gemeinde Deutschlands. Draußen war es dunkel geworden. Freya klammerte sich an ihn, die Arme fest um seinen Körper geschlungen. Sie suchten eine Zuflucht. Die Lichter von List schimmerten in der Ferne, ein Leuchtfeuer der Hoffnung. Der Taxifahrer kannte sich auf Sylt bestens aus, wie sich zeigte. »Ich weiß da eine Pension. Nichts Tolles, aber unauffällig. Dort wohnen vor allem Handwerker, die auf der Insel arbeiten. Da könnte ich euch hinbringen.«

Erik und Freya waren einverstanden. Schließlich hielten sie in einer Seitenstraße bei List vor der Pension. Die Wände waren dunkel und grau geworden, die Fensterrahmen hätten dringend einen Anstrich gebraucht, dachte Erik. Aber ein kleines Schild kündigte günstige Zimmer an. Er bezahlte das Taxi, sie griffen nach ihren Taschen. »Das muss reichen«, murmelte er.

Der Rezeptionist blickte kaum auf, als sie eintraten, und händigte ihnen mit einem Brummen einen Schlüssel aus. »Letztes Zimmer«, murmelte er und deutete vage den Flur hinunter.

Der Raum war klein und schmuddelig, die Luft abgestanden vom Geruch des Zigarettenrauchs. Doch als Erik die Tür hinter ihnen schloss, spürte er, wie eine Welle der Erleichterung über ihn kam. Zumindest für den Moment waren sie in Sicherheit. Baumann und Klüver konnten sie hier nicht finden. Und für alle Fälle - nicht einmal Kalle wusste, dass sie in dieser Pension abgestiegen waren.

In diesem Moment klingelte Eriks Handy und er nahm das Gespräch an. »Hier ist Karsten Blöthe«, meldete sich der Redaktionsleiter des »Sylter Tageblatts«.

»Das nenne ich einmal einen Anruf zur richtigen Zeit«, sagte Erik. »Wir sind in unseren Recherchen schon ein gutes Stück weitergekommen.« Dann berichtete er, was Freya und er in den vergangenen Stunden herausgefunden hatten.

»Alle Achtung. Eine Wettermaschine? Das hört sich wirklich fantastisch an«, sagte Blöthe. »Aber es passt zu dem Tipp, den ich bekommen habe.«

»Ja?«

»Es sollte sich lohnen, wenn ihr noch einmal zur Baustelle von Klüver fahrt. Dort soll es einen versteckten Eingang hinter dem Bauzaun geben, der zu diesem Bunker führt.«

»Also gibt es den Bunker und er liegt genau unter der Baustelle des Hotels?«

»Das hat mir zumindest mein Informant gesagt, und der stammt aus dem inneren Zirkel von Baumann. Er meinte, wenn ihr genau morgen Mittag da auftaucht, am besten um 12 Uhr, dann hättet ihr eine Chance, unbeobachtet zu sein.«

»Wie soll ich das verstehen?«, fragte Erik. »Moment, ich stelle Sie einmal auf laut.«

»Hallo Karsten«, sagte Freya.

»Frau Regierungssprecherin«, gab Blöthe zurück.

»Ihr kennt Euch?«, fragte Erik.

»Na ja, Schleswig-Holstein ist ein kleines Bundesland. Und da kennt man auf Sylt natürlich die Regierungssprecherin in Kiel«, meinte Blöthe.

»Die Ex-Regierungssprecherin wohlgemerkt«, sagte Freya und grinste. »Aber ich bin froh, dass wir dich als Verbündeten haben.«

»Und ich bin froh, dass uns Erik in die ganze Sache eingeweiht hat«, sagte Blöthe. »Ich darf doch Erik sagen, oder?«

»Natürlich, wenn ich Karsten sagen darf«, sagte Erik lachend.

»Aber immer, wir sind jetzt ja ein Team. Also dieser Informant, der hat mir erzählt, dass die Baustelle rund um die Uhr bewacht wird. Das habe er wiederum von Baumanns Wachschutz erfahren. Aber morgen Mittag gebe es eine Lücke, das könntet ihr ausnutzen und der Anlage einen Besuch abstatten.«

»Wie zuverlässig ist denn der Informant?«, fragte Freya.

»Ich glaube, er ist sehr zuverlässig«, sagte Blöthe. »Er scheint ziemlich gewurmt zu sein von dem, was Baumann so treibt. Er sammelt kontinuierlich Material, auch wenn ich es bisher nicht verwendet habe. Doch ich glaube, es stimmt, was er sagt.«

Erik sah Freya an. »OK, dann sehen wir uns das morgen einmal an«, sagte er ins Telefon.

»Das ist gut«, antwortete Blöthe, »aber seid vorsichtig.« Sie versprachen ihm aufzupassen, bedankten sich und legten auf.

Freya sank auf das Bett. »Was sollen wir nur tun, Erik?«, flüsterte sie mit heiserer Stimme vor Aufregung.

»Nun, ich werde uns etwas zu trinken von der Rezeption holen«, antwortete er, ging aus dem Zimmer und kam eine Minute später mit ein paar Flaschen Bier zurück.

»Es gibt wohl keine Bar in unserem Unterschlupf, was?«, fragte Freya.

»Na ja, wir wollen doch nicht wählerisch sein. Sieh mal, vier Flaschen Holsten, wenn das nichts ist.«

»Erik, du weißt, wie man mich glücklich macht«, sagte sie lachend und nahm ihm eine Flasche aus der Hand.

Er setzte sich neben sie, öffnete ihre und seine Flasche und sie tranken beide tiefe Schlucke. »Jetzt fühle ich mich wirklich besser«, sagte Freya. Er nahm ihre Hand in seine. »Wir werden eine Lösung finden«, versprach er, während sein Daumen beruhigende Kreise auf ihrer Haut nachzeichnete.

Freya blickte zu ihm herüber, ihre blauen Augen blitzten auf. Erik sah den Funken von etwas, einer Verbindung, die seit ihrer ersten Begegnung zwischen ihnen gewachsen war. Ohne zu überlegen, beugte er sich vor und küsste sie auf die Lippen. Freya erwiderte den Kuss sofort, ihre Hände verstrickten sich in seinem Haar und zogen ihn näher zu sich. Die Welt verschwand, als sie sich ineinander verloren und die Wärme ihrer Körper die Kälte der Nacht vertrieb. Die Kleider fielen in einem wahllosen Haufen zu Boden. Erik küsste Freyas Hals, nahm den Geschmack ihrer Haut in sich auf, den Duft ihres langen blonden Haares. Sie bewegten sich gemeinsam im schummrigen Licht des Zimmers, ihre Körper eng umschlungen, ihr Atem vermischte sich. Erik verlor sich in ihren Gefühlen. In diesem Moment zählte nichts anderes als sie beide, die Verbindung, die sie teilten, die inmitten von Chaos und Gefahr erblüht war. Dann lagen sie immer noch ineinander verschlungen. Erik strich Freya eine Haarsträhne aus dem Gesicht. »Ich liebe dich«, flüsterte er, und die Worte kamen ihm über die Lippen, bevor er sie zurückhalten konnte. »Ich weiß, es ist verrückt, bei allem, was gerade passiert. Aber ich wollte, dass du es weißt.«

Freya lächelte und drückte ihm einen sanften Kuss auf die Brust. »Ich liebe dich auch, Erik. Egal, was passiert.« Kurz darauf schliefen sie ein.

~

Spät in der Nacht klingelte Detlev Klüvers Telefon. Er nahm ab und hörte die Stimme von Horst Baumann. »Detlev, wir haben ein Problem«, sagte dieser angespannt. »Sofila ist tot.«

Klüver erstarrte. »Was? Wie ist das passiert?«

»Sie hat gedroht, zur Polizei zu gehen«, erklärte Baumann. »Sie wusste zu viel über unsere Pläne. Ich hatte keine Wahl.«

Klüvers Herz raste. »Du Idiot! Hast du etwa …? Wie hieß sie doch gleich?«

»Sie war Sofila Petrenko«, antwortete Baumann knapp.

»Wie bist du überhaupt an sie gekommen?«

»Sie kam aus der Ukraine, war vor dem Krieg nach Berlin geflüchtet. Da hat einer meiner Männer sie am Bahnhof aufgegabelt. Er dachte wohl, dass sie mir gefallen würde. Deshalb hat er sie nach Sylt geschickt.«

»Jetzt sag nicht, dass du deine Triebe nicht im Zaum halten konntest!«

»Das habe ich wohl. Das Miststück hat sich gewehrt. Sie wollte nicht.«

»Und, da hast du sie umgebracht?«

»Nein, nein, Detlev. Ich habe sie nicht wieder angerührt. Aber dann hat sie alles mitbekommen, was ich mit Kalle besprochen habe. Sie war eine Gefahr für uns alle.«

»Und dann?«

»Dann hab ich sie mit meinem Wagen auf einen Spaziergang zur Hörnum Odde gefahren, mitten in der Nacht. Und dann …«

»Hast du sie umgebracht?«

»Ja habe ich. Ich habe sie niedergeschlagen und bei der starken Strömung ins Meer geworfen. Ja.«

Klüver schwieg einen Moment. Er war angewidert von Horst Baumann. Was musste er sich auch mit solchen Verbrechern einlassen? Er selbst mochte ja skrupellos sein, aber einen Mord begehen? Weil Baumanns ukrainische Haushaltshilfe zu viel gehört hatte? Wie blöd war der Bauunternehmer eigentlich? Schon einmal hatte er das Gefühl, sich mit den falschen Leuten eingelassen zu haben. Das war vor einem Jahr, als die Schmuggelgeschäfte des Hafenchefs von Helgoland aufgeflogen waren, den er gedeckt hatte. War dieser Baumann genau so ein Idiot, fragte sich Klüver? Oder war er ein noch größerer und gefährlicherer Idiot? Aber das half jetzt nicht mehr weiter. Also sagte er mit eisiger Stimme: »Du hast uns in eine gefährliche Lage gebracht, Horst. Wir müssen das vertuschen, bevor es zu spät ist.«

Baumann lachte zynisch. »Genau deshalb rufe ich dich ja an. Es gibt einen Untersuchungsbericht der Gerichtsmedizin, der offenbar eine Spur zu mir herstellt.«

»Meine Güte, so weit ist die Sache schon. Na ganz toll. Ich will sehen, was ich tun kann. Aber bei dem, was wir vorhaben, können wir uns nicht solche Fehler erlauben, Horst.«

Klüver beendete das Gespräch und starrte auf das Telefon. Baumanns Worte hallten in seinem Kopf nach. Der Mann hatte einen Mord begangen, um ihre Pläne zu schützen. Klüver wusste, dass er jetzt noch tiefer in die Sache verstrickt war.

∼

Als das erste Morgenlicht durch die Risse in den Vorhängen drang, begannen sie zu planen. Erik hatte Kaffee von der Rezeption geholt. »Früher oder später müssen wir die Behörden einschalten«, sagte Freya.

Erik hatte eine Abneigung gegen Offizielle, speziell gegen die Polizei, das wusste Freya. Er hatte ihr erzählt, wie er als Jugendlicher zu einer Bande in Hamburg-Altona gehört hatte und dass sie fast erwischt worden wären, wie sie Gaunereien durchgezogen haben. Sein Misstrauen vor der Polizei währte bis heute an.

»Wir sollten diese Informationen an die Behörden weitergeben«, überlegte Freya und tippte sich mit dem Finger ans Kinn. »Aber wir wissen nicht, wem wir vertrauen können.«

Erik runzelte konzentriert die Stirn. »Ich glaube, wir können hier überhaupt niemandem trauen.«

»Was meinst du?«

Erik erzählte ihr von den schleppenden Ermittlungen der Polizei, nachdem sie die Wasserleiche vor Amrum gefunden hatten. »Das ist ja unglaublich«, sagte Freya atemlos.

»Ja, und weißt du, was die Polizei gemacht hat? So gut wie gar nichts. Wir waren zweimal auf der Wache, der Kommissar war nicht zu sprechen, und ein Polizist hat mich belanglose Fotos von Prominenten auf der Insel durchsehen lassen - ob ich jemanden davon erkennen würde.«

»Was sollte das?«

»Ich glaube, das war reine Ablenkung. Oder Beschäftigung für mich. Jedenfalls haben wir nichts mehr von der Sache gehört.«

»Das könnte bedeuten, dass mit der Polizei etwas nicht stimmt.«

»Genau das denke ich auch. Nein, vielleicht nicht mit der ganzen Polizei, nur mit den Kommissaren.«

»Wie, meinst du das?«

»Da war einmal dieser Hauptkommissar auf dem Küstenwachboot. Und dann war da der Kommissar an Land, der die Ermittlungen leiten sollte. Die beiden meine ich. Nicht die Beamten, die werden tun müssen, was ihre Vorgesetzten ihnen sagen.«

»Solange es sich in einem Rahmen bewegt, der sie nicht misstrauisch werden lässt.«

»Genau. Deshalb sind dem, was Klüver über die Polizei erreichen kann, auch Grenzen gesetzt«, kalkulierte Erik.

»So wird es sein. Es dürfte auch für einen wie Klüver unmöglich sein, den ganzen Polizeiapparat zu beeinflussen. Nein, er wird sich an einige wenige Beamte halten. So kann er auch schon erheblichen Druck ausüben. Aber es darf nicht so weit gehen, dass die Frauen und Männer bei der Küstenwache oder im Polizeirevier misstrauisch werden.«

»Trotzdem glaube ich, dass es keine gute Idee ist, mit dem, was wir bisher haben, zur Polizei zu gehen.«

»Stimmt. Wir müssen uns an jemand anderen wenden, höher ansetzen, auf Landesebene oder noch weiter oben«, sagte Freya und nahm einen weiteren Schluck Kaffee. »Sag mal, wie spät ist es?«

»Jetzt ist es gleich elf Uhr. Also werden wir ohnehin das Zimmer verlassen müssen.«

»Außerdem hat Karsten Blöthe doch gesagt, dass wir um zwölf hinter der Baustelle sein sollen.«

»Wenn das wirklich eine Fährte ist. Lass uns vorsichtig sein, nicht, dass wir reingelegt werden. Obwohl ich Blöthe vertraue.«

Sie ließen ihre Taschen an der Rezeption der Pension und gingen ins Zentrum von List. Um möglichst unauffällig zu bleiben, nahmen sie den Bus zurück nach Kampen. Von der Haltestelle gingen sie gleich durch eine Seitenstraße in Richtung Naturschutzgebiet und bogen dann auf einen Wanderweg zur »Uwe«-Düne, um sich von hinten der Baustelle zu nähern.

»Ein Bunker? Was sonst könnte dort sein?«, fragte Erik, während sie durch die Heidelandschaft liefen.

»Es gibt nur einen Weg, das herauszufinden«, antwortete Freya.

Sie liefen weiter durch die Dünen und der Wind peitschte ihnen ins Gesicht, als sie durch den Sand stapften. Dann blieb Freya plötzlich stehen. »Wir sind jetzt direkt hinter der Baustelle. Sieh mal, dieser Trampelpfad geht vom Wanderweg ab.« Sie zeigte nach rechts.

»Lass uns mal sehen, wo der hinführt«, sagte Erik.

Sie umrundeten zwei Dünen und kamen dann auf einen kleinen

Sandplatz, der frisch geebnet aussah. Am Ende stand eine Holzhütte, die noch recht neu zu sein schien. »Was macht dieses Haus hier?«, fragte Freya.

Erik öffnete die Tür, die nicht abgeschlossen war. Beide staunten nicht schlecht: Vor ihnen befand sich der Eingang zu einem Bunker, ein bröckelndes Relikt, vor neugierigen Blicken verborgen durch den neu errichteten Bretterverschlag. Eriks Nervosität stieg, als sie sich näherten. Die rostverkrusteten Scharniere ächzten, als er die schwere Tür aufzog.

»Es stimmt also doch. Im Roten Kliff ist etwas«, sagte Freya. Drinnen war die Luft abgestanden und staubig. Sie fanden zwei Taschenlampen in dem Bretterverschlag und knipsten sie an. Ihre Strahlen durchbrachen die Dunkelheit. Freyas Hand fand Eriks, ihre Finger verschränkten sich, als sie durch einen Gang tiefer in den Bunker vordrangen.

»Da«, sagte Freya, und ihr Licht fiel auf ein glänzendes Metall, das in die gegenüberliegende Wand eingelassen war. Sie eilten vorwärts und fuhren mit den Händen über die Oberfläche, bis sie einen verborgenen Riegel fanden.

Mit einem Stöhnen hob Erik die Geheimtür auf, die einen schmalen Durchgang frei gab. Sie tauschten einen Blick aus. Der Gang führte in eine unterirdische Kammer, deren Wände mit Regalen und Schränken vollgestellt waren. In der Mitte stand ein Tisch, auf dem eine einzelne Karte ausgebreitet lag. Erik stockte der Atem.

»Eine Karte? Was hat das zu bedeuten?«, murmelte er und fuhr mit dem Finger über die verblassten Linien. »Da ist eine Position in der Nordsee eingezeichnet, weit westlich von Sylt.«

»Das muss ein Hinweis sein. Steck sie ein, Erik«, sagte Freya. Doch ihre Freude währte nur kurz. Aus dem Gang hinter ihnen ertönte ein Geräusch - das unheilvolle Klicken eines Abzugs. Sie drehten sich um und blickten in den Lauf einer Pistole, die einer von Baumanns Wachmännern mit ruhiger Hand hielt.

»Gib mir die Karte«, forderte der Mann mit kalten, unbarmherzigen Augen.

Eriks Gedanken rasten, er berechnete Entfernungen, Winkel. Er traf Freyas Blick, eine stumme Kommunikation fand zwischen ihnen statt. Mit einer blitzschnellen Bewegung stürzte er sich auf den Angreifer und schlug die Waffe beiseite, während Freya ihrerseits zuschlug und den Mann außer Gefecht setzte.

»Echte Teamarbeit«, sagte Erik anerkennend, als der Wachmann zu

Boden ging. Sie rannten durch die verwinkelten Gänge, stürzten aus dem Bunker in den Bretterverschlag, durch den sie in das Labyrinth gelangt waren, und wieder hinaus in das Tageslicht.

Aber sie konnten jetzt nicht stehen bleiben. Mit der Karte in Eriks Hand stürzten sie sich in die Dünen, weg von dem Pfad und dem Wanderweg. Das Gelände wurde tückisch, der weiche Sand machte das Vorankommen mühsam. Schließlich erklommen sie einen Hügel und standen am Rande einer Klippe, während das Meer weit unten gegen den Nordseestrand schlug. Freya wurde blass. »Erik, das ist zu gefährlich. Wir wissen nicht, was da unten ist.«

Er drehte sich zu ihr um, sein Blick fest. »Wir sind so weit gekommen, Freya. Wir können auf keinen Fall umdrehen. Baumann müsste inzwischen selbst wissen, dass wir im Bunker waren. Den Mann haben wir ja nur niedergeschlagen ...«

Sie musterte sein Gesicht. Schließlich nickte sie. »Also zusammen.«

Hand in Hand begannen sie zu klettern, der Wind zerrte an ihren Kleidern. Gemeinsam stiegen sie den Hang zum Meer hinunter. Und dann, endlich, erreichten sie einen kleinen Vorsprung an dem Kliff, auf dem sie sich ausruhen konnten. Schwer atmend hielten sie inne. Doch ihre Ruhe währte nur kurz. Eine Gestalt trat aus dem Schatten, die sie noch gar nicht bemerkt hatten. Ein grausames Lächeln lag auf seinem Gesicht. Erik gefror das Blut in den Adern, als er Horst Baumann erkannte.

»Sieh an, sieh an«, sagte der Bauunternehmer, seine Stimme triefte vor Bosheit. »Wie es scheint, wollt ihr mit etwas sehr Wertvollem fliehen.«

Er richtete eine Pistole auf sie, den Finger am Abzug. In diesem Moment wusste Erik mit kalter Gewissheit, dass sie in der Falle saßen. Seine Gedanken rasten, er suchte nach einem Ausweg. Doch bevor er handeln konnte, trat Freya vor, ihre Stimme klang trotzig. »Es ist vorbei, Baumann«, sagte sie. »Wir haben Beweise, die wir brauchen, um sie und Klüver zu entlarven. Die Wahrheit wird ans Licht kommen, egal, was mit uns geschieht.«

Ein argwöhnischer Schatten legte sich über Baumanns Augen. »Gewagte Worte für jemanden in Ihrer Position. Aber ich fürchte, die Wahrheit wird hier mit Ihnen sterben.«

Er hob die Waffe, der Finger umklammerte den Abzug. Im Bruchteil einer Sekunde stürzte sich Erik auf den massigen Bauunternehmer und warf ihn zu Boden. Die Waffe wurde weggeschleudert und verschwand im Schatten. Sie kämpften auf dem sandigen Boden. Schließlich gewann er die Oberhand und drückte Baumann hinunter. Der Mann starrte ihn an, sein Gesicht war hasserfüllt.

»Sie glauben, sie haben gewonnen?«, spuckte er. »Ihr habt keine Ahnung, womit ihr es zu tun habt. Klüver und ich haben mächtige Freunde. Die werden euch begraben.«

Erik zog ihn hoch auf die Beine, sein Griff war unnachgiebig. »Wir werden unsere Chance nutzen.«

Gemeinsam sicherten sie Baumann mit einem Seil aus ihren Rucksäcken. Dann stürmten sie weiter die Klippen hinunter, bis sie schließlich an den Strand kamen. Hier waren bei sonnigem Wetter und leichtem Wind einige Spaziergänger unterwegs. »Wir mischen uns unter sie und gehen bis nach Wenningstedt«, schlug Freya vor. Erik stimmte zu. Gemeinsam machen sie sich auf den Weg am Strand. Die Karte mit der Position auf der Nordsee hatten sie dabei.

KAPITEL 17

Der Alt-Bürgermeister

Kommissar Jens Thiessen saß an seinem Schreibtisch im Polizeirevier von Westerland und starrte auf den Bericht der Gerichtsmedizin aus Kiel, der vor ihm lag. Es war den Medizinern offensichtlich schwergefallen, bei der Wasserleiche Spuren zu entdecken. Aber da das Wasser der Nordsee recht kühl war, waren sie schließlich doch auf DNA-Spuren gestoßen. Und die konnten sie mit einer älteren Probe in Verbindung bringen, die von Horst Baumann in der DNA-Analyse-Datei des BKA abgelegt worden war. Weil er vor einigen Jahren schon einmal in Verdacht geraten war, gab es überhaupt eine Gegenprobe. Thiessen stöhnte. Das Ergebnis war eindeutig: An der vor Amrum gefundenen Leiche waren Baumanns Spuren sichergestellt worden. Baumann war damit dringend tatverdächtig.

Der Kommissar spürte, wie sich sein Magen zusammenzog. Er wusste, was diese Informationen bedeuteten - und welche Konsequenzen es haben würde, wenn er ihnen nachging. Konsequenzen, die er sich nicht leisten konnte. Nicht, wenn er weiterhin die großzügigen »Zuwendungen« von Ministerpräsident Detlev Klüver erhalten wollte.

Ein Klopfen an der Tür riss ihn aus seinen Gedanken. »Herein«, rief er und schaute auf. Thomas Clausen, Hauptkommissar der Wasserschutzpolizei, betrat das Büro. Auch er war Klüver verpflichtet und stand auf der Gehaltsliste des korrupten Politikers.

»Jens«, grüßte Clausen knapp. »Ich nehme an, du hast den Bericht auch bekommen?«

Thiessen stimmte ihm zu. »DNA-Spuren von Baumann an der Leiche. Eindeutig.«

Clausen ließ sich auf den Stuhl gegenüber von Thiessen fallen. »Verdammt. Das ist nicht gut. Wenn das rauskommt ...«

Plötzlich klingelte das Telefon auf Thiessens Schreibtisch. Mit gerunzelter Stirn nahm er den Hörer ab. »Thiessen.«

»Kommissar Thiessen, hier spricht Markus Kleinert, der Assistent von Ministerpräsident Klüver«, ertönte eine Stimme aus dem Hörer. »Ist Hauptkommissar Clausen bei Ihnen?«

Thiessen warf Clausen einen überraschten Blick zu. »Ja, er ist hier. Ich schalte sie auf Lautsprecher.« Er drückte eine Taste und legte den Hörer auf den Tisch.

»Hören sie mir genau zu, meine Herren«, fuhr Kleinert fort, dessen Stimme deutlich im Raum klang. »Der Ministerpräsident hat mich beauftragt, dafür zu sorgen, dass der Untersuchungsbericht der Gerichtsmedizin keine unnötigen Probleme verursacht.«

Clausen wechselte einen alarmierten Blick mit Thiessen. »Was meinen Sie damit?«, fragte er vorsichtig.

»Ich meine, dass dieser Bericht auf keinen Fall eine Verbindung zu Horst Baumann oder Gott behüte, zum Ministerpräsidenten selbst herstellen darf«, erwiderte Kleinert. »Ich weiß, das ist jetzt nicht gerade einfach für sie. Und mir gefällt das auch nicht besonders. Aber seine Anweisungen sind klar: Sollte der Bericht solche Informationen enthalten, ist er sofort zu vernichten. Haben wir uns verstanden?«

Thiessen spürte erneut, wie sich sein Magen zusammenzog. »Aber die DNA-Spuren von Baumann an der Leiche ...«, setzte er an, doch Markus unterbrach ihn barsch.

»Sind völlig irrelevant«, fuhr der Assistent ihn an. »Hören sie, Thiessen, Clausen - sie beide stehen auf der Gehaltsliste des Ministerpräsidenten. Er erwartet absolute Loyalität. Wenn dieser Bericht an die Öffentlichkeit gelangt, werden Köpfe rollen. Und zwar Ihre.«

Clausen ballte die Fäuste. »Das ist Beweismittelunterdrückung«, sagte er. »Das können wir nicht ...«

»Sie können und sie werden«, sagte Markus bedrohlich. »Oder wollen sie ihre Karriere und ihre komfortable Situation riskieren? Der Ministerpräsident hat kein Problem damit, sie beide fallen zu lassen, wenn sie sich als Belastung erweisen.«

Einen Moment lang herrschte angespanntes Schweigen im Raum.

Schließlich räusperte sich Thiessen. »Wir haben verstanden«, sagte er leise. »Der Bericht wird verschwinden.«

»Sehr gut«, antwortete Kleinert zufrieden. »Der Ministerpräsident weiß ihre Kooperation zu schätzen. Jetzt machen sie ihre Arbeit und halten sie den Deckel auf dieser Sache. Guten Tag, meine Herren.«

Mit einem Klicken wurde die Verbindung unterbrochen.

»Der Bericht wird verschwinden«, sagte Thiessen, der mitbekommen hatte, dass auch Kleinert die Sache unangenehm war. »Wir werden der Sache nicht weiter nachgehen.«

Clausen sah ihn scharf an. »Bist du sicher? Wenn das jemand herausfindet ...«

»Niemand wird etwas herausfinden«, antwortete Thiessen mit fester Stimme. »Wir haben keine andere Wahl. Du weißt, wem wir verpflichtet sind.«

Einen Moment lang herrschte Schweigen. Dann seufzte Clausen. »Ich weiß. Aber es ist falsch, Jens. Das weißt du so gut wie ich.«

Thiessen spürte Gewissensbisse. Doch er schob sie beiseite. »Falsch oder richtig spielt keine Rolle. Es geht um Loyalität. Und um unsere Karrieren.«

Clausen stand abrupt auf und begann, im Büro hin und her zu laufen. »Loyalität«, schnaubte er. »Wir decken einen möglichen Mörder, weil wir bestochen wurden. Wie kannst du da nachts schlafen?«

Thiessen presste die Lippen aufeinander. Clausens Worte hatten einen wunden Punkt getroffen. Aber er durfte jetzt keine Schwäche zeigen. »Ich schlafe ausgezeichnet, danke der Nachfrage«, erwiderte er kühl. »Und jetzt reiß dich zusammen. Wir haben keine Wahl.«

Clausen hielt inne und sah Thiessen lange an. Dieser konnte seine innere Zerrissenheit sehen. Doch schließlich stimmte er zu.. »Also gut. Ich werde schweigen. Aber ich sage dir, Jens - irgendwann wird uns das alles auf die Füße fallen. Und dann möchte ich nicht in deiner Haut stecken.«

Mit diesen Worten verließ er das Büro und ließ Thiessen allein zurück.

Der Kommissar starrte auf die geschlossene Tür. Clausens Worte hallten in seinem Kopf nach. Irgendwann wird uns das alles auf die Füße fallen. Unbehaglich griff Thiessen nach dem Bericht der Gerichtsmedizin und ließ ihn in einer Schreibtischschublade verschwinden. Es war geschehen. Die Verbindung zu Baumann würde nicht weiter untersucht werden. Doch während er sich in seinem Stuhl zurücklehnte, konnte Thiessen ein nagendes Schuldgefühl nicht abschütteln. Hatte Clausen recht? War es wirklich so einfach, seine Prinzipien zu opfern? Er schob den Gedanken beiseite. Für Zweifel war es zu spät. Er hatte sich entschieden - und musste nun mit den Konsequenzen leben. Mit einem bitteren Lächeln wandte sich Thiessen wieder seiner Arbeit zu.

∼

Sie liefen durch den Sand, immer am Flutsaum entlang, während sich rechts von ihnen die Brandung der Nordsee brach. Freya drehte sich zu Erik um. »Meinst du, Klüver ruft die Polizei, wenn er wieder zu sich kommt?«

»Darauf wette ich, wenn sie für ihn arbeiten, wird er sie auch einsetzen wollen. Ich glaube, es ist wirklich höchste Zeit, dass wir die Insel verlassen.« Sie gingen an einer Strandwirtschaft vorbei, die ihnen signalisierte, dass sie in Wennigstedt angekommen waren. Dann bogen sie links in die Dünen ab, um zur nächsten Bushaltestelle zu gelangen. »Auf nach List«, sagte Erik. »Wir müssen nur noch unsere Taschen holen und dann nichts wie auf die Fähre.«

»Hast du die Karte noch?«, fragte Freya.

Er griff in seine Jackentasche. Ja, da war die Karte noch zusammengefaltet. Sie setzten ihren Weg durch die Dünen fort, immer auf der Hut vor möglichen Verfolgern. Sie gingen zwischen den ersten Häusern hindurch. Plötzlich blieb Erik stehen und zog Freya zur Seite, sodass sie zwischen einigen Büschen verborgen waren.

»Was ist los?«, flüsterte sie besorgt.

»Da drüben die beiden Männer am Lieferwagen. Die sehen verdächtig aus, irgendwas stimmt mit denen nicht.«

Freya spähte durch die Zweige und erkannte tatsächlich zwei kräftige Gestalten, die sich auffällig umblickten, während sie an einem Transportfahrzeug lehnten. Unwillkürlich zog sie ihre Jacke enger um sich. »Vielleicht sind es nur Handwerker, die auf ihren Chef warten«, räumte sie leise ein, auch wenn sie selbst nicht so recht daran glaubte.

»Zu auffällig. Und dieser Wagen könnte ohne Weiteres als Überwachungsfahrzeug dienen«, entgegnete Erik kopfschüttelnd.

Sie warteten noch einen Moment, aber die Männer rührten sich nicht von der Stelle.

Freya blickte zu ihm. »Ich habe eine Idee. Ich weiß, wer uns helfen könnte.« Sie zückte ihr Handy, während Erik sie erwartungsvoll ansah.

~

Es dauerte etwa zehn Minuten, dann bog ein kleiner Mercedes der A-Klasse in die Nebenstraße von Wenningstedt ein. Er hielt neben den beiden, und die Scheibe auf der Fahrerseite ging herunter. »Frau Jensen ihr Taxi ist da«, sagte ein sonnengebräunter Mann mit blonden Haaren.

»Ist das nicht ...«, stotterte Erik.

»Genau«, sagte der Mann. »Gestatten, Hannes Pohl.«

»Der Hamburger Bürgermeister?«, fragte Erik.

»Nun eher der Hamburger Alt-Bürgermeister, jetzt Rechtsanwalt im Ruhestand.«

»Ich bin Erik Wiedner, Journalist aus Hamburg. Ich habe sie schon im Rathaus gesehen.«

»Na, das passt ja«, sagte Freya. »Ein Bürgermeister, ein Journalist und eine Pressesprecherin. Wir können ja eine Pressekonferenz machen.«

»Nicht zu vergessen ein Ministerpräsident, der hinter uns her ist«, sagte Erik.

»Hinter euch her ist?«, fragte Pohl erstaunt.

»Das erzählen wir unterwegs«, sagte Freya und sie stiegen in den Mercedes. Pohl gab Gas und sie rasten an den beiden Männern mit dem Lieferwagen vorbei - wer auch immer sie waren, dachte Erik. Freya erzählte Pohl, was sie in den Dünen am Roten Kliff erlebt hatten.

»Horst Baumann hat euch persönlich mit einer Waffe bedroht?«, fragte Pohl ungläubig. »Was ist denn mit dem los? Ich meine, er ist Unternehmer, das kann er doch nicht machen. Ihr müsst ihm aber ganz schön auf den Senkel gehen. Ich glaube, wir müssen uns einmal in Ruhe unterhalten. In der Strandhalle, ganz oben im Norden, da sind wir ungestört. Ich kenne den Besitzer.« Pohl gab Gas und bog hinter Kampen in die Seitenstraße mit den brüchigen Betonplatten ein, die an List vorbeiführte. Nach einer Weile kam zwischen den hohen Dünen der Parkplatz des Weststrandes in Sicht. »Festhalten. Wenn schon, dann machen wir es auch ganz wichtig«, sagte Pohl und fuhr über den Parkplatz hinaus den Fußweg hoch. Er bog rechts ab und hielt direkt neben dem Restaurant.

»Ist das nicht ein bisschen auffällig?«, fragte Erik.

»Ach, keine Sorge. Manchmal ist es am besten, sich in der Auffälligkeit zu verstecken. Wer so vorfährt, hat nichts zu verbergen«, sagte Pohl und stieg aus.

Als sie wenige Minuten später in einer ruhigen Ecke der nur mäßig besuchten Strandhalle saßen, berichtete Freya alles, was sie wusste. »Also nicht nur Klüver, sondern auch dieser Bauunternehmer steckt tief drin«, stellte der ehemalige Politiker fest.

»Ja, aber jetzt festhalten, bitte. Wir glauben zu wissen, wonach sie suchen.« Und so erfuhr Hannes Pohl von der geheimnisvollen »Wettermaschine«, deren Prototyp sich tief unter dem Roten Kliff in einem Bunker befinden sollte. Der Alt-Bürgermeister sah sie mit offenem Mund an. »Das ist doch keine Science-Fiction-Geschichte, oder?«, fragte er.

»Nein, wir haben das mit einem Militärhistoriker abgeklärt, der uns erst auf die Spur gebracht hat«, sagte Erik.

»Meine Güte, das ist ganz schön starker Tobak«, antwortete Pohl.

»Was würdest du jetzt an unserer Stelle tun?«, fragte Freya.

»Auf jeden Fall erst einmal von der Insel verschwinden. Und ich habe noch einige Kontakte, die ich aktivieren könnte, beim Hamburger Verfassungsschutz. Den Chef kenne ich gut. Den rufe ich an. Und du, Freya, könntest deinen Chef in Kiel informieren. Der müsste das auch über die richtigen Kanäle verfolgen, damit wir das hier an die große Glocke hängen können.«

»Kannst du uns helfen, hier rauszukommen?«, fragte Freya.

»Selbstverständlich. Ich bin mit an Bord. Das haben wir auch so abgemacht. Und an mich dürfte sich Klüver nicht herantrauen.« Er hielt einen Moment inne. »Am liebsten würde ich jetzt gleich bei ihm vorbeifahren und ihn zur Rede stellen.«

»Das sollten sie lieber lassen«, sagte Erik. »Wenn ich daran denke, wie er uns vorhin gedroht hat.«

»Gut. Ich bringe euch nach List und ihr nehmt die Fähre nach Dänemark. Aber wisst ihr, was viel wichtiger ist als das, was dieser Klüver vorhat?«

»Was könnte wichtiger sein?« Freya schaute ihn mit einem überraschten Blick an.

»Na ja, wenn ich euch so sehe. Ich finde, ihr passt gut zusammen«, sagte Pohl mit einem breiten Grinsen. Freya und Erik sahen sich kurz an, und diesmal wurden sie beide rot im Gesicht.

Hannes Pohl fuhr am Steuer seines kleinen Mercedes die Hauptstraße von List hinunter und Freya wurde augenblicklich nervöser. Sie spürte Eriks Hand, die sich nun fester um ihre schloss. Noch ein paar Hundert Meter, dann hatten sie ihr Ziel erreicht. Die Pension, in der sie die Nacht verbracht hatten, lag direkt vor ihnen. Sie erreichten das heruntergekommene Gebäude unbehelligt und Erik ging zur Rezeption. Währenddessen hielt Freya Wache. Noch immer wurde sie das beklemmende Gefühl nicht los, beobachtet zu werden. Doch die Straße war menschenleer, keine dunklen Lieferwagen oder vermummten Gestalten weit und breit, nur Hannes Pohl und sein Wagen standen dort.

Erik holte ihre Taschen aus dem Aufenthaltsraum. Durch die Hintertür schlüpfte er in den kleinen Garten, ging um das Haus herum und lief zu Freya und Hannes Pohl zum Wagen. Nun war es nur eine kurze Fahrt. Auf dem Platz vor dem Lister Hafen war schon mehr los als am Weststrand. »Hier ist einigermaßen Betrieb«, sagte Pohl, während er direkt auf den Anleger zusteuerte. »Das ist gar nicht schlecht. Zwischen all den Touristen, die hier Fisch essen wollen, geht ihr unter.«

»Da ist die Fähre«, sagte Freya.

»Dann raus mit euch. Und wir telefonieren.«

»Vielen Dank, dass du uns geholfen hast.«

»Natürlich, das hatten wir abgemacht. Ich hätte nicht gedacht, dass du so eine Story bekommst, Freya. Ach ja, und sie bekommen auch ihre Story, Herr Journalist.«

»Jetzt müssen wir erst mal heil hier rauskommen. Aber herzlichen Dank«, sagte Erik und sie nahmen ihre Taschen und verschwanden in der Menge, während Pohl den Wagen wendete und zurück nach Westerland fuhr.

Innerlich aufatmend reihten sie sich in die Schlange der Reisenden ein und bestiegen wenig später das Schiff in Richtung der dänischen Insel. Erst als die Küste hinter ihnen lag, wagten sie durchzuatmen. Es schien, als hätten sie ihre Verfolger abgeschüttelt.

»Meine Güte, das war eine Rallye«, sagte Erik.

»Also, mir reicht es jetzt auch. Ich sage Petersen, was los ist. Der hat einen direkten Draht nach Berlin. Wenn einer Klüvers mögliche Untaten aufdecken kann, dann er.«

Erik spürte einen weiteren Funken Hoffnung in sich aufsteigen. »Meinst du, sie haben etwas über seine Geschäfte mit Baumann?«

»Das werden wir sehen.«

Freya sprach in ihr Telefon und erklärte ihrem Chef Harald Petersen, in welcher Situation sie sich befanden. Erik hörte sie noch sagen: »Ich hätte auch nicht gedacht, was wir hier finden. Ich sage dir, das ist mehr Material, als du dir wünschen kannst. Aber wir müssen wirklich alle Beweise haben, bevor wir zuschlagen können.«

Dann legte sie auf. »So, Petersen weiß Bescheid. Jetzt können wir uns etwas Ruhe gönnen.«

»Dann lass uns in die Cafeteria gehen und dänische Hotdogs bestellen«, sagte Erik lachend.

»Ja, das ist eine gute Idee. Seit den Keksen in der Pension heute Morgen haben wir gar nichts mehr gegessen. Und Hotdogs hört sich genau richtig an.«

Wenig später gab Freyas Telefon ein kurzes Klingeln von sich und sie überprüfte aufmerksam die eingehende Nachricht. »Es scheint, als gäbe es einen Verdacht auf illegale Aktivitäten zwischen den beiden aber noch nichts Konkretes.« Sie hob ihren Blick. »Sie schicken uns die elektronischen Akten, damit wir sie durchsehen können.«

Erik stand auf und runzelte die Stirn. »Diese Verschwörung scheint wirklich sehr weit zu reichen.« Erik ging in der Cafeteria ein paar Schritte auf und ab und seine Gedanken rasten. »Denk doch mal nach Freya. Die Polizei zeigte keinerlei Interesse, die Leiche zu untersuchen. Und der Kapitän der Küstenwache? Er war schnell dabei, die ganze Sache unter den Teppich zu kehren.«

Freya gab ihm recht. »Das ist wirklich ein verflixt komplexer Fall.«

Die Abendsonne stand bereits tief über dem Wattenmeer, als sich die Fähre durch das Fahrwasser zwischen Deutschland und Dänemark schlängelte. Erleichtert beobachteten Erik und Freya, wie die Häuser von List hinter den Dünen immer kleiner wurden.

Die kühle Nordseebrise wehte ihnen erfrischend ins Gesicht, während das Schiff seinen Kurs nahm. Ein paar Möwen umkreisten die Fähre und ließen ihre markanten Schreie ertönen, bevor sie zurück zum Land flogen.

Freya lehnte sich an ihrem Tisch in der Cafeteria vor. Das gleichmäßige Tuckern der Schiffsmotoren und das sanfte Schaukeln der Fähre wirkten beruhigend nach den turbulenten Erlebnissen auf Sylt. Langsam fiel die Anspannung von ihr ab und mit einem Seufzer der Erleichterung lehnte sie sich an Eriks Schulter. Seine Arme schlangen sich von hinten um ihre Taille und sie genoss die friedliche Zweisamkeit auf dem Deck der Fähre.

Der Horizont leuchtete inzwischen in warmen Rottönen, als die ersten Lichter von Havneby auf der dänischen Insel Rømø auftauchten. Wie eine Fata Morgana tauchte der kleine Ort mit seinem Fischerhafen und den Häusern aus dem Wattenmeer auf.

Wenig später legte die Fähre im Hafen an, und Erik und Freya reihten sich in den Strom der Aussteigenden ein. Als sie wieder festen Boden unter den Füßen hatten, fühlten sie eine ungeheure Erleichterung in sich aufsteigen. Endlich waren sie den Gefahren auf Sylt entkommen - und schienen nicht mehr in der Reichweite von Klüver und seinen Schergen zu sein.

~

KAPITEL 18

In Dänemark

Eine schläfrige Stille lag über den Straßen und Ferienhäusern des kleinen Hafenstädtchens Havneby, als sie sich zu Fuß auf den Weg machten. Ihre Schritte wurden auf dem feuchten Asphalt gedämpft. »Da vorne müsste ein Hotel sein«, sagte Erik leise und hielt Freyas Hand fest, als sie vom Hafen aus die Straße Skansen hinaufgingen.

Sie schauderte wegen der heraufziehenden Abendkälte. »Ich kann nicht glauben, dass wir es tatsächlich von Sylt weggeschafft haben.«

»Ja, das war ganz schön knapp da drüben.« Eriks Gesicht verzog sich bei der Erinnerung an Klüvers Schergen. »Aber wir sind noch nicht aus dem Schneider.«

Sie bogen um eine Ecke, und ein weiß getünchtes, gemütliches Gebäude tauchte auf - das Hotel »Havneby Kro«, dessen Fenster dunkel waren. Erik ging durch die Tür und betrat die leere Lobby. Der Nachtportier schaute überrascht hinter seinem Schreibtisch hervor.

»Ein Zimmer für die Nacht?«, fragte Erik in gebrochenem Dänisch.

Innerhalb weniger Minuten wurden sie in ein gemütliches Zimmer im Seitenflügel geführt. Mit einem spürbaren Seufzer der Erleichterung schloss Erik die Tür hinter ihnen. Freya ließ sich auf das Bett fallen und fuhr sich mit den Fingern durch ihr zerzaustes Haar.

»Alle Achtung, Erik. Verglichen mit unserer Monteurspension von letzter Nacht ist das hier ein dänisches Designhotel.«

»Ja, aber vergiss nicht, die Pension hat ihren Zweck erfüllt, wir sind unerkannt geblieben.«

»Was für verrückte vierundzwanzig Stunden«, sagte sie. »Ich kann nicht glauben, dass ich mich von dir in all das habe hineinziehen lassen.«

Erik setzte sich neben sie. »Willst du etwa sagen, dass dir das Abenteuer nicht gefällt, Freya?«

Sie zog eine Augenbraue hoch. »Das Abenteuer? Na ja, da hast du recht. Mein Chef in Kiel war jedenfalls ganz aufgeregt, als ich ihm erzählt habe, was wir erlebt haben. Wenn wir zurückkommen ...«

Doch ihr Versuch der Lässigkeit geriet ins Wanken, als Eriks Arm sich um ihre Taille legte und sie an sich zog. Jetzt sah Freya das Funkeln in seinen Augen. Das löste einen kleinen Adrenalinstoß in ihr aus.

»Denk an die Geschichte, die wir zu erzählen haben: Du kannst sie politisch nutzen, und ich kann sie aufschreiben«, flüsterte er und seine Lippen streiften ihren Hals. Freya zitterte, dann drehte sie sich um und eroberte seinen Mund mit ihrem. Eine Intensität flammte zwischen ihnen auf, genährt von der aufgeladenen Energie ihrer Flucht. Die Küsse waren fiebrig und heftig. Ihre Atemzüge erfüllten den Raum. Für diesen heißen Augenblick trat die Welt da draußen wieder zurück - es gab nur noch das drängende Verlangen von Körpern, die sich leidenschaftlich hingaben. Wenig später lagen sie erschöpft in den zerwühlten Laken. Erik drückte einen müden, aber zufriedenen Kuss auf ihre glatte Haut.

»Nun«, sagte er mit einem zufriedenen Grinsen. »So kann man sich nach einer aufregenden Nacht auf der Flucht auch entspannen.«

Freya lachte atemlos auf und fuhr sich mit den Fingern durch das zerzauste blonde Haar. »Du bist verrückt, weißt du das?«

Doch ihre Augen funkelten mit Wärme und Bewunderung, als sie den Mann ansah, der ihre Welt auf den Kopf gestellt hatte. Trotz der Gefahr, die ihnen auf den Fersen war, hatte sie sich selten so lebendig gefühlt. Eriks Lächeln wurde noch breiter, als er sie erneut in einen weiteren langsamen Kuss zog.

Das fahle nördliche Tageslicht drang durch die Vorhänge und weckte Erik aus einem zufriedenen Schlummer. Er blinzelte den Rest des Schlafes weg und streckte sich in den zerwühlten Laken. Neben ihm lag Freya und schlief selig, ihr Gesicht hatte sich durch die Ruhe zu einem Ausdruck reiner Gelassenheit geglättet.

Vorsichtig, um sie nicht zu stören, erhob sich Erik vom Bett und ging durch das Zimmer, um die Karte aus seiner Jacke zu holen, die sie von Sylt geschmuggelt hatten. Er betrachtete sie eine Weile, konnte sich aber immer noch keinen Reim darauf machen. Dann ging er zur Rezeption, um nach Kaffee zu fragen. Am Tresen fiel ihm eine Wandkarte auf, die den Süden Dänemarks zeigte. Da war es: Der Ort Ribe, gar nicht so weit entfernt. Dort könnte es das weitere Puzzleteil geben, das sie vielleicht zu der »Wettermaschine« führen würde. Mit zwei Bechern Kaffee in der Hand kehrte er in das Hotelzimmer zurück. Sein Blick fiel auf Freyas schlummernde Gestalt. Er ging zum Bett und streichelte ihre nackte Schulter mit einem leichten Kuss. »Wach auf, Schlafmütze«, murmelte er leise. »Ich glaube, da wartet noch eine Spur auf uns.«

Freya regte sich langsam und sie sah ihn mit einem schläfrigen, aber fragenden Blick an. »Was ist los?« Sie stützte sich auf einen Ellbogen und wickelte sich in die Laken. Erik erklärte seine Entdeckung, die Stadt Ribe auf der Karte an der Rezeption. »Ribe ...«, murmelte sie. »Dann machen wir uns besser auf den Weg.«

Sie duschten, zogen sich schnell an und nahmen im Speisesaal des »Kros« ein kleines dänisches Frühstück ein. Erik prüfte die Verbindung auf seinem Smartphone. Dann schlüpften sie durch eine unauffällige Seitentür und eilten durch das verschlafene Hafenstädtchen zum Busdepot. Wenn sie den richtigen Zeitpunkt erwischten, würden sie in ein paar Stunden in Ribe sein. An der Haltestelle mussten sie trotzdem noch gut 30 Minuten warten, bevor es losging.

Mit einem lauten Brummen des Motors und quietschenden Stoßdämpfern rollte der Bus aus dem Depot. Erik ließ sich auf dem rissigen Vinylsitz nieder, Freya an seine Seite gedrückt, während das knallrote Gefährt über die leere Landstraße holperte. Eine Weile lullte ihn das rhythmische Schaukeln und Dröhnen der Straße ein. Doch je weiter sie fuhren, desto mehr machte sich Unbehagen breit. Er wurde das Gefühl nicht los, beobachtet, vielleicht sogar verfolgt zu werden.

Durch die großen Fenster des Busses hatten sie einen traumhaften Blick auf das Wattenmeer, als der Bus über den Damm zwischen Rømø und Jütland fuhr. Anders als nach Sylt war auf diesem Damm eine Straße gebaut worden, die von Fahrzeugen befahren werden konnte. Die unzähligen kleinen Priele glitzerten im hellen Sonnenlicht wie flüssiges Silber. Einige Krabbenkutter zogen ihre Bahnen durch die Weite des UNESCO-Weltnaturerbes.

Eriks Blick blieb jedoch an einer dunklen Limousine hängen, die in gleichmäßigem Abstand hinter ihnen die leere Straße entlang fuhr. Zwei Männer in unauffälligen Overalls saßen auf den Vordersitzen, ihre

Haltung zu steif und wachsam, als dass es sich um eine entspannte Fahrt handeln könnte. Ein leiser Fluch entfuhr ihm, der Freya aufschrecken ließ. »Was ist los?«, fragte sie und folgte seinem Blick zu dem nachfolgenden Fahrzeug.

»Ich bin mir nicht sicher«, murmelte Erik mit einem gezwungenen Lächeln. »Aber ich glaube, unsere Freunde aus Sylt sind für eine Zugabe zurück.«

Er griff nach Freyas Hand und drückte sie beruhigend, dann beugte er sich vor und flüsterte ihr ins Ohr. »Wenn wir in die nächste Stadt kommen und ich das Zeichen gebe, musst du bereit sein, schnell auszusteigen. Hast du verstanden?«

Freya nickte als Antwort. Einige atemlose Augenblicke lang fuhren sie schweigend, während der Bus seine Fahrt in Richtung Skaerbaek fortsetzte. Draußen zog die friedliche Landschaft mit ihren Feldern und Bauernhöfen vorbei, ein Bild, das in krassem Gegensatz zu der Gefahr stand, die hinter ihnen lauerte. Die dunkle Limousine war einige Hundert Meter hinter ihnen und schloss langsam auf. Ein kalter Schauer lief ihm über den Rücken. »Sie sind uns gefolgt«, flüsterte er Freya zu. »Wir müssen hier raus.«

Erik dachte fieberhaft nach. Der Busfahrer war ein älterer Herr, der wahrscheinlich keine Lust auf eine Verfolgungsjagd haben würde. Sie mussten die Initiative ergreifen. »Wenn der Bus in Skaerbaek hält, springen wir raus und rennen los«, sagte er entschlossen. »Wir müssen uns in der Stadt verstecken, bis sie uns nicht mehr finden.«

Als der Bus sich Skaerbaek näherte, rückten sie näher an die Tür heran. Die Limousine war jetzt nur noch wenige Meter hinter ihnen. Erik wartete auf den richtigen Moment.

Als der Bus quietschend zum Stehen kam, riss er die Tür auf und zog Freya hinter sich her. Sie sprangen auf den Bürgersteig und rannten los, ohne sich umzusehen. Hinter ihnen hörten sie Türen schlagen und wütende Rufe. Sie rasten durch die Straßen von Skaerbaek, vorbei an bunten Häusern und blühenden Gärten. Sie bogen um Ecken, sprangen über Zäune und rannten durch Hinterhöfe. Eine Gruppe spielender Kinder starrte sie an, als sie an ihnen vorbeiliefen. Ein bellender Hund hetzte ihnen kurz hinterher, bevor er von seinem Besitzer zurückgerufen wurde.

Plötzlich endete die Straße in einer Sackgasse. Vor ihnen erhob sich eine hohe Mauer, die jeden Fluchtweg versperrte. Erik sah sich verzweifelt um. Da entdeckte er eine schmale Gasse, die zwischen zwei Häusern hindurch führte. »Hier lang!«, rief er und zog Freya mit sich. Sie zwängten sich durch die Gasse, die kaum breiter als ihre Schultern war. Als sie auf der anderen Seite herauskamen, fanden sie sich in einem verwilderten Park wieder. Sie rannten weiter, duckten sich unter Ästen hindurch und sprangen über umgestürzte Bäume. Hinter ihnen hörten sie das Knacken von Zweigen und wütende Flüche, als ihre Verfolger versuchten, ihnen zu folgen.

Sie erreichten den kleinen Bahnhof von Skaerbaek und rannten auf den Bahnsteig. Ein Zug stand abfahrbereit, die Türen waren noch offen. Erik schob Freya hinein und sprang selbst in letzter Sekunde in den fahrenden Zug, während die Männer wütend hinter ihnen her schrien. Erschöpft sanken sie auf die Sitze. Erik sah Freya an und lächelte schwach. »Mein Gott, das war knapp«, sagte er und wischte sich den Schweiß von der Stirn. »Zum Glück hatten wir diesen Zug.«

Freya nickte erschöpft und sank gegen die Rückenlehne. Ein mattes Lächeln erhellte ihr Gesicht. »Diesmal hatten wir einfach Glück. Wir konnten sie abschütteln.« Erleichtert, den Verfolgern entkommen zu sein, blickten sie aus dem Fenster, während der Zug durch die flache dänische Marschlandschaft rollte. Vorerst waren sie in Sicherheit.

»Du gehst ja ganz schöne Risiken ein, Erik«, sagte Freya.

»Ich hätte nie gedacht, dass sie so ans uns kleben würden. Sonst wären wir im Bus geblieben.«

»Na, wir haben das ja gut gemeistert. Ich finde immer noch: Wir sind ein tolles Team.«

»Ja, und ein furchtloses dazu.«

In Ribe angekommen, gingen sie vom alten Bahnhof am Rande der Stadt eine Allee hinunter. Sie bogen um eine Ecke auf einen belebten Marktplatz, und die Luft war erfüllt vom Duft von Brot und Gewürzen. Bunte Markisen beschatteten die dicht gedrängten Verkaufsstände, an denen Einheimische und Touristen herumspazierten und die Auslagen begutachteten. »Hier entlang«, sagte Erik und nahm Freyas Hand. Sie stürzten sich in das Gewühl. Als sie die andere Seite des Marktes erreicht hatten, drückte er sie beide gegen die raue Steinmauer. Es herrschte eine bedrückende Stille, die nur durch das Gemurmel und Gelächter vom Markt unterbrochen wurde. Hatten sie ihre Verfolger wirklich in Skaerbaek abgeschüttelt? Oder waren sie ihnen hier immer noch auf den Fersen? »Wir brauchen Hilfe«, stellte Freya fest.

Eriks Blick wanderte über die Häuser, bis er auf dem hoch aufragenden Kirchturm des alten Doms von Ribe landete. »Die Kirche«, sagte er, »da ist sie. Der Priester kann uns vielleicht helfen.«

Freya stimmte ihm zu. In geduckter Haltung tauchten sie wieder in die Menge ein und schlängelten sich zum Eingang der Kathedrale.

~

Der mächtige Backsteinbau ragte weit über die Dächer der Stadt hinaus. Es war die älteste Kirche Dänemarks aus Tuffstein, die im 12. Jahrhundert erbaut worden war. Erik und Freya betraten das kühle, schattige Innere der Kathedrale durch ein Portal aus Stein. Die gewölbten Decken schienen jedes Geräusch zu verschlucken und hinterließen eine Stille, die sofort ein Gefühl von Ehrfurcht vermittelte. Das flackernde Licht der Kerzen beleuchtete die verwitterten Steinsäulen und die bunten Glasfenster, die lebendige biblische Szenen darstellten. In der Luft lag der Duft von altem Holz. Eriks Blick fiel auf einen älteren Mann in schwarzer Soutane, der aus einer Seitentür trat.

»Entschuldigen sie«, sagte Erik leise und winkte den Priester herbei. »Wir brauchen ihre Hilfe.«

Die buschigen grauen Augenbrauen des Priesters hoben sich und er betrachtete erstaunt ihr zerzaustes Äußeres. Gemessenen Schrittes kam er auf sie zu, die Hände vor sich verschränkt. »Freut mich, ich bin Praest Torben Dramming. Was kann ich für euch tun?«

Erik erzählte, was sie nach Ribe geführt hatte: Dass sie auf der Spur von alten Dokumenten waren und hofften, in der Krypta Hinweise zu finden. Der Priester hörte aufmerksam zu und ließ seinen Blick zwischen den beiden hin und her wandern.

»Langsam, langsam«, sagte der alte Mann und hob eine Hand. »Ihr sprecht von alten Artefakten, die unter der Kathedrale versteckt sind? Das ist ... in der Tat eine ernste Angelegenheit.« Er runzelte die Stirn. »Lasst uns das in meinem Büro weiter besprechen, wo wir offen reden können.«

Als sie sich umdrehten, um ihm zu folgen, stand eine Gestalt auf einer der hinteren Kirchenbänke auf - ein großer, schlanker Mann Mitte vierzig mit einem kantigen Gesicht. Sein dunkelbraunes, leicht gewelltes Haar war akkurat nach hinten gekämmt, der Dreitagebart sorgfältig gestutzt. Er trug einen perfekt sitzenden anthrazitfarbenen Anzug und darüber ein englisches Tweed-Sakko. Die Art, wie er sich bewegte, strahlte selbstsichere Autorität aus. Mit energischem Gang schritt er nach vorn.

»Das wird nicht nötig sein, Vater«, sagte er in reinem Oxford-Englisch. »Ich kann das von hier aus übernehmen.«

Freya erstarrte neben Erik, ihre Finger umklammerten seinen Arm wie ein Schraubstock. Der berechnende Blick des Fremden überflog sie. »James Walker«, stellte er sich mit einem sympathischen Lächeln vor. »Machen sie sich keine Sorgen. Ich bin von Europol Special Operations.«

Walker verschränkte die Hände hinter dem Rücken, während er sie professionell musterte.

»Ich habe die gleichen Spuren verfolgt wie sie, was die hier versteckten Dokumente und Technologien angeht«, erklärte er in einem leisen, knappen Ton. »Es scheint, als hätten wir ein gemeinsames Interesse daran, dieses Geheimnis zu lüften.«

Freyas Griff um Eriks Arm wurde fester, sie sah misstrauisch aus. »Und woher weiß ein Europol-Agent von dieser Verschwörung? Was haben sie mit der ganzen Sache zu tun?«

»Ich bin ein Verbindungsbeamter mit Sonderstatus. Ich arbeite mit den nationalen Polizeibehörden zusammen, in diesem Fall mit Deutschland und Dänemark.« Walkers Gesichtsausdruck blieb ruhig. »Ich wurde von Quellen innerhalb des deutschen Geheimdienstes über die Bedrohungen im Zusammenhang mit dieser Technologie kontaktiert. Ich glaube, sie selbst haben sich an den Verfassungsschutz gewandt, oder? Als Agent, der sich auf die Bekämpfung des illegalen Waffenhandels konzentriert, weckte das mein Interesse.«

Eriks journalistischer Instinkt kämpfte mit seinem Pragmatismus. Konnten sie diesem Mann trauen? »Europol sitzt in Den Haag«, stellte er skeptisch fest. »Und sie kommen aus Großbritannien? Ihr Land ist meines Wissens nach nicht mehr in der EU.«

»Treffer«, sagte Walker und nickte anerkennend. »Ich bin von der britischen National Crime Agency, der NCA.«

Erik schüttelte den Kopf. »Wieder eine neue Behörde?«

»Nein. Die NCA ist wie das FBI des Vereinigten Königreichs. Seit dem Brexit ist mein Land zwar nicht mehr Mitglied von Europol, aber wir haben Verbindungsbeamte, die von der NCA kommen, so wie ich. Wir arbeiten sehr eng zusammen.« Walker zückte seinen Dienstausweis und hielt ihn Erik hin, der ihn studierte.

Er blickte Freya an, und er sah Unentschlossenheit. Sie hatten keine

Wahl - die Sache war zu groß, um sie allein zu lösen. Walker sprach weiter. »Ich weiß, Sie hatten ... unfreundliche Begegnungen mit den Männern von Ministerpräsident Detlev Klüver und Horst Baumann. Hier geht es um weitreichende Dinge, die über persönliche Interessen hinausgehen.«

Erik spürte, wie sich ihm die Nackenhaare aufstellten. »Sie wissen von Detlev Klüver?«, fragte er.

»Ja, ich weiß auch, dass sie an einer Geschichte über Sylt recherchieren, Herr Wiedner, und dass sie Miss Jensen im Auftrag von Harald Petersen hier unterwegs sind.« Freya hob die Augenbrauen. »Und ich weiß von ihrem Historiker, Dr. Thomas Berger, und dass er sie hierher geschickt hat.«

»Na gut«, sagte Erik. »Wir sind dabei. Ob nun Europol oder NCA, Hauptsache, sie sind ein Polizist, dem wir trauen können.«

Walker reichte ihnen die Hand, und Erik und Freya schüttelten sie. »Ich weiß, dass Klüver inzwischen weitreichende Verbindungen auch in den Polizeiapparat hat, aber ich kann ihnen versichern, dass sein Arm nicht bis zu Europol oder der NCA reicht und auch nicht bis zum deutschen Verfassungsschutz. Also: Willkommen an Bord.«

»Und, was machen wir jetzt?«, fragte Freya.

»Jetzt erkunden wir diese Kirche. Und beten, dass wir nicht zu spät kommen.«

Walker führte sie durch eine schwere Eichenholztür in den Untergrund der Kathedrale. Feuchte, erdige Gerüche wehten herauf, überdeckt vom Muff der Jahrhunderte. Erik blinzelte, während sich seine Augen an das schwache Licht gewöhnten, das durch die schmalen Fenster fiel. »Die Krypta stammt aus dem 12. Jahrhundert«, sagte Walker leise. »Aufzeichnungen zeigen, dass dies früher einmal der Treffpunkt einer alten Bruderschaft war, die sich wissenschaftlichen Aktivitäten widmete.«

Freya strich auf dem Weg nach unten mit den Fingern über einen bröckelnden Steinbogen und runzelte die Stirn. »Was für eine Bruderschaft?«

»Eine, die mit einem Wissen handelt, das die meisten für ... unheilig halten würden.« Walkers Tonfall bekam einen verschwörerischen Unterton. »Alchemie. Der Vorläufer der modernen Atomphysik.«

Erik wechselte einen Blick mit Freya. Welche Geheimnisse mochten hier wohl vergraben sein?

Walker hielt inne und deutete mit der Hand zu einem höhlenartigen Raum, der sich vor ihnen auftat. Erik ließ den Blick über das Gewölbe der Krypta schweifen. Die Decke verschwand in dunklen Schatten, der Boden war übersät mit Töpferwaren, verrosteten Metallinstrumenten und Stapeln vergilbter Pergamente und Manuskripte.

»Mein Gott ...« Freyas Stimme war kaum mehr als ein Flüstern. »Das muss das Heiligtum eines Alchemisten sein.«

Vorsichtig bewegten sie sich zwischen den Überresten, die hier lagerten. Erik bückte sich, um ein schweres Astrolabium aus Messing zu begutachten, dessen komplizierte Gravuren zwar verwittert, aber immer noch sichtbar waren. Daneben lag ein in Leder gebundener Foliant, dessen Seiten mit seltsamen Diagrammen und Symbolen übersät waren. »Aber danach suchen wir nicht. So aufregend die Forschungen dieser Alchemisten auch gewesen sein mögen, wir sind auf der Suche nach einer Entwicklung aus den 1920er-Jahren«, sagte Erik.

»Ich weiß. Ihr sucht die ›Wettermaschine‹ nicht wahr?«

Freya beobachtete ihn. »Sie wissen wirklich Bescheid.«

»Nicht ganz. Wir haben davon gehört, aber was es genau ist ...«, er zuckte mit den Schultern, »das wissen wir nicht. Der Pastor hat mir erzählt, dass sich 1924 ein Gast aus England ein paar Tage hier aufgehalten hat, das wurde aufgezeichnet.« Das wenige Licht, das durch die schmalen Fenster fiel, wurde von den grob behauenen Steinsäulen in bizarre Schattenmuster zerlegt. Walker lehnte sich an einen der massiven Pfeiler und musterte Erik und Freya mit ernstem Blick.

»Also fassen wir noch einmal zusammen«, begann Erik mit gedämpfter Stimme. »Die Maschine wurde während des Ersten Weltkriegs im Rahmen des ›Projekt Odin‹ entwickelt. Sie sollte mithilfe von Teslas drahtloser Energieübertragung und Hochfrequenztechnologie in der Lage sein, die Ionosphäre zu manipulieren. Dadurch hofften sie, Temperatur und Wetterbedingungen gezielt zu beeinflussen.«

Freya ergriff das Wort. »Das klingt nach Science-Fiction. Das Projekt hatte damals massive Probleme - die Maschine war unberechenbar und führte zu schweren Unfällen. Es gab sogar Todesfälle unter den Wissenschaftlern.«

»Aus diesem Grund wurde das Projekt Odin wahrscheinlich um 1924 eingestellt«, fuhr Erik fort. »Aber die Konstruktionspläne und

Teile der Maschine selbst haben überlebt. Gerüchten zufolge wurden sie in einem Bunker unter dem Roten Kliff auf Sylt versteckt.«

Walker verzog das Gesicht. »Und wenn diese Waffe in die falschen Hände gerät, hätte das katastrophale Folgen.«

»Genau«, bestätigte Freya mit Nachdruck. »Deshalb sind Baumann und Klüver auch so besessen davon, die Maschine zu finden. Sie wissen, welche technologische und militärische Bedeutung sie hat.«

»Und jetzt haben wir einen konkreten Hinweis darauf, dass hier Dokumente der Maschine versteckt sein könnten«, schloss Erik. »Dieser Besucher, der 1924 in dieser Krypta war, er muss etwas mit dem Versteck zu tun haben.«

»Deshalb müssen wir hier anfangen, nach Spuren zu suchen«, beendete Freya die Erklärung. »Bevor unsere Gegner uns auf die Schliche kommen.«

Walker sagte: »Was auch immer die damals erfunden haben, ich glaube, sie waren ihrer Zeit erschreckend weit voraus.«

Erik stockte der Atem, als er einen Metallzylinder in der Gruft erkannte, groß genug für Akten. Er nahm den Zylinder in die Hand, schraubte den Deckel ab und zog einige Dokumente heraus. Seine Stimme war flüsternd. »Das müssen die Pläne für den Prototyp sein.«

»Das bedeutet aber auch, dass es hier irgendwo Hinweise auf den Standort geben könnte«, sagte Walker. »Wir müssen jedes Dokument durchgehen.«

∼

Sie stiegen wieder in die Kirche hinauf und wandten sich dem Priester zu. Walker sagte: »Wir brauchen einen sicheren Ort zum Arbeiten. Irgendwo, wo es keine neugierigen Blicke gibt.«

Torben Dramming nickte nüchtern. »Natürlich. Sie können gern meine Wohnung benutzen. Sie liegt direkt neben dem Kirchengelände.«

Sie hatten die wertvollen Dokumente eingepackt und folgten Dramming aus der Kirche in die kühle Abendluft. Erik atmete tief durch, als könnte die frische dänische Brise die beunruhigende Stimmung wegblasen, die sich über sie gelegt hatte. Freyas Finger berührten seine in einer flüchtigen Geste der Vertrautheit. Gemeinsam gingen sie über das alte Kirchengelände zu dem bescheidenen Haus, das in einer malerischen Ecke lag. Drinnen richtete Walker am großen Esstisch in der Wohnküche ihr provisorisches Büro ein. Er breitete die Unterlagen aus.

»Mal sehen, welche Brotkrumen uns unsere Freunde hinterlassen haben.«

Stundenlang brüteten sie über den alten Texten. Freyas Stirn legte sich in Falten, als sie eine Karte studierte und das Dokument zwischen ihren Fingern hin und her wog. Dann fotografierte sie jede einzelne Seite. »Die werde ich jetzt an unseren Freund, den Historiker, schicken. Das sollte helfen.«

Während sie an den Unterlagen arbeiteten, brachte Drammings Haushälterin ihnen ein Abendessen zu ihrem Schreibtisch. »Ich bin am Verhungern«, sagte Erik.

James Walker lachte. »Bei eurem Programm werdet ihr kaum zum Essen kommen.«

»Oh doch«, bemerkte Freya. »Erik hat uns gestern Abend auf der Syltfähre eine schöne Runde Hotdogs spendiert.«

Walker zog eine Augenbraue hoch und sagte mit gespielter Bewunderung: »Respekt, Erik.«

»Na ja, sie haben uns geschmeckt.«

»Aber die Leberpastete unseres Pfarrers ist besser.«

Freya rieb sich die müden Augen und lehnte sich in ihrem Stuhl zurück. »Ich frage mich, was Klüver und Baumann mit dieser Technologie vorhaben«, sagte sie nachdenklich. »Welches Spiel spielen sie hier eigentlich?«

Erik seufzte. »Das ist doch offensichtlich. Sie wollen ihre Macht ausbauen, koste es, was es wolle. Klüver ist so etwas wie ein Meister der Manipulation. Freya, du hast doch selbst mit angesehen, wie er im Wahlkampf die sozialen Medien genutzt hat: All diese Fake-News, die gestreut wurden, all die Halb- und Unwahrheiten?«

Freya nickte düster. »Ja, das war wirklich unglaublich. Als Pressesprecherin hatte ich alle Hände voll zu tun, dagegen anzukämpfen. Aber es war wie ein Kampf gegen Windmühlen. Kaum hatte man eine Falschmeldung richtiggestellt, tauchten schon drei neue auf. Man konnte nie festmachen, von wem sie in die Welt gesetzt worden waren. Sie waren plötzlich einfach da.«

James Walker, der bisher schweigend zugehört hatte, mischte sich ein. »Das ist leider ein zunehmendes Problem, auch für uns bei den Ermittlungsbehörden«, sagte er ernst. »Fake News erschweren auch unsere Arbeit. Sie verunsichern die Menschen, zerstören das Vertrauen in die Institutionen und lenken von den wahren Problemen ab.«

Erik sah ihn an. »Wie meinen sie das genau?«

»Nehmen wir nur mal den Fall hier. Während wir versuchen, eine gefährliche Verschwörung aufzudecken, die bis in höchste Regierungskreise reicht, werden in den sozialen Medien wilde Gerüchte über das Bauprojekt in Kampen verbreitet. Mal heißt es, die Gegner des Projektes führten eine Hexenjagd gegen Unschuldige, mal werden absurde Verschwörungstheorien befeuert. Das macht die Menschen misstrauisch und erschwert die Aufklärung enorm.«

Freya schüttelte den Kopf. »Es ist wirklich zum Verzweifeln. Ich habe das Gefühl, dass wir in einer postfaktischen Welt leben, in der Emotionen und Meinungen wichtiger sind als Tatsachen und Beweise.«

»Postfaktisch ist der richtige Ausdruck dafür. Genau das ist das Problem«, stimmte Erik zu. »Und Leute wie Klüver wissen das gnadenlos auszunutzen. Sie spielen mit den Ängsten und dem Frust der Menschen, bieten scheinbar sehr einfache Lösungen für komplexe Probleme und schüren gleichzeitig Vorurteile und Hass.«

»Es ist eine brandgefährliche Entwicklung«, sagte Walker düster. »Wenn wir nicht aufpassen, schlittern wir in eine Welt, in der Lügen mehr zählen als Wahrheit, in der Fakten beliebig verdreht werden können und in der diejenigen die Macht haben, die am lautesten schreien und die wildesten Behauptungen aufstellen.«

Eine kurze Stille senkte sich über den Raum. Sie alle hingen ihren Gedanken nach, spürten das Gewicht der Erkenntnis, wie fragil der gesellschaftliche Konsens geworden war. Schließlich war es Freya, die das Schweigen brach. »Wir dürfen nicht zulassen, dass sie damit durchkommen«, sagte sie.

Erik nickte. »Du hast recht, Freya. Als Journalisten, aber auch als Politiker und als Ermittler – wir alle tragen Verantwortung. Wir müssen Lügen entlarven und der Propaganda etwas entgegensetzen.«

»Aber wie?«, fragte Walker.

Freya biss sich auf die Lippe. »Indem wir genau das tun, was wir hier gerade machen. Indem wir recherchieren, Beweise sammeln, Zusammenhänge aufdecken. Und indem wir die Öffentlichkeit informieren und aufklären, sachlich und unaufgeregt.«

Erik lächelte. »Wissen ist Macht, heißt es doch so schön.«

Walker nickte langsam. »Sie haben recht. Dann ist es unsere Aufgabe, für die Wahrheit zu kämpfen, gleich, ob es um ein Bauprojekt wie das auf dem Roten Kliff geht oder um Korruption in den Reihen der Ermittlungsbehörden.«

Freya legte ihre Hand auf den Stapel vergilbter Dokumente. »Dann lasst es uns anpacken. Lasst uns dieses Rätsel hier lösen und die Schuldigen zur Rechenschaft ziehen.«

Erik und Walker nickten. Sie wussten, dass es ein langer und steiniger Weg werden würde. Und so machten sie sich wieder an die Arbeit, durchforsteten Dokumente, folgten Spuren, setzten Puzzleteile zusammen.

»Ich glaube, wir brauchen jetzt eine Mütze voll Schlaf«, meinte Freya schließlich. »Morgen früh können wir mit frischen Kräften weitermachen.«

Sie ließen sich von der Haushälterin ihr Gästezimmer zeigen - klein, aber gemütlich. Während Freya und Erik sich auf den Betten ausstreckten, ging Walker mit Dramming noch im Kirchhof auf und ab und telefonierte. Dann zog sich auch der NCA-Agent zurück.

Am nächsten Morgen klingelte Freyas Handy, als sie wieder mit ihren Unterlagen in der Wohnküche saßen. Sie nahm ab. »Sie haben was gefunden?«, sagte sie aufgeregt, während Erik und Walker sie ansahen. »Das ist ja toll. Das muss ich den anderen erzählen. Auch wenn es mir sehr geheimnisvoll vorkommt.« Sie legte auf und schaute die beiden an. »Das war Thomas Berger, der Historiker aus Husum. Unsere Aufzeichnungen haben ihm keine Ruhe gelassen. Er hat die ganze Nacht an den Karten gearbeitet und endlich die Koordinaten gefunden.«

»Alle Achtung. Bei der NCA haben sie noch nicht mal angefangen«, sagte Walker.

Freya tippte auf ein Dokument, das im Original vor ihnen auf dem Tisch lag. »Seht euch das an, diese Karte mit der verzierten Windrose. Diese Markierungen scheinen mit geografischen Koordinaten übereinzustimmen.«

Erik beugte sich über ihre Schulter, und sein Atem stockte angesichts des verschlungenen Musters. »Du hast recht. Die Koordinaten sind in der Dekoration der Karte versteckt.«

Walker untersuchte die Zeichnung. »Clevere Burschen, wer auch immer das war. Die Koordinaten sind direkt vor der Nase von jedem verewigt, der sich die Karte ansieht - aber kaum jemand dürfte sie erkennen.«

Mit zitternden Fingern zeichnete Erik die Punkte nach. Dann suchte er auf seinem Smartphone die Koordinaten auf einer Seekarte. Weit, weit im Westen, vor der dänischen und der deutschen Küste, ergab sich ein Ort. »Die Nordsee ... die Daten zeigen auf einen Punkt in der Mitte der verdammten Nordsee.«

Walker blickte auf. »Haben wir bisher nicht vermutet, die Anlage steht in dem Bunker unter dem Roten Kliff?«

»Ja. Aber offensichtlich nicht. Ich meine, die Anlage ist dort. Aber es scheint noch mehr zu geben«, warf Freya ein.

»Einen Moment«, sagte Erik. Er zog die Karte aus seiner Jacke, die sie in dem Raum im Bunker hinter der Baustelle auf Sylt gefunden hatten, und faltete sie auseinander. Sie tauschten erstaunte Blicke aus, als ihnen ihre Entdeckung bewusst wurde.

»Das ist derselbe Ort«, stellte Freya fest. »In der Tat«, sagte Erik. »Auf der Karte ist ein Kreuz eingezeichnet, mitten auf der Nordsee, vor der Doggerbank. Und die Koordinaten, die hier im Ornament der Karte eincodiert wurden, sind die gleichen wie die des Kreuzes. Das ist ein eindeutiger Hinweis.«

»Ein Hinweis auf einer Karte in einem deutschen Bunker und der gleiche Hinweis in der Krypta einer dänischen Kirche«, stellte James Walker fest. »Was mag sich dort nur befinden?«

»Ich denke, wir sollten das herausfinden«, sagte Freya. Draußen klopften die ersten Regentropfen gegen die Fenster, als wäre der Himmel selbst beunruhigt.

Der Regen wurde stärker, als sie eilig ihre Habseligkeiten zusammenpackten und der Priester sie durch eine Seitentür in die Gassen führte. Ein Sturm zog über das Meer heran. In der Ferne grollte der Donner bedrohlich. »Ich habe einen Transport zur Fähre organisiert«, sagte er. »Aber Sie müssen sich beeilen. Der Sturm wird noch heftiger werden.«

Erik warf ihm einen dankbaren Blick zu. »Du bist ein großzügiger Gastgeber gewesen, Vater. Wir sind dir zu Dank verpflichtet.«

Der alte Mann lächelte. »Sieh nur zu, dass dieses dunkle Geheimnis besser genutzt wird als von denen, die es begehren. Gott sei mit euch, meine Freunde.«

Damit zog er sich wieder ins Haus zurück und überließ sie dem peitschenden Wind und dem Regen. Ein Wagen fuhr vor, der Küster saß am Steuer und bedeutete ihnen einzusteigen. Freya zog ihre Jacke fester an und setzte sich neben Erik auf den Rücksitz. Walker nahm auf dem Beifahrersitz Platz, und der alte Ford fuhr los, durch den dichten Regen, von Ribe nach Skaerbaek und weiter nach Rømø.

»Hat er gesagt, wie weit es bis zum Terminal ist?«, fragte Freya.

»In einer Stunde sind wir da«, antwortete der Küster auf Deutsch. Sie passierten den Damm, der durch das Watt nach Rømø führte, und fuhren dann nach Süden über die Insel bis Havneby, dem Ort, durch den sie erst vor zwei Tagen gekommen waren.

Doch als sie das Terminal am Ende der Insel erreichten, war die Syltfähre bereits ausgelaufen. Das moderne Schiff verschwand im Regen. Erik ging zum Schalter in dem kleinen Terminalgebäude. Kopfschüttelnd kam er nach zwei Minuten schon wieder zurück. »Sie schließen für heute, wegen des Wetters«, sagte er.

James Walker sah die beiden an. »Wie ernst ist es uns denn mit dieser Sache?«

»Natürlich sehr ernst«, antwortete Freya.

»Gut. Ich werde jemanden organisieren, der uns nach List bringt. Ihr wartet hier.«

Erik und Freya sahen sich verständnislos an, zogen sich aber in eine geschützte Ecke des Terminals zurück, wo sie sich herzlich von dem Küster aus Ribe verabschiedeten. Sein Auto verschwand im strömenden Regen. »Da fährt unser Mann weg«, sagte Freya.

»Keine Sorge, ich kenne ein nettes Hotel in Havneby«, antwortete Erik grinsend.

»Ich kann mir vorstellen, wonach dir ist.«

Endlich kam Walker zurück. »Beeilen wir uns, ich habe einen Fischer gefunden, der uns hinüberbringt.«

»In einem Fischerboot bei diesem Wetter?«, sagte Freya erstaunt.

»Das einzig Schwierige ist die Passage zwischen den beiden Inseln, hat er mir versichert. Der Rest ist einfach, weil wir noch genug Wasser im flachen Watt haben.«

Sie folgten Walker zu den Stegen mit den Fischkuttern am Rande des Hafens. Ein dänischer Kapitän erwartete sie und stellte sich als Poul vor. »Kommt an Bord«, sagte er mit starkem Akzent. Walker half Freya und Erik an Bord.

»Es ist ein ziemlicher Seegang da draußen, aber wir unsere Chancen stehen nicht schlecht«, sagte Poul.

Er startete den kräftigen Dieselmotor seines Fischkutters, während Walker die Leinen loswarf. Dann manövrierte er aus dem Liegeplatz, wendete im Hafenbecken und nahm mit Vollgas Kurs auf die Ausfahrt. Kaum hatten sie die beiden Molenköpfe passiert, erfasste eine heftige Brandung das Fischerboot. Doch anders als Erik erwartet hatte, waren es lang gezogene Wellen, die das Boot zwar gewaltig anhoben, aber ganz sanft. »Das scheint zu funktionieren«, sagte er erstaunt.

»Jo, sonst hätte ich dich nicht mitgenommen«, antwortete Poul lachend.

»Ich werde jetzt per Handy Verstärkung von der Bundespolizei anfordern«, sagte James Walker bestimmt. »Klüvers Einfluss mag weit reichen. Aber ich glaube, wir können den Bundespolizisten vertrauen.«

»Wo kommen die denn her?«, fragte Erik.

»Nun, die nächste Wache ist in Bredstedt bei Husum. Das dauert mindestens zwei Stunden, bis die in List sind, Erik. Wir sind also noch ein bisschen auf uns allein gestellt.«

In diesem Moment hob eine besonders große Welle den Fischkutter hoch, um ihn sofort wieder in ein Wellental einsinken zu lassen. Poul lenkte den Bug schräg in den nächsten Brecher und riss den Diesel noch weiter auf. »Ihr setzt euch jetzt besser einmal schön hin und legt die Schwimmwesten an. Gleich kommt die Durchfahrt zwischen Rømø und Sylt.«

Kaum hatte er es ausgesprochen, krachte eine gewaltige Welle über das Deck. Das Boot krängte gefährlich nach Steuerbord, der Bug grub sich tief in die nächste Wasserwand. Schaum und Gischt peitschten Erik und Freya ins Gesicht, als sie gegen die Bordwand gedrückt wurden. Für einen Moment schien es, als würde das kleine Schiff sich nicht mehr aufrichten. Der Sturm tobte unvermindert weiter, das Boot schlingerte und rollte auf die ferne Küste Sylts zu.

Doch dann gewann Poul wieder die Kontrolle, und der Kutter schoss aus dem Wellental heraus, nur um gleich darauf von der nächsten Monsterwelle emporgehoben zu werden. Es war eine Achterbahnfahrt zwischen haushohen Wellen, die kein Ende nehmen wollte. Freya klammerte sich an Erik. Selbst Poul, der Seebär, wurde unruhig. »So etwas habe ich noch nie erlebt«, schrie er gegen den Orkan an. »Wir müssen da so schnell wie möglich durch.« Unerbittlich drückte er das Gasgestänge bis zum Anschlag durch. Der Kutter nahm Fahrt auf, passierte die gefährliche Engstelle zwischen den Inseln und erreichte schließlich ruhigeres Fahrwasser hinter Sylt. Alle atmeten erleichtert durch.

Doch die Gefahr war nicht gebannt. In der Ferne tauchten die Positionslichter eines Schiffes auf - es war die Küstenwache. Schnell drosselte Poul den Motor und hoffte, unbemerkt zu bleiben. Doch es half nichts, das Schiff kam unaufhaltsam näher.

KAPITEL 19

Schüsse im Bunker

Die Positionslichter der Küstenwache wurden heller und das Patrouillenboot schob sich heran. Der Fischkutter tanzte auf und ab in den Wellen, die von See heranrollten. James Walker zog Kapitän Poul zur Seite. »Hören Sie, wenn uns die Küstenwache in die Finger bekommt, bedeutet das Riesenärger. Die sind nicht ganz sauber, das sind keine harmlosen Helfer.« Walker sprach leise, aber eindringlich und sah den dänischen Fischer streng an.

»Sie haben mich überzeugt, dass sie von Europol sind. Aber was haben sie gegen die Küstenwache?«

»Sie werden uns erst mal festsetzen und es wird sehr kompliziert, uns da wieder rauszuboxen. Das kostet wertvolle Zeit, die wir nicht haben.«

Poul schluckte trocken und wischte sich mit einem zitternden Handrücken über die Stirn. Er sah besorgt aus. »Was sollen wir denn machen? Die kriegen uns sowieso.«

Walker schüttelte entschlossen den Kopf. »Nein. Hören Sie mir zu. Sobald wir die Grenze vor List überqueren, sind wir auf deutschem Hoheitsgebiet. Dann können sie uns festnehmen. Aber jetzt sind wir noch in Dänemark. Wir müssen nur auf dieser Seite der Grenze bleiben, bis die Bundespolizei in List eintrifft. Das dauert ungefähr zwei Stunden.«

Erik und Freya starrten aus den Fenstern im Steuerhaus des Kutters auf die Positionslichter des Küstenwachbootes, das immer näher zu kommen schien. Angespannt blickten sie zu Walker und Poul hinüber. Plötzlich erhellte ein greller Blitz die Szenerie, gefolgt von einem ohrenbetäubenden Donnerschlag. Starker Regen prasselte auf die Wasseroberfläche, getrieben von einer neuen Böe.

Poul zögerte nicht länger. Er griff nach dem Ruder. Der alte Dieselmotor beschleunigte und der Kutter drehte in eine andere Richtung.

»Was hat er vor?«, rief Freya gegen den Lärm des Unwetters an.

Walker kam zu ihnen. »Poul steuert uns tief ins Wattenmeer hinein, weiter südlich, nach Hoyer Schleuse. Dort ist es viel flacher und die Wellen lassen nach. Da kann uns die Küstenwache nicht folgen. Und außerdem ist das noch dänisches Hoheitsgebiet.«

Tatsächlich flachte das Meer um sie herum langsam ab. Statt der haushohen Wellen gab es nur noch Kräuselungen an der Oberfläche. Das Boot fuhr jetzt halbwegs ruhig. Der Windschatten der lang gestreckten Insel Sylt hielt die Wellen fern.

Hinter ihnen wendete das große Schiff der Küstenwache. »Die scheinen wirklich das Interesse an uns verloren zu haben«, sagte Poul. »Na ja, wir sind auch nur ein dänischer Kutter, der bei rauem Wetter zum Fischen rausgefahren ist. Und hier, geschützt im Watt, fallen wir nicht so auf.«

Nach einer Weile drehte Poul wieder bei und nahm Kurs auf die Lichter der sich nähernden Sylter Küste. »Das sollte jetzt sicher sein«, sagte er. Von der Küstenwache war keine Spur mehr zu sehen. Innerhalb einer Stunde erreichten sie den Hafen von List. Sie hatten es tatsächlich geschafft und machten neben den anderen Fischereifahrzeugen fest.

In der Ferne standen bereits zwei schwarze Geländewagen, flankiert von sechs grimmig dreinblickenden Bundespolizisten in dunklen, kugelsicheren Westen. In einiger Entfernung bemerkte Erik noch einen normalen Polizeiwagen aus Westerland der sie im Blick behielt - aber die Beamten von der Insel trauten sich nicht einzugreifen, wenn ihre Kollegen von der Bundespolizei vor Ort waren.

Freya stieg über die Kante des Kais an Land. »So kehren wir also auf die Insel zurück«, sagte sie zu Erik. Walker folgte ihnen, sein Blick war aufmerksam. Als sie sich näherten, reichte einer der Beamten ihnen die Hand.

»Guten Tag. Ich bin Hauptkommissar Dietz von der Bundespolizei in Bredstedt. Wir sind als Vorhut auf die Insel gekommen.« Sie stellten sich kurz vor. »Sie haben ja ganz schön Alarm geschlagen, Herr Walker. Deshalb werden wir nicht unter uns bleiben. Nach uns kommt noch weitere Verstärkung auf die Insel«, sagte Dietz. Dann stiegen sie in den Geländewagen. Erik ließ sich neben Freya auf den Rücksitz fallen, als das Fahrzeug losfuhr und die Reifen Splitt auf den Bürgersteig spuckten.

~

Die Häuser und Geschäfte von List flogen an den getönten Scheiben vorbei. Eriks Hände klammerten sich an den Haltegriff, als sie sich einer Kreuzung näherten und der Fahrer langsamer wurde, bevor er um eine Ecke bog.

»Wohin fahren wir?«, fragte Freya neben ihm mit angespannter Stimme.

Dietz klarer Blick traf Eriks im Rückspiegel. »Wir wollen uns diesen Bunker am Roten Kliff einmal näher ansehen, von dem uns James Walker erzählt hat. Vielleicht finden wir da auch diesen Baumann.«

»Genau«, sagte Walker. »Ihr seid doch mit dabei?«

»Auf jeden Fall«, antwortete Freya. »Jetzt wollen wir mal sehen, was dort los ist.«

Der Geländewagen bog um eine weitere Kurve, und der schrille Ruf eines Seevogels unterbrach die Spannung. Sie fuhren nach Süden, von List in Richtung Kampen, die Insel hinunter. Der Geländewagen wurde erst langsamer, als sie den Ort erreichten und in die lange Kurhausstraße einbogen. Erik blickte aus dem Fenster auf die Dünen und die Heide des Naturschutzgebietes.

»Da«, sagte Dietz und deutete in Richtung der Baustelle von Horst Baumann.

Erik signalisierte dem Fahrer, von der Straße in den Wanderweg einzubiegen, der durch die Dünen führte. Er blinzelte aus dem Fenster, während sie in hohem Tempo den Weg hinunterfuhren. Dann konnte ein paar dürre Strandbüsche ausmachen, die die Hütte aus Holz teilweise verdeckten. Sein Puls beschleunigte sich - das war der Bunker. Der Wagen hielt auf dem schmalen Weg. Erik stieg als Erster aus. Der Wind peitschte ihm durch die Haare, während er mit zusammengekniffenen Augen die Umgebung absuchte. Keine Spur von Bewegung, nur die klagenden Schreie der Möwen, die im Küstenaufwind segelten.

Freya kam als Nächste heraus, ihr blondes Haar zu einem Pferdeschwanz gebunden. James Walker folgte als Letzter, das Gesicht des NCA-Agenten sah ernst und gespannt aus.

»Seid ihr sicher, dass wir hier richtig sind?«, fragte Walker leise.

»Ja, ganz sicher. Das ist der Eingang. Da drinnen wurden wir bedroht«, antwortete Erik. Dietz nickte kurz.

Ein metallisches Klicken ließ Erik aufhorchen - der Beamte hatte den Schlitten seiner Pistole zurückgezogen. Seine Männer sprangen mit MP7-Maschinenpistolen aus dem zweiten Geländewagen - kompakte Waffen mit höherer Feuerkraft, die auch beim GSG-9 zum Einsatz kommen.

Erik spürte den Nervenkitzel angesichts der Gefahr, die sie erwartete. Freya trat neben ihn den Blick auf den halb verborgenen Eingang zwischen den Dünen gerichtet. Auch sie wirkte konzentriert und aufgeräumt: »Fertig?«, murmelte sie.

Erik schenkte ihr ein flüchtiges Lächeln und versuchte nicht daran zu denken, dass dies ihr letzter gemeinsamer Moment sein könnte. »Als ob du das fragen müsstest.«

Dann setzte er sich in Bewegung und Freya folgte seinen Schritten. Der grobe Sand knirschte unter ihren Schuhen, als sie sich dem Bunkereingang näherten.

Erik ging voran, seine Sinne in höchster Alarmbereitschaft. Die verrostete Metalltür stand einen Spalt offen und ein schmaler Streifen schwachen Lichts drang von innen herein. Er blieb stehen und spitzte die Ohren. Aber es war nichts zu hören.

Eine leichte Bewegung von James Walker ließ sie beide umdrehen. Der NCA-Agent streckte drei behandschuhte Finger in die Höhe und deutete auf die Öffnung. Freya und Erik traten beiseite und ließen den Bundespolizisten den Vortritt.

Drei, ... zwei ... eins.

Walker stieß die Tür auf. Die Spezialkräfte stürmten hinein. Schummriges Licht flackerte von den nackten Glühbirnen, die von der Decke hingen, und warf tiefe Schatten. Freya und Erik folgten.

»Bundespolizei! Stehen bleiben«, rief einer aus dem Team vor ihnen.

Schüsse ertönten aus der Tiefe des Bunkers. Erik sprang hinter eine Metallkiste und zog Freya neben sich, während die Kugeln pfiffen. Er riskierte einen Blick über den Rand, konnte aber nichts entdecken. Die Beamten eröffneten das Feuer. Die Männer im Bunker zogen sich offensichtlich tiefer in die Anlage zurück. Dietz, seine Polizisten und Walker drängten sie in den Bunker hinein.

Als Freya und Erik sich fragend ansahen, öffnete sich plötzlich eine Seitentür hinter einem Schrank im Vorraum des Bunkers - ein Zugang, den sie beim Hereinkommen übersehen hatten. Er blickte hinüber - und sah sich der grinsenden Visage von Detlev Klüver persönlich gegenüber.

»Sie konnten es einfach nicht lassen, Herr Wiedner, was?«, spottete der Politiker. Er stand neben einem Tisch, auf dem sich eine zerschlissene Aktentasche befand. Klüvers Finger krampfte sich um den Abzug der Pistole in seiner Hand. »Ich will es kurz machen: Jetzt ist es Zeit zu sterben, für euch beide.«

Er eröffnete das Feuer. Erik riss Freya zu Boden, als die Kugeln an ihrer spärlichen Deckung, der Tischplatte, abprallten.

Doch jetzt tauchte James Walker wieder in dem Gang auf, der tiefer in den Bunker führte. »Was ist hier los?«, rief der NCA-Agent, sah Klüver im Raum stehen und feuerte im Bruchteil einer Sekunde mehrere Schüsse aus seiner Pistole auf Klüver ab. Dieser zog sich in den Nebenraum zurück, aus dem er gekommen war. Walker ging neben ihnen in die Hocke. »Wir müssen den Aktenkoffer sichern«, rief er.

Erik sah zu Freya. Sie fing seinen Blick auf und nickte entschlossen. Er blickte zu Walker und signalisierte mit zwei Fingern, dass er bereit war, Deckung zu geben. Der Agent schob ihm eine kleine Pistole zu.

Erik sprang in einer einzigen fließenden Bewegung auf, die Glock-Pistole, die er fest in den Händen hielt, bellte stakkatoartig in Richtung von Klüvers Position. Der Politiker duckte sich hinter den Durchgang zum Nebenraum, das Holz der Tür splitterte unter dem Aufprall. Neben sich sah Erik Freya und Walker, die die verstreuten Trümmer nutzten, um sich zu verstecken. Er biss die Zähne zusammen und hielt die Deckung aufrecht, während ihm Schweiß in die Augen lief. Eine verirrte Kugel schrammte so knapp an seinem Kopf vorbei, dass er das Brennen des Beinahetreffers auf seiner Wange spürte. Sein Adrenalinspiegel schoss in die Höhe. Beton wurde aus dem Bunkerboden geschleudert, als die Kugeln einschlugen.

»Freya, los«, rief er und verschaffte ihr mit weiteren Schüssen Zeit, sich eine neue Deckung zu suchen. Erik wollte so sehr, dass sie endlich in Sicherheit war. Sie sprintete in der Hocke vorwärts, geschmeidig und furchtlos. Erik sah, dass Klüver sie bereits im Visier hatte und schrie ihren Namen als Warnung.

Das Geräusch des Schusses übertönte seine Stimme. Die Zeit schien still zu stehen. Sekunden dehnten sich zu einer Ewigkeit, als Freyas Körper unter dem Aufprall der Kugel zusammenzuckte. Er sah, wie sich die rote Farbe einen Moment lang auf ihrer Weste ausbreitete, bevor sie mit einem erstickten Schrei zu Boden stürzte.

»Freya! Nein!«, schrie Erik.

Seine eigene Stimme klang weit entfernt, gedämpft durch das Dröhnen der Schüsse in seinen Ohren. Er kroch auf Händen und Knien vorwärts, ohne das Kreischen der Querschläger und die Erschütterungen zu bemerken, die von den Wänden um ihn herum widerhallten.

Freyas Gesicht war blass, ihre Augen flatterten, während sie nach Atem rang. »E-erik …«, röchelte sie, und auf ihren Lippen stand das Blut.

Mit zitternden Händen drückte er verzweifelt auf die Wunde unter ihrem Brustkorb und versuchte, den pulsierenden Blutstrom zu stoppen. Tränen trübten seine Sicht.

Ein ohrenbetäubender Knall ließ ihn zusammenzucken, doch es war Walker, der Klüver angriff und ihnen Deckung gab. »Wir müssen sie sofort hier rausholen«, rief der Agent.

Erik zog Freya in seine Arme und drückte ihren Körper an seine Brust. Selbsthass überkam ihn. Er hätte sie niemals da hineinziehen dürfen.

Sie bewegte sich schwach, eine zitternde Hand strich über seine Wange. »Mach dir keine Vorwürfe«, murmelte sie, als könnte sie seine Gedanken lesen.

Erik war sich sicher: Er würde sie nicht sterben lassen. Während Walker Deckung gab, trug Erik Freya zum Ausgang, und jeder Atemzug wurde für ihn zu einer quälenden Ewigkeit. Endlich, als sie die Oberfläche erreichten, fiel das Tageslicht auf sie. In der Ferne heulten Sirenen. Erik trat vor den Bunker, Freya auf dem Arm. Hoffentlich kommen sie nicht zu spät, dachte er.

Das Stakkato der Schüsse verfolgte sie gedämpft aus dem Bunkereingang. Erik blinzelte gegen den Wind und den stechenden Sand an, als er über die Düne zu den wartenden Geländewagen eilte, Freyas Gewicht in seinen Armen.

»Hierher«, rief einer der Bundespolizisten, die zur Verstärkung eingetroffen waren. Mit einem letzten Adrenalinstoß rannte Erik auf ihn zu und die hintere Tür flog auf. Er legte Freya sanft auf den Rücksitz. Ihr Kopf hing schlaff herab, er umfasste ihre aschfahle Wange, sein Daumen wischte eine dünne Blutspur aus ihrem Mundwinkel.

»Bleib bei mir, Freya«, sagte er. »Wage es nicht, mich zu verlassen.«

Ihre Lider flatterten, und es fiel ihr schwer, sich auf sein Gesicht zu konzentrieren. »E-erik ...« Sie versuchte zu sprechen, brachte aber keine Worte mehr heraus.

Die Tür knallte zu und der Bundespolizist sprang auf den Fahrersitz. Die Reifen des Wagens drehten sich im Sand, als er das Lenkrad herumriss. Erik beugte sich über Freyas Körper, als sie in die Kurhausstraße einbogen. Er griff nach ihrer Hand. Rational gesehen wusste er, dass Schock und Blutverlust die größte Gefahr darstellten - aber sein Verstand fühlte sich taub an, als dieser Albtraum Wirklichkeit wurde. »Die nächste Klinik ist keine zehn Minuten entfernt«, rief der Mann am Steuer, als sie die Hauptstraße von Kampen hinunterfuhren. »Wir sind fast in Wenningstedt.« Häuser und Dünen flogen an den Fenstern vorbei. Freyas Griff lockerte sich, und Erik geriet in Panik, bis er sah, dass sich ihr Brustkorb immer noch hob und senkte. »Wie weit ist es noch?«, rief er über das Dröhnen des Motors hinweg.

»Nicht weit. Drück auf die Wunde«, rief ihm der Beamte zu. Erik zog sein Hemd aus und drückte es auf Freyas Brust. Ihr Kopf rollte ihm bei seiner Berührung entgegen, ihre halb geschlossenen Augen fanden sein Gesicht.

»Es ... tut mir leid«, flüsterte sie, die Worte undeutlich, aber klar. »Ich hätte ... auf dich hören sollen ...«

Er strich ihr durchs Haar, ihre Kehle war wie zugeschnürt und brannte. »Schhh, sprich nicht. Schone deine Kräfte.«

Die Reifen quietschten, als der Geländewagen vor der Notaufnahme der Nordseeklinik hielt. Pfleger eilten mit einer Trage heraus. Erik riss die Tür auf und nahm Freyas schwachen Körper in die Arme.

»Sie hat eine Schussverletzung«, sagte er und legte sie vorsichtig auf die bereitstehende Trage. Die Sanitäter brachten sie mit dringenden Rufen weg und ließen Erik und den Polizisten fassungslos im Chaos zurück. Eine Krankenschwester kam auf sie zu, ihr Gesicht war professionell und doch voller Mitgefühl. »Wenn Sie mit mir kommen und mir ihre Daten geben, werden die Ärzte Sie so schnell wie möglich informieren.«

Mit einem dankbaren Nicken wandte sich Erik um und eilte der Krankenschwester hinterher. Mechanisch ratterte er Freyas Daten ab, während er vor seinem geistigen Auge noch immer sah, wie sie zusammengesunken auf dem Bunkerboden lag. Das Bild brannte sich in seinen Kopf ein.

Nach einer gefühlten Ewigkeit tauchte ein ergrauter Arzt in einem grünen Kittel auf. Erik richtete sich auf, Angst und Hoffnung schwangen in ihm.

»Herr Wiedner? Frau Jensen hat die Operation überstanden, aber ich will kein Blatt vor den Mund nehmen - ihr Zustand ist äußerst kritisch.« Die restlichen Worte des Arztes verschwammen zu einem undeutlichen Rauschen. Eriks Knie wurden weich. Freya lebte. Sie atmete. Aber sie war schwer verletzt. Und sie kämpfte.

Die Tür zum Wartesaal öffnete sich und zwei Bundespolizisten traten ein. Erik blickte mit geröteten Augen auf. Zwei Stunden hatte er hier verbracht, wie er mit einem Blick auf die Uhr feststellte. »Erik Wiedner?«, sprach ihn der ältere der beiden Männer mit einem mitfühlenden Lächeln an. »Mein Name ist Heinz Müller, das ist mein Kollege Markus Weber. Wir müssen Sie bitten, mit uns zu kommen.«

Eriks Nackenhaare stellten sich auf. »Was ist denn los? Geht es um Freya?«

»Nicht hier«, wehrte Müller ab und legte ihm beschwichtigend eine Hand auf den Arm. »Es ist dringend. Aber keine Sorge, wir brauchen nur Ihre Hilfe.«

Erik zögerte, den Blick auf den Flur gerichtet, der zur Intensivstation führte. Dort lag Freya. »Kommen sie doch bitte mit«, drängte ihn der Beamte.

»In Ordnung«, stimmte er ihm zu.

Die Beamten führten Erik zum Ausgang und sie stiegen in einen der Geländewagen der Bundespolizei, die hier inzwischen das Sagen zu haben schien. »Tut mir leid wegen des großen Aufgebots«, entschuldigte sich Müller. »Aber bei einer solchen Bedrohung müssen wir auf Nummer sichergehen.«

Sie fuhren zurück nach Kampen, zu dem Bunker, der erst vor wenigen Stunden gestürmt worden war. Erik nahm die Fahrt kaum wahr, sah nur mit leerem Blick aus dem Fenster, während draußen wieder die Dünen vorbeizogen. Schließlich bogen sie in den Sandweg bei der Baustelle ein, der zum Spazierweg führte und dann weiter zum

Bunkereingang. Dort war inzwischen ein großes Aufgebot eingetroffen - Fahrzeuge, Krankenwagen und überall Beamte mit schweren Waffen.

»Erik. Ich bin froh, dich zu sehen. Sag schon, wie geht es Freya jetzt?«, sagte James Walker mitfühlend und legte ihm die Hand auf die Schulter.

»Sie kämpft, James«, antwortete Erik. »Sie hat die Operation überstanden, aber sie ist noch nicht über den Berg.«

»Das ist schrecklich. Es tut mir auch leid, dass ich dich wieder hierher habe bringen lassen. Aber ich bin sicher, es interessiert dich zu erfahren, was hier los ist.«

»Da hast du den richtigen Reporter angerufen«, erwiderte Erik mit einem matten Lächeln.

»Das Wichtigste zuerst: Baumann und Klüver sind weg.«

»Was?«

»Sie sind irgendwie entkommen. Der Bunker hatte noch andere Ausgänge und sie konnten die Baustelle verlassen. Und in seinem protzigen Haus da hinten in Kampen sind sie auch nicht«, fügte James Walker hinzu, »das haben die Bundespolizisten gleich durchkämmen lassen.«

»Das sind keine guten Nachrichten.«

»Ja, das stimmt. Aber wir haben jetzt den ganzen Bunker gesichert. Und da drin ist eine Anlage, die du dir bestimmt mal ansehen willst.«

»Eine Anlage?«

»Das muss die Anlage sein, von der du mir erzählt hast. Komm mit, das wird dich auf andere Gedanken bringen, als wenn du im Wartezimmer der Klinik sitzt.«

»Also gut, lass uns reingehen.«

∼

KAPITEL 20

Die Wettermaschine

Die Luft im Bunker war kalt und feucht, ein Geruch nach Moder und Salpeter hing in der stickigen Atmosphäre. Erik folgte James Walker und Hauptkommissar Dietz tiefer in das Labyrinth aus Gängen und Räumen, das sich unter dem Roten Kliff erstreckte. Jeder Schritt hallte von den feuchten Wänden wider - wie ein unheilvolles Echo in der Stille. Die Taschenlampen der Beamten tanzten über die Mauern, enthüllten rostige Rohre, von denen Kondenswasser tropfte, und abblätternde Farbe. Von der Decke hingen dichte, graue Spinnweben, die dem Ort eine gespenstische Atmosphäre verliehen.

»Der ganze Bunker müsste jetzt gesichert sein«, sagte Dietz grimmig.

»Dann werden wir hier nicht mehr auf Leute von Klüver oder Baumann treffen?«, fragte Erik.

»Das ist unwahrscheinlich.«

»Der Bunker wurde im Ersten Weltkrieg gebaut«, sagte Erik, seine Stimme hallte von den Wänden wider und verstärkte das beklemmende Gefühl der Isolation. »Er sollte den Inselbewohnern als Schutzraum dienen, nach der offiziellen Lesart.«

»Aber er wurde nie wirklich benutzt«, fügte Walker hinzu. Seine Stimme klang dumpf und verloren in der Tiefe. »Nach dem Ersten Weltkrieg ist er verfallen. Aber wie wir wissen, scheint das nicht ganz zu stimmen.«

Sie bogen um eine Ecke und fanden sich in einem langen Korridor wieder, dessen Ende in der Dunkelheit verschwand. Die Luft wurde hier noch kälter, und Erik konnte das leise Tropfen von Wasser hören, das in der Stille tickte. Jeder Schritt war wie das Betreten einer vergessenen Gruft, eines Ortes, an dem die Zeit stehen geblieben war.

»Hier entlang«, sagte Dietz und deutete auf eine schwere Stahltür am Ende des Ganges. Ihre Oberfläche war mit Rost überzogen und von den Jahren gezeichnet. Walker trat vor und drückte die Tür auf. Sie quietschte protestierend, als sie sich öffnete, ein Geräusch, das Eriks Nerven auf die Probe stellte. Die Tür gab den Blick auf einen großen, schwach beleuchteten Raum frei. Erik staunte, als er sah, was sich ihm bot.

Die Halle war riesig, ihre Ausmaße verschwanden in den Schatten. In der Mitte des Raumes stand eine monströse Maschine, angestrahlt von einer Reihe von Scheinwerfern, deren Lichtkegel die Unnatürlichkeit des Gebildes betonten. Sie waren mit Kabeln verbunden, die von der Polizei von oben in den Bunker gelegt worden waren und von Generatoren gespeist wurden. Der Apparat war so groß wie ein Sternenprojektor in einem Planetarium, schlank, aber mit zwei dicken Kugeln an den Enden eines Trägers. Es war eine bizarre Mischung aus Metall und Glas, mit Rohren, die sich um sie schlängelten, und Kabeln, die wie Nervenenden aus ihr herausragten.

»Ist sie das?«, flüsterte Erik, seine Stimme kaum mehr als ein Hauch in der unheimlichen Stille.

»Ich glaube, das ist sie. Der Prototyp der ›Wettermaschine‹, die das deutsche Militär hier vor hundert Jahren entwickelt hat«, sagte Walker. »Danach hat Baumann hier unten gesucht.« Seine Stimme klang angespannt, als wüsste er nur zu gut um die Bedeutung der Maschine. Dietz sah ihn fragend an.

»Wir wissen noch nicht genau, was sie macht, aber wir vermuten, dass es ein Gerät ist, das das Wetter beeinflussen kann.«

Erik trat näher an die Maschine heran, jeder Schritt ein Zögern, als nähere er sich einem gefährlichen Raubtier. Er bemerkte eine Reihe von Bedienelementen und Anzeigen, die mit Symbolen beschriftet waren, deren Bedeutung er nicht kannte, die aber eine unheilvolle Botschaft zu vermitteln schienen. Er streckte die Hand aus, zögerte einen Moment und berührte dann einen der Knöpfe. Das Metall fühlte sich kalt und glatt an.

»Vorsicht«, sagte Walker. »Wir wissen nicht, was das auslösen könnte.«

Erik zog schnell die Hand zurück, als hätte er sich verbrannt. »Tut mir leid«, sagte er.

»Aber so schnell dürfte das Ding ja nicht hochgehen«, sagte Dietz. »Schließlich hat sie ja keine Stromversorgung mehr. Aber seien sie vorsichtig. Wir wollen hier nichts riskieren.«

Die nächste Stunde verbrachten sie damit, die Maschine zu untersuchen. Sie fanden keinen Hinweis auf ihre Funktion. Sie gingen um die Maschine herum, ihre Taschenlampen huschten über die unzähligen Rohre, Kabel und Messgeräte, die ihre Oberfläche bedeckten.

Dietz runzelte die Stirn. »Wettermaschine? Ich verstehe nicht, wie so etwas funktionieren soll.«

»Das wissen wir auch nicht genau. Es hat mit den Theorien von Niklas Tesla zu tun, die offenbar im Ersten Weltkrieg von Militärs verfeinert wurden. Und mit der Energieübertragung in die Ionosphäre. Aber das verstehe ich auch nicht. Doch vielleicht haben sie damals einen Weg gefunden, das Wetter zu kontrollieren.«

Erik beugte sich vor und begutachtete eine Schalttafel mit einer Reihe von Hebeln und Anzeigen. Sie wirkten altertümlich: Es waren runde Zifferblätter mit schwarzen Nadeln und Beschriftungen auf Deutsch. »Sieht aus, als wäre es noch nicht fertig«, stellte er fest. »Einige Kabel laufen ins Leere, und es gibt Halterungen, an denen nichts befestigt ist.«

Erstaunt folgte Walker seinem Blick zu den Kabeln, die aus der Schalttafel herausführten. Ihre Enden waren von Korrosion überzogen. »Du hast recht, Erik. Es sieht so aus, als hätten die Wissenschaftler bis zuletzt noch an der Maschine gearbeitet.« Sie hoben ihre Taschenlampen und ließen den Lichtkegel über die Decke wandern. Dort entdeckten sie eine große, runde Kuppel aus dickem Glas, die von einem Metallrahmen umgeben war.

»Das muss die Öffnung sein«, sagte Erik. »Wahrscheinlich haben sie die Kuppel geöffnet, um die Maschine auf den Himmel auszurichten.«

»Unglaublich. Darüber müssen Tonnen von Sand und Heidekraut liegen, die Dünenlandschaft des Roten Kliffs. Aber es würde Sinn ergeben«, stimmte Walker zu. »Die Maschine könnte Energie oder Strahlung in die Atmosphäre abgeben, um das Wetter zu beeinflussen.«

Dietz blickte ihn ungläubig an. »Das ist alles Spekulation. Wir haben keinen Beweis dafür, dass diese Maschine tatsächlich das Wetter kontrollieren kann.«

»Natürlich nicht. Schon gar nicht, wenn sie noch nicht fertiggestellt ist. Aber wir können nicht ausschließen, dass die Wissenschaftler einmal nahe dran waren«, entgegnete Walker. »Wir müssen die Maschine genauer untersuchen. Vielleicht finden wir Hinweise darauf, wie sie funktioniert.«

Die drei Männer standen schweigend da, jeder in seine Gedanken versunken. Erik strich mit der Hand über die glatte Oberfläche der Maschine, seine Finger glitten über die Rillen und Vertiefungen des Metalls. »Sie ist beeindruckend«, sagte er, »aber sie scheint eben nicht vollständig zu sein.«

Walker beugte sich über ein Schaltpult, er sah auf die verwirrende Anordnung von Knöpfen und Anzeigen. »Auch hier scheint etwas zu fehlen«, stimmte er zu. »Einige Verbindungen sind nicht hergestellt.«

Dietz kam mit skeptischem Blick näher. »Das Ding kann also nicht funktionieren?«

»Nicht in dem Zustand, in dem es jetzt ist«, bestätigte Walker. »Es ist, als hätten sie damals mitten in der Arbeit aufgehört.«

Erik richtete sich auf und betrachtete den Apparat mit einem Anflug von Enttäuschung. »Ich hatte gehofft, das Gerät könnte mehr als eine Waffe sein. Vielleicht sogar etwas, das im Kampf gegen den Klimawandel helfen könnte«, sagte er nachdenklich. »Eine Maschine, die das Wetter kontrollieren kann, könnte auch ein Werkzeug sein.«

»Das stimmt Erik. Aber vergiss nicht, womit wir es hier zu tun haben: die Umsetzung kühner Pläne und Forschungen aus den 1920er-Jahren. Es gibt keinen Beweis dafür, dass das hier jemals auch nur ansatzweise funktioniert hat.«

»Das Potenzial für Missbrauch ist hoch«, stellte Erik fest. »Deshalb bin ich eigentlich doch erleichtert, dass die Maschine nicht funktioniert.«

Dietz verschränkte die Arme vor der Brust. »Ich bin immer noch nicht davon überzeugt, dass diese Maschine etwas mit dem Wetter zu tun hat. Das klingt alles zu fantastisch.«

Walker lächelte. »Diese Wissenschaftler haben sich einige ungewöhnliche Ideen ausgedacht. Aber wir haben keine handfesten Beweise, nur alte Dokumente.«

Erik ließ den Lichtkegel seiner Taschenlampe über die Rückwand der Maschine gleiten. Etwas, das wie ein Knochen aus dem Geröll ragte, hatte seine Aufmerksamkeit erregt. Er trat näher heran, die Neugier trieb ihn an.

»Was ist da?«, fragte Dietz.

Vorsichtig zog Erik den Gegenstand aus dem Schutt. Es war ein menschlicher Schädel, vergilbt und von Spinnweben bedeckt. Erik betrachtete ihn eingehend, während ein ungutes Gefühl in ihm aufstieg.

Walker beugte sich über den Schädel, sein Gesicht war ernst. »Das ist nicht gut«, murmelte er. »Das sieht aus, als wäre er schon sehr lange hier.«

Sie begannen, den Schutt beiseite zu räumen, und entdeckten weitere Knochen - Rippen, Wirbel, Gliedmaßen. Es waren die Überreste von mindestens drei Menschen, die hier im Bunker gestorben waren.

Erik kniete sich hin und untersuchte die Fragmente genauer. An einigen Knochenresten entdeckte er Fetzen von Stoff, die wie Teile einer alten Uniform aussahen. Er erkannte die charakteristischen Merkmale der preußischen Armeeuniformen aus der Zeit vor dem Ersten Weltkrieg.

»Das sind keine normalen Opfer«, sagte er mit ernster Stimme. »Das sind Soldaten. Und sie sind hier unten gestorben.«

Walker kniff die Augen zusammen. »Das bedeutet, dass sie entweder durch einen Unfall gestorben sind - oder dass hier unten Experimente durchgeführt wurden. Experimente mit der Wettermaschine.«

Die Erkenntnis ließ sie alle innehalten. Der Bunker wäre dann nicht nur ein Ort der Forschung, sondern auch des Schreckens. Die Skelette waren stumme Zeugen eines dunklen Kapitels der Geschichte, das nun ans Licht kam.

»Wir müssen das melden«, sagte Dietz mit fester Stimme.

»Wem denn? Dem Kaiserreich? Das gibt es doch schon lange nicht mehr«, gab Erik zurück.

»Ich meine den Behörden«, entgegnete Dietz. »Es könnte sich hierbei um ein Verbrechen handeln.«

»Aber zuerst müssen wir herausfinden, was hier wirklich passiert ist. Und warum.«

Sie untersuchten die Skelette genauer und fanden weitere Hinweise auf ihre Identität. An einem der Schädel entdeckten sie eine tiefe Fraktur, die auf einen gewaltsamen Tod hindeutete. An einem anderen Skelett fanden sie eine Taschenuhr. Auf der Rückseite war das Jahr 1917 eingraviert.

»Es sieht so aus, als wären diese Männer während oder nach dem Ersten Weltkrieg hier unten gestorben«, sagte Walker. »Aber warum?«

Erik schüttelte den Kopf. »Das ist die große Frage. Was haben sie hier gemacht? Und warum wurden sie einfach hier unten zurückgelassen?«

Dietz stand auf und leuchtete mit seiner Taschenlampe in die Dunkelheit. »Ich glaube, wir haben hier noch lange nicht alles entdeckt.«

Erik ging zu einer großen Tafel an der Seite des Raumes. Sie war mit einer dicken Staubschicht bedeckt, aber er konnte noch einige verschwommene Zahlen und Diagramme erkennen. »Vielleicht finden wir hier etwas«, sagte er hoffnungsvoll und begann vorsichtig etwas von der Staubschicht wegzuwischen. Nach einer Weile fanden sie eine Reihe von Gleichungen und Formeln über atmosphärische Bedingungen und Energieübertragung.

»Das sieht nach Wetter aus«, sagte Walker.

»Aber warum eine Wettermaschine bauen?«, fragte Dietz. »Was war das Motiv?«

Erik zuckte die Schultern. »Das ist die große Frage. Vielleicht wollten sie die Welt retten. Obwohl das eher unwahrscheinlich ist, wenn man bedenkt, dass die Pläne aus der Zeit des Ersten Weltkriegs stammen. Vielleicht wollten sie sie eher beherrschen. Wir werden es wohl nie erfahren.«

Ein schwacher Luftzug ließ Erik aufschrecken. Er folgte dem Windhauch und entdeckte eine verborgene Tür hinter einem Regal. Mit einem Ruck zog er die Stellage beiseite und leuchtete mit seiner Handlampe hinein. Der Schein erhellte einen kleinen, mit Aktenordnern und Dokumenten vollgestopften Raum.

»Was haben wir denn hier?«, fragte Walker und trat näher.

Erik und Walker begannen, die Aktenordner zu durchsuchen. Sie fanden Berichte, Skizzen und Diagramme, die alle mit dem Projekt Odin in Verbindung standen. Die meisten Dokumente waren in deutscher Sprache verfasst, einige in einer alten, verschnörkelten Schrift.

»Sütterlin«, murmelte Erik. »Das kann ich lesen. Meine Großmutter hat mir das beigebracht.«

Er begann, die Dokumente zu übersetzen, während Walker und Dietz gespannt zuhörten. Die Berichte beschrieben detailliert die Funktionsweise der Wettermaschine und ihre möglichen Anwendungen. Doch was Erik am meisten schockierte, waren die Karten, die er fand. Sie zeigten verschiedene Städte in England, darunter London, Manchester und Liverpool, die mit roten Kreuzen markiert waren.

»Das sind Angriffsziele«, stellte Erik entsetzt fest. »Sie wollten die Wettermaschine als Waffe einsetzen.«

Walker stimmte ihm zu. »Das bestätigt unsere Befürchtungen. Es ging ihnen darum, eine äußerst gefährliche Waffe zu entwickeln.«

Dietz drückte sein Missfallen aus. »Diese Männer waren keine Wissenschaftler. Ich glaube, hier geht es um Kriegsverbrechen.«

Erik sah ihn an. »Aber das war vor über hundert Jahren. Was können wir jetzt noch tun?«

»Wir können die Wahrheit ans Licht bringen«, sagte Walker. »Und wir können verhindern, das die Pläne in die falschen Hände fallen. Damit diese Apparatur nicht doch irgendwann vollendet wird.«

Ein bedrückendes Schweigen senkte sich über den Raum. Die Maschine stand da wie ein stummer Riese, ein Symbol für die Hybris des Menschen und die Gefahren der Technik.

Die drei waren so in die Untersuchung der Maschine vertieft gewesen, dass sie die Zeit vergessen hatten. »Ich werde in den nächsten Tagen nach England zurückkehren«, sagte Walker schließlich. »Ich möchte die Pläne dieser Maschine einigen Wissenschaftlern zeigen und ihre Meinung hören.«

Zu Eriks Überraschung trat Dietz jetzt vor. »Ich fürchte, das wird nicht möglich sein.«

Walker blickte ihn fragend an. »Wieso das nicht?«

»Herr Walker, sie sollten es eigentlich wissen. Sie können nicht Dokumente aus einer Militäranlage in Deutschland einstecken und sie mit nach England nehmen, um sie, wie sie sagen, »einigen Wissenschaftlern« zu zeigen.«

James Walker lächelte jetzt, aber Erik verstand nicht. »Wieso das?«

Dietz wandte sich ihm zu. »Wir haben diese Anlage in einem Bunker unter dem Roten Kliff gefunden. Das ist in Deutschland nicht wahr?«

»Ja, aber ...«

»Was noch mehr zählt, ist, dass dies eine Anlage ist, die in einer Anlage des Kaiserreichs gebaut wurde. Und da der Rechtsnachfolger des Deutschen Kaiserreichs nun einmal die Bundesrepublik Deutschland ist, gehört die Anlage ...«

»Der Bundesrepublik«, ergänzte Erik und nickte.

»Es tut mir leid, Herr Walker. Wären Sie noch bei Europol, würde das vielleicht anders laufen. Aber sie sind seit dem Brexit britischer Polizeibeamter und ich kann nicht zulassen, dass ein Beamter eines Nicht-EU-Landes hier Pläne mitnimmt.«

»Ich habe wohl keine Chance, was?«, fragte Walker.

»Wie gesagt, es tut mir leid. Wir werden bestimmt ein Übereinkommen treffen können, nach dem sie eine Kopie der Pläne erhalten können - aber bis dahin muss ich dafür sorgen, dass alles hier so bleibt, wo es ist.«

Walker gab sich geschlagen. »Ok, ich verstehe.«

Erik tastete unwillkürlich an seine Jackentasche, in der die Karte steckte, die er bei ihrem ersten Besuch im Bunker gefunden hatten. Nein, dachte er, die werde ich jetzt nicht herausholen.

Dietz fuhr fort: »Ich tue nur meine Pflicht, auch wenn sie uns sehr geholfen haben. Das war nicht meine Idee, das war eine Anweisung, die direkt vom BKA kam.«

»Deshalb spiele ich auch mit, keine Frage«, antwortete Walker. »Aber da ist etwas, was sie wissen sollten.«

»Was meinen sie?«, fragte Dietz.

»Wir glauben, dass Klüvers Verbindungen weiter reichen, als zunächst anzunehmen war. Er scheint über Einfluss zu verfügen, der über Schleswig-Holstein hinausgeht.«

Erik sah ihn erstaunt an. »Das kann doch nicht sein.«

»Doch es ist so«, bestätigte Walker. »Es gab erst vor Kurzem eine Anfrage des deutschen Innenministeriums an Europol, diese Aktion abzubrechen. Sie wollten nicht, dass wir Klüver und Baumann näher unter die Lupe nehmen.«

Erik war schockiert. »Aber warum?«, fragte er mit bebender Stimme. »Warum sollten sie das wollen?«

»Das wissen wir nicht«, antwortete Walker. »Aber es deutet darauf hin, dass Klüver mächtige Verbündete hat. Leute, die ihn schützen. Wie hätte er sonst entkommen können? Die Bundespolizei hatte die Insel schon fast komplett abgeriegelt, als wir den Bunker gestürmt haben.«

Dietz schüttelte den Kopf. »Ja, das ist zu befürchten. Aber es ändert nichts daran, dass ich diese Unterlagen hier nicht herausgeben kann.«

»Im Grunde genommen ist es sehr logisch«, sagte Walker. »Da steckt eine große Verschwörung dahinter. Deshalb können wir froh sein, dass die Bundespolizei und sie Herr Dietz uns unterstützten. Erik, ich habe dir das gesagt, damit du weißt, dass du wirklich vorsichtig sein musst. Wir wissen nicht, wer noch in Klüvers Tasche steckt.«

Erik stimmte ihm zu. Dann fragte er: »Was sollen wir jetzt tun?«

Walker sah ihn an und ein Grinsen huschte über sein Gesicht. »Das hast du doch schon gesagt: Wir machen weiter.«

»James«, sagte Erik plötzlich zu Walker. »Erinnerst du dich an die Markierung auf der Karte, die wir in Dänemark gefunden haben? Die von der Nordsee?«

»Ja, ich erinnere mich.«

»Ich denke, wir sollten herausfinden, was es damit auf sich hat«, sagte Erik. »Vielleicht kommen wir so dem Geheimnis auf die Spur.«

Dietz sah die beiden einen Moment nachdenklich an. »Eine Karte, die sie in Dänemark in Ribe gefunden haben?«, fragte er.

»Ja, sie stammt nicht aus diesem Bunker.«

»Dann habe ich auch nichts davon gehört«, sagte Dietz und lächelte.

~

KAPITEL 21

Freyas geheimer Plan

Eriks Schritte hallten durch den Krankenhausflur, über die kalten Fliesen. Das grelle Licht der Neonröhren spiegelte sich in seinem Gesicht, während Pieptöne und gedämpfte Stimmen die sterile Atmosphäre durchdrangen. Er blieb vor Freyas Zimmertür stehen. Mit zitternder Hand drückte er die Klinke herunter und trat ein. Der Anblick, der sich ihm bot, ließ sein Herz fast aussetzen. Freya lag reglos inmitten eines Labyrinths aus medizinischen Apparaten, ihr einst strahlendes Haar wirkte leblos vor dem sterilen Weiß des Kissens. Das monotone Surren der Geräte erfüllte den Raum, ein Echo seiner eigenen panischen Gedanken. Freyas Haut, einst so warm, war nun von einem fahlen Schimmer überzogen, ihre Miene von dunklen Schatten umrahmt.

Er ließ sich auf den Stuhl neben ihrem Bett sinken und nahm ihre Hand in seine. Sie war kalt und schlaff, fühlte sich an, als sei sie aus . »Ich bin hier, Freya«, sagte er, seine Stimme brüchig. »Bitte ... kämpfe.«

Draußen auf dem Bürgersteig unter dem Fenster, standen zwei Gestalten in Lederjacken, den Blick starr auf den Eingang der Nordseeklinik gerichtet. Einer der Männer zündete sich eine Zigarette an, der Rauch tanzte in der Nachtluft. Geduldig und erbarmungslos warteten sie auf ihre Chance, in der Klinik zuzuschlagen.

»Der Alte hat ja einen ganz schön schnellen Abflug gemacht«, sagte der eine Mann.

»Ja, aber das will noch lange nicht etwas heißen. Du weißt ja, wie seine Verbindungen sind. Ich glaube, der ist in Nullkommanichts wieder an Deck und macht seine Geschäfte.«

»Bei dem Polizeieinsatz auf der Hotelbaustelle hab ich erst gedacht, das war es jetzt für ihn.«

»Quatsch. Horst Baumann und Detlev Klüver, die stehen auf der richtigen Seite. Und wir auch, wenn wir uns weiter an sie halten.«

»Ob das Vögelchen durchkommt?«, fragte er.

Sein Partner zuckte gleichgültig mit den Schultern und zupfte an seinen Manschettenknöpfen. »Der Boss lässt nur höchst ungern Zeugen übrig.«

»Na, dafür hat er ja auch uns. Damit wir aufpassen, dass niemand zu viel plaudern kann.«

∿

Erik strich Freya über die Hand. »Verlass mich nicht«, sagte er. »Ich brauche dich.«

Die Tür schwang auf. »Erik?«, fragte eine Stimme.

Er schrak hoch. »James Walker.«

Der hob beschwichtigend die Hand. »Ich wollte noch einmal nach Freya sehen.« Sein Blick glitt über ihren reglosen Körper und die medizinischen Geräte. »Das ist wirklich traurig. Sie war so mutig, so kann das hier nicht enden.« Ein Schatten huschte über sein Gesicht. Die Geräte piepten weiter.

Doch gerade als Walker sich auf einen der Besucherstühle gesetzt hatte, brach draußen auf dem Gang Tumult aus. Es waren Schreie zu hören, kurz darauf das Stampfen schwerer Stiefel. Walker sprang auf und zog eine schlanke Pistole aus seiner Jacke. »Runter«, rief er und zielte mit der Waffe auf den Eingang.

Die Tür flog auf und zwei kräftige Männer in Lederjacken stürmten herein. Erik sah ihre finsteren Mienen. Einer hielt eine schallgedämpfte Pistole, der andere stürzte sich auf Walker. Schüsse pfiffen durch die Luft, Putz rieselte von den Wänden. Walker bewegte sich schnell, wich dem ersten Angreifer aus und rammte ihm den Ellbogen in den Magen. Mit einem geschickten Griff drehte er dem Mann den Waffenarm um.

Erik sprang auf den zweiten Angreifer zu und versetzte ihm gekonnt Faustschläge, bis er zu Boden ging.

»Respekt, Erik. Du hast ihn meisterhaft zu Fall gebracht«, sagte Walker keuchend.

»Du aber auch.«

»Woher kannst du so kämpfen?«

»Das ist eine lange Geschichte. In meiner Jugend war ich nicht nur Schüler, sondern auch Mitglied in einer Gang. Aber das erzähle ich ein andermal.«

»Du solltest deine Sachen packen«, sagte Walker und ließ die Waffe sinken. »Dieser Ort ist nicht sicher.«

»Aber was ist mit Freya ...«

»Ich werde dafür sorgen, dass sie gut bewacht wird«, versicherte Walker ihm. »Du musst jetzt mit mir kommen.«

Erik zögerte und beugte sich ein letztes Mal über Freya. Er strich ihr eine Strähne aus dem Gesicht und küsste sie sanft auf die Stirn. Ihre Augenlider flatterten, ihr Brustkorb hob und senkte sich in einem schwachen Rhythmus. Draußen eilten bereits Bundespolizisten den Flur entlang. Walker drehte sich zu ihnen um. »Der Raum muss geschützt werden. Niemand darf mehr rein oder raus. Das war ein echter Anschlag.« Er drehte sich zu Erik um. »Und für dich müssen wir eine neue Bleibe finden.«

»Wenn ihr mir versprecht, dass ihr Freya gut beschützt, dann gehe ich«, sagte Erik. »Ich gehe zu Peter und Frank auf das Segelboot.«

Einige Stunden später hatte sich Freya auf ihrem Krankenbett aufgerichtet. Sie war wieder zu Bewusstsein gekommen. Von dem Anschlag hatte sie nichts mitbekommen. Die Schwester hatte James Walker und die Polizeibeamten gerufen. Dokumente und Überwachungsfotos lagen verstreut auf dem Tisch.

»Dieser verdammte Psychopath wird nicht ruhen, bis jeder Faden durchtrennt ist«, sagte Walker und tippte mit dem Finger auf Klüvers Foto.

»Ich denke, Eriks Schutz hat im Moment oberste Priorität.«

»Erik?«, fragte einer der Beamten, ein Polizist namens Dieter, und runzelte die Stirn. »Sie sind auch eine Zielscheibe, Frau Jensen. Eine

Person des öffentlichen Lebens, die Klüver kritisiert und angreifbar macht? Er wird sie aus dem Weg räumen.«

»Dann räumen wir ihn zuerst aus dem Weg.« Freyas Augen funkelten. »Und dazu müssen wir Erik aus dem Spiel nehmen.«

»Was soll das heißen?«, fragte Walker.

Ihr Blick war kühl und entschlossen. »Ich habe eine Idee.«

Freyas gewagter Vorschlag hing schwer in der Luft. Die Agenten tauschten besorgte Blicke aus, doch Walker sah sie anerkennend an. »Das muss eine verdammt überzeugende Vorstellung werden«, sagte er. »Klüver ist nicht naiv. Er wird jeden Schwindel durchschauen.«

»Dann verkaufen wir es ihm eben bis ins kleinste Detail«, erwiderte Freya, und ihre Gedanken rasten, während sie jedes mögliche Szenario durchspielte. »Von gefälschten Krankenakten bis zu einer Obduktion. Es muss wasserdicht sein.«

Dieter runzelte die Stirn, seine Sorgenfalten vertieften sich. »Selbst wenn wir es schaffen, was wird dann aus Ihnen? Sie werden ein Phantom sein.«

»Ein Risiko, das ich bereit bin einzugehen«, entgegnete Freya, ohne zu zögern, ihr Blick fest. »Wenn Klüver mich für tot hält, kann ich im Verborgenen operieren. Informationen sammeln, seine Operationen sabotieren ...«

»Während ich Erik in Sicherheit bringe«, fügte Walker mit einem entschlossenen Nicken hinzu. »Es ist ein riskantes Spiel. Aber es könnte funktionieren.«

In der nächsten Stunde nahmen die Pläne Gestalt an, wie Zahnräder, die ineinandergriffen. Freya musste untertauchen, sich eine neue Identität zulegen. Die Kapelle des Krankenhauses, die selten benutzt wurde, bot sich als perfekter Ort für ihre »letzte Ölung« an. Freya schauderte. »Dann machen sie sich an die Arbeit. Ich werde die Krankenschwester mit einweihen.«

»Bist du sicher?«, fragte Walker. »Wenn es getan ist, gibt es kein Zurück mehr.«

Statt zu antworten, stand Freya auf und trat ans Fenster. Sie blickte hinaus auf die Dünen, Möwen tanzten vor einem stahlgrauen Himmel.

»Klüver muss gestoppt werden«, sagte sie leise, ihre Stimme kaum mehr als ein Hauch. »Koste es, was es wolle. Auch wenn es bedeutet, dass ich selbst eine Weile auf dem Verkehr bin.«

Ihre Finger strichen über das kühle Glas, folgten der Linie des Horizonts. »... es ist der einzige Weg.«

~

Freya bewegte sich mit ruhiger Entschiedenheit und überprüfte ein letztes Mal ihre sorgfältig vorbereitete Ausrüstung. Das Fläschchen mit der Lösung, vermischt mit einem starken Beruhigungsmittel, war gerade so viel, wie sie in ihrem Zustand vertragen konnte. James Walker lächelte ihr aufmunternd zu. »Ich finde das immer noch sehr mutig«, sagte er. Freya nickte.

An der Tür standen die tragbaren Defibrillator-Pads. Daneben fast unauffällig, hing die Soutane eines Priesters. Sie atmete durch. Es gab kein Zurück mehr. »Gut, Schwester, tun Sie es«, sagte sie mit fester Stimme.

Eine Krankenschwester nahm die Dosis des Beruhigungsmittels und injizierte ihr die Lösung. Freya spürte, wie sie sich unaufhaltsam in ihrem Körper ausbreitete. Ihre Augenlider wurden schwer, ihr Bewusstsein verschwamm, während die Droge ihren Geist in einen künstlichen Schlaf versetzte. Sie hörte noch aufgeregte Stimmen, wie jemand mit den Elektroden hantierte und nach den Ärzten rief. Dann schlief sie ein.

Das rhythmische Piepen des Herzmonitors verstummte zu einem langen, unheilvollen Ton. In diesem Moment stürmte der Oberarzt ins Zimmer. »Mein Gott, sie kollabiert.« Wie auf ein geheimes Signal hin stürmte das Ärzteteam hinter ihm her, hektische Betriebsamkeit erfüllte den Raum, während sie verzweifelt versuchten, die Reanimation einzuleiten. Doch es war zu spät - Freya war bereits in der Dunkelheit verschwunden.

~

Erik stürmte in das Zimmer, sein Blick huschte panisch über die Szenerie. Er war gerade im Begriff gewesen, das Wartezimmer und das Krankenhaus zu verlassen, als er die Hektik in dem Gang bemerkt hatte. »Was zum Teufel ist hier los?« Ärzte und Schwestern umringten sie, ihre Stimmen überschlugen sich in einem Durcheinander von Anweisungen und hektischer Betriebsamkeit. Erik bahnte sich einen Weg zu ihrem

Bett, entsetzt vom Anblick ihres leblosen Körpers. Ihre Haut war bleich, ihre Lippen blutleer.

»Zurück.« Eine Krankenschwester versuchte, ihn aufzuhalten, doch er stieß sie beiseite. »Freya! Kannst du mich hören?« Seine Augen brannten. Seine Stimme brach, erstickt von aufsteigender Panik.

Der Chefarzt, ein Mann mit müdem Gesichtsausdruck und tiefen Falten, ging dazwischen. »Es tut mir leid, Herr Wiedner. Wir haben alles versucht.«

Ein dumpfes Stöhnen entfuhr Erik, als die Worte ihren Weg in sein Bewusstsein fanden. Freya, die Frau, in die er sich gerade verliebt hatte, war tot? Er sank auf die Knie, überwältigt von einem Gefühl der Leere.

»Nein, nein, das kann nicht sein.« Ein Schluchzen entrang sich seiner Kehle. »Freya ...«

Plötzlich stand James Walker neben ihm. »Erik, komm, wir müssen hier raus.«

Erik klammerte sich an Freyas Bettgestell, als wolle er sie festhalten. »Nein, ich kann sie nicht allein lassen.«

James legte eine Hand auf seine Schulter. »Du musst jetzt stark sein.«

Mit sanfter Gewalt löste er Erik von ihrem Krankenbett und zog ihn hoch. Er stolperte, seine Beine fühlten sich an wie Blei. James stützte ihn und führte ihn aus dem Zimmer. Als sie den Flur erreichten, brachen Eriks Beine unter ihm weg. Er sank zu Boden. James kniete sich neben ihn, legte einen Arm um ihn. »Es ist okay, Erik.« Eriks Schluchzen hallte durch den leeren Flur. James half ihm auf die Beine und führte ihn immer noch taumelnd aus der Nordseeklinik. Die kühle Abendluft schlug ihnen entgegen, doch Erik schien sie nicht zu bemerken. Sein Blick war ins Leere gerichtet, seine Gedanken in einem Strudel aus Unglauben und Schmerz gefangen. »Ich kann es nicht glauben, James«, stieß Erik hervor, seine Stimme rau. »Sie war nur ...« Er brach ab, unfähig, den Satz zu beenden.

»Ich weiß Erik«, sagte James leise. »Ich weiß.«

Erik starrte auf seine Hände, die immer noch zitterten. »Wir wollten noch so viel zusammen erleben.« Wieder brach ihm die Stimme.

»Ich weiß«, wiederholte James und sein Griff um Eriks Schultern wurde fester. »Aber jetzt müssen wir uns um dich kümmern, Erik. Du bist nicht allein.«

Erinnerungsfetzen flackerten vor Freyas innerem Auge auf: das grelle Blaulicht des Krankenwagens, das Dröhnen des Motors, das Gefühl, durchgeschüttelt zu werden, während sie über holprige Straßen rasten. Dann Dunkelheit.

Benommen wachte sie auf. Ein dumpfer Schmerz pochte in ihrem Kopf, ihre Glieder waren schwer wie Blei. Sie blinzelte, ihre Augen mussten sich erst an die Dunkelheit gewöhnen. Der Geruch von Salz und Tang stieg ihr in die Nase, vermischt mit dem schwachen Duft von Moder und altem Holz. Vorsichtig tastete sie ihre Umgebung ab. Eine raue Wolldecke kratzte auf ihrer Haut. Sie lag auf einem Bett, das unter ihrem Gewicht knarrte. Ihre Finger strichen über eine kalte Steinmauer, dann über raue Holzbalken. Ein Blick aus dem kleinen Fenster zeigte dunkle Felder, die unter einem wolkenverhangenen Himmel lagen. Freya befand sich in einem alten Bauernhaus, irgendwo in den weiten, einsamen Ebenen Nordfrieslands.

Ihr Versteck.

Die Erinnerung kehrte zurück. Der Angriff, der Schmerz, die Flucht. Sie lebte noch. Ein Schauer lief ihr über den Rücken. Sie lebte, aber für die Welt war sie tot.

Mit zitternden Fingern knipste sie die kleine Nachttischlampe an. Das schwache Licht erhellte den Raum gerade so weit, dass sie die Umrisse erkennen konnte. Ein einfacher Holztisch, ein paar Stühle, ein alter Schrank. Auf dem Tisch lag ein Laptop, daneben ein Zettel mit einer handgeschriebenen Notiz: »Freya, du bist in Sicherheit. Dein Freund aus England.«

Der Schmerz wich ihrer grimmigen Willensstärke. Sie richtete sich auf, ihre Muskeln protestierten bei jeder Bewegung. Ein Spiegel an der Wand zeigte ihr ein fremdes Gesicht: blass, mit dunklen Ringen unter den Augen, aber der Blick war klar und fokussiert.

Mit wackeligen Schritten ging sie zum Tisch, setzte sich und klappte den Laptop auf. Das vertraute Surren des Lüfters beruhigte sie. Sie war immer noch sie selbst. Sie würde nicht aufgeben.

Vorsichtig stand Freya auf und nahm die Fernbedienung vom Fernseher. Sie setzte sich wieder hin und klickte sich durch die Programme, bis sie die Lokalnachrichten fand. Ein wenig erschrak sie, als sie ihr eigenes Pressefoto sah. »Die ehemalige Regierungssprecherin Freya Jensen ist heute in Westerland auf tragische Weise ums Leben gekommen ...«

Ein bitterer Triumph durchfuhr sie, als sie auch Eriks schmerzverzerrtes Gesicht in den Nachrichten sah. Es war ein grausames Spiel, das sie spielen musste, aber es war die einzige Möglichkeit, ihn zu schützen. Klüver, der Drahtzieher, glaubte, sie sei tot. Er würde nicht nach ihr suchen. Freyas List hatte funktioniert.

～

Der Regen peitschte gegen die Schaufensterscheiben, ein unaufhörliches Trommeln, das Eriks innere Leere widerzuspiegeln schien. Er stand vor dem kleinen Café, in dem Freya und er Stunden verbracht hatten. Der Geruch des Kaffees hing noch in der Luft, eine Erinnerung an das, was er verloren hatte. Seine Schritte waren schwer, als er durch die dunklen Straßen von Westerland ging. Jeder Atemzug schmerzte, jede Erinnerung an Freya riss die Wunde wieder auf. Er sah ihr Lächeln und spürte ihre Hand in seiner. Aber es waren nur Geisterbilder, Schatten einer Vergangenheit, die nicht zurückkehren würde.

Er ließ sich auf eine Bank sinken, den Kopf in den Händen vergraben. Der Regen prasselte auf ihn nieder. Wie sollte er ohne sie leben? Sie war sein Anker gewesen, sein Licht - nur für kurze Zeit, aber dafür umso intensiver. Und nun war sie fort durch einen sinnlosen Akt der Gewalt.

Ein Klingeln riss ihn aus seinen Gedanken. Ein Anruf von Frank, wie er erkannte. »Erik, mein Freund«, Franks Stimme klang heiser vor Sorge. »Wir haben es gerade erfahren. Es tut uns unendlich leid.«

Im Hintergrund hörte Erik Peters Stimme, die ebenfalls von Trauer erfüllt war. »Wir können es nicht glauben, Erik. Freya, ausgerechnet jetzt ...«

Ihn durchfuhr ein erneuter Schmerz, aber auch ein Hauch von Wärme. Frank und Peter waren da, selbst wenn Freya nicht mehr lebte.

»Danke, Jungs«, brachte er mit erstickter Stimme hervor. »Ich ... ich weiß nicht, was ich sagen soll.«

»Du brauchst nichts zu sagen, Erik«, sagte Frank. »Wir sind auf dem Weg. Peter und ich kommen gleich nach Sylt zurück. Wir holen dich mit dem Schiff ab. Du bist nicht allein.«

Ein kleiner Hoffnungsschimmer keimte in ihm auf. Er war nicht allein. Er hatte Freunde, die ihm beistanden. Und er hatte eine Botschaft, ein Rätsel, das es zu lösen galt. Mit neuer Willensstärke wischte er sich die Tränen aus dem Gesicht. Er würde dieser Spur folgen, wohin sie auch führen mochte - Freya zuliebe.

KAPITEL 22
Hinaus auf die Nordsee

E rik fiel auf den kalten Boden. Tränen rannen ihm über die Wangen. In seinen Händen hielt er die neueste Ausgabe des „Sylter Tageblatt". Sie enthielt nicht nur ausführliche Berichte über die Geschehnisse im Krankenhaus, sondern auch eine Todesanzeige für Freya. Mit zitternden Händen hielt er sie. »Nein, ... das darf nicht wahr sein«, murmelte er.

Das spärlich beleuchtete Hotelzimmer lag in Westerland in einer Seitenstraße, nicht weit vom Meer und der Strandpromenade entfernt. Hier wartete er auf die Ankunft von Frank und Peter. Aber so wie er jetzt zwischen den etwas abgewetzten Möbeln aus den 1970er-Jahren saß, konnte er die niederschmetternde Realität nicht verdrängen - Freya war für immer fort.

Er rang nach Atem, die Trauer drohte ihn zu ersticken. Erik zerknüllte die Todesanzeige in seiner Hand. Wie konnte das nur passieren? Sie waren so kurz davor gewesen, die Wahrheit aufzudecken und Klüvers Plänen ein Ende zu setzen. Und jetzt ... hatte Freya den höchsten Preis bezahlt.

Erik schlug mit der Faust auf den Boden. »Es tut mir leid«, sagte er, die Worte kratzten an seiner Kehle. »Ich hätte dich beschützen müssen.« Die Schuld nagte an ihm. Er wusste, dass sie ihm keine Vorwürfe machen würde, aber das änderte nichts an der Leere, die sich in ihm ausbreitete. Die Stunden vergingen, das Tageslicht schwand, und Erik blieb auf dem Bett liegen. Die Zeit verlor ihre Bedeutung, jeder Augenblick wurde zur Ewigkeit.

Das Klopfen an der Zimmertür riss Erik aus seiner Trauer. Er zuckte zusammen, seine Hand fuhr instinktiv an seine Hüfte, als erwartete er dort eine Waffe. Doch dann ertönten vertraute Stimmen und Erleichterung machte sich in ihm breit. Er öffnete die Tür, Peter und Frank traten herein.

»Erik«, rief Peter und stellte sich neben seinen Freund. »Wir sind wieder da.«

Frank folgte ihm dicht auf den Fersen und sein sonst so unbekümmerter Gesichtsausdruck wich Sorge. »Wir sind für dich da, Kumpel.«

Erik rappelte sich auf, die Beine zitterten. Peter stützte ihn wortlos, während er taumelte. »Sie ist tot«, sagte Erik. »Freya ist tot, und ich bin schuld.«

»Nein«, widersprach Peter entschieden, den Blick auf Erik gerichtet. »Baumann und Klüver sind schuld. Und wir werden sie dafür bluten lassen.«

Frank bekräftige ihn. »Gemeinsam werden wir diese miesen Hunde zur Strecke bringen.«

Erik atmete tief durch. Die Loyalität seiner Freunde war ein Rettungsanker für ihn. Bevor Erik antworten konnte, klopfte es wieder an der Tür, diesmal etwas lauter. Er ging hin und öffnete. James Walker stand vor dem Zimmer.

»Ich wollte nach dir sehen«, sagte er.

»Ja, komm doch rein.«

»Sind das deine beiden Freunde, Frank und Peter?«

Die beiden begrüßten ihn. »Wenigstens hast du sie an deiner Seite«, sagte Walker.

»Wir sind bei Erik«, bekräftigte Peter.

»Genau«, fügte Frank hinzu. »Und wir werden das Geheimnis lüften, von dem Erik uns erzählt hat.«

»Die Wettermaschine?«, fragte Walker. »Aber sie funktioniert nicht. Jedenfalls ist sie unvollständig.«

Erik riss sich zusammen. »Aber es kann doch nicht schaden, wenn wir mal sehen, was sich hinter den Koordinaten verbirgt, die mitten in der Nordsee eingezeichnet sind. Einmal auf der Karte, die wir im Bunker gefunden haben, und einmal auf der Karte aus Ribe.«

»Das klingt nach einer soliden Spur.«

»Dann müssen wir dorthin. Wir müssen diese Pläne finden, bevor Klüver sie in die Finger bekommt.«

»Wir haben immer noch die Yacht«, sagte Peter langsam. »Wir könnten zu den Koordinaten segeln und nachsehen.«

»Guter Plan«, sagte James und nickte. »Ihr drei seid doch erfahrene Segler, oder? Ich fahre zurück nach England und sehe, was ich bei der NCA herausfinden kann. Aber ihr müsst euch beeilen. Wir wissen nicht, wie groß euer Vorsprung ist.«

In Eriks Miene wechselte die Trauer zu Unbeugsamkeit. Freyas Tod würde nicht ungestraft bleiben. »Wir machen es«, sagte er, die Stimme hart und mit einer Spur Gefährlichkeit. »Für Freya.«

Am nächsten Morgen verließen sie den Hafen von Hörnum, die Yacht schnitt durch das ruhige Wasser, vorbei an den Sylter Dünen und dem rot-weißen Leuchtturm. Erik stand am Bug, die salzige Luft in den Lungen, und spürte, wie die Anspannung und Trauer von ihm abfielen. Auf der Yacht fühlte er sich jetzt zu Hause. Er schloss die Augen und spürte die Brise auf seinem Gesicht, genoss das gleichmäßige Stampfen des Bootes in den Wellen und das Kreischen der Möwen.

Sie passierten Amrum an Backbord, die Insel lag wie ein dunkler Schatten am Horizont. Frank hatte sich mit Karte und Fernglas aufs Vorschiff zurückgezogen und Peter steuerte. Erik verließ sich blind auf seine Freunde. Sie hielten Kurs auf die Windparks vor Sylt, die sich kilometerweit über das Meer erstreckten. Dahinter lagen die endlosen Weiten der Nordsee und dann weit entfernt, die Doggerbank, ein riesiges Gebiet voller Untiefen und Sandbänke, das sich zwischen Deutschland und England erstreckte. Dort draußen, fernab von neugierigen Blicken, wollten sie den Schlüssel zu den geheimnisvollen Plänen finden.

Die »Nordstern« glitt über die Wellen, die Segel standen gut im stetigen Nordostwind, während sie sich von der Küste Sylts entfernte. Eine Gruppe Schweinswale begleitete sie eine Weile, ihre grauen Körper tauchten spielerisch neben dem Bug auf und verschwanden wieder in der Tiefe. Erik genoss das Gefühl der Freiheit, das ihn auf dem Meer überkam. Die Weite des Horizonts, das Rauschen des Windes in den Segeln, das rhythmische Plätschern der Wellen - all das ließ die Sorgen verblassen und neue Hoffnung aufkeimen.

Die Sonne stand hoch am Himmel, ihre Strahlen wärmten sein Gesicht und trockneten die salzigen Spritzer auf seiner Haut. Frank hatte das Ruder übernommen und steuerte die Yacht geschickt durch das Labyrinth der Windparks, die sich wie riesige Schachfiguren über die Nordsee erstreckten. Versorgungsschiffe kreuzten ihren Weg, ihre Rümpfe wirkten neben der schlanken Yacht bedrohlich. Doch Erik ließ sich nicht beirren. Er wusste, dass sie auf dem richtigen Weg waren. Nach Stunden erreichten sie endlich die Lücke zwischen den Windparks, die auf der Seekarte als Durchfahrt markiert war. Dann konnten sie Kurs auf die offene See nehmen. Die Doggerbank war noch weit entfernt, mindestens zwei Tage segeln. Aber sie hatten den Wind im Rücken.

Der Tag auf See verging im Rhythmus von Wache, Navigation, Essen und Schlafen. Erik und Frank wechselten sich am Ruder ab, während Peter in der Kajüte die Seekarten studierte und das Echolot überwachte. Nachts, wenn der Himmel klar war, orientierten sie sich an den Sternen. Nein, dachte Erik, eigentlich orientierten sie sich an den hochmodernen Navigationssystemen, die die »Nordstern« an Bord hatte. Aber Peter fand es seemännischer, von Navigation nach Sternen zu sprechen. Tagsüber schaute er immer wieder auf den Kompass, der ihm den Weg wies.

Die Nächte waren lang und dunkel, aber Erik genoss die Stille und die Einsamkeit des Meeres. Er verbrachte viele Stunden an Deck, beobachtete die Sterne und dachte an Freya. Ihre Erinnerung war sein ständiger Begleiter. Am dritten Tag erreichten sie endlich die Doggerbank. Die See wurde flacher, die Wellen kürzer und steiler. Peter beobachtete das Echolot genau. »Wir kommen zu dem Gebiet, das auf der Karte markiert ist«, meldete er schließlich. »Es ist eine ausgedehnte Senke. Gut möglich, dass das Geheimnis dort unten liegt.«

Peter tauchte aus der Kajüte auf. »Erik, ich habe gerade unsere Position überprüft. Wir sind weiter draußen, als ich es je gewesen bin. Wir sind mindestens 160 Seemeilen von Sylt entfernt.«

Erik runzelte die Stirn. »Wir waren ja schon eine ganze Weile unterwegs.«

»Ich weiß, und der Wind hat uns schneller vorangetrieben als erwartet«, erklärte Peter.

Frank, der das Ruder übernommen hatte, pfiff leise durch die Zähne. »Das heißt, wir sind mitten in der Nordsee, weit weg von jeder Küste.«

Eine kurze Stille breitete sich auf der Yacht aus. Dann erinnerte sich

Erik an die Wettervorhersage, die sie am Morgen vom Sender des Deutschen Wetterdienstes in Pinneberg über Funk erhalten hatten. Sie sagte für die nächsten Tage stabiles Hochdruckwetter voraus. »Wir haben Glück«, meinte Erik. »Das Wetter hält und wir haben genug Proviant für eine Woche.«

Die anderen nickten. Die »Nordstern« glitt weiter durch das klare, blaue Wasser. Je weiter sie sich von der Küste entfernten, desto klarer und tiefer wurde das Blau. Es war ein faszinierender Anblick, ganz anders als das trübe, silbergraue Wasser, das sie von der Küste kannten. Erik beobachtete, wie sich die Wellen sanft um den Bug der Yacht kräuselten. Die Sonne glitzerte auf dem Wasser und am Horizont zeichneten sich die Umrisse eines großen Containerschiffes ab. Sonst war nichts zu sehen, nur das endlose Blau des Meeres und der Himmel darüber.

Nach stundenlanger Fahrt näherten sie sich den anvisierten Koordinaten. Die Spannung an Bord stieg merklich. Jeder von ihnen wusste, dass sie kurz davor waren, ein Geheimnis zu lüften. Peter überprüfte noch einmal die Koordinaten auf seinem Tablet: »Wir sind fast da«, sagte er. »Noch eine halbe Seemeile.« Erik griff zum Fernglas und suchte den Horizont ab. Aber da war nichts zu sehen, nur das endlose Blau.

»Was jetzt?«, fragte Frank.

»Wir werfen den Anker«, sagte Peter. »Heute werden wir hier nichts mehr sehen. Aber morgen gehen wir der Sache im wahrsten Sinne des Wortes auf den Grund.«

»Du willst mitten in der Nordsee ankern?«, fragte Frank.

»Bei dem Wetter geht das. Außerdem ist es auf der Doggerbank nicht so tief wie anderswo. Hier haben wir mit unserer langen Ankerkette eine Chance, dass wir ungestört liegen können.«

Es wurde bereits dunkel, als Erik, Frank und Peter auf dem Deck der Nordstern begannen, die Tauchausrüstung vorzubereiten. Ein kühler Wind wehte über die Doggerbank und die Wellen schlugen sanft gegen den Rumpf der Yacht. Peter, der einzige wirklich erfahrene Taucher unter ihnen, hatte die Ausrüstung seines Vaters mitgebracht, ein professionelles Set, das selbst den härtesten Bedingungen standhielt. Sorgfältig brcitete er die Einzelteile auf dem Deck aus, während Erik, der vom

Tauchen keine Ahnung hatte, sich keinen Reim darauf machen konnte. Doch Frank sah mit einem überraschten Blick zu.

»Das ist ja Wahnsinn«, staunte er, als er einen schwarzen Trockentauchanzug mit Neoprenmanschetten und integrierter Kopfhaube betrachtete. »Das ist ein Santi Elite, oder? Die Dinger kosten ein Vermögen.«

»Mein Vater schwört auf Santi. Die sind zwar teuer, aber sie halten dich auch in den eisigsten Gewässern warm und trocken.«

Erik betrachtete die beiden Atemregler, die neben dem Anzug lagen. »Apeks XTX200«, las er etwas verwundert die Aufschrift.

Frank sagte: »Das sind die besten Atemregler auf dem Markt, habe ich gehört.«

»Stimmt«, bestätigte Peter. »Die liefern auch in großen Tiefen einen gleichmäßigen Luftstrom und sind extrem zuverlässig.«

Frank hob eine schwere, gelb gestreifte Tauchflasche hoch. »Was ist das für ein Gasgemisch?«

»Trimix«, antwortete Peter. »Ein Gemisch aus Sauerstoff, Helium und Stickstoff. Es reduziert die Stickstoffnarkose in der Tiefe und ermöglicht längere Tauchzeiten.«

Erik schluckte. Der Ernst der Lage wurde ihm immer bewusster. »Nun, ihr werdet in die Tiefen der Nordsee vordringen«, sagte Erik.

»Stimmt, Frank kann ich einweisen. Aber jemanden ohne jede Taucherfahrung - das wird mir zu gefährlich«, sagte Peter. Er erklärte Frank die Funktionsweise der Ausrüstung, zeigte ihm, wie man den Trockentauchanzug richtig anzieht, wie man die Atemregler anschließt und wie man die Tarierweste bedient. Frank bestätigte die Anweisungen, während Erik aufmerksam zuhörte - und doch nichts verstand.

Inzwischen war die Sonne untergegangen und der Himmel tiefblau. Der Wind hatte ein wenig aufgefrischt, und die Wellen schlugen nun höher gegen den Rumpf der Yacht.

»Wir werden morgen früh bei Tageslicht tauchen«, erklärte Peter. »Dann ist die Sicht besser und wir können die Umgebung einschätzen.«

Erik und Frank stimmten zu. Sie wussten, Peter hatte recht. Sicherheit ging vor und ein Tauchgang im Dunkeln wäre zu riskant gewesen.

Den Rest des Abends verbrachten sie damit, ihre Aktion zu planen und die Ausrüstung noch einmal zu überprüfen. Die Spannung war greifbar. Eriks Gedanken kreisten um die unbekannte Tiefe, in die seine beiden Freunde abtauchen würden. Auch Frank wurde unruhig, als sie

über den Tauchgang sprachen. Nur Peter versuchte Gelassenheit auszustrahlen - selbst wenn er sich nicht wirklich so fühlte.

∾

KAPITEL 23
Der Tauchgang

Die Yacht lag still auf der Nordsee. Erik stand als Erster auf und streckte sich in seiner Koje am Heck. Dann öffnete er das Schiebeluk und blinzelte in den Morgen, als die ersten Strahlen der Morgendämmerung den Himmel in Rosa- und Goldtönen zu färben begannen.

Plötzlich knackte das Funkgerät. Erik hörte die Stimme von James Walker, der die »Nordstern« rief. Gespannt ging er zum Navigationstisch und meldete sich. »Walker, hier ist die Nordstern. Erik am Apparat. Was ist los?«

»Erik, hier ist James. Wir haben ein Problem.«

»Was ist denn los?«, fragte Erik eindringlich.

»Klüvers Männer - sie sind auf dem Weg zu euch. Baumanns Yacht hat gerade den Hörnumer Hafen verlassen und ist auf dem Weg. Ihr solltet besser von dort verschwinden.«

Erik dachte kurz nach. Er erinnerte sich, dass Peter von etwa 150 Seemeilen gesprochen hatte. »James, kannst du mir sagen, wie schnell die Yacht ist?«

»Einen Moment, ich werde es herausfinden. Over.«

Zwei Minuten lang tat sich nichts auf dem Funkgerät. Dann meldete sich Walker wieder. »Mein Kontakt bei der Bundespolizei hat von 20 Knoten gesprochen.«

Eriks Gedanken rasten. Sie waren weit von der Küste entfernt, aber gerade deshalb von allen Seiten ungeschützt. »Wenn sie 20 Knoten fahren, gebe ich uns sieben Stunden, bis sie hier sind«, sprach er ins Funkgerät.

»Klingt plausibel. Aber lasst euch nicht zu viel Zeit. Beim nächsten Mal wechseln wir wieder den Kanal, wie besprochen.«

»Verstanden. Danke für die Warnung«, antwortete Erik knapp. Er schaltete das Funkgerät aus und sprang auf.

»Frank. Peter«, rief er. Seine beiden Freunde brauchten einen Moment, dann öffneten sich die Türen ihrer Kojen, Frank im Heck, Peter im Bug. »Wir bekommen Besuch. Klüvers Handlanger sind unterwegs.«

»So ein Mist«, rief Frank. »Was machen wir jetzt?«

Erik hatte sich schon in Bewegung gesetzt. »Na ja, wir haben noch gut sieben Stunden, bis sie hier sind.« Seine Abenteuerlust hatte gesiegt. »Schnappt euch die Tauchausrüstung. Wenn wir uns beeilen, könnt ihr noch einen Tauchgang machen, bevor wir verschwinden.«

Peter runzelte die Stirn. »Meinst du das ernst? Einfach über Bord springen und hoffen, dass sie uns nicht finden?«

»Hast du eine bessere Idee?«, gab Erik zurück. »Außerdem müsste es klappen, wenn wir rechtzeitig von hier abhauen. Das Wrack ist unsere Chance.«

Frank grinste wie ein Adrenalin-Junkie. »Ich bin dabei. Los gehts.« Er ging zu dem Stapel mit der Tauchausrüstung.

Peter zögerte einen Moment, dann seufzte er. »Gut. Aber nur fürs Protokoll, ich halte das für verrückt.« Er folgte Frank zum Umziehen.

Erik lächelte. Wenn sie das Wrack erreichten und verschwanden, bevor Klüvers Männer sie einholten, hatten sie eine Chance.

∽

Das aufdringliche Klingeln des Telefons riss Freya aus ihren Gedanken. Sie stürzte sich darauf. »Hallo?«

»Freya, hier ist James.« Die Stimme des NCA-Agenten war kurz und knapp. »Ich habe gerade mit Erik telefoniert. Baumanns Männer nähern sich ihrem Standort.«

»Was? Nein.« Angst schoss durch Freyas Adern. »Geht es ihnen gut? Was ist los?«

»Im Moment geht es ihnen gut. Erik und seine Freunde versuchen, das Wrack zu erreichen und dann zu verschwinden.« James seufzte schwer. »Aber ich will dich nicht anlügen, Freya. Die Lage ist ernst.«

Sie umklammerte das Telefon fester. Sie musste etwas tun, irgendwie helfen. »Ich werde herumtelefonieren und um Unterstützung bitten, um Gefälligkeiten, um alles, was nötig ist. Ich werde Klüver nicht gewinnen lassen.«

»Nein, Freya, hör mir zu.« James Ton duldete keinen Widerspruch. »Du hast bereits deinen eigenen Tod inszeniert, um Baumanns Fadenkreuz zu entgehen. Du kannst jetzt nicht direkt eingreifen, verstehst du? Das ist zu gefährlich.«

»Die Gefahr ist mir egal«, sagte Freya aufgeregt. »Ich mache mir Sorgen um Erik. Um sie alle. Ich kann nicht untätig herumsitzen, während sie um ihr Leben kämpfen«

»Du musst«, beharrte James. »Freya, wenn Klüver erfährt, dass du noch lebst, wenn er wieder hinter dir her ist ...« Er brach ab, die Anspielung war eindeutig. »Das Beste, was du tun kannst, ist, dich bedeckt zu halten und mir die Sache hier zu überlassen.«

Freya schossen frustrierte Tränen in die Augen. Aber James hatte recht. Sie nutzte niemandem etwas, wenn sie sich leichtsinnig gefangen nehmen oder töten ließ. Sie musste darauf vertrauen, dass sie auf sich selbst aufpassen konnten.

Für den Moment. Sie atmete durch und brachte ihre Gefühle wieder unter Kontrolle. »Okay«, lenkte sie ein. »Ich bleibe hier. Fürs Erste. Aber James ... sorge dafür, dass sie eine Chance bekommen. Bitte.«

»Ich werde alles tun«, schwor er. »Das verspreche ich dir.«

Sie verabschiedeten sich und Freya sank auf das Sofa in ihrem Unterschlupf, den Kopf in die Hände gestützt. Alles, was sie tun konnte, war warten. Warten und beten. Freya lief unruhig in ihrem Versteck umher. Sie konnte nicht einfach die Hände in den Schoß legen. Es musste etwas geben, was sie tun konnte, um zu helfen, eine Möglichkeit, diese Mission zu unterstützen, ohne ihre eigene prekäre Situation zu gefährden.

Plötzlich kam ihr eine Idee. Sie eilte zu dem gesicherten Laptop, den James ihr zur Verfügung gestellt hatte, öffnete ein verschlüsseltes E-Mail-Programm und schickte eine E-Mail an Lukas Schmidt, einen alten Bekannten, der beim Bundesnachrichtendienst arbeitete. Wenn jemand unbemerkt Informationen über Klüvers Bewegungen und Pläne sammeln konnte, dann Lukas.

Die Zeit schien zu vergehen, während sie auf eine Antwort wartete, und mit jeder Minute wuchs ihre Unruhe. Als der Laptop endlich mit einer eingehenden Nachricht piepte, stürzte Freya sich darauf.

»Baumanns Yacht wurde vor zwei Stunden auf der Nordsee gesichtet, 20 Seemeilen vor Sylt, in westlicher Richtung fahrend«, schrieb Lukas. »Das kommt von der Küstenwache. Ich bleibe dran und melde mich, wenn ich mehr erfahre.«

Freyas Herz wurde schwer. Baumann war also weiterhin hinter Erik her. Mit fliegenden Fingern gab sie die Informationen weiter an James Walker, denn sie wusste, dass der NCA-Agent sie gut gebrauchen konnte. Jetzt konnte sie nur noch warten und hoffen.

~

Weit, weit draußen auf der Nordsee schaukelte die Yacht mit Erik, Frank und Peter. Am Horizont hatten sich graue Wolken zusammengezogen. »Wir sind schon so weit gekommen«, sagte Peter. »Lasst uns den Job zu Ende bringen.« Mit ernster Miene begannen Frank und Peter, ihre Tauchausrüstung anzulegen und mit geübter Effizienz Flaschen und Lungenautomaten zu überprüfen.

Erik ging zum Navigationstisch hinüber. »Wir sind auf der ›Weißen Bank‹. Das Echolot zeigt dreißig Meter an.«

Frank blickte zweifelnd aufs Meer. »Bist du sicher, dass du dich nicht auch umziehen willst, Erik? Wir könnten da unten noch ein paar Augen gebrauchen.«

»Das kommt nicht infrage«, ging Peter scharf dazwischen. »Du kannst kaum tauchen, Frank und Erik überhaupt nicht. Und wir haben jetzt keine Zeit, einen Grundkurs im Tauchen zu machen, schon gar nicht, wenn es so tief hinuntergeht. Also wage es nicht, so etwas noch einmal zu sagen.«

»Ist schon gut, Peter.«

»Nein ist es nicht. Du musst diesen Tauchgang wirklich ernst nehmen, Frank. Sonst gehe ich da alleine runter.«

Eriks Miene war angespannt. »Ich bleibe hier oben und behalte alles im Auge. Mach dir keine Sorgen.«

Peter schnallte seinen Gewichtsgurt um. »Denkt dran«, sagte Erik, während er ihnen half, ihre Tauchausrüstung anzupassen, »ihr habt etwa 20 bis 25 Minuten am Grund, bevor ihr auftauchen müsst. Ich werde eure Fortschritte von hier oben überwachen, also lasst eure Funkgeräte eingeschaltet. «

»Ja, Mama«, scherzte Frank mit einem zittrigen Lächeln. Sie gingen zum Heck der Hallberg-Rassy, wo Peter mit geübten Handgriffen eine speziell angefertigte Heckklappe öffnete. Frank pfiff anerkennend. »Nicht schlecht, alter Junge. Das Ding ist genial.«

Mit einem letzten Daumen hoch stürzten sie sich in die Fluten der Nordsee. Die Kälte war wie ein Hammerschlag, der ihnen den Atem aus den Lungen presste. Sie hielten sich kurz an der Oberfläche auf, um sich an das Wasser zu gewöhnen, bevor sie mit dem Abstieg begannen. Peter übernahm die Führung, Frank folgte ihm dicht auf den Fersen. Die Sicht war so weit draußen auf dem Meer überraschend gut, wässrige Sonnenstrahlen durchbrachen die blaugrüne Düsternis. Fischschwärme zogen vorbei, ihre silbernen Schuppen glitzerten. Doch Frank und Peter entging diese Schönheit, denn sie konzentrierten sich ganz auf den Meeresboden tief unter ihnen.

»Zwanzig Meter vorbei«, meldete Frank mit gedämpfter Stimme über Funk. »Wir müssten jeden Moment auf die Stelle treffen.«

»Verstanden«, kam die blecherne Antwort von Erik. »Passt da unten auf.«

Sie suchten die strukturlose Sandfläche nach einem Hinweis ab. Lange Minuten vergingen, und die Anspannung wuchs mit jeder Sekunde. Dann, gerade als sie die Hoffnung aufgeben wollten, ertönte Peters aufgeregter Schrei über das Funkgerät. »Da. Ich sehe etwas.«

Wie ein gespenstischer Leviathan ragte der Rumpf eines Schiffes aus der Dunkelheit. Als sie näher kamen, erkannten sie die Umrisse eines alten Passagierdampfers, der majestätisch auf dem sandigen Meeresboden lag. Am Bug entdeckten sie den Schriftzug »Anglia«, der trotz starker Verkrustung durch Muscheln und Seepocken noch lesbar war. Das Schiff, vermutlich aus der ersten Hälfte des 20. Jahrhunderts, war etwa 50 Meter lang und lag auf der Steuerbordseite.

»Peter, sieh mal«, sagte Frank mit vor Ehrfurcht gedämpfter Stimme. »Es ist das verlorene Schiff aus den 1920er-Jahren, das nach einer Explosion auf See verschwunden war.«

Der Rumpf war stark verrostet und mit unzähligen Muscheln, Seepocken und Anemonen bewachsen, die ihm ein bizarres, fast künstlerisches Aussehen verliehen. Lange Algenfäden hingen wie Vorhänge herab und wiegten sich sanft in der Strömung.

Frank zeigte auf das Deck, das teilweise eingestürzt war, einige Aufbauten waren abgebrochen. Sie schwammen auf die Brücke zu. Diese war noch gut zu erkennen. Bullaugen starrten wie leere Augenhöhlen in die Tiefe, und der Schornstein ragte wie ein stummer Wächter in die Höhe, umgeben von Seesternen und Seeigeln.

Vorsichtig erkundeten Frank und Peter das Wrack. Sie entdeckten ein großes Loch im Rumpf, vermutlich die Ursache des Untergangs. Vorsichtig schwammen sie hinein. Im Inneren des Wracks fand Frank es dunkel und unheimlich, und die Sicht war durch aufgewirbelte Sedimente beeinträchtigt. Aber sie konnten schemenhaft die Umrisse von Maschinen und anderen Gegenständen erkennen, die von einer dicken Schlammschicht bedeckt war. Plötzlich zog ein Schwarm kleiner Fische an ihren Taucherlampen vorbei, und ein Hummer lugte neugierig aus einem Spalt im Rumpf. Das Wrack schien voller Leben zu sein, ein künstliches Riff, das unzähligen Meeresbewohnern Schutz und Nahrung bot.

Frank und Peter waren fasziniert. Die »Anglia« war nicht nur ein beeindruckendes Zeugnis der Vergangenheit, sondern auch ein lebendiges Ökosystem. »Lass uns zur Kommandobrücke schwimmen«, sagte Frank mit knisternder Stimme über Funk. »Wenn es etwas an Bord gibt, das wichtig sein könnte, dann könnte es in dem Safe auf der Brücke sein.«

Peter signalisiert "OK". Das Innere des Schiffes war ein Labyrinth aus verbogenem Metall und schwimmenden Trümmern, die von dem gewaltsamen Ende zeugten. Sie tasteten sich durch die Gänge, ihre Lampen tanzten über rostige Rohre und Metallplatten. Frank hielt plötzlich inne, sein Atem ging schneller.

»Hast du ein Problem?«, fragte Peter und winkte.

Frank zeigte auf seinen Lungenautomaten. Der Schlauch hatte sich verklemmt. Er zog daran, aber es half nichts. Panik stieg in ihm auf. Peter blieb ruhig. Er folgte dem Schlauch, fand die Verhedderung und löste sie mit einigen simplen Bewegungen. Frank atmete wieder ein und aus. Erleichterung durchströmte ihn.

»Danke«, formte er mit den Lippen.

»Pass auf deine Ausrüstung auf«, warnte Peter. »Du willst nicht wieder irgendwo hängen bleiben.«

Sie drangen tiefer in das Wrack ein, das Gewicht des Wassers schien von allen Seiten auf sie zu drücken. Eine ungewohnte Unruhe erfasste den sonst so unbekümmerten Frank. Irgendetwas war an diesem Ort, dass seine Nerven zum Zerreißen brachte.

Schließlich erreichten sie die Kommandobrücke, deren Fenster zerbrochen und deren Ausrüstung bis zur Unkenntlichkeit verrostet war. Und dort, halb im Schlamm vergraben, lag der Safe, den sie gesucht hatten. »Jackpot«, sagte Frank. Gemeinsam befreiten sie den Tresor von den Ablagerungen, sodass das leicht angerostete Metall zum Vorschein kam. Er war größer, als sie erwartet hatten, und für einen Moment befürchteten sie, dass ihre Tauchsäcke nicht ausreichen würden, um ihn zu heben. »Aber wir werden dieses Schiff nicht ohne deinen ›Jackpot‹ verlassen«, sagte Peter.

Sie befestigten die Tauchsäcke am Tresor. Frank sah Peter dabei neugierig an. »Wie geht das?«, fragte er knapp.

Peter grinste hinter seiner Tauchermaske. »Siehst du das Ventil?« Er zeigte auf einen kleinen Metallknopf an der Seite des Sackes. »Damit füllen wir den Sack mit Luft aus der Tauchflasche. Je mehr Luft drin ist, desto größer wird der Sack.«

»Und dann?«, fragte Frank.

»Stell dir vor, du drückst einen Luftballon unter Wasser«, erklärte Peter. »Er will nach oben, oder? Weil Luft leichter ist als Wasser. Aber erst mal nur ein bisschen Luft. Wir müssen den Tresor von der Brücke herausholen.«

Vorsichtig ließ Peter gerade so viel Luft in den Sack, dass er sich vom Kabinenboden hob. Frank nickte beeindruckt. Dann zogen sie den Safe zur Brückentür auf der Steuerbordseite. Ganz langsam bugsierten sie ihn durch den Rahmen, was äußerst schwierig war, weil der Tresor und der Tauchsack eine beträchtliche Größe hatten. Doch es gelang ihnen.

»Und wenn der Sack platzt?«

»Keine Sorge«, beruhigte ihn Peter. »Die sind stabil gebaut. Es gibt noch einen zweiten als Reserve.«

Als die Säcke prall gefüllt waren, begann der Tresor aufzusteigen. »Das hat geklappt«, sagte Frank erfreut. Sie sahen zu, wie er langsam nach oben stieg. Frank und Peter tauschten einen triumphierenden Blick aus, denn ihre Mission war fast erfüllt.

Als die beiden Taucher langsam an die Oberfläche zurückkehrten, lastete die Spannung ihrer Entdeckung auf ihnen. Jeder Meter kam ihnen wie eine Ewigkeit vor, denn ihre Ungeduld auf das, was der Safe enthalten könnte, wuchs. »Wir müssen unsere Dekompressionsstopps einlegen«, sagte Peter mit angespannter Stimme über Funk. »20 Minuten auf 30 Meter getaucht, das sind mindestens 10 Minuten.«

Frank nickte. Sie stoppten in neun Metern Tiefe und sahen die Minuten auf ihren Tauchcomputern verstreichen. Die erste Etappe war geschafft. Nach drei Minuten auf neun Metern ging es weiter auf fünf Meter für die restlichen sieben Minuten. Die Luft in ihren Tanks ging bedrohlich zur Neige, aber sie konnten es nicht riskieren, zu schnell aufzusteigen.

»Fast geschafft«, sagte Peter. »Nur noch ein bisschen.« Endlich, nach einer gefühlten Ewigkeit, tauchten sie aus der Nordsee auf und atmeten die frische Seeluft ein. Erik wartete mit besorgtem Gesicht auf sie.

»Was habt ihr da unten gefunden?«, fragte er und half ihnen auf die Plattform am Heck der Yacht.

Frank und Peter strahlten vor Freude. »Wir haben reiche Beute. Das hoffen wir zumindest«, sagte Frank und seine Stimme zitterte vor Adrenalin. »Wir haben ein verloren geglaubtes Schiff da unten gefunden: die »Anglia«.«

Eriks starrte sie mit offenem Mund an. »Das verschollene Schiff? Bist du sicher?«

Peters Hände zitterten, während er seine Tauchausrüstung ablegte. »Wir haben den Namen auf dem Wrack gesehen. Das ist sie, Erik. Sie ist es wirklich.«

Gemeinsam zogen sie den Tresor mit seinen Auftriebskörpern an die Yacht heran. Obwohl Peter sich nicht sicher war, dass es funktionierte, ihn mit dem Baum des Großsegels zu bergen, versuchten sie es. Der schwere Tresor wurde ganz langsam über die Winsch am Mast hochgehoben. Erik dachte schaudernd daran zurück, dass sie so auch den Leichnam der Frau vor Amrum aus dem Wasser gehoben hatten. Dann zogen sie den Tresor über die Reling an Deck, dessen Metall noch vom Seewasser tropfte. Frank schnappte sich ein Brecheisen und rammte es mit ganzer Kraft in das verrostete Schloss.

Mit vereinten Kräften zogen sie an der schweren Tür, bis das verrostete Schloss schließlich mit einem protestierenden Quietschen nachgab. Ein Schwall abgestandener Luft schlug ihnen entgegen, vermischt mit dem unverkennbaren Geruch von verrottetem Papier und Salzwasser. Vorsichtig leuchteten sie mit ihren Taschenlampen in das Innere des Safes, unsicher, was sie erwarten würde. Zu ihrer Überraschung waren die Dokumente, die dort lagen, noch erstaunlich gut erhalten, geschützt von der luftdichten Umgebung.

»Die Pläne«, flüsterte Erik ehrfürchtig, als sein Blick auf die vergilbten Seiten fiel. »Sie sind wirklich hier. Nach all den Jahren ...«

Aber Peter hörte ihm kaum zu. Seine Aufmerksamkeit wurde von etwas anderem gefesselt – einem silbernen Schimmern inmitten der Papiere. Mit zitternden Fingern griff er danach, zog einen feinen Silberschmuck hervor. Es war ein Medaillon, filigran gearbeitet und kaum größer als eine Münze.

»Was ist das?«, fragte Frank neugierig und beugte sich näher, um besser sehen zu können. Peter antwortete nicht sofort. Behutsam öffnete er das Medaillon, enthüllte das, was sich in seinem Inneren verbarg. Zwei Gesichter blickten ihm entgegen, kunstvoll gemalt auf Elfenbein. Eine Frau und ein Mann, beide in der Blüte ihres Lebens, ihre Augen voller Liebe und Zuversicht.

»Mein Gott«, flüsterte Peter ergriffen. »Seht euch das an.«

Auch Erik und Frank drängten sich nun näher, gefesselt von diesem unerwarteten Fund. »Wer sind sie?«, fragte Erik beinahe ehrfürchtig.

Peter drehte das Medaillon vorsichtig in seinen Händen, bis er auf der Rückseite eine Gravur entdeckte. Die Schrift war verschnörkelt, aber noch gut lesbar. »Lise und Søren Møller«, las er langsam vor. »Für immer vereint, in Liebe und Treue.«

Eine andächtige Stille senkte sich über die drei Freunde, als die Bedeutung dieser Worte in ihr Bewusstsein sickerte. »Møller«, sagte Frank schließlich nachdenklich. »Wer könnte das gewesen sein? Wer hat dieses Medaillon in den Safe zu den Plänen gelegt?«

»Vermutlich der, der sie beschützt hat«, sagte Peter.

»Ich glaube, ich weiß es. War das nicht der Name des Kapitäns? Søren Møller? Ja, das muss er sein. Und Lise ... sie muss seine Frau gewesen sein.«

»Sie war an Bord?«, fragte Peter erstaunt. »Bei der letzten Fahrt der 'Anglia'?«

»Sie muss es gewesen sein«, antwortete Erik leise. »Warum sonst sollte ihr Medaillon hier sein, zwischen all diesen Dokumenten?«

Schweigend starrten sie auf die Bilder, versunken in Gedanken an diese zwei Menschen, deren Schicksal so eng mit der Geschichte der »Anglia« verwoben zu sein schien. Was hatten Lise und Søren Møller durchlebt, damals, in den letzten Stunden auf dem sinkenden Schiff? Welche Rolle hatten sie in dieser Geschichte gespielt? So viele Fragen, die wohl für immer unbeantwortet bleiben würden. A

Doch bevor sie ihren Fund näher betrachten konnten, erregte ein

Ruf vom Ruder ihre Aufmerksamkeit. Am Horizont war ein Boot in den Farben der deutschen Küstenwache zu sehen. »Klüver«, sagte Peter mit schwerer Stimme. »Er hat uns gefunden.«

»Ich dachte, wir hätten mehr Zeit. Viel mehr Zeit«, sagte Frank.

»Das ist nicht Baumanns Yacht, vor der James uns gewarnt hat«, meinte Erik kopfschüttelnd. »Das ist die Küstenwache. Die waren wohl schneller. So ein Mist.«

∼

KAPITEL 24

Die Küstenwache

Fassungslos starrten Erik und seine Freunde an Deck auf den Horizont im Osten. Von dort kam die Küstenwache näher. Es war das selbe Schiff, das bei ihnen angelegt hatte, als sie die Wasserleiche vor Amrum gefunden hatten, die auf eine Verwicklung Baumanns hindeutete. Dasselbe Schiff, das Erik misstrauisch gemacht hatte, wie ernst es der Kapitän mit den Ermittlungen meinte. Das Küstenwachboot fuhr längsseits. Erik und seine Freunde wussten, dass sie dem Schnellboot hier draußen mit ihrer Segelyacht nicht entkommen konnten.

»Nehmt die Leinen. Wir kommen an Bord«, ertönte eine barsche Stimme.

Erik wechselte einen besorgten Blick mit Peter und Frank, als ein Trupp Männer an Bord kam, die Hände auf den Halftern ihrer Dienstwaffen, die Gesichter grimmig.

»Keine Bewegung«, befahl ihr Anführer und zückte seinen Dienstausweis. »Hauptkommissar Thomas Clausen. Sie stehen unter Verdacht des Diebstahls und der Unterschlagung.«

Eriks Magen krampfte sich zusammen. »Wir kennen uns bereits, Kommissar Clausen. Ich weiß aber nicht, wovon Sie reden«, sagte er mit fester Stimme. »Außerdem befinden wir uns weit außerhalb ihres Zuständigkeitsbereichs. Das hier sind internationale Gewässer.«

Clausen fixierte ihn mit einem stechenden Blick, jede Höflichkeit fehlte. »Klugscheißer, was? Aber damit kommen sie nicht durch. Wir haben Informationen, dass sie etwas Wertvolles aus einem Wrack geborgen haben. Etwas, das ihnen nicht gehört.«

Peter blickte trotzig zurück. »Selbst wenn es so wäre, haben sie keine Befugnis, hier einzugreifen. Wir sind Taucher und Forscher. Alles, was wir finden, melden wir den zuständigen Behörden.«

Clausen lächelte kalt. »Wirklich? Auch wenn es sehr lukrativ wäre, es für sich zu behalten?«

Frank warf Erik einen besorgten Blick zu. Clausen schien mehr zu wissen, als er zugab. Der Kommissar trat näher und senkte die Stimme. »Hören sie, ich will ehrlich zu ihnen sein. Es gibt Leute, die ein sehr großes Interesse an ihrer Entdeckung haben. Leute mit Macht und Einfluss. Leute, die über solchen Regeln stehen.«

Erik spürte, wie sich seine Nackenhaare aufstellten. »Sie meinen Detlev Klüver.«

Clausen zuckte nicht mit der Wimper. »Sie wissen nicht, mit wem sie sich anlegen. Es wäre klüger, mit uns zusammenzuarbeiten.«

»Und wenn wir uns weigern?«, fragte Peter herausfordernd. »Sie haben hier draußen auf See, weit außerhalb des deutschen Hoheitsgebietes keine Autorität. Wir können Beschwerde einlegen, sie melden.«

Clausens Blick wurde eisig. »Tun sie das. Aber es wird ihnen nichts nützen. Meine Befehle kommen von ganz oben. Unfälle passieren. Besonders auf hoher See. Und niemand wird Fragen stellen.«

Die Drohung lag schwer in der Luft. Erik schluckte. Die Korruption reichte offenbar bis in die höchsten Kreise. Aber er konnte nicht nachgeben - zu viel stand auf dem Spiel.

»Wir haben nichts«, sagte er ausweichend. »Was auch immer in dem Wrack war, es ging verloren, als das Schiff sank.«

Clausens Gesicht verzog sich. Er sagte zu seinen Männern: »Durchsuchen Sie jede Ecke dieses Boots. Gründlich.«

～

Klüvers Männer nahmen die Yacht mit gnadenloser Effizienz auseinander. Schränke wurden geöffnet, Stauräume inspiziert, kein Winkel blieb unbeachtet. Selbst die Bilge, der tiefste Punkt der Yacht, wurde von den Beamten der Küstenwache unter die Lupe genommen. Eriks Herz klopfte, aber er wagte sich nicht zu rühren. Die Leine, die von der Hinterkante des Ruders am Heck des Schiffes in die Tiefe führte und die sie vor wenigen Minuten dort befestigt hatten, war den Männern der Küstenwache nicht aufgefallen.

»Sie verschwenden ihre Zeit«, sagte Peter mit ruhiger Stimme. »Wir haben nicht, was sie suchen.«

Clausen warf ihm einen scharfen Blick zu. »Seien sie vorsichtig, was sie sagen. Eine Behinderung der Ermittlungen kann Konsequenzen haben.«

Einer der Männer kam zurück. »Nichts zu finden, Kapitän. Keine Spur.«

Clausen wandte sich wieder Erik und seinen Freunden zu. Er sah sie missgünstig an. »Vielleicht brauchen sie etwas Motivation.« Er nickte seinen Männern zu. »Bringt sie her.«

Feste Hände packten Erik und führten ihn auf das Küstenwachboot und dort zum Heck. Er wollte protestieren, aber der Griff war unnachgiebig. Mit Druck wurde er auf den Boden gesetzt. Peter und Frank mussten neben ihm Platz nehmen, die Gesichter angespannt, aber gefasst. Clausen baute sich mit verschränkten Armen vor ihnen auf. »Letzter Versuch. Wo ist der Prototyp?«

Erik erwiderte den Blick des Kapitäns. »Das wissen wir nicht.«

Clausen blickte ihn wütend an. Für einen Moment sah es so aus, als würde er die Beherrschung verlieren. Doch dann beugte er sich vor. »Ich frage ein letztes Mal. Wo ist er?«

Peter zitterte neben ihm. Trotz lag in seinen Augen. »Sie werden es nie erfahren. Nicht von uns.«

Ein grimmiges Lächeln spielte um Clausens Lippen. »Das werden wir ja sehen.«

Mit geübtem Griff zog er seine Dienstwaffe. Eine Drohung lag in der Luft. Erik spannte sich an. Tief in seinem Inneren wusste er, dass es schlimme Folgen haben könnte, wenn sie jetzt nachgaben. Clausen richtete die Dienstwaffe auf Peter, und die Zeit schien stillzustehen. Erik war entsetzt, als Clausens Finger sich um den Abzug legte. Das war es – das Ende.

Doch in diesem Moment sah Erik einen Anflug von Zweifel in den Augen des Kapitäns. Ein kurzes Zögern. Der Kapitän war ein harter Bursche, aber kein skrupelloser Verbrecher – noch nicht. Erik griff nach dieser winzigen Chance wie nach einem Rettungsring.

»Warten sie«, rief er und erkaufte ihnen ein paar kostbare Sekunden. »Sie wollen das nicht tun, Clausen. Nicht so.«

Die Waffe senkte sich kaum merklich. Erik sprach weiter. »Wir sind keine Verbrecher. Wir sind nur drei Freunde, die in etwas hineingeraten sind, das größer ist als wir alle.« Er warf Frank und Peter einen Blick zu, in deren Gesichtern sich Verwirrung und vorsichtige Hoffnung spiegelten. Mit einem stummen Nicken bedeutete er ihnen mitzuspielen.

Peter räusperte sich. »Er hat recht. Wir wollten nie, dass es so weit kommt. Aber die Dokumente – die dürfen nicht in falsche Hände geraten.«

Clausen starrte sie finster an den Finger noch immer am Abzug. Doch Erik spürte, wie der Zweifel an ihm nagte. »Sie sind Klüver nichts schuldig«, sagte er eindringlich. »Er benutzt sie, merken Sie das nicht? Wir können das Hier und Jetzt friedlich beenden.«

Einen langen Moment schwankte der Kapitän. Die Waffe zitterte leicht in seinen Händen. Erik hielt den Atem an die Muskeln gespannt und zum Handeln bereit. Doch dann verhärteten sich Clausens Züge. »Genug geredet.« Der Lauf schwenkte zu Erik. Doch bevor der Kapitän handeln konnte, knackte sein Funkgerät. Eine Stimme meldete sich und löste die Spannung.

~

»Clausen, Bericht. Wie ist die Lage?«

Der Kapitän zögerte, sein Blick wanderte zwischen den Gefangenen und dem Handfunkgerät hin und her. Die Luft schien zu vibrieren. Clausen hob das Gerät an seine Lippen. »Situation unter Kontrolle. Verdächtige leisten Widerstand.«

Statisches Rauschen herrschte, dann kam die Antwort kurz und knapp. »Melden sie sich alle fünfzehn Minuten. Und Clausen? Halten sie sich an die Vorschriften. Besorgen sie die Informationen, aber bleiben Sie im Rahmen.«

»Verstanden.« Clausen steckte das Funkgerät weg, eine neue Kompromisslosigkeit stand in seinem Blick. Er deutete auf sie. »Aufstehen. Alle.«

Die Läufe der Waffen starrten ihnen entgegen, als sie nach vorne auf das Deck dirigiert wurden. Eine Brise zerrte an ihrer Kleidung, dunkle Wolken türmten sich am Horizont. Erik blinzelte gegen die salzige Gischt. Verzweiflung machte sich in ihm breit, bitter wie Galle. Das Klicken der Handschellen ließ ihn zusammenzucken. Mit geübter Effizienz fesselten die Männer Eriks Hände auf dem Rücken, das Metall schnitt in seine Haut.

Als Frank und Peter das gleiche Schicksal ereilte, warf Erik einen flüchtigen Blick auf das offene Wasser. Die Reling der Yacht hob und senkte sich, die Wellen schlugen gegen den Rumpf. Ein besonders einschüchternd wirkender Beamter, ein hochgewachsener Mann mit breiten Schultern, trat vor Erik. Sein durchdringender Blick bohrte sich in sein Gesicht. »Wo sind sie?«, fragte er mit tiefer Stimme. »Sagen sie uns, wo die Dokumente sind, und es wird einfacher für sie.«

Erik erwiderte den Blick des Mannes. Die Hand des Beamten packte Eriks Hemd, der Stoff spannte sich. »Wie sie wollen.« Mit einem ernsten Nicken schob er ihn zu den anderen zurück. Für einen Moment riss die Wolkendecke auf und ein fahler Sonnenstrahl durchbrach die Düsternis. Erik blinzelte in das plötzliche Licht. Er wechselte einen Blick mit Peter und Frank. Er nahm seine Umgebung mit neuer Klarheit wahr. Vielleicht gab es einen Ausweg, eine Chance, die Dinge zum Guten zu wenden, wenn sich die richtige Gelegenheit bot. Die Miene des Offiziers verhärtete sich, als er ihre Beharrlichkeit bemerkte. »Sie wollen es auf die harte Tour? Wir zeigen Ihnen die Konsequenzen.«

Ein kurzes Nicken, und seine Männer packten das Trio. »Wir können Sie in Einzelhaft stecken, bis Ihnen etwas Klügeres einfällt«, sagte er. »Oder wir stecken Sie wegen Behinderung der Ermittlungen an Land hinter Gitter.«

Peter bäumte sich mit angespanntem Gesicht gegen die Handschellen auf. »Das können sie nicht machen. Wir haben Rechte.«

Sein Bewacher riss Peters Arm hoch. »Der hier ist aufsässig«, bemerkte er. »Sollen wir ihn abführen?«

Wut und Panik stiegen in Erik auf, als er die Waffe nur wenige Zentimeter vor dem Gesicht seines Freundes sah. Doch Frank kam ihm zuvor. »Warte.« Seine Stimme zitterte, aber sie war eindringlich. »Ich ... Ich weiß, wo die Dokumente sind. Ich werde es ihnen sagen.«

Der Matrose runzelte die Stirn und drehte sich zu Frank um. »Ist das die Wahrheit? Lügen Sie mich besser nicht an.«

Frank schluckte schwer, sein Blick suchte Eriks. Ein Hoffnungsschimmer durchzuckte Erik. Sein Freund spielte auf Zeit, gab ihnen eine Chance.

»Das stimmt«, bestätigte Frank und straffte sich, obwohl die Waffe sich in seine Rippen bohrte. »Aber ich spreche nur mit Ihren Vorgesetzten persönlich. Nicht mit Untergebenen.«

Die Worte hingen in der Luft. Einen endlosen Moment lang war nur das Klatschen der Wellen gegen den Rumpf zu hören.

Dann warf der Matrose den Kopf in den Nacken und lachte schallend. »Sie haben Mut, das muss ich zugeben ...« Sein finsteres Grinsen ließ Erik das Blut in den Adern gefrieren, als er quälend langsam die Waffe hob. »Aber gleich nicht mehr.«

KAPITEL 25

Flucht über die Nordsee

Der Rumpf des Küstenwachbootes knarrte, als Erik sich an der Reling festhielt, um sich gegen die kabbeligen Wellen zu stemmen. Der Wind peitschte durch sein Haar, als er Thomas Clausen in die Augen sah, dessen wettergegerbtes Gesicht eine Mischung aus Misstrauen und Unsicherheit zeigte. »Sie sollten jetzt langsam wissen, was ich von Ihnen will«, sagte der Kapitän.

»Aber wissen sie auch, was Horst Baumann und Detlev Klüver von ihnen wollen? Und dass Europol die beiden längst auf dem Radar hat?«, fragte Erik zurück.

»Ich weiß nicht, was sie meinen«, sagte Clausen. »Klüver ist ein angesehener Mann. Warum sollte ich Ihnen glauben?«

Eriks Blick lag auf dem des Kapitäns, entschlossen, ihn von der Wahrheit zu überzeugen. »Weil Klüver nicht der ist, für den sie ihn halten. Er mag nach außen den Anschein von Seriosität wahren, aber darunter verbirgt sich ein skrupelloser Populist, der vor nichts zurückschreckt.«

Peter und Frank standen mit ernsten Gesichtern neben Erik. Er fuhr mit eindringlicher Stimme fort. »Klüver hat Bestechungsgelder angenommen, um Umweltauflagen für Industrieunternehmen zu lockern. Er hat schon in Nordfriesland weggeschaut, als Giftmüll illegal auf Frachtschiffe verladen wurde. Und er hat mit allen Mitteln dafür gesorgt, dass die Wahrheit nicht ans Licht kommt.«

Clausen sah ihn ernst an, als er die Anschuldigungen hörte. Erik konnte beobachten, wie hinter der rauen Fassade Zweifel aufkeimten.

»Und dann ist da noch die Sache mit dem Roten Kliff«, fügte Peter hinzu und rückte seine Brille zurecht. »Klüver will mit Baumanns Hilfe das Naturschutzgebiet bebauen lassen. Nicht weil ihm die Entwicklung Sylts oder gar bezahlbarer Wohnraum am Herzen liegt, sondern nur, um an den Bunker mit der Wettermaschine zu kommen.«

»Eine Waffe, die in den falschen Händen unvorstellbaren Schaden anrichten könnte«, bekräftigte Frank. »Klüver ist bereit, jeden zu opfern, nur um seine eigene Macht zu vergrößern.«

Clausens Blick wanderte zwischen den drei Männern hin und her, während seine Festigkeit ins Wanken geriet. »Kapitän Clausen«, sagte Erik. »Sie sind ein aufrechter Mann. Ein Polizist.« Er hielt einen Moment inne. Dann beschloss Erik, seinen einzigen Trumpf auszuspielen. Entweder dieser würde ziehen, oder sie hatten verloren. »Wenn sie mir nicht glauben, fragen sie bei Europol nach dem britischen NCA-Agenten James Walker, der die Ermittlungen gegen Klüver leitet. Fragen sie bei Europol nach, aber nicht bei ihren direkten Vorgesetzten.«

Clausen zögerte. »Warum?«

»Weil die, ehrlich gesagt, alle in die Sache verwickelt sein könnten.«

Clausen schwieg den Blick in die Ferne gerichtet. »Na gut, ich werde mich erkundigen.« Dann ging der Kapitän auf die Brücke und ließ die Drei und ihre Bewacher an Deck zurück.

Einige Minuten vergingen, dann kam Clausen. Er wirkte schockiert. Schließlich seufzte er schwer. »Sie haben recht«, sagte er leise, aber bestimmt. »Europol ist an der Sache dran. Fast wie eine interne Revision. Ich habe zu lange weggeschaut. Zu lange Ausreden gefunden. Aber ich bin Polizist. Ihr James Walker hat mich gebeten, sie sofort freizulassen.«

Erik freute sich über die Willensstärke in Clausens Worten. Sie hatten offenbar einen neuen Verbündeten gewonnen.

»Danke, Kapitän Clausen«, sagte Erik ehrlich. »Gemeinsam werden wir Klüvers Machenschaften aufdecken.«

»Dann lasst uns keine Zeit verlieren.«

Mit neuer Hoffnung folgte Erik dem Kapitän unter Deck. Sie setzten sich in die kleine Kapitänskajüte des Schnellbootes und Erik erzählte die ganze Geschichte von James Walker, den Ermittlungen gegen Baumann und Klüver und dem Netz der Korruption, das sich durch die Behörden zog und von Schleswig-Holstein bis nach Berlin reichte. Clausen nickte zustimmend, als sie ihr Gespräch beendet hatten. »Wir fahren zurück nach Sylt. Und ich werde einfach sagen, dass ich sie gehen lassen musste, weil ich nichts in der Hand hatte. Aber was werden sie tun?«

»Ich glaube, wir verschwinden nach Westen, nach England«, antwortete Peter. »Das schaffen wir mit der »Nordstern«.«

»Jetzt einmal im Ernst: Haben sie da unten auf dem Grund etwas gefunden?«, fragte Clausen.

Erik grinste, Frank und Peter taten es ihm gleich. »Ja, das haben wir. Da liegt tatsächlich ein Wrack. Und dort waren in einem Safe die Papiere, die Klüver sucht.«

»Aber wo sind sie geblieben? Wir haben ihr ganzes Schiff durchkämmt.«

»Ich hätte nicht gedacht, dass ihnen das entgeht«, antwortete Peter. »Als wir ihr Küstenwachboot kommen sahen, haben wir die Sachen in einen wasserdichten Sack gepackt und ich bin ins Wasser gegangen, um den Sack am Ruder zu befestigen. Ich hatte gerade noch Zeit, trockene Kleidung anzuziehen, als sie an Bord kamen.«

Clausen lachte laut auf. »Das ist der älteste Trick der Helgoländer Schmuggler. Einen wasserdichten Behälter unter das Schiff zu hängen. Dass ich auf so etwas noch hereinfalle, spricht nicht für mich.« Jetzt lachten alle gemeinsam.

Die salzige Meeresbrise wehte Erik kühl ins Gesicht, als sie zur längsseits vertäuten Yacht zurückstiegen. Kapitän Clausen stand an der Reling des Küstenwachbootes, den Blick auf die drei Freunde gerichtet. »Sind sie sicher, dass sie das tun wollen?«, fragte er, seine Stimme kaum hörbar über dem Rauschen der Wellen. »Es könnte eine lange Überfahrt werden. Und ihr seid noch nicht aus Klüvers Fängen.«

»Wir müssen es tun, Kapitän. Es steht zu viel auf dem Spiel.«

Clausen sah die beiden einen Moment an, dann seufzte er. »Ich verstehe. Aber seien sie vorsichtig. Und kommen sie in einem Stück zurück, verstanden?«

»Das werden wir«, versprach Erik. »Und vielen Dank für alles, Kapitän. Wir wissen Ihre Hilfe zu schätzen.«

Clausen winkte ab. »Tun sie einfach, was getan werden muss.«

Mit einem letzten dankbaren Nicken wandte sich Erik ab. Hinter ihnen wandte sich Clausen an seine Besatzung. »Hört zu Männer«, sagte er. »Diese drei haben einen wichtigen Job zu erledigen. Wir werden sie gehen lassen und so tun, als hätten wir nichts gesehen. Verstanden?«

Ein einstimmiges »Jawohl, Kapitän« erklang von der Besatzung.

~

Peter, Frank und Erik bereiteten ihre Yacht für die Weiterfahrt vor. Sie hatten die Dokumente aus dem wasserdichten Behälter wieder an Bord geholt und sicher verstaut. Die Küstenwache war abgezogen und nichts schien mehr zwischen ihnen und dem erfolgreichen Abschluss ihrer Mission zu stehen. Doch als Peter den Motor starten wollte, fiel sein Blick auf den Radarschirm und er erstarrte. Ein einzelner Punkt bewegte sich mit hoher Geschwindigkeit direkt auf ihre Position zu. Er brauchte nur einen Moment, um zu begreifen, was das bedeutete. »Verdammt, das ist Baumanns Yacht«, rief er. »Wie konnten wir die nur vergessen?«

Frank und Erik waren sofort bei ihm, ihre Blicke auf den Punkt gerichtet, der unaufhaltsam näher kam. Sie wussten, was das zu bedeuten hatte. Baumann war ihnen immer noch auf den Fersen, was sie völlig vergessen hatten. »Wir müssen hier sofort weg«, sagte Erik mit gepresster Stimme. »Wenn sie uns erwischen, war alles umsonst.«

Hastig lichteten sie den Anker mit seiner langen Kette. Dann gab Peter die Anweisungen und sie zogen die Segel der »Nordstern« hoch.« Zu ihrer Erleichterung frischte der Wind auf, bäumte das Tuch aus und ließ ihre Yacht über das Wasser gleiten. Doch ein Blick auf das Radar zeigte Peter, dass Baumanns protzige Motoryacht immer noch aufholte. Es würde ein Rennen werden, ein Kampf gegen die Zeit und einen übermächtigen Gegner.

In diesem Moment knisterte es im Funkgerät. Es war Kapitän Clausen von der Küstenwache. »Jungs, wir sehen, was los ist«, kam seine Stimme durch. »Wir werden Baumann jetzt einen ausführlich Bericht erstatten.« Peter wusste, was das bedeutete: Die Küstenwache nahm Kurs auf die Motoryacht und würde sie eine Weile aufhalten. Er ahnte, was es für Clausen bedeutete, sich mit jemandem wie Baumann anzulegen. Aber er wusste auch, dass sie diese Chance nutzen mussten.

Er studierte die Seekarten. »Wir müssen wie besprochen nach England segeln«, sagte er. »Wenn wir es schaffen und einen englischen Hafen anlaufen, haben Klüver und Baumann keine Chance mehr, an uns ranzukommen.«

Frank und Erik stimmten ihm zu. Sie wussten, es war ein riskanter

Plan, aber es war ihre Hoffnung. Und so machten sie sich auf den Weg, während hinter ihnen die Lichter von Baumanns Yacht wie hungrige Augen in der hereinbrechenden Dunkelheit leuchteten. Es sollte eine lange Nacht werden.

～

»Ich denke, wir müssen Bescheid geben, was hier los ist«, sagte Erik. »Können wir nicht James Walker anrufen?«

Peter schüttelte den Kopf. »Dafür sind wir hier zu weit draußen, Erik. Außerdem würde man uns auf der Yacht hören. Aber ich habe etwas viel Besseres.« Peter kramte in der Schublade unter dem Navigationstisch und zog ein großes, schwarzes Satellitentelefon heraus. »Das ist zwar schon etwas älter, aber es sollte noch funktionieren - wenn mein Vater die Karte bezahlt hat. Er hält es als Notreserve bereit.« Peter fummelte eine Weile mit dem Telefon herum, ging von der Kajüte an Deck und hielt die lange Stabantenne in den Himmel. »Okay, die Verbindung steht«, sagte er schließlich und drückte Erik das Telefon in die Hand.

Er wählte. Endlich, nach mehreren Versuchen, meldete sich eine vertraute Stimme am anderen Ende.

»Erik? Hier spricht James. Was ist los? Wir haben versucht, euch zu erreichen.«

Erik atmete erleichtert auf. »James, Gott sei Dank.«

Walker räusperte sich. »Ich hatte vorhin einen Anruf von einem Kapitän Thomas Clausen von der Küstenwache bekommen. Er hat sich nach euch und den Ermittlungen gegen Detlev Klüver erkundigt.«

»Ja. Er hat uns daraufhin freigelassen«, sagte Erik.

Walker lachte. »Ich habe ihm auch ordentlich Dampf gemacht und ihm gesagt, was ihm droht, wenn er unsere Ermittlungen behindert.«

»Aber jetzt haben wir hier eine neue Situation. Wir werden verfolgt von Baumanns Yacht. Sie ist direkt hinter uns und holt auf.«

»Verstanden«, sagte Walker. »Ihr habt das Richtige getan. Auf der Nordsee zieht ein schwerer Sturm auf, er wird bald auf euch treffen.«

Erik warf einen besorgten Blick zum Horizont, wo sich bereits die ersten dunklen Wolken auftürmten. »Wir haben keine Wahl. Wir müssen versuchen, die englische Küste zu erreichen.«

»Ich verstehe«, antwortete Walker. »Aber seid gewarnt. Ihr werdet all euer Geschick brauchen, um da durchzukommen. Wir wollen einmal sehen, ob wir nicht ein Empfangskomitee für euch organisieren können.«

»Danke, James«, sagte er mit tiefer Stimme. »Wir melden uns, sobald wir in Sicherheit sind.«

»Ihr werdet es schaffen«, antwortete Walker fest. »Ihr seid zäh, und ihr habt einander. Haltet durch, wir tun von unserer Seite alles, was wir können.«

Erik legte das Funkgerät beiseite. Walkers Worte hallten in seinem Kopf nach, vermischten sich mit dem Heulen des Sturms und dem Tosen der Wellen.

∾

Die Entfernung von der Doggerbank bis zur britischen Küste bei Great Yarmouth betrug etwa 170 Seemeilen, wie Peter ausgerechnet hatte. Selbst wenn sie mit sieben Knoten durch den Sturm segeln könnten, würden sie für die Strecke 24 Stunden brauchen. Und in dieser Zeit mussten sie ihren Verfolgern entkommen. Mit geübten Handgriffen überprüfte Peter den Kartenplotter am Steuerstand, während er Kurs auf England nahm. Der Wind hatte weiter aufgefrischt und die See wurde immer unruhiger. Der Wetterbericht warnte bereits vor einem herannahenden Sturm, der genau auf ihrer Route lag.

»Das könnte unsere Chance sein«, sagte Peter. »Bei dem Wetter wird es selbst für Baumanns Yacht schwer, uns schnell zu folgen.«

Doch die Erleichterung währte nur kurz. Ein Blick auf den Radarschirm zeigte, dass die Küstenwache sich von Baumanns Yacht getrennt hatte und in Richtung Osten fuhr, während die Yacht ihnen wieder folgte. »Das war keine halbe Stunde. Sie kommen«, sagte Frank. »Und sie sind schnell.«

Peter nickte. »Dann müssen wir jetzt noch schneller werden. Lasst uns alles aus dieser Yacht herausholen, was möglich ist. Wir haben keine Zeit zu verlieren.«

Mit vereinten Kräften trimmten sie die Segel, um noch ein bisschen mehr Geschwindigkeit herauszubekommen. Die »Nordstern« schoss durch die aufgewühlte See, das Deck von Gischt überspült, während am Horizont die dunkle Wand des Unwetters aufzog. Sie wussten, dass sie ein hohes Risiko eingingen, direkt in den Sturm hineinzusegeln. Aber es war ihre einzige Chance, den Vorsprung zu halten, den ihnen die Küstenwache verschafft hatte. Peter vertraute darauf, dass die seegängige

Segelyacht mit ihrem schweren Kiel einen Sturm besser überstehen konnte als der protzige Motorkreuzer von Horst Baumann. Mochte der bei ruhiger See uneinholbar schnell sein, bei widrigem Wetter könnte die Segelyacht sich weitaus besser halten. Und so blieben sie auf Kurs, die Zähne zusammengebissen, während um sie herum die Elemente tobten.

Stunde um Stunde kämpften sie mitten in der Nacht gegen Wind und Wellen, trieben ihr Schiff an die Grenzen des Machbaren. »Ich versuche, uns unsichtbar zu machen«, sagte Peter. Er schaltete das Funksignal AIS aus, das die Position ihrer Yacht verriet. Dann knipste er die Navigationslichter aus. Und schließlich holte er den silbernen Radarreflektor ein, der oben am Mast hing. »Jetzt sind wir so gut wie unsichtbar. Hoffentlich kreuzt kein Containerriese oder Öltanker unseren Kurs.«

»Immer noch besser, als wenn Baumann uns einholt«, antwortete Erik.

Die Nacht brach herein, dunkel und erbarmungslos, nur erhellt von den zuckenden Blitzen, die den Himmel zerrissen. Der Sturm heulte gewaltig und peitschte die Nordsee zu einem Hexenkessel aus Schaum und Gischt auf. Hohe Wellen türmten sich, als wollten sie das kleine Boot und die drei Segler verschlingen. Peter stand mit zusammengebissenen Zähnen am Ruder und versuchte mit aller Kraft, das Schiff auf Kurs zu halten. Es war ein harter Kampf, ein Ringen mit den Naturgewalten, das selbst den erfahrensten Skipper an den Rand der Verzweiflung treiben konnte. Während sie bei ruhigerem Wetter noch mithilfe eines Autopiloten steuern konnten, mussten sie jetzt die Yacht selbst durch jedes Wellental und über jeden Kamm navigieren. Frank und Erik saßen neben ihm, klammerten sich im Cockpit an die Haltegriffe, während die Yacht unter ihren Füßen schaukelte. Ihre Gesichter waren bleich im fahlen Licht der Blitze. Sie wussten, worauf sie sich eingelassen hatten. Aber nichts hätte sie auf die Schrecken dieser Nacht vorbereiten können. »Ich habe genug, ich kann das nicht mehr mit ansehen«, sagte Frank, als das Schiff wieder eine hohe Welle hinaufkletterte.

»Du gehst jetzt rein«, rief Peter, »und ruhst dich aus. Nachher brauchen wir dich frisch und es bringt nichts, wenn wir alle drei erschöpft sind.« Frank verschwand unter Deck. Doch schon nach zehn Minuten steckte er seinen Kopf wieder durch den Niedergang.

»Es war nicht leicht«, sagte er, »aber ich habe euch Kaffee gemacht.«

»Das grenzt an ein Wunder«, sagte Erik und nahm einen Becher.

»Ich habe alle Schlingerbewegungen ausgleichen müssen und das Kaffeepulver hat sich in der Kombüse verstreut. Aber dann habe ich es geschafft.«

»Frank, du bist ein Held.«

Eine Welle, höher als alle zuvor, brach neben ihnen zusammen und begrub die Yacht unter eiskaltem Wasser. Für einen Moment war alles schwarz, wie ein Vakuum aus Kälte und Dunkelheit. Dann endlich floss das Wasser wieder ab, und das Schiff bäumte sich auf wie ein verwundetes Tier.

"Das wars mit unserem Kaffee", rief Peter gegen den Sturm an, seine Stimme kaum hörbar über dem Tosen der Elemente. »Alles weg. Einfach weggespült.«

Die Küste, England, die Sicherheit - all das schien so weit weg, so unerreichbar angesichts der Urgewalt, die um sie herum tobte. Jeden Moment konnte eine Welle sie erfassen. Und dann war da noch die andere Gefahr, die hinter ihnen lauerte, unerbittlich und tödlich. Baumanns Yacht, größer, schneller und besser ausgerüstet als ihre, hatte die Verfolgung nicht aufgegeben. Irgendwo da draußen, jenseits der tosenden See und der peitschenden Wellen, warteten er und seine Männer, bereit, ihre Beute zu jagen.

Es war ein Wettlauf gegen die Zeit und die Elemente, ein verzweifelter Kampf, bei dem alles auf dem Spiel stand - ihre Mission wie ihr Leben. Und mit jeder Minute, mit jeder donnernden Welle und jedem zuckenden Blitz schwand ihre Hoffnung, diesem Albtraum lebend zu entkommen. Und so klammerten sie sich fest, trotzten dem Sturm und der tosenden See. Ihre Hände waren trotz der Segelhandschuhe vor Kälte taub, ihre Körper von den Naturgewalten geschunden. Stunden schienen zu vergehen, Stunden, in denen die Welt nur aus Dunkelheit, Lärm und dem endlosen Schlingern der Yacht bestand. Doch endlich lichtete sich die Finsternis ein wenig und machte der ersten Morgendämmerung Platz.

Grau und trostlos dämmerte der Tag über der aufgewühlten Nordsee, die Schatten der Nacht wichen langsam dem fahlen Licht des neuen Tages. Peter, Frank und Erik standen an Deck, erschöpft, durchnässt und vor Kälte zitternd, aber mit einem Funken Hoffnung. Sie hatten den Sturm überlebt, den tosenden Wellen und Winden getrotzt. Doch als sie zum Horizont blickten, sahen sie nichts als endloses Grau, ein Meer, das sich weit erstreckte, ohne jede Spur von Ufer oder Hafen.

»Das kann nicht sein«, sagte Frank heiser. »Wir müssten längst da sein, die Küste müsste zu sehen sein.«

Peter blickte auf den Kartenplotter am Steuerstand und schüttelte den Kopf. »Keine Chance, wir sind noch viel zu weit draußen, um die Küste zu sehen.« Die unschöne Realität ließ sich nicht leugnen.

Und dann sahen sie ihn, einen dunklen Schatten am Rande ihres Blickfeldes, der schnell näher kam. Baumanns Yacht, größer und schneller als ihre eigene, hatte die Verfolgung nicht aufgegeben. Wie ein Raubtier kämpfte sie sich durch den nachlassenden Sturm, unbeirrt und unerbittlich. »Sie haben uns fast«, sagte Peter mit zusammengebissenen Zähnen. »Wir können ihnen hier nicht entkommen.«

Hilflos mussten sie mit ansehen, wie die große Yacht sie einholte. Mochte der Seegang auch nachgelassen haben, die »Nordstern« lag jetzt wieder gut am Wind - Baumanns Yacht kam näher. Jetzt war sie deutlich zu erkennen, ein elegantes, stromlinienförmiges Schiff, das die Wellen teilte. An Deck konnte man Gestalten sehen, dunkel und bedrohlich vor dem grauen Himmel.

Und dann war es so weit. Mit einem letzten kräftigen Schub glitt die Yacht längsseits, so nah, dass sie die Gesichter ihrer Verfolger erkennen konnten. Allen voran Horst Baumann mit einem höhnischen Grinsen, kalt und berechnend. »Sieh an«, rief er, die Stimme voller Spott und Triumph. »Wen haben wir denn da? Die tapferen Helden, die dachten, sie könnten uns entkommen.«

Peter spürte, wie Wut in ihm aufstieg, vermischt mit Ohnmacht. Sie waren so nah dran gewesen, hatten alles riskiert für ihre Mission. Und jetzt, im letzten Moment, sollte alles umsonst gewesen sein? »Warum tust du das, Baumann?«, rief er gegen den Wind, die Hände zu Fäusten geballt. »Du hast doch alles - Geld, Macht, Einfluss. Warum diese Jagd, warum all die Gewalt?«

Baumanns Lachen hallte über die Wellen, es klang hässlich und freudlos. »Ach, ihr einfachen Typen«, sagte er, als spräche er zu einem begriffsstutzigen Kind. »Ihr kapiert es immer noch nicht, oder? Es geht hier nicht um Geld oder Macht. Es geht ums Gewinnen. Darum, der Beste zu sein, derjenige, der am Ende die Oberhand behält.«

Er machte eine weite Geste, die das Meer, die Yacht und die drei erschöpften Männer einschloss. »Und wie es aussieht, habe ich gewonnen. Ihr hattet euren Spaß. Aber jetzt ist es vorbei. Die Dokumente gehören mir und ihr ... nun, sagen wir, ihr habt eure Nützlichkeit überlebt.« Ein eisiger Schauer lief Erik über den Rücken, als die Bedeutung von Baumanns Worten in sein Bewusstsein sickerte. Das war bitterer Ernst.

~

In diesem Augenblick schien alles verloren. Baumann stand triumphierend auf seiner Yacht und grinste sie höhnisch an. Plötzlich durchschnitt ein scharfes Geräusch die Luft - das schrille, durchdringende Heulen einer Schiffssirene. Peter, Erik und Frank fuhren herum, sie suchten den Horizont ab. Dann sahen sie es: Ein dunkler Schatten näherte sich mit rasender Geschwindigkeit, die Bugwelle hoch aufspritzend.

»Ein Schnellboot«, rief Erik, seine Stimme überschlug sich vor Aufregung und Erleichterung. »Es ist die Royal Navy!« Als das Schiff näher kam, wurde der weiße Rumpf sichtbar, die markanten blauen und roten Streifen, das Wappen der britischen Marine. Der Anblick erfüllte die drei mit kaum zu fassender Erleichterung.

Auch auf Baumanns Yacht hatte man das Schiff bemerkt. Hektische Betriebsamkeit brach aus, Männer rannten über Deck, Befehle wurden gebrüllt. Doch für eine Flucht war es zu spät. Mit einem letzten mächtigen Aufheulen des Motors schoss das Schnellboot heran. Ein ohrenbetäubender Knall zerriss die Luft, als ein Schuss vor dem Bug von Baumanns Schiff ins Wasser krachte.

»Stopp«, dröhnte eine Stimme aus einem Megafon, laut und gebieterisch. »Hier spricht die Royal Navy. Geben Sie sofort auf, oder wir eröffnen das Feuer. Sie sind gewarnt.«

Auf Baumanns Yacht herrschte noch immer Chaos. Männer schrien durcheinander, gestikulierten wild, aber inmitten des Tumults stand Baumann selbst, das Gesicht zu einer Maske aus Wut und Frustration verzerrt. »Los, verdammt noch mal«, brüllte er seinen Kapitän an, die Stimme schrill. »Bring uns hier weg, sofort!«

Doch der Kapitän, ein hagerer Mann mit grauem Bart und wettergegerbtem Gesicht, rührte sich nicht von der Stelle. Stattdessen schaute er Baumann direkt in die Augen, der Blick fest und unnachgiebig. »Nein«, sagte er ruhig, jedes Wort mit einer Endgültigkeit, die keinen Widerspruch duldete. »Die Royal Navy hat uns gestoppt. Wir legen bei, hier und jetzt.«

Einen Moment lang sah es aus, als würde Baumann ihn angreifen, so verzerrt war sein Gesicht, so wild blitzten seine Augen. Doch dann, ganz langsam, wich die Spannung aus seinem Körper und er sackte in sich zusammen.

Auf der Segelyacht dagegen brach Jubel aus. Peter, Erik und Frank lagen sich vor Erleichterung in den Armen. Sie hatten es geschafft. Sie hatten Baumanns Luxusyacht durch den Sturm in englische Gewässer gelockt, wo die Küstenwache sie aufgreifen konnte. Der Albtraum war vorbei.

Langsam und majestätisch fuhr das Boot der Küstenwache längsseits zu Baumanns Yacht. Uniformierte sprangen an Bord und nahmen Baumann und seine Handlanger fest. Auf der anderen Seite des Küsten-wachbootes, der »Nordstern« zugewandt, trat der Kapitän selbst aus dem Ruderhaus, eine hochgewachsene Gestalt in makelloser Uniform, das kantige Gesicht von Wind und Wetter gegerbt, der Blick war warm und freundlich. »Captain Thomas Blackwood, Royal Navy«, stellte er sich vor, die Stimme tief. »Ich muss sagen, meine Herren, das war eine verdammt beeindruckende seglerische Leistung, die Sie da vollbracht haben. Ich bitte Sie, an Bord kommen zu dürfen.«

»Nichts lieber als das. Kommen Sie an Bord, Kapitän Blackwood«, sagte Peter.

Der Kommandant schüttelte jedem von ihnen die Hand. »Ihre Informationen, Ihre Beharrlichkeit – ohne sie hätten wir diesen Horst Baumann nie fassen können.«

Peter spürte, wie ihm Tränen in die Augen stiegen, überwältigt von Erschöpfung, Erleichterung und Stolz.

~

KAPITEL 26

An der Küste Englands

Die Segel standen straff im frischen Wind und trieben die Yacht mit flottem Tempo voran. Die Brise peitschte Eriks Haare durcheinander. Die salzige Gischt stach ihm in die Augen, aber er weigerte sich zu blinzeln, sein Blick war auf den Horizont gerichtet, wo die Küste Englands winkte.

Die Marinesoldaten der »Royal Navy« hatten Baumanns Yacht übernommen, während die drei Segler ablegen konnten, um ihren Törn nach Lowestoft an der Ostküste Englands fortzusetzen. Obwohl sie die ganze Nacht mit dem Sturm gekämpft hatten, fühlten sich die drei Freunde nun unendlich erleichtert. Der letzte Abschnitt ihrer Fahrt machte ihnen Freude. Neben Erik saß Peter und gab Anweisungen, während er das Schiff gekonnt durch die Sandbänke navigierte.

»Bald haben wir es geschafft«, sagte Peter. Erik suchte die See ab. Als die Küste Suffolks immer näher kam, wusste auch er, dass sie es bald geschafft haben würden. Die Wellen wurden ruhiger und flacher. »Wir können den Trimm verbessern«, sagte Peter und gab Frank Anweisungen, an welchen Leinen er ziehen sollte. Mit neuer Stabilität glitt die Yacht anschließend durch die Wellen. Erik blinzelte gegen die Sonne, als die Silhouette des Hafens in Sicht kam. Dann näherten sie sich dem South Pier, der die Einfahrt in den Fluss begrenzte, an dem der Inner Harbour lag, der Lake Lothing. Sie mussten unter einer Klappbrücke hindurch, die sich zeitig öffnete. Dann konnten die drei die unverwechselbaren Konturen des »Royal Norfolk & Suffolk Yacht Club« ausmachen. Der prestigeträchtige, seit über 150 Jahren bestehende Club war ein Wahrzeichen der Stadt und Treffpunkt für Segler und Wassersportler von allen Küsten der Nordsee. Vom Wasser aus konnten sie das imposante Clubhaus sehen, das sich am Ufer erhob. Die cremefarbene Fassade und die großen Fenster strahlten Eleganz und Tradition aus. Die Clubflagge flatterte im Wind und schien die ankommenden Boote zu begrüßen. »Da«, rief Peter, »wir haben es geschafft.«

Als die Yacht in den Hafen einlief, spürte Erik eine Welle der Erleichterung. Er blickte die Stege hinunter, dann entdeckte er eine einsame Gestalt, die auf sie wartete - James Walker war gekommen. Walkers Gesicht verzog sich zu einem breiten Grinsen, als sie sich näherten, und Erik konnte nicht anders, als zurückzulächeln. Sie machten ihr Boot fest. Er betrat den Steg, seine Beine zitterten von der anstrengenden Fahrt. Sein Haar war von der Gischt zerzaust und seine Kleidung klebte an seinem Körper - das waren die Hinterlassenschaften des heftigen Sturms, den sie überstanden hatten. Neben ihm stiegen Frank und Peter aus der Yacht, in ihren Gesichtern stand eine Mischung aus Erschöpfung und Triumph.

James Walker trat mit besorgtem Gesichtsausdruck vor. »Ihr habt es geschafft«, sagte er mit Erleichterung in der Stimme. »Ich habe mir große Sorgen gemacht.«

Erik rang sich ein müdes Lächeln ab. »Es war nicht einfach«, gab er zu, »aber eure Küstenwache hat mit ihrem dramatischen Auftritt ganze Arbeit geleistet. Gerade als wir dachten, alles sei verloren, hat Captain Blackwood einen Schuss vor den Bug von Baumanns Yacht abgefeuert.«

»Ja, Thomas hat wirklich einen Sinn für dramatische Auftritte«, sagte Walker lachend.

Peter griff in den Aktenkoffer und holte einen Stapel Papiere hervor - die Konstruktionsunterlagen der »Wettermaschine«, die sie aus dem Wrack der »Anglia« geborgen hatten. Mit einem ernsten Nicken überreichte er Walker die wertvollen Dokumente. Dieser nahm sie entgegen. »Ihr habt keine Vorstellung, wie wichtig das ist«, sagte er. »Mit diesen Plänen haben wir vielleicht endlich eine Chance, zu klären, was hinter dieser Wettermaschine steckt.«

»Herr Walker, auch wenn wir uns kennen: Sie wissen schon, dass es nicht so einfach ist, ihnen jetzt die Dokumente auszuhändigen, nicht wahr?«, fragte Peter.

Walker sah ihn offen an. »Ich weiß. Aber lasst uns das einmal durch-

gehen. Ihr habt auf dem Grund der Nordsee einen Safe mit Dokumenten gefunden, die aus Deutschland stammen, ja?«

»So ist es«, sagte Peter.

»Aber der Safe lag in einem dänischen Schiff weit draußen auf dem
Meer? Und es war Gefahr im Verzug, weil Horst Baumann und seine
Männer Euch auf den Fersen waren?«

»Das stimmt auch.«

»Dann ist die Gefahr im Verzug die Begründung, warum ihr mir
sehr wohl die Dokumente geben könnt - wenn ihr mögt.«

Peter sah Erik und Frank fragend an, und beide nickten. »Besser, die
Dokumente gehen jetzt an die britische Polizei, als dass sie doch noch bei
Horst Klüver landen«, sagte Erik.

Walker stimmte ihm zu. »Vielen Dank, Jungs. Ich verspreche Euch:
Wir werden jedes Wissen mit den zuständigen Stellen in Deutschland
teilen. Und natürlich auch die Dokumente im Original.«

Erik spürte, wie ihm eine Last von den Schultern fiel. Sie hatten alles
riskiert, um die Dokumente in Sicherheit zu bringen. »Jetzt liegt es an
dir«, sagte Erik. »Nutze die Pläne klug.«

Walker verstaute die alten Dokumente in seiner Aktentasche. Frank
durchbrach die angespannte Stille mit einem Grinsen. »Tja, Jungs, ein
paar Federn haben wir schon lassen müssen«, scherzte er.

Erik lachte. »Du hast recht«, stimmte er zu.

James Walker führte die drei Männer in das Clubhaus des Royal
Norfolk & Suffolk Yacht Club. Sie nahmen im Salon Platz und Walker
bestellte eine Runde für alle. »Ihr habt hervorragende Arbeit geleistet«,
sagte der Regierungsagent anerkennend, der mit den dreien anstieß.
»Und was Klüver angeht«, fuhr Walker fort, »Europol ermittelt bereits
gegen ihn und sein Netzwerk. Mit etwas Glück können wir ihn bald
dingfest machen.«

»Das ist eine gute Nachricht«, sagte Peter.

Die Pint-Gläser leerten sich. Frank lehnte sich entspannt in seinem
Stuhl zurück und scherzte, dass sie nach dieser Mission wohl alle einen
langen Urlaub bräuchten. Für einen Moment erlaubten sie sich, durch-
zuatmen. Walker erzählte einige Anekdoten aus seiner Zeit beim
Geheimdienst MI6, die für Heiterkeit sorgten und sie die Gefahren für
eine Weile vergessen ließen. Doch dann leerten sie ihre Gläser, und die
Realität holte sie wieder ein. Denn in diesem Moment klingelte das
Handy von James Walker. Er nahm den Anruf entgegen und hörte ange-

spannt zu. Er klang überrascht. »Was? Bist du sicher?«, fragte er ungläubig. Frank und Peter blickten ihn fragend an. Er beendete das Gespräch und starrte einen Moment auf sein Handy, bevor er sich umdrehte.

»Das war unser Kontakt beim MI6«, sagte er. »Sie haben neue Informationen über Klüver und seine Pläne. Jungs, ich fürchte, die Sache ist komplizierter, als wir dachten.« Walkers Gesicht war ernst, als er die Drei eindringlich ansah. Sie tauschten besorgte Blicke aus. »Was meinst du damit?«, fragte Erik.

Walker seufzte. »Der MI6 hat brisante Informationen erhalten. Offenbar reichen Klüvers Verbindungen bis in das Bundesinnenministerium in Berlin.«

»Die Bundesregierung ist involviert?«, fragte Peter ungläubig.

»Nein, nicht die Bundesregierung. Aber wohl der Innenminister. Wobei das noch nicht ganz klar ist. Aber wir haben einen Namen: Staatssekretär Wolfgang Becker. Er soll Klüvers direkter Kontakt in Berlin sein.«

Frank haute mit der Faust auf den Tisch. »Das ist ja ungeheuerlich. Wenn das stimmt, dann geht die Sache viel tiefer, als wir gedacht haben.«

»Und es macht unsere Aufgabe noch viel schwieriger«, fügte Peter hinzu. »Wenn Klüver von Berlin aus geschützt wird, müssen wir höllisch aufpassen, wem wir trauen können.«

Walker stimmte ihm zu. »Genau. Andererseits: Wenn wir an den Staatssekretär herankommen, haben wir vielleicht eine Chance, Klüvers Netzwerk aufzudecken und zu zerschlagen.«

»Aber wie sollen wir an einen solchen Mann herankommen?«, fragte Frank skeptisch. »Der wird doch bestens abgeschirmt sein.«

Ein Lächeln umspielte Walkers Lippen. »Wir haben da eine Verbindung ins Außenministerium. Eine Dr. Elsa Schneider, ebenfalls Staatssekretärin. Aber vergesst sofort, dass ich diesen Namen jemals genannt habe.«

»Warum das denn?«, fragte Erik.

»Weil sie auf unserer Seite steht. Anders ausgedrückt: Weil meine Regierung einen ziemlich direkten Draht zu ihr hat.«

Die drei sahen Walker einige Sekunden überrascht an. Dann pflichtete Erik ihm bei. »Ich glaube, ich verstehe, was sie damit meinen.«

»Ich verstehe überhaupt nichts«, gab Frank zu.

»Anscheinend gibt es Verbindungen zwischen der britischen und der Bundesregierung, die keiner kennt«, sagte Erik.

Walker lächelte. »Genau so ist es. Und wenn wir Dr. Schneider komplett informieren, dann kann sie etwas unternehmen - gegen den Staatssekretär im Innenministerium und gegen Klüver selbst. Machen wir uns an die Arbeit und beenden wir dieses Schmierentheater - ihr auf eurer und ich auf meiner Seite.«

KAPITEL 27

Das Kartenhaus stürzt ein

Von außen war das Haus in den Dünen bei Hörnum nicht auffällig, es sah aus wie die Nachbarhäuser. Das Reetdach war ordentlich, aber nicht sehr gepflegt. Die Terrasse mit ihren Waschbetonplatten wirkte wenig genutzt. Die Vorhänge waren zugezogen, obwohl man von den Zimmern aus einen beeindruckenden Blick über die Dünenlandschaft hatte. Im Inneren des Gebäudes, das wie ein unbewohntes Feriendomizil wirkte, ließ Detlev Klüver das Telefon aus seinen zitternden Fingern gleiten und auf den Parkettboden des Arbeitszimmers fallen. Sein Gesicht war farblos und er starrte Kalle Hansen und zwei seiner zahlreichen Mitarbeiter ausdruckslos an. »Die sind hinter uns her. Die Bundespolizei. Die wissen alles.«

»Unmöglich«, sagte Kalle, »Woher wissen die das? Ich dachte, du hättest alles im Griff, Detlev.«

»Horst ist verhaftet worden. Von der Royal Navy in britischen Gewässern, als er noch versuchte, diese drei Typen auf ihrer Yacht aufzuhalten und die Pläne in die Finger zu bekommen. Aber die Marine hat ihn gestoppt. Er ist mitten in die Falle gelaufen mit seiner protzigen Motoryacht.«

»Das ist furchtbar. Was ist mit deinen Kontakten in Berlin?«

Klüver griff nach dem Telefon und tippte mit unsicheren Händen eine Nummer ein. Er ging im Zimmer auf und ab, vorbei an der einfachen Einrichtung, an abgewetzten Stühlen und leeren Schränken. »Verdammt, Wolfgang. Nimm ab. Du musst sie aufhalten.« Doch Staatssekretär Wolfgang Becker ging nicht ans Telefon. Auch beim zweiten oder dritten Versuch nicht. Jedes Mal landete Klüver direkt auf der Mailbox, was seine Verzweiflung nur noch steigerte.

Kalle lehnte an der mit Büchern vollgestopften Wand, die Arme fest vor der Brust verschränkt. Sein Gesicht zeigte Resignation. »Sieh es ein, Detlev. Deine Lakaien in der Regierung werden uns hier nicht mehr rausholen. Nicht, wenn man bedenkt, wie tief wir diesmal drin stecken. Auch Beckers Einfluss hat seine Grenzen.«

»Halt die Klappe.« Klüver schleuderte das Telefon quer durch den Raum, wo es an der Wand zerschellte. Die Trümmer des zersplitterten Displays vermischten sich mit den Resten einer wertvollen Vase. »Das kann doch nicht wahr sein. Nicht, wenn wir so kurz davor stehen, mit dem Wettermaschinengeschäft einen Milliardengewinn zu machen. Es muss doch jemanden geben …«

»Was ist denn mit deinem Kommissar auf dem Polizeirevier in Westerland? Der hat uns doch einmal rausgehauen, als diese Schlampe vor Amrum im Meer gefunden wurde, nachdem sie ihren Unfall gehabt hatte«, sagte Kalle mit hochrotem Kopf.

»Was glaubst du, wer mich gerade angerufen hat?«

»Kann er uns jetzt nicht helfen? Du hast doch so stolz erzählt, dass du ihn auf deiner Gehaltsliste hast.«

»Er versucht es, aber er sagt, dass die Bundespolizei jetzt überall herumschnüffelt und er selbst nicht weiß, wie lange es dauert, bis er in Verdacht gerät.«

Seine Worte verstummten, als die Hoffnungslosigkeit der Situation wie eine Welle über ihn hereinbrach. Die Blicke, die seine Männer austauschten, zeigten ihm, dass sie die bittere Wahrheit bereits akzeptiert hatten: Sie waren allein, verraten und verkauft von denen, denen sie vertraut hatten. Selbst ihre bestbezahlten Quellen konnten oder wollten ihnen nicht mehr helfen. Klüver hatte es diesmal zu weit getrieben, war zu gierig und rücksichtslos geworden, und nun bekamen sie die Konsequenzen zu spüren.

Während er wie erstarrt dastand, rasten seine Gedanken und suchten fieberhaft nach einem möglichen Fluchtweg. Doch tief in seinem Inneren wusste er, dass es aussichtslos war. »Die Schlinge um unseren Hals zieht sich immer enger zu«, sagte er zu Kalle. Sein mühsam aufgebautes Imperium aus Korruption und Manipulation brach um ihn herum zusammen wie ein Kartenhaus im Wind.

Kalle griff mit zitternder Hand nach der Kristallkaraffe auf seinem Schreibtisch und schenkte sich einen großzügigen Schluck Whisky ein.

Er leerte das Glas in einem Zug, verzog kurz das Gesicht und stellte es dann unsanft ab. »Wir müssen alle belastenden Dokumente loswerden, bevor sie dieses Haus finden. Wir verbrennen, was wir können, und verstecken den Rest irgendwo.«

Klüver stimmte ihm zu. Ein Teil von ihm weigerte sich immer noch, das Offensichtliche zu akzeptieren, klammerte sich an die irrationale Hoffnung, dass seine Macht und sein Einfluss ihn auch diesmal retten würden. Aber die angespannte Hektik, mit der Kalle und seine Mitarbeiter begannen, Aktenschränke zu durchwühlen und Papiere zusammenzusuchen, ließ keinen Zweifel daran, dass es verdammt ernst war.

Und dann, in der Ferne, war das gefürchtete Geräusch zu hören: Es war das Heulen der Polizeisirenen. Es kam näher. Die grausame Realität wurde Klüver klar. Er war gerade dabei gewesen, Kartons in die Garage im Keller zu tragen, wo er sie noch in einen Wagen legen wollte. Oben hatte Kalle schon den Kamin angezündet, in den er wahllos Dokumente warf. Klüver die Treppe hoch, die Sirenen wurden lauter. Seine Beine knickten ein, als hätte ihm jemand den Boden unter den Füßen weggezogen, und er sank in einen der teuren Ledersessel. Er begann zu schwitzen. Vor seinem inneren Auge sah er bereits die Stahltür seiner Zelle. Das war es, das Ende. Keine noch so geschickt gesponnene Lüge, keine Bestechung, keine Drohung würde ihn jetzt retten können.

Das ohrenbetäubende Kreischen der Bremsen schwerer Fahrzeuge, die vor dem Anwesen zum Stehen kamen, zerriss die Stille. Klüver schloss die Augen, presste die Lider fest zusammen, als könnte er so die Außenwelt aussperren. Doch es gab kein Entkommen. Das Klopfen an der massiven Eingangstür, unnachgiebig und fordernd, hallte durch die Flure der Villa und dröhnte in Klüvers Ohren. Eine autoritäre Stimme ertönte, verstärkt durch ein Megafon: »Bundespolizei! Aufmachen oder wir treten die Tür ein.«

Klüver und Hansen tauschten panische Blicke aus, ihre Gesichter aschfahl im schummrigen Licht des Wohnzimmers. Sekundenlang herrschte absolute Stille, nur unterbrochen vom entfernten Stimmengewirr der Beamten. Dann flog mit einem ohrenbetäubenden Krachen die Haustür aus den Angeln und ein Trupp schwer bewaffneter Einsatzkräfte stürmte in die Villa.

»Detlev Klüver und Kalle Hansen. Sie sind festgenommen wegen des dringenden Verdachts der Korruption, Bestechung und Bildung einer kriminellen Vereinigung. Gegen sie liegt ein Haftbefehl wegen Flucht- und Verdunkelungsgefahr vor. Sie haben das Recht zu schweigen

...« Der Rest der Worte ging in dem Chaos unter, das um sie herum ausbrach. Beamte in schwerer Schutzausrüstung schwärmten aus, sicherten jeden Raum, jeden Ausgang.

Doch Kalle Hansen wollte nicht kampflos aufgeben. Mit der Schnelligkeit und Gewandtheit eines Mannes, der nichts mehr zu verlieren hat, stieß er den Beamten beiseite und stürmte auf die Tür zu. »Halt, stehen bleiben«, rief eine Stimme hinter ihm, aber Kalle rannte schon den Flur hinunter, sein Atem kam in abgehackten Stößen. Er musste hier raus, egal wie. Die Flucht war seine einzige Chance.

Im Laufschritt bog er um eine Ecke, hörte die Rufe der Polizisten, die ihm dicht auf den Fersen waren. Verdammt, wie hatten sie sie gefunden, fragte er sich. Dieses Haus in Hörnum war ein Trumpf gewesen, von dem nicht einmal Klüvers engste Vertraute gewusst hatten. Es hätte ihr sicherer Hafen sein sollen, ihr Fluchtpunkt im schlimmsten Fall. Und nun war es zur Falle geworden. Kalle öffnete eine Seitentür und stolperte ins Freie, die kühle Seeluft wehte ihm ins Gesicht. Sein Blick wanderte umher, suchte nach einem Fluchtweg. Wenn er es bis zu den Dünen schaffte, konnte er vielleicht ...

Ein plötzlicher Schmerz explodierte an seinem Rücken, ließ ihn taumeln. War er getroffen? Sie hatten auf ihn geschossen, wurde Kalle klar, aber er rannte weiter. Etwas hatte ihn gestreift, aber das Adrenalin verlieh ihm ungeahnte Kräfte. Es dürfte nur ein Streifschuss gewesen sein, dachte er und ignorierte den brennenden Schmerz am Rücken. Hinter sich hörte er Schreie und das Stampfen schwerer Stiefel, aber er wagte nicht, sich umzusehen.

Mit letzter Kraft erreichte er die Dünen und warf sich keuchend in den Sand. Die Verfolger waren ihm dicht auf den Fersen, ihre Taschenlampen blitzten durch die Dunkelheit. Kalle kroch auf dem Bauch vorwärts. Sand füllte seinen Mund, kratzte in seinen Augen, aber er blieb stumm und reglos. Endlose Minuten vergingen, in denen er kaum zu atmen wagte. Die Stimmen seiner Verfolger wurden mal lauter, mal leiser, entfernten sich schließlich. Irgendwann wagte er wieder zu atmen, spuckte den Sand aus. Vorsichtig hob er den Kopf und spähte über die Düne. Nichts war mehr zu hören, es herrschte Stille. Sie waren fort.

Mit zitternden Knien richtete Kalle sich auf, wischte sich notdürftig über das Gesicht. Sein Hemd war zerrissen und blutbefleckt, aber das war jetzt unwichtig. Er musste hier weg, bevor sie zurückkamen. Irgendwo sollte er Unterschlupf finden, bis Gras über die Sache gewachsen war.

Mühsam schleppte sich Kalle vorwärts, eine Hand auf die verletzte Schulter gepresst. Nur weg hier, nur weg. Meter für Meter kämpfte er sich durch den Sand auf die Silhouette des Dorfes zu. Dort würde er untertauchen können, sich irgendwo ein paar Tage verstecken. Nur nicht auffallen, kein Aufsehen erregen. Er hätte sich nie auf Klüver und Baumann einlassen sollen, auch wenn sie Peters Vater gut kannten und ihm hübsche Belohnungen versprochen hatten.

Doch er war kaum am Ortsrand angekommen, als plötzlich grelle Scheinwerfer vor ihm aufblitzten. Verdammt, das war eine Polizeistreife, dachte er, und sein Herz schien für einen Schlag auszusetzen. Nein, das durfte nicht wahr sein. Nicht so kurz vor dem rettenden Ziel. »Stehen bleiben. Hände hoch«, rief eine Stimme. Kalle zögerte einen Moment, erwog eine erneute Flucht. Aber er war am Ende seiner Kräfte und die Uniformierten hatten ihn klar im Visier. Mit einem Laut der Verzweiflung sank er auf die Knie und hob langsam die Hände.

Sekunden später war die Straße voller Polizisten. Jemand packte seine Arme und bog sie brutal auf den Rücken. Wieder spürte er den stechenden Schmerz der Handschellen. Aber diesmal gab es kein Entkommen. Grob wurde Kalle auf die Beine gezerrt und zu einem der bereitstehenden Transporter geführt. Ein Polizist musterte ihn verächtlich. »So sieht man sich wieder, Kalle Hansen. Haben Sie wirklich geglaubt, dass sie entkommen können?«

Kalle antwortete nicht. In seinem Inneren fühlte er nur eine unendliche, dumpfe Leere. Das Spiel war aus, die Flucht zu Ende. Jetzt musste er die Konsequenzen tragen. In diesem Moment begriff Kalle, dass es vorbei war. Die Flucht hatte ihn nur noch tiefer in den Abgrund gerissen. Er ließ sich von den Polizisten auf die Füße zerren und ins Haus schleifen.

Drinnen bot sich ein Bild der Verwüstung. Überall lagen Papiere verstreut, Möbel waren umgestürzt, Glassplitter knirschten unter den Schuhsohlen. Und inmitten des Chaos stand Detlev Klüver in Handschellen, flankiert von grimmig dreinblickenden Bundespolizisten. »Wir haben hier alle festgenommen«, erklärte einer der Beamten knapp. »Das Gebäude ist umstellt, es gibt kein Entkommen. Was immer sie zu verstecken versucht haben, wir werden es finden.«

Klüver starrte zu Boden, wirkte gebrochen und um Jahre gealtert. Kalle selbst spürte eine seltsame Taubheit in sich aufsteigen, eine dumpfe Gleichgültigkeit. Vielleicht war es der Schock oder die Erkenntnis, dass ihr Schicksal besiegelt war.

»Wie haben sie uns gefunden?«, fragte er und räusperte sich. »Dieses Versteck ...«

»Tja, sieht so aus, als hätten Sie eine undichte Stelle in den eigenen Reihen«, sagte der Polizist mit einem schiefen Grinsen. »Jemand, der Ihnen sehr nahestand, hat uns den entscheidenden Tipp gegeben. Genug Beweise, um Sie hochgehen zu lassen.«

Eine undichte Stelle in den eigenen Reihen? Kalles Gedanken rasten. Wer konnte sie verraten haben? Wer hatte Zugang zu all den Informationen ...?

In diesem Moment wurde die Haustür erneut aufgestoßen und eine vertraute Gestalt trat ein, flankiert von zwei Beamten. Markus, Detlev Klüvers Assistent, der Mann, der praktisch der Schatten des Unternehmers gewesen war. »Du«, sagte Klüver verblüfft. »Markus ... wie konntest du nur? Nach allem, was ich für dich getan habe.«

Markus lächelte kalt. »Nach allem, was du getan hast. Ich habe dir jahrelang bei deinen schmutzigen Geschäften zugesehen. Irgendwann konnte ich mein Gewissen nicht mehr ignorieren.« Er nickte den Beamten zu. »Ich habe mich an die richtigen Leute gewandt und dafür gesorgt, dass deine Machenschaften ein Ende haben.«

Klüver öffnete den Mund und schloss ihn wieder. Fassungslosigkeit, Wut und Ungläubigkeit wechselten sich auf seinem Gesicht ab, bis er schließlich in sich zusammensackte wie ein Luftballon, dem die Luft entwich. »Das ... das ist noch nicht vorbei«, stieß er mit schwacher Stimme hervor. »Meine Anwälte ...«

»Oh, ich fürchte auch Ihre hoch bezahlten Anwälte werden diesmal nicht viel ausrichten können«, ertönte eine neue Stimme von der Tür. James Walker, der hartnäckige NCA-Agent, trat mit einem triumphierenden Lächeln ein. »Nicht mit den erdrückenden Beweisen, die wir gegen Sie in der Hand haben. Es ist vorbei, Klüver. Für Sie alle.«

Während die Beamten sie auf die Füße zerrten und aus dem Haus führten, tauschten die Männer entsetzte Blicke aus. Ihre Welt, alles, was sie aufgebaut hatten, brach zusammen. Und ausgerechnet Markus, der scheinbar so loyale Assistent, hatte den Stein ins Rollen gebracht. Draußen standen schon mehrere Fahrzeuge bereit. Die schweren Türen öffneten sich und die Männer wurden unsanft hineingeschoben. Das Klicken der Schlösser klang wie der Schlussakkord einer langen, schmutzigen Geschichte von Korruption und Habgier.

Als sich die Wagen unter Sirengeheul in Bewegung setzten, seufzte James Walker. Sein Blick wanderte zu Markus, der mit verschränkten

Armen neben ihm stand. »Gut gemacht«, sagte Walker. »Ohne Sie hätten wir sie nie geschnappt.«

Markus verzog das Gesicht. »Ich habe nur getan, was getan werden musste. Irgendwann konnte ich meinen Chef einfach nicht mehr decken. Die Dinge, in die er verwickelt war … Es war einfach zu viel.«

Walker sah ihn nachdenklich an. »Sie haben den Mut bewiesen, gegen Ihren eigenen Ministerpräsidenten auszusagen. Das ist keine leichte Entscheidung.«

Markus entfuhr ein bitteres Lachen. »Nein. Einfach war es nicht. Aber am Ende konnte ich mich nicht mehr im Spiegel ansehen. Klüver hat sich immer weiter in seine Machenschaften verstrickt, ist jedes Risiko eingegangen. Und Baumann war nicht besser, ein geldgieriger Opportunist. Irgendwann musste dem Treiben ein Ende gesetzt werden«.

Der NCA-Beamte stimmte zu. »Ich hatte von Anfang an ein komisches Gefühl bei den beiden.«

»Bis jetzt«, bemerkte Markus mit einem Lächeln. »Dieses Versteck in Hörnum … Klüver war sich so sicher, dass niemand davon wusste. Nicht einmal seine engsten Mitarbeiter. Ich glaube, er hielt sich für unbesiegbar.«

»Die Hochmütigen fallen am tiefsten«, sagte Walker. »Aber so sehr ich mich über diesen Erfolg freue, ein Puzzleteil fehlt noch. Die Hintermänner in Berlin und wer weiß noch wo, die Klüver und Baumann gedeckt und unterstützt haben. Solange die nicht auffliegen, ist der Fall nicht abgeschlossen.«

Markus überlegte. »Ich hoffe, ich kann auch dabei helfen. Ein bisschen was habe ich mitbekommen.«

»Das hoffe ich auch«, seufzte Walker. »Wir haben bei der Durchsuchung von Klüvers Unterlagen Hinweise gefunden, die in diese Richtung deuten.« Eine Weile standen die beiden Männer schweigend nebeneinander und hingen ihren Gedanken nach. Der kühle Nachtwind trug das ferne Rauschen der Nordsee herüber, irgendwo kreischte eine Möwe. Walker warf Markus einen forschenden Blick zu. »Ihre Hilfe könnte von unschätzbarem Wert sein. Sie waren Klüvers Schatten, kannten jeden seiner Schritte. Wenn jemand Hinweise auf die Hintermänner hat, dann sie.«

Markus zögerte kurz, dann stimmte er zu. »Ich werde tun, was ich kann.«

Walker lächelte. »Manchmal fand man unerwartete Verbündete an den ungewöhnlichsten Orten.«

~

KAPITEL 28

»Red Cliff Cooler«

Auf dem Roten Kliff stand Erik neben seinen Freunden Peter und Frank und James Walker. Der Wind wehte mit der Frische der Nordsee und trug den Geruch von Salz und Freiheit mit sich. »Es kommt mir immer noch unwirklich vor«, sagte Peter nach einer Weile des Schweigens. »Dass Klüver und Baumann endlich zur Rechenschaft gezogen werden, nach allem, was sie getan haben.«

Erik stimmte zu, den Blick auf den Horizont gerichtet, wo Himmel und Meer ineinander übergingen. Die Ereignisse der letzten Zeit wirbelten in seinem Kopf.

»Ihr habt ganz schön etwas geleistet«, sagte Walker und blickte die drei Freunde anerkennend an. »Ohne eure Beharrlichkeit und euren Mut wären dieser korrupte Politiker und der Bauunternehmer vielleicht nie gefasst worden.«

Frank lächelte. »Ja, es war ein Abenteuer. Und die Rückfahrt mit der ›Nordstern‹ war das reinste Vergnügen im Vergleich zu unserer stürmischen Reise nach England.«

Und wie von selbst fingen sie an, von ihrer Rückreise über die Nordsee zu erzählen. Nachdem sie in Lowestoft die Unterlagen für die »Wettermaschine« übergeben hatten, war Walker nach Deutschland geflogen, um den Einsatz auf Sylt zu koordinieren. Die drei Freunde hatten die Rückreise in aller Ruhe angetreten - schließlich musste ja auch die Yacht zurück an die deutsche Küste gebracht werden.

»Einen besseren Zeitpunkt hätten wir uns nicht aussuchen

können«, sagte Peter. »Strahlend blauer Himmel, eine stetige Brise, die uns vorwärtstrieb - das war Segeln wie im Bilderbuch.«

Fast drei Tage lang waren sie so unterwegs gewesen. »Ich hätte noch ewig so Weitersegeln können«, sagte Frank.

»Wir können wirklich froh sein, dass Baumann gefasst wurde«, sagte Walker. »Er hat so viele Menschen übers Ohr gehauen und übervorteilt, nicht nur mit seinen Machenschaften rund um die Wettermaschine.« Er machte eine Pause, sein Blick wurde ernst. »Aber seine Verbrechen gehen weit darüber hinaus.«

Die drei Freunde schauten ihn fragend an.

»Erinnert ihr euch an die Wasserleiche, die ihr vor Amrum entdeckt habt?«, fragte Walker. Die Freunde nickten langsam, sie erinnerten sich natürlich sofort an die düstere Begebenheit.

»Diese Frau hieß Sofila Petrenko. Sie hat eine Geschichte, die wir rekonstruieren konnten. Sie war eine junge Ukrainerin, die vor dem Krieg in ihrer Heimat geflohen war. Sie kam voller Hoffnung nach Deutschland. Dann hatte einer von Baumanns Leuten sie in Berlin angeworben. Sie kam nach Sylt, glaubte an Baumanns Versprechen von Arbeit und einem besseren Leben. Doch sie geriet in die Fänge eines Monsters.«

Walker erzählte ihnen, wie Baumann Sofila in ein Leben voller Angst gezwungen hatte. Er beschrieb, wie sie Tag für Tag schuften musste, wie sie von ihm und seinen Handlangern schikaniert und bedroht wurde. Alles Aussagen, die sie später von Klüvers Assistenten Markus bekommen hatten, der mitbekam, was in dem protzigen Haus vor sich ging. Die Freunde hörten mit angehaltenem Atem zu. Eriks Blick war auf den Boden gerichtet, seine Schultern hingen herab, als würde er die Last von Sofilas Leid mittragen. Peter starrte ins Leere. Frank hatte seine Arme fest vor der Brust verschränkt.

»An Sofilas Kleidung wurde eine DNA-Spur gefunden, die zu Baumann passte«, fuhr Walker fort. »Sie stammte aus einer früheren Ermittlung, bei der man ihm nichts nachweisen konnte. Zum Glück war sein Profil in der BKA-Datei gespeichert.«

Erik runzelte die Stirn. »Moment mal, wenn es Beweise gab, warum hat dann niemand etwas unternommen?«

»Es gab einen korrupten Kommissar, der den Bericht über Sofilas Tod hat verschwinden lassen. Er wollte Baumann schützen«, erklärte Walker mit bitterer Stimme.

Erik sah ihn überrascht an. »Sie meinen doch nicht etwa ...«

»Doch ich meine Thiessen«, bestätigte Walker. »Baumann hatte ihn in der Tasche und er hat dann die Ermittlungen verschleppt. Aber jetzt wurde auch er gefasst und wird sich für seine Taten verantworten müssen.«

»Was ist eigentlich aus Kapitän Møller und seiner Frau geworden?«, fragte Frank. »Ich meine, nach dem Untergang der 'Anglia'?«

Walker lächelte. »Ja, das ist eine gute Frage. Dazu habe ich tatsächlich noch einiges herausfinden können.«

Er lehnte sich in seinem Stuhl zurück und begann zu erzählen. »Wie wir ja bereits wissen, haben Søren Møller und seine Frau Lise den Untergang der 'Anglia' überlebt.«

»Nein, das wussten wir noch nicht«, sagte Peter.

»Doch, doch, sie hatten Glück. Lise wurde mit dem Rettungsboot von dem Frachter aufgenommen, der sich in der Nähe befand. Und ihr Mann ist von einem vorbeifahrenden Fischkutter entdeckt und gerettet worden. So konnten sie beide nach Dänemark zurückkehren und ihr Leben weiterleben.«

Erik nickte. »Das muss eine unglaubliche Erleichterung für sie gewesen sein, nach all dem Grauen.«

»Sicherlich«, stimmte Walker zu. »Aber für Søren Møller war es noch nicht vorbei. Als der Zweite Weltkrieg ausbrach, befand er sich gerade auf einer Reise in England.«

Peter hob überrascht die Augenbrauen. »England? Was hat er denn dort gemacht?«

»Soweit ich das rekonstruieren konnte, wollte er dort eine neue Stelle als Kapitän antreten«, erklärte Walker. »Aber dann kam die Kriegserklärung, und plötzlich saß er in England fest.«

»Wow«, murmelte Frank. »Was für ein Pech. Oder vielleicht auch Glück, je nachdem wie man es sieht.«

Walker nickte. »In der Tat. Søren Møller entschied sich, an der Seite der Briten in den Krieg zu ziehen. Er meldete sich freiwillig bei der Royal Navy.«

»Und Lise?«, fragte Erik. »Was ist aus ihr geworden, während ihr Mann in England war?«

»Sie blieb in Dänemark«, antwortete Walker. »Sie führte den gemeinsamen Haushalt weiter, so gut es eben ging. Es muss eine schwere Zeit für sie gewesen sein, getrennt von ihrem Mann und in ständiger Sorge um sein Leben.«

Peter schüttelte den Kopf. »Kann ich mir vorstellen. Aber sie haben sich wiedergesehen, oder?«

Walker lächelte. »Oh ja. Aber erst nach einem weiteren dramatischen Zwischenfall. Irgendwann während des Krieges, als Søren Møller auf einem Schiff auf dem Nordatlantik Richtung Schottland unterwegs war, wurde er torpediert.«

»Was?«, rief Frank aus. »Nicht schon wieder. Das ist ja unfassbar.«

»Es grenzt tatsächlich an ein Wunder«, bestätigte Walker. »Aber Møller hatte erneut Glück. Er wurde von einem britischen Schiff gerettet und überlebte.«

»Unglaublich. Dieser Mann hatte wirklich einen Schutzengel«, sagte Peter.

»Oder zwei«, ergänzte Frank mit einem schiefen Grinsen.

Walker nickte. »Nach Kriegsende kehrte Møller dann endlich zu Lise zurück. Man kann sich vorstellen, was für ein Wiedersehen das gewesen sein muss.«

»Sie haben so viel durchgemacht«, sagte Erik. »So viele Prüfungen, so viele Gefahren. Und doch haben sie nie aufgegeben, haben immer weitergemacht.«

»Genau wie Archibald Fenton in gewisser Weise«, merkte Frank an. »Auch er hat nie aufgehört, nach der Wahrheit zu suchen, selbst wenn er am Ende nicht alle Antworten finden konnte.«

James Walker drehte sich zu Erik um, sein Gesichtsausdruck war ernst und mitfühlend. »Erik, da ist etwas, das du wissen solltest. Ich muss dir noch etwas zumuten. Es geht um Freya.«

Erik spürte, wie sich seine Brust zusammenzog, wie ihn eine Mischung aus Angst und Hoffnung erfasste. »Freya? Was ist mit ihr?«, fragte er, seine Stimme kaum mehr als ein Flüstern.

James holte Luft. »Sie lebt, Erik. Freya hat überlebt.«

Für einen Moment schien es, als hätte die Welt aufgehört, sich zu drehen. Erik starrte James an, unfähig die Worte zu begreifen, die er gehört hatte. »Wie … Wie ist das möglich?«, stammelte er.

»Sie war schwer verletzt, aber wir konnten sie rechtzeitig in Sicherheit bringen«, erklärte James. »Dann haben wir ihr Überleben geheim gehalten, denn wir wollten ja nicht ihre Genesung gefährden und die laufenden Ermittlungen sollten auch weitergehen.«

Erik spürte, wie seine Knie weich wurden. Tränen der Erleichterung brannten in seinen Augen, während sein Herz von Freude und Schmerz zugleich erfüllt war. »Aber musste das wirklich sein?«, fragte er.

»Wir sind sicher, dass es richtig war - auch um dich zu schützen. Nach ihrem vermeintlichen Tod haben wir gehofft, dass Klüver und Baumann von dir ablassen.«

»Wo ist sie jetzt?«, brachte Erik mühsam hervor.

Der Agent schüttelte den Kopf. »Es tut mir leid, Erik, aber das kann ich dir im Moment nicht sagen. Zu Freyas eigener Sicherheit befindet sie sich an einem geschützten Ort.«

Die Worte trafen Erik wie ein Schlag. Freya lebte, aber sie war für ihn unerreichbar. »Werde ich sie nie wiedersehen?«, fragte er. »Nach allem, was wir durchgemacht haben ...«

James legte ihm mitfühlend eine Hand auf die Schulter. »Ich kann dir nichts versprechen, Erik. Wenn die Zeit reif ist, wird sie sich bei dir melden.«

Erik war ganz stumm, unfähig, die Flut von Gefühlen zurückzuhalten, die in ihm aufstiegen. Er spürte Dankbarkeit, dass Freya überlebt hatte. Aber er fühlte auch die Trauer über ihre Trennung. Eine Weile stand er einfach da, den Blick auf das weite Meer gerichtet, während die Sonne langsam im Westen versank.

Während die vier Männer noch gedankenverloren auf das Meer blickten, kam eine vertraute Gestalt auf sie zu. Es war Hannes Pohl, der Alt-Bürgermeister. Im Schlepptau hatte er Karsten Blöthe, Lokalchef des »Sylter Tageblatts«. Pohl begrüßte sie. »Meine Herren, alle Achtung!«, sagte er und schüttelte jedem die Hand. »Sie haben es doch wirklich geschafft, diesen Klüver und diesen Baumann zur Strecke zu bringen. Das war ziemlich mutig und gefährlich. Ich finde, die Insel steht in Ihrer Schuld.«

Erik sah ihn fragend an. »Was meinen Sie damit, Herr Pohl?«

Der Alt-Bürgermeister deutete auf das Rote Kliff, das sich vor ihnen erhob. »Jeder hier ist doch glücklich, dass Horst Baumanns Großprojekt nicht realisiert wird. Die Vorstellung, dass diese Dünenlandschaft mit seinem Neubau zerstört wird, hat viele tief erschüttert.«

»Das kann man sagen. Dieses Projekt hätte die rasante Entwicklung auf der Insel wirklich zu weit gehen lassen«, schloss sich Blöthe an.

Dann wandte er sich an Erik. »Wir müssen noch überlegen, wie wir die Story nun bringen. Die Nachricht von der Verhaftung des Ministerpräsidenten auf Sylt ist ja nun raus.«

Erik war mit einem Mal wieder im Hier und Jetzt, ganz der umtriebige Journalist. Er überlegte kurz. »Ich denke, eine schnelle Fassung der Geschehnisse ist jetzt fällig. Die bringen wir natürlich bei dir im Tageblatt.«

Blöthe sah ihn erwartungsvoll an. »Das wäre natürlich Spitze für uns und die Zeitung.«

»Ja, aber du musst mir auch einen Aufschlag lassen. Mein Verlag, der mit dem Reisemagazin, hat die Geschichte an eine bundesweite Tageszeitung verkauft.«

»Dann lass uns doch zeitgleich damit hinausgehen: wir in unserer Sylter Ausgabe und ihr überregional.«

»Das würde passen, ja. Und dann machen wir eine ausführliche Fassung, in den nächsten Tagen, und die bringen wir auch zeitgleich raus. Und schließlich schreibe ich die ganze Hintergrundgeschichte für das Reisemagazin auf.«

»Sie haben das ja ganz schön durchgetaktet«, bemerkte Hannes Pohl, »da merkt man den Vollblutjournalisten.« Erik und Karsten nickten. »Ich habe gehört, dass der Bunker zu einem Museum umgestaltet werden soll.«

Karsten stimmte ihm zu. »Das habe ich auch gehört. Es soll alles freigelegt und geöffnet werden und ein Mahnmal entstehen.«

Hannes Pohl lächelte wehmütig. »Freya wäre stolz auf Sie alle«, sagte er. »Ich will es einmal so sagen: Ihr Vermächtnis lebt weiter in dem, was Sie erreicht haben.«

Erik schluckte, als er an Freya dachte. Und daran, dass Pohl keine Ahnung haben konnte, dass sie noch lebte. Aber er konnte, er durfte es ihm nicht sagen.

In diesem Moment gesellte sich eine weitere Person zu ihrer Gruppe. Es war Ole Norden, der Kampener, der Erik als Erster von dem Bunker berichtet hatte. Trotz seines Alters war er immer noch rank und schlank und trug wieder einen maßgeschneiderten Anzug. »Meine Herren«, begrüßte er mit einem freundlichen Nicken. »Ich hoffe, ich störe nicht. Aber ich wollte mich persönlich bei Ihnen bedanken.«

»Wofür, Herr Norden?«, fragte Erik.

Der alte Mann lächelte verschmitzt. »Für die Rettung unserer Dünen natürlich. Für den Erhalt der Schönheit dieses Flecken der Insel, der Kampen immer ausgezeichnet hat. Hätte Baumann seine Pläne durchgesetzt, wäre nichts mehr so, wie es einmal war.« Er blickte über die Landschaft. Norden legte Erik eine Hand auf die Schulter. »Was sie getan haben, war mutig und selbstlos.«

Dankbar lächelnd blickte Erik in die Runde. Und hinaus auf das weite Meer und die Dünen, die im Licht der Sonne erstrahlten. »Und jetzt gehen wir alle zusammen in den Kampener Krug, schlage ich vor«, sagte Ole Norden. »Ich gebe eine Runde aus.«

Die Gruppe ging fröhlich plaudernd die Kurshausstraße zurück und ins Ortszentrum. Dann kam auch schon das Haus mit dem Restaurant in Sicht, natürlich mit Reetdach und weiß getünchten Wänden. Sie traten ein und suchten sich einen Tisch in der Ecke. Erik gefiel das Lokal, das von drinnen mit den dunklen Holztischen und blau bemalten Delfter Kacheln ausgestattet war. Mit einem charmanten Lächeln wandte sich Norden an den Wirt. »Mein lieber Hein, wir hätten gern eine Runde von deinen Cocktails. Etwas Prickelndes und Erfrischendes wäre gut. Wir haben einen besonderen Moment zu feiern.«

Hein verstand und machte sich an die Arbeit. Kurze Zeit später kam er mit einem Tablett voller bunt dekorierter Gläser zurück. »Gentlemen, ich präsentiere Ihnen unsere Spezialität: den ›Rotes Kliff Cooler‹. Ein Mix aus Wodka, Cranberrysaft, Limette und einem Hauch von Minze. Ich würde sagen: Er ist erfrischend und mit einer angenehmen Schärfe - genau das Richtige nach einem aufregenden Tag.«

Die Männer nahmen ihre Gläser entgegen und prosteten sich zu. »Der Cocktail ist wirklich gelungen«, sagte Walker anerkennend. »Und für sie, Ole, habe ich noch etwas ganz Besonderes«, verkündete Hein augenzwinkernd und stellte ein kleines Glas vor dem älteren Herrn ab. »Einen eiskalten Aquavit, selbst aus Dänemark importiert.«

Ole Norden zog anerkennend eine Augenbraue hoch. »Hein, du weißt wirklich, wie man einen alten Mann glücklich macht.« Er hob das Glas, und die klare Flüssigkeit funkelte im Licht. »Auf Sylt, meine Herren. Und auf die Menschen, die diese Insel beschützen.«

~

Die Rückfahrt nach Hamburg führte die Drei auf der »Nordstern« zunächst die Küste hinunter und in die Elbmündung nach Cuxhaven. Erik stand wieder einmal am Bug der Yacht, den Blick auf die vorbeiziehenden Wellen gerichtet, während der Wind an seiner Jacke zerrte.

Nachdem er eine Weile nachdenklich auf die Nordsee geblickt hatte, kehrte er zu Peter und Frank ins Cockpit zurück, die Hände tief in den Taschen vergraben.

»Na, ihr Seemänner«, rief Frank. »Wie wär es mit einem Zwischenstopp auf ein Bier?« Erik und Peter stimmten ihm erfreut zu. Ein Bier, das klang jetzt wirklich gut. Schließlich hatten sie schon etliche Seemeilen und viele Stunden hinter sich, nachdem sie in Hörnum gestartet waren. Sie legten in Cuxhaven im Yachthafen an und setzten sich auf die Terrasse des Lokals. »Was kommt als Nächstes, Erik?«, fragte Peter zwischen zwei Schlucken.

Erik schwenkte nachdenklich sein Bier. Statt einer Antwort zuckte er nur mit den Schultern. »Ich glaube, ich werde den großen Bericht über Detlev Klüver, Horst Baumann und die ganze Korruptionsaffäre zu Ende schreiben.«

»Für dein Reisemagazin?«

»Nein«, sagte Erik grinsend, »das ist kein Stoff für ein Reisemagazin. Das ist schon was wert. Aber einen Reisebericht über Sylt, den schreibe ich am Ende auch noch.«

Das »Sylter Tageblatt« hatte die Geschichte zeitgleich mit einer überregionalen Tageszeitung gebracht, wie Erik mit Karsten Blöthe noch vereinbart hatte. Er hatte diese Vereinbarung gemeinsam mit seinem Verlag ausgehandelt, der wiederum die Enthüllungsgeschichte über Klüver und Baumann teuer verkauft hatte. Nun wollte Erik eine ausführliche Hintergrundgeschichte schreiben. Auszüge daraus gingen wiederum an das »Sylter Tageblatt« und die weiteren Zeitungen des Verbundes.

Nach dem letzten Schluck bestellten sie noch eine Runde und fielen dann müde in ihre Kojen an Bord. Am nächsten Morgen ging es weiter Richtung Hamburg. Im Sonnenschein glitt die Yacht schließlich die Unterelbe hinauf. Die ruhigen Ufer und Sände bildeten einen starken Kontrast zu den ereignisreichen letzten Tagen. Als Erik in Wedel anlegte, fühlte er sich seltsam fremd und vertraut zugleich. Alles war wie immer, und doch erschien ihm seine Rückkehr wie der Beginn von etwas Neuem.

Seine Freunde schulterten ihr Gepäck und gingen zum Taxi. Erik folgte ihnen zögernd, als müsse er sich erst daran gewöhnen, wieder festen Boden unter den Füßen zu haben. Während der Fahrt durch Hamburg starrte er aus dem Fenster, ohne die vorbeiziehenden Stadtteile wirklich wahrzunehmen. In Gedanken ließ er die Ereignisse Revue passieren, die ihn hierhergeführt hatten. Die Geschichte, die fast alles verändert hätte.

Schließlich erreichten sie das Portugiesenviertel unweit des Hafens und Eriks Wohnung. Erik verabschiedete sich von seinen Freunden und stieg die knarrende Holztreppe zu seinem Zuhause hinauf. Als er die Tür hinter sich schloss, spürte er eine seltsame Mischung aus Erleichterung und Leere. Das leise Klicken des Schlosses hallte durch die Stille. Zuerst dachte er daran, sofort seinen Laptop aufzuklappen und die Geschichte weiterzuschreiben. Doch dann ließ er sich aufs Sofa fallen und schloss die Augen. Durch das offene Fenster drangen die vertrauten Geräusche des Viertels herein. Langsam kehrte ein Gefühl von Normalität zurück.

KAPITEL 29

Freya

Sie saß in einem spärlich beleuchteten Zimmer. Die kahlen, weiß getünchten Ziegelwände und die kalte Glühbirne trugen nicht gerade zur Beruhigung ihrer Nerven bei. Freya zog ihre Jacke enger, um die Kälte abzuhalten. Sie war immer noch in Nordfriesland, in dem einsamen Hof hinter Niebüll. Als es an der Haustür klopfte, zuckte Freya zusammen. Sie öffnete, und James Walker trat ein, schloss die Tür sorgfältig hinter sich. »Wir sind allein«, sagte er knapp. Freya nickte und entspannte sich ein wenig. Doch die Anspannung blieb. Was hatte er herausgefunden? Hatte ihr Plan funktioniert?

Walker setzte sich ihr gegenüber und blickte ihr direkt in die Augen. »Freya, Detlev Klüver und Horst Baumann sind verhaftet worden.« Für einen Moment überkam Freya ein Gefühl der Erleichterung und Genugtuung. Die beiden Hauptverdächtigen waren hinter Gittern – das war ein beachtlicher Erfolg. Doch Walkers ernste Miene verriet, dass da noch mehr war.

»Das ist noch nicht alles«, fuhr er fort. »Wir wissen nicht, wie weit diese Verschwörung reicht. Aber eines ist sicher: Sie geht weit über Schleswig-Holstein hinaus.« Freya schluckte. Wenn Klüvers und Baumanns Machenschaften bis in die Bundespolitik reichten, war die Bedrohung noch lange nicht gebannt.

»Wer weiß, wie viele korrupte Beamte und geheime Absprachen noch darauf warten, aufgedeckt zu werden?«, fragte sie. »Lass uns alles durchgehen, was du weißt. Wir müssen schließlich an die Hintermänner herankommen.«

»Du verstehst, wie schwierig das sein wird.« Er ließ seine Worte einen Moment in der Luft hängen, bevor er fortfuhr. »Zu deiner eigenen Sicherheit und um sicherzustellen, dass wir jeden, der an dieser Verschwörung beteiligt ist, zur Rechenschaft ziehen können, musst du vielleicht weiterhin untertauchen. Zumindest so lange, bis auch die letzten korrupten Beamten und bestechlichen Politiker verurteilt wurden.«

Walker sah sie ernst an und schob ihr einen Aktenordner zu. »Die Verträge, die wir in Baumanns Villa gefunden haben, zeigen, dass er mit der Wirtschaftsministerin selbst Geschäfte gemacht hat.«

Freyas Finger zitterten, als sie die Mappe öffnete. Seite um Seite enthielt sie detaillierte Angaben über Schmiergelder und den daraus folgenden Vereinbarungen, alles finanziert aus Steuergeldern. Das erschreckende Ausmaß wurde ihr bewusst. »Das ist ... eine wirklich weitreichende Sache. Eine Verschwörung auf höchster Ebene.« Sie sah zu Walker auf. »Wie konnten sie sich so vollständig korrumpieren lassen?«

Der Agent zuckte die Schultern. »Das sagst du als engagierte politische Sprecherin. Aber Macht und Geld machen auch aus den gutwilligsten Menschen Monster. Klüver, Baumann, der Minister - sie alle sind davon angesteckt. Aber es gab auch andere, die sich nicht korrumpieren ließen, auch nicht von der Aussicht auf ein Geschäft mit Militärtechnologie.«

Walker machte eine Pause und fuhr dann fort: »Mein Vater war nach dem Ersten Weltkrieg beim britischen Geheimdienst. Er hat oft von einem Kollegen erzählt, Archibald Fenton. Ein außergewöhnlicher Mann, der im Krieg als Nahkampfausbilder gedient hatte und dann zum Agenten wurde. Er war an einigen brisanten Operationen beteiligt ...«

»Jetzt sag nicht, das war der Mann in Ribe?«

»Doch Freya, genau der war es. Der Besucher aus England, der im Dom zu Ribe zu Gast war und dort die Pläne versteckt hat.«

»Das hast du herausgefunden?«

Walker lächelte. »Ja, ich habe in den Akten des Militärarchives ein wenig nachgeforscht. So bin ich auf Fenton gekommen. Er hat es geschafft, diese Pläne sicherzustellen und damit vermutlich eine Katastrophe verhindert.«

»Ja«, sagte Freya. »Das kann man wohl sagen.«

»Mein Vater hat gesagt, Fenton sei ein energischer und praktischer Mann gewesen. Er hat einfach getan, was getan werden musste. Nach dieser Mission hatte er noch weitere Aufträge übernommen. Aber dann wurde er bei einem Einsatz schwer verletzt. Er hat sich zwar erholt, ist dann aber aus dem Dienst ausgeschieden und hat sich mit seiner Familie in Dorset niedergelassen. Er hat dort ein ruhiges Leben geführt, weit weg von der Welt des Geheimdienstes. Er soll sehr glücklich gewesen sein.«

Während ein Mann sein Leben riskiert hatte, um Schlimmeres zu verhindern, dachte Freya, bereicherten sich andere skrupellos. Das machte sie wütend. »Damit können wir sie nicht davonkommen lassen.«

Sie atmete tief durch, bevor sie den Mut fand, das nächste für sie entscheidende Thema anzuschneiden. »Erik ...« Sein Name kam leise über ihre Lippen. »Wie geht es ihm?«

Walkers Miene wurde weicher, er spürte den Schmerz hinter diesen Silben. Freyas Verbundenheit mit ihrem gemeinsamen Freund, ihre Bereitschaft, alles für ihn zu riskieren, weckte sein Mitgefühl. »Es läuft eigentlich ganz gut - den Umständen entsprechend.« Walkers Ton blieb nüchtern. »Aber je weniger er jetzt über dich weiß, desto sicherer ist es für euch beide.«

Freya zuckte zusammen. Dass sie Erik nicht bald wiedersehen würde, konnte sie kaum ertragen. Doch tief in ihrem Inneren erkannte sie die Logik hinter Walkers Worten. Der Weg, den sie eingeschlagen hatten, war voller Gefahren. Indem sie sich zumindest vorübergehend aus Eriks Leben entfernte, beseitigte sie eine weitere Schwachstelle.

»Er wird mich hassen«, murmelte sie mehr zu sich selbst.

»Das glaube ich nicht. Denn mit der Zeit wird er die Notwendigkeit verstehen.« Walkers Stimme ließ keinen Widerspruch zu. »Was wir hier tun, die Korruption, die wir bekämpfen - das erfordert Opfer, Freya.«

Sie schluckte. Für einen flüchtigen Moment ließ ihre Willensstärke nach. War es nicht doch möglich, einen anderen Weg zu finden, fragte sie sich. Doch dann tauchte das Bild von Detlev Klüver und Horst Baumann vor ihrem geistigen Auge auf, von ihren korrupten Beamten, den kriminellen Netzwerken. Eriks Schmerz wäre nur ein Tropfen in einem Meer von Leid, wenn sie hier scheiterten. Freya atmete durch. »Ich schaffe es«, sagte sie. Es gab kein Zurück, keine Chance auf ein normales Leben mit Erik. Nicht, bevor sie die Verschwörung zerschlagen hatten. »Dann machen wir weiter.«

Walker stand auf. »Ja, das ist sehr tapfer von dir. Ich muss gehen. Bleib aber bitte wachsam. Eines Tages wird es vor Gericht auf deine Aussage ankommen. Wir halten Kontakt.«

Freya begleitete ihn bis zur Tür des abgelegenen Hofes in Nordfries-land. Draußen färbte sich der Himmel bleigrau, dicke Regenwolken zogen auf. Walker zögerte einen Moment auf der Schwelle, den Blick auf die düstere Landschaft gerichtet. Dann drehte er sich zu ihr um, sein Gesicht war entschlossen. »Pass auf dich auf, Freya. Wir werden das durchstehen.«

Sie nickte, ein schwaches Lächeln im Gesicht. »Das werden wir. Gute Reise.«

Mit einem letzten Nicken trat Walker hinaus in den Regen und eilte zu seinem Wagen. Freya sah den Rücklichtern nach, die in der Ferne verschwanden, bis sie allein in der Dunkelheit zurückblieb.

Epilog – Die Rocky Mountains

Hamburg, ein Jahr später

Erik schlenderte die gepflasterte Straße im Hamburger Portugiesenviertel entlang, vorbei an den bunten Fassaden der Restaurants. In der Luft lag der Duft von gegrilltem Fisch und die Klänge portugiesischer Musik. Er hatte sich mit Frank und Peter in ihrem Stammrestaurant verabredet, einem Lokal, in dem sie schon viele Abende verbracht hatten. Als er eintrat, sah er sie bereits an einem Tisch in der Ecke sitzen, vor sich Teller mit Gambas al Ajillo, Garnelen mit Knoblauch, Chili und Weißwein in Öl gebraten. »Erik, schön, dich zu sehen« Frank sprang auf und zog ihn in eine feste Umarmung. »Wie immer der Letzte, was?«

Peter klopfte ihm grinsend auf die Schulter. »Na, haben Sie noch einen Termin für uns freimachen können, Herr Starreporter?«

Erik lachte und ließ sich auf den freien Stuhl fallen. »Ach, hört doch auf. Für euch nehme ich mir doch immer Zeit, das wisst ihr.« Eine Kellnerin brachte ihm ein Bier, und er nahm dankbar einen Schluck. Die vertraute Atmosphäre und die Gesellschaft seiner Freunde wirkten beruhigend auf ihn.

»Also«, sagte Frank und lehnte sich zurück, »wie fühlt es sich nach einem Jahr an, den politischen Skandal des Jahrzehnts aufgedeckt zu haben?«

»Es ist ja immer noch spannend, dass wir die Geschichte bringen konnten. Aber ich habe auch einen Preis bezahlt.«

Peter pflichtete ihm bei. »Freya, nicht wahr?«

Der Name lag schwer in der Luft. Erik spürte einen Stich in seiner Brust, wie immer, wenn er an sie dachte. »Ja«, sagte er leise. »Seit einem Jahr habe ich nichts mehr von ihr gehört. Sie ist verschwunden.«

Frank legte eine Hand auf seinen Arm. »Sie hat getan, was sie tun musste. Genau wie du. Ihr habt Mut bewiesen und einen echten Skandal aufgedeckt gesorgt.«

»Aber um welchen Preis?«, fragte Erik und starrte in sein Bierglas. »Manchmal frage ich mich, ob es das wert war. Ob die Wahrheit wichtiger war als unsere Beziehung.«

»Daran hast du immer geglaubt, Erik«, sagte Peter entschlossen. »Deshalb bist du Journalist geworden.«

Erik lächelte schwach. »Ich weiß. Es ist nur schwer, sie loszulassen.«

Eine Weile saßen sie schweigend da, jeder in seine eigenen Gedanken versunken. Die Geräusche des Restaurants, das Klirren von Geschirr und das Stimmengewirr hüllten sie ein. Schließlich räusperte sich Frank. »Sag mal, was hältst du eigentlich von der Wahl in Schleswig-Holstein? Dieser Petersen hat ja richtig abgeräumt.«

»Stimmt«, sagte Erik. »Nach dem ganzen Skandal um Klüver war doch klar, dass sich was ändern musste. Die Leute hatten seine populistischen Sprüche satt.«

»Dein Artikel hat das erst möglich gemacht«, sagte Peter anerkennend. »Du hast Geschichte geschrieben, Erik.«

Erik lächelte. »Ich habe nur meine Arbeit gemacht. Ich würde mich wundern, wenn Freya nicht im Hintergrund die Fäden für den Wahlkampf gezogen hätte.«

»Dann lass uns auf sie anstoßen«, sagte Peter, und sie hoben die Gläser.

Erik seufzte und sagte: »Genug davon. Erzählt mir, was bei euch los ist.«

Frank beugte sich über den Tisch. »Ich habe euch doch von dem Politiker erzählt, der in unserer Firma war.«

»Ja. Ich erinnere mich. Irgendwas mit erneuerbaren Energien, oder?«

»Genau«, sagte Frank. »Er wollte, dass wir im Wattenmeer vor Föhr Windräder aufstellen. Dachte, das sei die Zukunft und würde seinem Wahlkampf helfen.«

Peter runzelte die Stirn. »Aber ist das Wattenmeer nicht Naturschutzgebiet?«

»Doch«, bestätigte Frank. »Genau wie das Rote Kliff. Aber dieser Kreispolitiker wollte noch mehr: Er wollte die Windräder mit Möwen verzieren.«

Erik prustete in sein Bier. »Im Ernst? Windkraftanlagen mit Plastikmöwen im Wattenmeer?«

»Ich weiß«, sagte Frank. »Und er war so überzeugt von der Idee, dass er sogar angeboten hat, sich selbst als Möwe zu verkleiden und für Werbefotos vor den Windrädern zu posieren.«

Sie brachen in Gelächter aus, die absurde Vorstellung hallte nach. Peter schüttelte ungläubig den Kopf. »Politiker. Manchmal frage ich mich, in welcher Welt die leben.«

Erik trank sein Bier, während er den Geschichten seiner Freunde lauschte. Ihre Worte vermischten sich mit dem Stimmengewirr im Restaurant zu einer beruhigenden Geräuschkulisse. Doch selbst inmitten der vertrauten Gesellschaft konnte er die nagende Unzufriedenheit nicht abschütteln, die an ihm nagte.

»Ist alles in Ordnung mit dir?«, fragte Frank.

Erik zuckte die Schultern und wich seinem Blick aus. »Es ist nur … Ich weiß nicht, ob ich mit meinem Job noch glücklich bin. Nach allem, was passiert ist …«

Er ließ den Satz unvollendet, aber seine Freunde verstanden ihn. Die Enthüllung des politischen Skandals hatte Erik berühmt gemacht und er hatte auch daran verdient. Doch ein Jahr später arbeitete er immer noch für das Magazin, das mit sinkenden Abonnentenzahlen zu kämpfen hatte. Neue Budgetkürzungen in der Redaktion erstickten Eriks Leidenschaft für den Journalismus. Zumal er ohnehin lieber bei einem politischen Magazin oder einer Tageszeitung arbeiten würde.

»Vielleicht brauchst du einfach mal eine Auszeit«, schlug Peter vor. »Raus aus der Stadt, den Kopf frei kriegen.«

Erik lachte freudlos auf. »Und wohin soll ich fahren? Nach Sylt vielleicht?«

»Warum nicht weiter weg?«, meinte Frank. »Du hast doch immer davon geträumt, nach Kanada zu fahren. Die endlosen Wälder, diese hohen Berge …«

Ein Funke der Begeisterung leuchtete in Eriks Augen auf, als er den Vorschlag hörte. Das würde ihn wegführen von der Vergangenheit und auch weg von der Tristesse seines Jobs. »Vielleicht hast du Recht«, sagte er langsam. »Vielleicht ist es Zeit für einen Neuanfang.«

Seine Freunde nickten aufmunternd. In diesem Moment fasste Erik den Entschluss, die Reise anzutreten. Am nächsten Tag reichte er seinen Urlaub in der Redaktion ein. Diesmal sollte es keine Recherchereise werden, sondern eine richtige Ferienreise. Er würde nach Nordamerika fliegen und sich dort treiben lassen. Einige Wochen später packte er seine Reisetasche. Mit einem letzten Blick in seine Wohnung schulterte er die Tasche und ging hinaus. Stunden später saß er nach dem Umsteigen in Amsterdam in dem großen Flieger, der ihn nach Seattle brachte. Er ließ seinen Blick über den endlosen Himmel schweifen. Am Horizont wartete ein neues Kapitel, die Möglichkeiten so grenzenlos wie die Landschaft, die unter ihm vorbeizog.

~

Auf seiner Reise durch Nordamerika fuhr Erik von Seattle durch den Norden der USA und dann durch die Prärie Kanadas. Er kam zwei Wochen später in Edmonton an. Die Großstadt empfing ihn mit Kälte. Als er aus einem Einkaufszentrum trat, zerrte die frische Luft an seiner Haut. Er zog seine Jacke fester um sich und machte sich auf den Weg zum Busbahnhof, die Räder seines Koffers klapperten auf dem Pflaster.

In der Wärme des Busses setzte sich Erik auf einen Fensterplatz und lehnte seine Stirn an die kühle Scheibe. Erinnerungen an Hamburg flimmerten vor seinem geistigen Auge wie eine alte Filmrolle. Erst die Redaktion, aber dann war es Freyas strahlendes Lächeln, das ihm durch den Kopf ging. Ein Hauch von Sehnsucht überkam ihn. Er verdrängte die Bilder.

Als sich der Bus in Bewegung setzte, blickte Erik nach draußen und sah die Wolkenkratzer der Stadt schrumpfen. Die Landschaft veränderte sich allmählich, die Häuser wichen weiten, offenen Ebenen. Er verfolgte die sanften Wellen des Horizonts. Eine Bewegung aus dem Augenwinkel erregte Eriks Aufmerksamkeit. In der Sitzreihe neben ihm hatte eine Frau vielleicht Mitte dreißig ein Fotobuch aufgeschlagen, in das sie völlig vertieft schien. Ihre dunklen Locken fielen ihr in sanften Wellen über die Schultern und umrahmten ein ebenmäßiges Gesicht mit feinen Zügen. Selbst in legerer Reisekleidung strahlte sie eine natürliche Schönheit aus, die Eriks Neugier weckte.

Als hätte sie seinen Blick bemerkt, sah sie auf. Für einen kurzen Moment trafen sich ihre Augen, bevor sie sich schnell wieder hinter ihrem Buch versteckte. Erik spürte, wie ihm das Blut in die Wangen schoss, als er sich beim Starren ertappte. Verlegen räusperte er sich, wandte den Blick ab und schaute scheinbar interessiert aus dem Fenster, während der Bus sie in Richtung Jasper brachte. Erik versuchte, mit der Frau ins Gespräch zu kommen, doch sie erwiderte sein Interesse an ihrem Fotobuch nur einsilbig. Die kühle Reaktion der geheimnisvollen Fremden ließ ihn ein wenig enttäuscht zurück. Doch etwas an ihrer zurückhaltenden Art, ihrer konzentrierten Versunkenheit faszinierte ihn. Vielleicht würde sich noch eine Gelegenheit ergeben, mit ihr ins Gespräch zu kommen, überlegte er, während die Kilometer unter den Rädern des Busses dahinglitten.

Am nächsten Morgen erwachte Erik früh in seinem Hotel und war voller Vorfreude auf Jasper und seine Umgebung. Er packte seinen Rucksack für den Tag und trat hinaus in die Morgenluft. Die Sonne tauchte die Gipfel der umliegenden Berge gerade in ein zartes Rosa.

Erik war überrascht, als ihn die junge Frau mit den braunen Haaren, die gestern im Bus neben ihm gesessen hatte, am nächsten Morgen vor dem Hotel ansprach. Am Vortag hatte sie so arrogant gewirkt, dass sie ihn keines Blickes gewürdigt hatte, und heute fragte sie ihn, ob sie sich ein Taxi teilen wollten.

»Haben wir beide dasselbe Ziel?«, fragte Erik.

»Na ja, vielleicht«, lächelte sie ihn an und wirkte plötzlich ganz sympathisch. »Ich habe mir angesehen, was man in Jasper machen kann. Da die Gondelbahn auf den Berg gesperrt ist, könnte es sein, dass wir beide zur Schlucht wollen.«

Erik grinste. »Das ist ja scharfsinnig von dir. Willst du dort Fotos machen?«

»Ah ja, da hast du ja gestern schon klar erkannt«, sagte sie mit Blick auf Eriks ersten Versuch, mit ihr ins Gespräch zu kommen. »Ja, ich will dort tatsächlich Fotos machen. Das ist mein Hobby«, erklärte sie und hielt ihre wertvolle Kamera in einer Ledertasche hoch.

Sie einigten sich darauf, gemeinsam zur Schlucht zu fahren und aufzupassen, dass sie sich nicht verlaufen. Erik handelte mit dem Taxifahrer einen Preis aus und sie setzten sich auf die Rückbank, um sich während der Fahrt besser unterhalten zu können.

Die Kanadierin, die sich als Amelia aus Edmonton vorstellte, erzählte, dass sie Biologin an der Universität sei und in ihrer Freizeit gerne fotografiere. Erik berichtete ihr von seiner Reise durch Nordamerika.

In der Schlucht wanderten sie zwischen steilen Felsen und überquerten tiefe Spalten auf Brücken. Dabei sprachen sie über ihr Leben und ihre Reisen. Amelia erzählte ihm von ihrer Arbeit als Biologin. Manchmal wirkte sie aber auch verschlossen und einsilbig. In der frischen Bergluft genossen sie den Blick auf den Canyon und die umliegenden Gipfel. Nach einem Besuch in einem rustikalen Restaurant am Eingang des Tals, der »Wilderness Kitchen«, fuhren sie gemeinsam im Taxi wieder nach Jasper zurück. Amelia erzählte Erik von der prägenden Reise mit ihrem Vater, die ihre Leidenschaft für die Natur geweckt und zu ihrem Berufswunsch geführt hatte. »Manchmal kann ich einfach nicht genug bekommen von der Landschaft der Rockies«, sagte sie.

Nach dem Gespräch gingen sie jeder für sich wieder in ihr Zimmer. Erik dachte über Amelia nach. Zuerst war er skeptisch gewesen, das Taxi mit der Frau aus dem Bus zu teilen, aber schnell wurde ihm klar, dass die Begegnung mit Amelia genau das war, was er sich von dieser Reise erhofft hatte. Ihr Gespräch im Restaurant hatte ihn fasziniert. Ihre langen braunen Haare, ihre lebhaften graublauen Augen, ihr ansteckendes Lachen - all das hatte einen bleibenden Eindruck hinterlassen. Aber manchmal wirkte Amelia auch etwas distanziert, als bräuchte sie Zeit, um Vertrauen zu fassen.

Am nächsten Morgen hoffte Erik Amelia beim Frühstück wiederzusehen, aber es gab keine Spur von ihr. Also verbrachte er den Tag damit, Jasper zu erkunden. Obwohl ihm die Schönheit des Ortes mit seinen gepflegten Häusern aus Holz und Stein gefiel, vermisste er ihre Gesellschaft. Als er abends allein in einem Restaurant aß, fragte er sich, was aus ihr geworden war. Den ganzen Tag hatte er kein Lebenszeichen von ihr entdeckt. Mit einem Anflug von Melancholie schlief er schließlich ein.

Am Tag darauf überraschte Amelia Erik beim Frühstück. »Nanu, so viele Pancakes auf dem Teller?«, neckte sie ihn, als er den Ahornsirup über die Teigmasse goss. Erik lachte und freute sich, sie wiederzusehen. Als sie sich zu ihm setzte, gestand er, dass er sich gefragt habe, ob sie noch in Jasper sei. Amelia erklärte, dass sie früh auf Fotosafari im Wald gewesen war. »Jetzt sag bloß, du hast mich vermisst?«, fragte sie schelmisch.

»Ich glaube, das habe ich«, gab er grinsend zurück. Er sah in ihr etwas erschöpftes Gesicht. »Alles klar bei dir?«

Amelia sah ihn an und lächelte. »Ja, ich bin nur ein bisschen müde. Hatte eine unruhige Nacht.«

Erik sah sie prüfend an, sagte aber nichts weiter. »Was isst du?«

»Ich warte noch.« Amelia rieb sich die Schläfen, als hätte sie Kopfschmerzen. »Mein Blutzucker spielt verrückt. Ich muss aufpassen, was ich esse.«

Erik runzelte die Stirn. »Blutzucker? Bist du …?«

»Diabetikerin, ja.« Amelia zuckte die Schultern. »Schon eine ganze Weile. Aber manchmal haut es mich um, vor allem, wenn ich aus dem Rhythmus komme.«

Während sie auf ihr Essen wartete, beobachtete Erik Amelia flüchtig. Sie sah blass aus, ihre Augen waren leicht gerötet. Aber da war noch etwas anderes, eine unterschwellige Anspannung, die er nicht einordnen konnte. Der Kellner brachte das Frühstück.

»Lass uns doch ein bisschen die Gegend erkunden«, schlug er vor. Nach dem Frühstück machten sie einen langen Spaziergang durch Jasper und die umliegenden Wälder. Amelia gestand, dass sie sich manchmal einsam fühlte. Sie erzählte von ihrer Familie. Als sie am Nachmittag im Hotel ankamen, war Erik entschlossen, mehr Zeit mit Amelia zu verbringen. Er lud sie ein, am Abend mit ihm etwas trinken zu gehen, und zu seiner Freude sagte sie zu. Auf seinem Zimmer machte er sich nervös daran, aus seiner zerknitterten Reisegarderobe ein passendes Hemd auszuwählen.

In der exklusiv eingerichteten Hotelbar erwartete ihn eine Überraschung: Amelia erschien in einem eleganten dunklen Abendkleid und sah umwerfend aus. Die Hotelbar war spärlich beleuchtet, als Erik und Amelia es sich in den Ledersesseln bequem machten. Das leise Klirren von Eiswürfeln und das gedämpfte Gemurmel der anderen Gäste erfüllten den Raum. Erik nippte an seinem Gin Tonic.

»Also erzähl mir von deinem großen Abenteuer auf dieser Insel«, sagte Amelia und beugte sich erwartungsvoll vor. »Wie hieß sie noch gleich?«

»Das war auf der Insel Sylt, in Deutschland, an der Nordsee.«

»Wie bist du überhaupt auf die Idee gekommen, dorthin zu fahren?«

Erik grinste. »Das war eigentlich eine spontane Idee meiner Freunde

Frank und Peter. Sie wollten unbedingt segeln gehen, um mich aus dem Alltagstrott zu reißen.«

»Klingt nach guten Freunden.«

»Sind sie auch. Jedenfalls nahmen wir das Segelboot von Peters Vater und fuhren hinaus auf die Nordsee.«

Ein Lächeln breitete sich in Amelias Gesicht aus. »Das kann ich mir gut vorstellen. Aber was ist dann passiert?«

Erik seufzte und fuhr sich durch die Haare. »Nein, entspannt war es nicht mehr. Wir waren gerade vor einer anderen Insel Amrum, als Peter etwas im Wasser treiben sah. Erst dachten wir, es wäre nur Treibgut, aber als wir näher kamen ...« Er schüttelte den Kopf, als wolle er die Erinnerung abschütteln.

Amelia griff nach seiner Hand. »Das muss ein Schock gewesen sein.«

»Das war es. Vor allem, als sich herausstellte, dass es eine Frau war, die mit der Visitenkarte eines bekannten Unternehmers in der Jacke im Wasser trieb. Uns war klar, dass es kein Unfall war.«

»Sondern?«

»Mord. Und die Spur führte zu Detlev Klüver, dem Ministerpräsidenten.« Erik erzählte ihr von dem Bunker, den Plänen für die Wettermaschine und der Flucht über die Nordsee nach England.

Amelia schüttelte ungläubig den Kopf. »Unglaublich, wozu manche Menschen fähig sind.« Dann stand sie auf. »Erik, dein Glas ist leer. Und meines auch.«

Er sah auf sein leeres Glas. »Das haben wir gleich«, meinte Amelia, ging zur Bar und bestellte ihnen eine weitere Runde.

»Das ist Wahnsinn. Deine Geschichte hat mich ganz durstig gemacht.« Amelia blickte ihn an. »Aber das was ihr erlebt habt - dafür muss man erst einmal den Mumm haben.«

Erik winkte ab. »Ich habe nur meinen Job gemacht.«

Amelia nickte nachdenklich. »Ich frage mich, wie es ist, wenn man beruflich in so einen Strudel hineingezogen wird.«

»Wie meinst du das?«

Sie zögerte einen Moment, als müsse sie ihre Gedanken sortieren. »Weißt du, mein Vater arbeitet für die Canadian National Railway. Vor ein paar Jahren ist etwas Ähnliches passiert.«

Erik horchte auf. »Ach ja?«

»Ja. Es ging um einen Streit darüber, ob die Zugverbindung von Toronto nach Vancouver weiterhin über Edmonton oder Calgary führen sollte. Lokalpolitiker in Calgary hatten versucht, die Streckenführung mit Bestechungsgeldern zu beeinflussen.«

»Klingt nach einem heißen Eisen«, murmelte Erik. »Und dein Vater ...?«

Amelia seufzte. »Als Verantwortlicher für die Strecke stand er natürlich sofort im Mittelpunkt. Die Presse hat sich auf ihn gestürzt und ihn beschuldigt, in die Sache verwickelt zu sein. Dabei hatte er überhaupt nichts damit zu tun.«

»Das tut mir leid«, sagte Erik mitfühlend. »Ich kann mir vorstellen, dass das sehr belastend gewesen sein muss.«

Sie lächelte. »Es war nicht einfach. Aber weißt du, was das Verrückte ist? Irgendwie war es auch ...«

»Aufregend?«

Amelia warf ihm einen überraschten Blick zu. »Genau. Versteh mich nicht falsch, natürlich habe ich meinen Vater bedingungslos unterstützt. Aber die ganze Situation hatte auch etwas Aufregendes. Dieses Gefühl, im Auge des Sturms zu stehen, während um einen herum die Welt aus den Fugen zu geraten scheint ...«

Ihre Wangen waren leicht gerötet und in ihren Augen blitzte es erwartungsvoll. Erik musste unwillkürlich lächeln. Es gefiel ihm, wie sie über die ganze Sache sprach - selbstbewusst, furchtlos, mit einem Hauch von Abenteuerlust.

»Du bist ganz schön tough«, sagte er anerkennend. »Ich glaube, die meisten hätten in so einer Situation die Nerven verloren.«

Amelia zuckte die Schultern. »Mag sein. Aber wenn man erst einmal mittendrin steckt, bleibt einem nichts anderes übrig, als einen kühlen Kopf zu bewahren.«

»Stimmt.« Erik prostete ihr mit seinem neuen Gin Tonic zu. »Auf die kühlen Köpfe«

Sie lachte und stieß mit an. »Und auf den Wind, der uns hoffentlich in ruhigeres Fahrwasser bläst.«

Erik spürte, wie er sich entspannte, ausgelöst durch den Alkohol und Amelias Gesellschaft.

»Weißt du«, sagte er schließlich, »als die ganze Aufregung vorbei war und meine Geschichte in allen Zeitungen stand, dachte ich, das wäre mein großer Durchbruch. Der Jackpot für meine Karriere.«

»Und war es das nicht?« Amelia legte fragend den Kopf schief.

Erik stöhnte frustriert. »Nicht wirklich. Natürlich hat die

Geschichte mit Klüver hohe Wellen geschlagen. Aber letztlich war ich danach auch nur wieder einer von vielen Journalisten.«

Erik seufzte und fuhr sich mit der Hand über das Gesicht. »Manchmal habe ich das Gefühl, die ganze Bürokratie in der Redaktion frisst mich auf. Ich verbringe mehr Zeit mit Organisieren und Verwalten als mit Schreiben.«

»Das klingt frustrierend. Ist es immer so?«

»Nein, aber in letzter Zeit häuft es sich. Außerdem geht es unserem Reisemagazin wirtschaftlich nicht gerade blendend. Die Anzeigenverkäufe sind rückläufig und der Spardruck wird immer größer.«

»Das tut mir leid«, sagte Amelia. »Ich kann mir vorstellen, wie belastend das sein muss.«

Erik nahm einen weiteren Schluck, wieder war sein Glas leer, und Amelias auch. »Jetzt ist es an mir, zu bestellen«, sagte er und ging zur Bar.

Er überlegte kurz, dann fragte er: »Kennen Sie den Rotes Kliff Cooler?«

Der Barmann sah ihn fragend an. »Ich kenne wirklich viele Cocktails, aber von dem habe ich noch nie gehört. Wenn sie mir sagen, was drin ist, kann ich versuchen, ihn zu mixen.«

»Lassen sie mich mal überlegen... dazu gehören Wodka, Cranberrysaft und Limette, glaube ich.«

»Ja, das klingt wie ein Cooler. Den mixe ich ihnen.«

Einige Minuten später brachte der Kellner die beiden Gläser. »Was ist das?«, fragte Amelia.

»Das ist eine Spezialität aus Kampen auf Sylt«, sagte Erik lächelnd. »Der Drink, den uns ein alter Mann namens Ole Norden ausgegeben hat.«

Amelia probierte den Drink. »Der ist gut«, sagte sie lachend. »Siehst du Erik, du bringst ja richtig Schwung auf die Barkarte. Was willst du denn künftig so machen, wenn es dir in deinem Job nicht mehr gefällt?«

Erik spürte die Wirkung des »Roten Kliff Coolers« in seinem Kopf. »Ja, es ist nicht einfach. Manchmal ertappe ich mich dabei, wie ich von einem neuen Leben träume. Von einem Neuanfang irgendwo anders, wo ich mich wieder ganz dem Schreiben widmen kann.«

Amelias sah ihn gespannt an. »Und hast du schon eine Idee, wo das sein könnte?«

Ein schiefes Lächeln spielte um Eriks Mundwinkel. »Um ehrlich zu sein, hat es mir Kanada ziemlich angetan. Das Land ist groß, weit und wunderschön.«

»Kanada, hm?« Amelia nippte an ihrem Glas und warf Erik einen verschmitzten Blick zu. »Klingt verlockend. Die endlosen Wälder, die klaren Seen ... Ich kann verstehen, was dich daran reizt.«

Erik lächelte. »Ja, die Natur ist atemberaubend. Aber es ist mehr als das. Irgendwie habe ich das Gefühl, hier zur Ruhe kommen zu können. Einen Neuanfang wagen, weißt du?«

Sie nickte. »Manchmal braucht man einen Tapetenwechsel. Etwas, das einem neue Perspektiven eröffnet.«

»Genau.« Erik ließ seinen Blick gedankenverloren über die Bar schweifen. »Ich weiß, dass es nicht einfach wäre. Ein Umzug in ein anderes Land ist eine große Sache.«

Ein warmes Lächeln umspielte Amelias Lippen. »Das hört sich gut an, Erik. Wirklich gut. Wenn du es nicht versuchst, wirst du es nie herausfinden.«

»Da hast du recht.« Er erwiderte ihr Lächeln. »Wenn ich nur jemanden kennen würde, der mir mit Rat und Tat zur Seite stehen könnte.«

Amelia spürte, wie ihr ein leichter Schauer über den Rücken lief. War das eine Anspielung? Sie beschloss, das Spiel mitzuspielen.

»Darauf kannst du wetten«, sagte sie neckend, »denn ich kenne mich bestens aus mit den Eigenheiten der Kanadier.«

»Ach ja?« Erik sah sie amüsiert an. »Dann verrate mir doch mal, wo ich unbedingt hinmuss, wenn ich nach Kanada komme.«

»Auf jeden Fall in die Rocky Mountains. Aber da sind wir ja schon. Also dann nach Edmonton. Oder nach Vancouver Island.«

»Vielleicht ... sollten wir das irgendwann gemeinsam machen«, rutschte es Erik heraus. Amelia spürte, wie ihr Herz schneller schlug. Das war mehr als nur ein freundschaftlicher Vorschlag, so viel stand fest.

»Abgemacht. Ich kann es kaum erwarten.«

Und während sie da saßen und sich in den Augen des anderen verloren, spürte Amelia, wie ein Funke der Vorfreude in ihr zu glühen begann. Als sie seine Hand berührte und ihn ansah, war es um ihn geschehen. »Ich spüre etwas«, flüsterte sie, und er brachte nur noch ein »Ich auch, das zieht mich an« heraus, bevor sie sich in einem langen, innigen Kuss verloren.

Wie von einem Magneten angezogen, fanden sie sich kurz darauf in Eriks Hotelzimmer wieder. In der Dunkelheit fielen sie übereinander her. Ihre Körper verschmolzen in einem wilden Rausch der Ekstase, bis sie erschöpft und friedlich zwischen die zerwühlten Laken sanken. Die halbe Nacht verbrachten sie auf dem Bett, nackt trotz der kühlen Luft, die durch das offene Sprossenfenster hereinströmte. Im fahlen Mondlicht, das auf die Gleise und den Bahnhof fiel, redeten und lachten sie. Amelia holte eine Flasche Weißwein aus ihrem Zimmer. Beim Anstoßen gestand sie verlegen: »Ich, ich bin sonst nicht so schnell.«

Erik fühlte sich wie verzaubert von der Nacht, die sie in dem kleinen Hotelzimmer in den kanadischen Rocky Mountains verbracht hatten, von der kühlen Bergluft, die durch das offene Fenster hereinwehte, und von der leeren Weinflasche neben dem zerwühlten Bett.

Am nächsten Morgen gefiel ihm der Gedanke gar nicht, dass der Zug ihn schon wieder von hier wegbringen sollte. Er drehte sich auf die Seite und blickte in Amelias verschlafenes Gesicht. Sie öffnete die Augen und lächelte. »Wo bin ich denn hier gelandet? Im Zimmer eines Gastes aus Übersee? Was mache ich hier nur?«

»Sagen wir: Dir hat es so gut gefallen hier in meinem Zimmer, dass du den weiten Weg in dein eigenes nicht mehr auf dich nehmen wolltest. Ich gebe zu: Ich wollte auch unbedingt, dass du hierbleibst«, antwortete Erik.

Doch der nächste Zug nach Vancouver wartete auf ihn und auch Amelias Kurzurlaub in den Bergen war zu Ende. Um 9.30 Uhr stand der Zug abfahrbereit vor dem Bahnhof und sie mussten sich verabschieden.

»Mach es gut. Ich hoffe, dass wir uns wiedersehen«, sagte Erik.

»Das werden wir. Ich glaube, das werden wir«, antwortete Amelia.

Er stieg die Stufen zum Waggon hinauf, als sich der Zug schon in Bewegung setzte. Durch das nächste Fenster sah er Amelia auf dem Bahnsteig stehen und winken. Er warf ihr einen Kuss zu, den sie erwiderte, als der »Canadian« aus dem Bahnhof von Jasper rollte.

Der Himmel hing tief und grau über den Rocky Mountains. Erik saß am Fenster und sah die nebelverhangenen Gipfel vorbeiziehen. Der Anblick war beeindruckend, aber auch unheimlich. Doch trotz der düsteren Atmosphäre konnte Erik ein Lächeln nicht unterdrücken, wenn er an Amelia dachte. Ihre Begegnung hatte etwas in ihm ausgelöst, ein Gefühl von Verbundenheit und Aufregung, das er schon lange nicht mehr verspürt hatte. »Nicht mehr gespürt seit meiner Begegnung mit Freya«, murmelte er vor sich hin. Amelia war wie ein Lichtblick für ihn.

Mit einem leisen Seufzer wandte er seinen Blick wieder den Bergen zu. Die schroffen Felsen und dichten Wälder wirkten wie eine Einladung zum Abenteuer. Was mochte sich dort draußen verbergen? Gab es unbewohnte Täler und unberührte Seen? Als der Zug an einem verlassenen Sägewerk vorbeirollte, träumte Erik von mysteriösen Ruinen. Aber da war noch etwas anderes, ein unterschwelliges Unbehagen, das er nicht ganz fassen konnte. Als hätte die Landschaft eine dunkle Seite, als lauere hinter jeder Kurve eine Bedrohung.

Fröstelnd zog Erik seine Jacke enger um sich und sah auf die Streckenkarte. Hinter Jasper zweigte der Schienenstrang nach Prince Rupert ab, führte noch tiefer in die Wildnis British Columbias. Wieder musste er an Amelia denken. Wie es wohl wäre, mit ihr diese Strecke zu erkunden? Der Gedanke ließ sein Herz schneller schlagen.

Der Nebel wurde immer dichter, schien den Zug förmlich zu verschlucken. Für einen kurzen Moment war es, als würde die Wirklichkeit verschwimmen und einer anderen, dunkleren Welt Platz machen. Ein Schauer lief ihm über den Rücken. Was, wenn ihre Begegnung in Jasper kein Zufall war?

Erik schüttelte den Kopf und versuchte, die düsteren Gedanken zu verdrängen. Es war lächerlich, sagte er sich. Er war einfach zu lange allein gewesen und hatte im vergangenen Jahr eine üble politische Verschwörung entlarvt. Hier gab es keine geheime Bedrohung, keine finsteren Politiker, die es auf sie abgesehen hatten.

Mit einem entschlossenen Blick sah er aus dem Fenster in die düstere, nebelverhangene Landschaft, die sich vor ihm erstreckte. Eine Welt voller Wunder wartete noch vor ihm. Er wollte neue Wege gehen. Und vielleicht mit Amelia an seiner Seite, ein neues Kapitel voller Abenteuer erleben. Als die Nacht hereinbrach und der Zug weiter durch die Dunkelheit fuhr, wurden Eriks Augen schwer. Er streckte sich auf seinem Sitz aus und spürte, wie ihn die Müdigkeit überkam. Doch bevor ihn der Schlaf einholte, ging ihm noch ein letzter Gedanke durch den Kopf - zum ersten Mal seit langer Zeit freute er sich auf das, was der Morgen bringen würde.

*Das Rezept für den
»Rotes Kliff Cooler«*

ZUTATEN

4 cl Wodka
8 cl Cranberrysaft
2 cl Limettensaft
Einige Blätter frische Minze
Eiswürfel, Minzblatt und Limettenscheibe zur Dekoration

ZUBEREITUNG:

Einige Blätter Minze in einem Cocktailshaker leicht andrücken, um die Öle freizusetzen. Eiswürfel, Wodka, Cranberrysaft und Limettensaft in den Shaker geben und kräftig schütteln, bis der Shaker außen beschlägt. Den Cocktail in ein mit Eiswürfeln gefülltes Glas abseihen. Mit einem Minzblatt und einer Limettenscheibe dekorieren. Sofort servieren und genießen. Natürlich kann man die Mengen nach persönlichem Geschmack anpassen oder den Drink mit Sodawasser auffüllen, wenn man es etwas leichter mag.

DIE ALKOHOLFREIE VARIANTE »ROTES KLIFF SPARKLE«

10 cl Cranberrysaft
5 cl Limettensaft

Einige Blätter frische Minze
Eiswürfel
Soda oder Tonic Water
Minzblatt und Limettenscheibe zur Dekoration

Zubereitung wie beim Original, nur ohne Wodka. Stattdessen mit Soda oder Tonic Water aufgießen, je nach gewünschter Süße.

Hat Ihnen das Buch gefallen?

Liebe Leserin und lieber Leser,

vielen Dank, dass Sie sich für mein Buch »Rotes Kliff« entschieden haben! Ich freue mich sehr über Ihr Feedback. Teilen Sie mir gerne Ihre Gedanken mit, indem Sie ein kurzes Formular ausfüllen: https://nils-eriksen.de/umfrage/. Oder scannen Sie diesen QR-Code:

Auch über eine Rezension würde ich mich freuen. Als Dankeschön für die Teilnahme erhalten Sie das Gratis E-Book »**Das Montana Komplott: Gefahr in Big Sky Country**« zum Download.

Ihr Nils Eriksen

»Das Montana Komplott«

Sheriff Dwayne Watson ist der Polizeichef von Flathead County und damit auch der Stadt Kalispell. Schon im Buch »Der Passagier aus Chicago« hilft er, Michelle aus den Fängen einer Gang in einem illegalen Casino zu befreien. In »Stevens Pass« ist Dwayne Watson der Einzige, der es mit dem Mafioso Orson Corbyn aufnehmen kann. Grund genug, dem Sheriff eine eigene Kurzgeschichte zu widmen.

Erik erhält von seiner Freundin Candice den Tipp, dass im Flathead County in Montana etwas nicht stimmt: Biker-Gangs durchstreifen die Gegend. Der Journalist reist nach Kalispell, um gemeinsam mit Sheriff Dwayne Watson den Vorfällen auf den Grund zu gehen – hinter denen eine Verbindung zum organisierten Verbrechen steckt.

»Das Montana-Komplott: Gefahr in Big Sky Country« ist die Neuauflage der Geschichte von Sheriff Dwayne Watson – mit 75 Seiten, mehr Spannung und mehr Abenteuer.

»Stevens Pass: Das Geheimnis im Kaskadengebirge«

Erik & Amelia Buch 2

Sie starten in ihr neues Leben im kanadischen Edmonton: der Journalist Erik aus Deutschland und die Biologin Amelia aus Kanada. Doch kaum brechen sie zu einer Reise nach Prince Rupert an der Pazifikküste von British Columbia auf, geraten sie ins Fadenkreuz des organisierten Verbrechens - mit Verstrickungen, die bis in die Politik reichen.

Als gedruckte Ausgabe oder als E-Book im Buchhandel in der zweiten Auflage.

~

»Kap Hatteras: Der Schatz vor den Outer Banks«

Erik & Amelia Buch 3

Amelia wird auf einer Konferenz in Detroit entführt. Für Erik beginnt die verzweifelte Suche nach seiner Verlobten. Der Entführer ist der skrupellose Mafioso Orson Corbyn. In New York erhält Erik Hilfe von dem Reporter Billy und Amelias Bruder Robin. Sie finden heraus, dass Corbyn einem Schiffswrack in North Carolina auf der Spur ist.

Im Buchhandel als Print-Ausgabe oder E-Book und als Hörbuch.

~

»Staatsstreich: Das Gold in Patagonien«

Erik & Amelia Buch 4

Als der Eriks Onkel Richard in Buenos Aires von einem riesigen Goldschatz aus dem Zweiten Weltkrieg erfährt, wendet er sich verzweifelt an seinen Neffen in Kanada. Eine Gruppe von Militärs plant, mithilfe dieses Schatzes die Macht in Argentinien zu übernehmen. Sofort bricht Erik mit Amelia nach Südamerika auf, um Richard im Kampf gegen die Verschwörer beizustehen. Doch bald finden sie sich in einem tödlichen Netz aus Intrigen und Gewalt wieder.

Im Buchhandel als Print-Ausgabe oder E-Book.

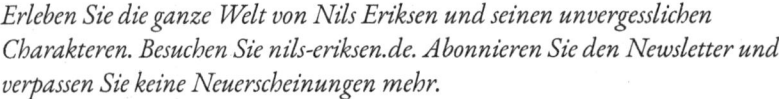

Erleben Sie die ganze Welt von Nils Eriksen und seinen unvergesslichen Charakteren. Besuchen Sie nils-eriksen.de. Abonnieren Sie den Newsletter und verpassen Sie keine Neuerscheinungen mehr.